*Dit boek is opgedragen aan Piero en Cajsa Baldini, die me onlangs in Toscane zo'n schitterende belevenis hebben bezorgd, en me voor dit boek de inzichten hebben verschaft die je alleen kunt verwachten van mensen die er geboren en getogen zijn. Mijn dank gaat als altijd ook uit naar mijn briljante agentes Meg Ruley en Christina Hogrebe, het hele team van Jane Rotrosen, en bovenal naar Danielle en het hele team van Lake Union, die me de kans hebben gegeven om het boek te schrijven waarvan ik altijd al had gedroomd! En ten slotte, als altijd, naar John voor zijn liefde en steun.*

# 1

# Hugo

*December 1944*

Hij ging dood, zoveel was wel duidelijk. Hugo Langley probeerde dit feit zonder emoties te analyseren. De linkervleugel van de Blenheim-bommenwerper stond in brand, vlammen likten aan de cockpit. Achter hem was zijn navigator, kapitein-vlieger Phipps, over zijn instrumenten in elkaar gezakt. Er sijpelde vanaf zijn helm een straaltje bloed over zijn slaap. Gunner Blackburn was al dood, achter in het wapenruim neergeschoten door de eerste aanvalsgolf Messerschmitts. Hugo wist eigenlijk niet of hij zelf was geraakt. De adrenaline gierde nog altijd zo hevig door zijn lijf dat hij er geen zinnig woord over kon zeggen. Hij staarde omlaag naar zijn met bloed gevlekte broek en vroeg zich af of het bloed van hemzelf was of van Phipps.

'Verduiveld,' mompelde hij. Hij had niet gewild dat het zo eindigde, al zo gauw. Hij had zich erop verheugd om ooit Langley Hall en de titel te erven, om in de omgeving te genieten van zijn status als landheer Sir Hugo Langley. Hij dacht even aan zijn vrouw en zoon, en merkte dat hun beeld weinig emoties opriep. Ze zou het prima redden zonder hem. Ze zou bij de oude man op de Hall kunnen blijven wonen tot ze iets anders had gevonden, wat ze ongetwijfeld zou doen. Zijn zoon, dat vreemde, rustige jongetje, was te jong om zich hem te kunnen herinneren. Ze zouden hem als een held beschouwen, terwijl hij in werkelijkheid een verdomde idioot was, een makkelijke prooi. Ze hadden nooit voor een missie de lucht in gestuurd mogen worden. Iedereen wist dat de Blenheims verouderd waren, en langzamer dan de vijandelijke vliegtuigen. En om vanaf zijn basis buiten Rome naar het noorden te vliegen en zijn doelwitten bij de spoorwegemplacementen van Milaan te bereiken, zou hij honderdvijftig kilometer over door Duitsland bezet grondgebied moeten vliegen.

Hij probeerde de situatie rationeel te benaderen. Hij kon niet meer met de Bleinheim naar de basis terugkeren, ook al lukte het hem om de oude kist te keren, wat niet waarschijnlijk was met een lamme vleugel en een brandende motor. Maar hij was beslist niet van plan om te blijven zitten en als een gebraden kip in vlammen op te gaan. Hij wierp een blik door de voorruit en probeerde een beeld te krijgen van het terrein onder zich, maar hij kon niets zien. Het was een pikdonkere nacht. Boven hem een pak wolken. Geen maan. Geen sterren. Onder hem geen lichtje te zien. Maar er was ook geen spoor van vijandelijke vliegtuigen, tenzij ze hem nog steeds stiekem in het vizier hielden. Hij veronderstelde dat ze tot de conclusie waren gekomen dat het toch met hem gedaan was en dat ze zich met hem niet meer bezig hoefden te houden. Afgaand op hun laatst bekende positie schatte hij dat Toscane nu al ver achter hem moest liggen. Misschien was hij zelfs al ten noorden van Pisa en boven gebied dat nog in handen was van de Duitsers. Bergachtig, woest land. Misschien kon hij zich verschuilen en veilig de kust bereiken, als hij tenminste op de een of andere manier de parachute open kon krijgen zonder dat die in brand vloog. Het was in elk geval het risico waard. Hij wrikte de glazen koepel van de cockpit open. De grendel liet los, maar de koepel gaf geen krimp. Even ging er puur afgrijzen door hem heen: dat hij daar in de val zou zitten en langzaam zou worden geroosterd of in een vuurbal ter aarde zou storten, wat zich ook maar als eerste voordeed. Hij duwde er uit alle macht tegen en voelde dat de glazen koepel eindelijk meegaf en naar achteren schoof. Onmiddellijk begonnen de vlammen aan hem te likken.

'Schiet op, toe dan,' spoorde hij zichzelf aan. Hij keek even achterom naar Phipps. 'Sorry, kerel,' zei hij, 'maar ik kan je niet meenemen.' Zijn vingers, gestoken in dikke leren handschoenen, wilden niet meewerken toen hij zijn pilotenhelm met de eraan gekoppelde zuurstoftoevoer afzette. Onmiddellijk leek het moeilijker om adem te halen, maar zo hoog vloog hij niet en het kon ook gewoon paniek zijn geweest. Hij pakte zijn parachute en probeerde die om te doen. Hij had het gevoel alsof hij verstard was in de tijd, alsof het leven tot slow motion was vertraagd. Uiteindelijk voelde hij het harnas dichtklikken. Terwijl hij zijn best deed om kalm te blijven probeerde hij te gaan staan, en er ging een pijnscheut door zijn linkerbeen. Verdomme. Hij was dus toch geraakt. Weinig kans dat hij nu kon wegvluchten en zich kon verschuilen. Maar nog altijd beter dan levend verbranden of met vliegtuig en al neerstorten. Met een beetje geluk kwam hij in gebied terecht waar de Duitsers het niet meer voor het zeggen hadden. Ze waren teruggedrongen tot wat ze de Gotenstellung noemden, een linie die zich even ten noorden van Pisa over het schiereiland uitstrekte, en de Italianen waren niet langer hun bondgenoten. Hugo had ooit in Italië gewoond en hij betwijfelde of de gewone mensen ooit voor een oorlog of pro-Duits waren geweest.

Hij hees zichzelf zo ver omhoog dat hij op de goede vleugel kon kruipen, buiten bereik van de vlammen, en klemde zich uit alle macht vast toen de wind op hem in beukte. Hij aarzelde nog steeds, stelde zich voor dat er ergens toch nog een Messerschmitt op de loer lag die hem zou neerschieten zodra hij aan zijn parachute omlaag zweefde. Hij spitste zijn oren, maar hoorde niet de typische dreun van een vijandelijk gevechtsvliegtuig, alleen de zware brom van zijn eigen rechtermotor; de linker was ermee opgehouden. Hij probeerde zich die korte parachute-oefensessie van lang geleden voor de geest te halen: hoe hij zichzelf moest lanceren en hoeveel seconden hij moest tellen voordat hij aan het koord mocht trekken, zodat de chute niet in het vliegtuig verstrikt raakte. Zijn hoofd was een hopeloze chaos.

Hij haalde diep adem en gooide zich toen van het vliegtuig. Een paar seconden lang voelde hij hoe hij in een vrije val omlaag suisde. Toen trok hij aan het koord en voelde de schok toen de parachute zich openvouwde. De afdaling leek een eeuwigheid te duren. Ergens boven hem hoorde hij de zware knal van een explosie toen de brandstoftank van zijn vliegtuig ontplofte. Hij zag de Blenheim langs hem omlaag tollen. Hij zag niet dat het toestel feitelijk neerstortte, maar hoorde de klap. En toen werd hij zich bewust van de donkere, heuvelachtige silhouetten om hem heen, de grond die op hem toe snelde. Opnieuw probeerde hij zich die korte ogenblikken van de parachutetraining te herinneren. Zich schrap zetten? Rollen? Het terrein leek afschuwelijk snel dichterbij te komen. Misschien had de parachute zich niet helemaal geopend. Misschien was hij in het vuur beschadigd geraakt. Hij keek omhoog en zag de vage, bleke cirkel boven hem zweven. Hij leek nog helemaal intact. Toen keek hij omlaag en probeerde in te schatten hoe het terrein onder hem eruitzag. Hij kon nog net de vorm van het landschap onderscheiden, de contouren van heuvels, waarvan enkele nu op gelijke hoogte met hem waren. En bomen. Heel veel bomen.

Aan de oostelijke hemel gloorde een vaag streepje van de dageraad, waar de donkere silhouetten van de heuvels zich tegen aftekenden. Geen spoor van huizen of een dorp. Dat was tenminste goed nieuws. Dan was het niet waarschijnlijk dat hij in de gaten werd gehouden of onmiddellijk gevangen zou worden genomen. Maar het was wel heel waarschijnlijk dat hij verstrikt zou raken in de takken van een boom, hulpeloos bungelend tot hij werd gevonden. Hij hoorde zijn hart in zijn borst bonzen. De nacht was zo stil dat hij bijna geloofde dat het geluid kilometers ver te horen was en iedere vroege vogel zou alarmeren.

Maar toen, terwijl hij verder omlaag zweefde, hoorde hij geluiden: het ruisen van de wind door dode bladeren, het kraken van een tak en in de verte het blaffen van een hond. Er waren dus wel mensen in de buurt. En als het boeren waren, zouden ze bij het krieken van de dag opstaan. De laatste seconden van zijn afdaling leken wel een eeuwigheid te duren. Hij voelde zich hulpeloos en afschuwelijk overgeleverd, stelde zich voor dat daarbeneden Duitse soldaten stonden, naast hun voertuigen, het geweer op hem gericht, wachtend tot hij binnen schootsafstand was.

Nu kon hij de vormen onderscheiden: links van hem een soort steile rotsmassa die boven het vriendelijkere landschap uittorende. En bomen, kale bomen die de heuveltoppen bedekten, en daaronder nog meer bomen, in regelmatige, ordelijke rijen. Maar nergens open terrein. Nergens een plek waar hij een zachte landing kon maken. Zoveel maakt het ook niet uit, dacht hij grimmig. Hij was toch niet handig genoeg om de parachute naar een plek te sturen waar hij hem hebben wilde.

De grond kwam nu razendsnel op hem af. Hij zag de rijen bomen die zich verderop heuvelopwaarts uitstrekten. Het waren kleine, sierlijke bomen, nog vol in blad en duidelijk gecultiveerd. Een boomgaard of zo, met tussen de bomenrijen ruimte om te landen, als hij zich er tenminste naartoe kon manoeuvreren. Hij zoog een flinke teug kille lucht op. Takken zwiepten tegen hem aan, sloegen hem uit koers. Zijn voeten raakten de grond. Zijn benen knakten onder hem dubbel en hij werd naar voren meegesleurd.

'Maak die chute los, idioot!' schreeuwde hij tegen zichzelf. Hij hanneste met de harnasgesp, terwijl zijn gezicht tegen de bevroren grond stuiterde. En toen bleef de parachute zeker ergens achter haken. Hij lag stil, rook de leemachtige grond tegen zijn wang. Hij probeerde zich te bewegen en op te staan, maar een verschroeiende pijn schoot vanuit zijn been door hem heen. Voor hij bewusteloos raakte, was het laatste wat hij hoorde het lied van een vogel die de dageraad begroette.

# 2

# Joanna

*Surrey, Engeland, april 1973*

Ik had mijn vader nooit anders gezien dan als een oude man, oud en bitter, afstandelijk en gelaten, iemand die de wereld al lang geleden had opgegeven. In mijn beleving had hij altijd grijs haar gehad. Zijn gezicht was doorgroefd met diepe rimpels, waardoor hij altijd stuurs keek, zelfs als hij aan mooie dingen dacht, wat beslist niet vaak het geval was, en hij liep een beetje mank. Dus het was geen complete schok voor me toen ik het telegram ontving met het bericht dat hij dood was. Maar ik schrok wel toen ik ontdekte dat hij pas vierenzestig was.

Terwijl ik over het pad liep dat naar Langley Hall leidde, worstelde ik met tegenstrijdige gevoelens. Het landschap was in volle voorjaarsglorie losgebarsten. De oevers stonden vol sleutelbloemen. De eerste grasklokjes staken in het bos erachter het kopje op. Aan de kastanjebomen aan weerskanten van de laan ontsproten de eerste frisgroene blaadjes. Ik keek instinctief omhoog en dacht aan wilde kastanjes, de glanzend bruine paardenkastanjes die er later in het jaar zouden zijn. Toen ik nog jong was, kwamen de dorpsjongens hier met stokken naartoe om de grootste en beste kastanjes uit de bomen te slaan, met stekeldop en al. Dan regen ze er een draad doorheen en verhardden ze voor hun eindeloze gevechten. Ik hielp mee met kastanjes rapen, maar ik mocht niet meedoen met de strijd. Vader wilde niet dat ik met de dorpskinderen omging, hoewel ons leven heus niet deftiger was dan dat van hen.

Ergens boven me zong een merel en in de verte dacht ik een koekoek te horen. Ik weet nog dat we altijd de oren spitsten om de eerste koekoek van het jaar te horen. Ging het liedje niet van: 'Koekoek, koekoek, een heer in zijn onderbroek'?

Afgezien van de vogelgeluiden lag de wereld in een nagenoeg volmaakte stilte. Ik was me bewust van het geluid van mijn voetstappen, echoënd tegen de hoge haag aan weerskanten van het pad. Na het constante lawaai en de drukte van Londen was het een schok om het gevoel te hebben dat ik de enige persoon in dit universum was. Ik realiseerde me opeens hoe lang ik niet thuis was geweest. Was het langer dan een jaar? Zelfs niet met Kerstmis, want vader moest niets van Adrian hebben en had heel duidelijk gemaakt dat hij niet welkom was, en ik was te koppig om zonder hem te komen. Nou ja, niet dat hij Adrian als zodanig afkeurde. Wie kon nou iets aan te merken hebben op iemand die cum laude was afgestudeerd aan de rechtenfaculteit van de University College van Londen, als junior was aangenomen bij een van de eminentste kamers van de Temple Bar en hard op weg om een succesvol advocaat te worden? Vaders bezwaar was enkel dat ik met Adrian samenwoonde. Vader was van de oude stempel, opgevoed om je altijd fatsoenlijk te gedragen. Je ging niet samenwonen met iemand van het andere geslacht. En er werd van je verwacht dat je zo gauw mogelijk trouwde, en seks was iets waar je pas in de huwelijksnacht aan toekwam. Zo hoorde de zoon van de landheer van Langley Hall zich te gedragen, een voorbeeld van zedelijkheid en een kuis leven voor de boeren in de omgeving. Afschuwelijk ouderwets en achterhaald in een tijd dat de rest van de wereld zich wentelde in een voortdurende overvloed van vrijheid van meningsuiting, vrijheid van kledingkeuze en vrije liefde.

'Stommerd,' mompelde ik hardop, en ik wist eigenlijk niet of ik mezelf of mijn vader bedoelde. Ikzelf was anders ook behoorlijk stom geweest, en als ik nou maar naar vaders waarschuwingen had geluisterd, zou ik niet in de positie zijn waarin ik nu zat. Jammer dat hij was gestorven voordat hij een kans had gehad om te zeggen: 'Zie je wel, ik heb het nog zo gezegd.' Dat zou hij heerlijk gevonden hebben.

Op het gras verderop fladderden een paar duiven op, het geluid van hun vleugels klonk als wapperend wasgoed aan een lijn, en ik schrok op uit mijn gedachten. Nu hoorde ik ook andere geluiden: een rijdende tractor op een verre akker, zoemende bijen in de appelbloesems aan de andere kant van het pad, en het ritmisch geklikklak van een grasmaaier. Dit waren de geluiden uit mijn jeugd: veilig en geruststellend. Wat leek dat lang geleden.

Het was voor april ongebruikelijk warm en zonnig, en ik had er spijt van dat ik mijn mooie winterjas had aangetrokken. Het was het enige zwarte kledingstuk dat ik bezat en ik bedacht dat het wel zo passend was als ik in rouwkleding mijn geboortegrond betrad. Ik veegde een druppel zweet van mijn voorhoofd. Ik had vanaf het station een taxi moeten nemen. Vroeger leken de drie kilometer nooit zo ver om te lopen. Tot mijn elfde was ik van huis naar de dorpsschool gewandeld, en dat was dik twee kilometer. Ik weet nog dat als ik voor de vakantie van de universiteit thuiskwam, ik die afstand zelfs met mijn zware koffer wist te overbruggen. Ik realiseerde me dat ik waarschijnlijk nog steeds behoorlijk zwak was. Eigenlijk logisch, want zo lang geleden was het niet dat ik uit het ziekenhuis was ontslagen. Ze hadden gezegd dat het wel even zou duren voordat mijn gebroken ribben geheeld waren. Hoe lang mijn hart ervoor nodig had, zeiden ze er niet bij.

In plaats van de kreupelbosjes stond er nu een hoge bakstenen muur rondom het landgoed van Langley, en onwillekeurig zette ik de pas erin, voortgedreven door herinneringen aan weer thuiskomen. Als ik van de dorpsschool thuiskwam, rende ik het laatste stukje altijd. Dan stormde ik de keuken in, mijn moeder keek dan op van het fornuis, waar ze altijd wel iets lekkers aan het maken was. Dan werd ik omringd door een warme baklucht. En zij droeg een groot wit schort, had een rood gezicht en zat onder het meel. Dan spreidde ze haar armen en gaf ze me een dikke knuffel.

'Hoe was het op school?' vroeg ze dan. 'Ben je een brave meid geweest en heb je gedaan wat de meester zei?'

'Ik ben altijd een brave meid. En ik doe altijd wat me gezegd wordt,' antwoordde ik dan, en ik voegde er een beetje triomfantelijk aan toe: 'En raad eens? Ik was de enige die met rekenen de lange staartdeling kon oplossen.'

'Knap van je.' Dan drukte ze een kus op mijn kruin en als mijn vader binnenkwam, keken we op.

'Ze was de enige die vandaag op school een rekensom wist op te lossen,' zei mijn moeder dan trots.

'Nou, logisch,' antwoordde hij vervolgens. 'De rest zijn dorpskinderen.' En dan trok hij zich met de krant in de woonkamer terug. Daarna keek mam me aan en wisselden we een veelbetekenende blik.

Bij de herinnering aan mijn moeder schoten opeens de tranen in mijn ogen. Ze was al jaren dood en ik miste haar nog steeds. Als ze nog had geleefd, zou alles zo anders zijn geweest. Zij had geweten wat er gedaan en gezegd moest worden. Zij zou mijn steun en toeverlaat zijn geweest. Haastig veegde ik de tranen weg. Ik wilde niet dat iemand zag dat ik huilde.

Terwijl deze herinnering door mijn hoofd speelde, hield de muur abrupt op en zag ik dat ik voor de reusachtige smeedijzeren hekken stond die op Langley Hall uitkwamen. Aan de andere kant van de hekken bevond zich de aangeharkte oprijlaan die tussen mooi verzorgde bloembedden naar het huis leidde. De rode bakstenen Tudorgevel glansde in de middagzon. De zon knipoogde in de glas-in-loodramen. Het voorste deel van het huis was puur Tudor, het landgoed was door koning Henry VIII aan Sir Edward Langley geschonken vanwege zijn hulp bij het ontmantelen en plunderen van de monnikenkloosters. Sterker nog, ditzelfde landgoed had vroeger onderdak geboden aan een klooster, totdat het werd verwoest door mijn voorouder, de monniken werden verjaagd en hij er zelf een mooi huis voor in de plaats liet bouwen. Dus ik had eigenlijk wel kunnen raden dat we om die reden uiteindelijk door een vloek werden ingehaald.

Het huis was groter dan het aan de voorkant leek. Opeenvolgende Langleys hadden er twee mooie georgiaanse vleugels aan toegevoegd, en aan de achterkant een toren en een grote serre in een enigszins victoriaans wanstaltige stijl. Ik bleef staan, stond er als een toerist naar te gapen, mijn handen om de spijlen van het hek alsof ik het voor het eerst zag en zijn schoonheid bewonderde. Mijn voorouderlijk huis. Vierhonderd jaar lang het tehuis van de Langleys. En de ironie ontging me niet dat ikzelf nooit in het huis had gewoond, alleen in het kleine, donkere en hokkerige portiershuis.

Het bord op de muur naast het hek kondigde aan dat het nu onderdak bood aan de 'Langley Hall Meisjesschool'. In plaats van te proberen om een van de hekken te openen, liep ik naar een kleine deur in de muur en liet mezelf binnen zoals ik altijd gewend was geweest. Ik sloeg af naar het smalle pad naar de portierswoning en probeerde de voordeur. Die was op slot. Ik weet niet wie ik hier had verwacht aan te treffen. Na mijn vertrek naar de universiteit had mijn vader hier in zijn eentje gewoond. Na de dood van mijn moeder, ik was toen elf, hadden we daar samen gewoond, alleen wij tweeën.

Ik bleef voor de voordeur staan en zag de afbladderende verf, de vieze ramen en het postzegeltje gras dat nodig gemaaid moest worden, de verwaarloosde bloemperken, waar alleen een paar dappere narcissen het kopje opstaken. Een huivering van spijt ging door me heen. Ik had mijn stomme trots moeten inslikken en bij hem langs moeten gaan. In plaats daarvan had ik hem helemaal alleen laten sterven.

Ik aarzelde, wist eigenlijk niet wat ik nu moest doen. Langley Hall School was dicht vanwege de paasdagen, maar er moest nog iemand zijn, want het telegram was daarvandaan verstuurd, wat aangaf dat mijn vader op het terrein van de school was gevonden. Ik veronderstelde dat het door de directrice, juffrouw Honeywell, was gestuurd. Ze had een paar kamers in het huis, waaronder wat volgens mijn vader in vroeger tijden de mooiste slaapkamer was geweest. Ik wendde me van het huis af en dwong mezelf de oprijlaan op te lopen en mijn vroegere Nemesis uit de zeven ellendige jaren die ik op die school had doorgebracht tegemoet te treden. Nadat mijn vader was gedwongen om Langley Hall te verkopen en het tot een meisjeskostschool werd verbouwd, mocht hij als tekenleraar aanblijven en in het portiershuis gaan wonen. En toen mijn moeder was overleden, werd mij een studiebeurs aangeboden om als externe leerling de school te volgen. Ik vermoed dat het goedbedoeld was, een vriendelijk gebaar. Mijn vader was opgetogen, omdat ik eindelijk zou omgaan met het juiste soort meisjes en passend onderwijs zou genieten. Ik was liever met mijn slimste klasgenoten uit het dorp naar de plaatselijke middelbare school gegaan, maar als mijn vader iets in zijn hoofd had gezet, ging je daar nu eenmaal niet tegenin.

En dus schafte ik een groen met wit uniform aan, met een gestreepte das, een panamahoed voor de zomer en een fluwelen hoed met brede rand voor de winter, en een blazer met het schoolembleem erop, ons oude familiewapen dat bij de koop van het gebouw was inbegrepen. Ik ging ergens naar binnen waar mijn leven vroeger een en al ellende was geweest. Langley Hall kon geen academische instelling worden genoemd. In plaats daarvan trok het de dochters van de upper class aan en van degenen die het geld hadden voor de zogenaamde upper class, en het bereidde deze meisjes voor op een goed huwelijk. Natuurlijk, het waren de jaren zestig, en dan hing je dit curieuze feit niet aan de grote klok. Van meisjes werd verwacht dat ze nuttige vaardigheden leerden, zodat ze passend werk konden vinden – public relations, het uitgeversvak, de BBC, misschien een kunstgalerie runnen of kleding ontwerpen – tot ze de juiste echtgenoot met de juiste hoeveelheid geld tegenkwamen.

Dus was ik vanaf het allereerste begin een buitenbeentje: mijn vader mocht dan een titel hebben, op school was hij slechts de tekenleraar. Ik woonde in het portiershuis en kon middels een studiebeurs naar school. Maar het ergst van alles was dat ik intelligent en ambitieus was. Ik stelde de docenten vragen en tijdens de wiskundelessen wilde ik niets liever dan nog ingewikkeldere problemen oplossen. Sommige docenten waren dol op me en moedigden mijn enthousiasme aan. De luiere en minder gekwalificeerde docenten vonden me een lastpak en stoorzender. Dan stuurden ze me naar de directrice en zetten me apart, waar ik honderd keer 'Ik mag mijn leraren niet in de rede vallen' of 'Ik mag niet aan mijn leraren twijfelen' moest schrijven.

Het doodshoofdachtige gezicht van juffrouw Honeywell, met de hoge jukbeenderen en verlepte grijns, verscheen weer glashelder voor mijn geestesoog. 'Zo, Joanna, dus jij denkt dat je het beter weet dan juffrouw Snode?' Of: 'Mag ik je eraan herinneren dat je hier alleen maar bent omdat ik zo welwillend ben geweest, omdat je vader niet langer goed voor je kan zorgen?'

Dat laatste was ongetwijfeld waar. Mijn vader had nog nooit in zijn leven een maaltijd gekookt of een overhemd gestreken. Mijn moeder had voortreffelijk voor ons beiden gezorgd. En toen ik dus als leerling tot Langley Hall toetrad, betekende dat dat ik ook 's avonds met de meisjes at en mijn huiswerk met hen in de studiezaal deed. Ik was dus alleen maar thuis om te slapen. Ik was blij dat ik in elk geval nog dat kleine respijt had. Om ook nog met mijn vijanden de slaapzaal te moeten delen, was te veel van het goede geweest.

Niet alle meisjes hadden een hekel aan me. Ik had best vriendinnen: rustige, leergierige meisjes zoals ik. We lazen, wisselden boeken uit en praatten erover als we over het terrein liepen. Maar het was die kliek van populaire meiden die zich gedroeg als een roedel, als wolven, die het heerlijk vonden om iedereen op de hak te nemen die zwakker was dan zij en die er geen twijfel over lieten bestaan dat ik niet een van hen was.

'Sorry, aan deze tafel is geen ruimte meer,' zeiden ze dan wanneer ik tijdens de lunch een plekje zocht om te gaan zitten.

Mijn gymschoenen verdwenen op mysterieuze wijze. De wolvenroedel grijnsde meesmuilend als ik vervolgens in de problemen kwam omdat ik mijn spullen kwijt was. In tegenstelling tot hen kreeg ik geen privétennisles en ze lachten me vierkant uit als ik halfhartig een bal probeerde te slaan. Ze praatten luidruchtig over waar ze gingen skiën of als ze naar een villa in Frankrijk vertrokken. Naarmate we ouder werden, hielden die gemene streken uiteindelijk op, deels omdat ik de meisjes nooit liet merken dat ze vat op me hadden, maar ook omdat jongens en feestjes belangrijker werden. Dan praatten ze uitgelaten over de dansfeestjes waar ze naartoe gingen en welke jongens een fantastische auto kregen voor hun achttiende verjaardag. Die reden vervolgens voor een bezoekje naar hen toe, een aanleiding voor de meisjes om er midden in de nacht tussenuit te knijpen. Probleem was dat ze allemaal onderdeel waren van dezelfde sociale kliek, allemaal met elkaar verbonden middels een reusachtig netwerk van familie of zakenlui. Ik was een van de weinige buitenstaanders.

En dus had ik dat tot de zesde klas verdragen. Ik werd gedreven door een brandend verlangen en een levensplan. Ik zou naar de universiteit gaan, advocaat worden, briljant en succesvol zijn, veel geld verdienen en Langley Hall terugkopen. Ik stelde me voor dat ik mijn vader bij de arm nam en hem over de oprijlaan leidde. 'Dit is nu weer van ons,' zou ik dan zeggen. 'En jij bent terug waar je thuishoort, als lord van de manor.'

En tegen juffrouw Honeywell zou ik zeggen: 'Het spijt me zo, maar u moet aan het eind van dit semester vertrekken.' En dan zou ik glimlachen.

Ik moest nu lachen om mijn naïeve optimisme. Nu was mijn vader dood. Ik was de laatste in de lijn. De titel zou uitsterven en het had geen zin om Langley Hall in zijn oude glorie te herstellen. Ik haalde diep adem toen ik de brede trap naar de voordeur beklom en aanbelde.

# 3

# Joanna

*April 1973*

Ik hoorde de bel door de hal galmen, en toen, na een hele poos, ging de deur open en kwam juffrouw Honeywell in eigen persoon tevoorschijn. Ik had een bediende of dienstmeisje verwacht en deed onwillekeurig een stap achteruit toen ik dat gezicht zag. Als altijd was haar gezicht een perfect masker van make-up, haar geëpileerde wenkbrauwen tot dunne bruine lijntjes getekend, en haar haar, nu grijzer dan ik me herinnerde, was in een permanent van volmaakte laagjes gekapt. Wat ik niet had verwacht, was dat ze gekleed was in een vrijetijdsbroek en een shirt met open hals. Gedurende het schooljaar herinnerde ik me haar 's winters in een maatmantelpak, met een gouden speld op de revers, en 's zomers in een gesteven linnen jurk met parels.

Zij leek ook even te schrikken en toen brak haar gezicht in een glimlach open. 'Joanna, liefje. Ik had je niet zo snel verwacht.'

'Zodra ik het telegram ontving, ben ik op weg gegaan.'

'Ik wist niet zeker of we het naar het juiste adres hadden gestuurd, maar we dachten dat het advocatenkantoor je wel zou weten te vinden.'

'Dank u wel. Ja, ze hebben me gebeld toen het telegram arriveerde.'

'Nou, wat een opluchting. Ik vind het zo erg dat ik de brenger van slecht nieuws ben. Maar kom toch binnen.' Ze deed een stap opzij om me in de zwart-wit betegelde hal binnen te laten. Daar was het heerlijk koel. Juffrouw Honeywell deed de voordeur achter zich dicht.

'Eigenlijk had ik nu in Italië moeten zitten, maar ik had een paar belangrijke vergaderingen met de raad van bestuur, dus zit ik hier vast,' zei ze, terwijl ze me voorging en haar hoge hakken op de marmeren vloer klakten. 'Maar het had erger gekund. We hebben absoluut heerlijk voorjaarsweer, wat jij?'

Ze deed wat alle Engelsen deden. Als zich iets gênants of emotioneels dreigde voor te doen, begon je over het weer. Altijd een veilig onderwerp.

'Ga jij dit jaar nog weg?' vroeg ze.

'Nog geen plannen,' antwoordde ik, beslist niet van plan om toe te geven dat ik momenteel op zwart zaad zat.

We waren bij de deur van haar werkkamer aangekomen. Ik herinnerde me nog goed dat ik naar die koperen plaat op haar deur staarde – JUFFROUW HONEYWELL, DIRECTRICE – en probeerde adem te halen voor ik aanklopte en naar binnen ging, mijn doem tegemoet. Nu deed zij de deur open en glimlachte weer naar me. 'Kom erin,' zei ze. 'Ga zitten. Ik ga kijken of Alice in de buurt is om voor thee te zorgen. Zoals je ziet, is er hier bijna niemand. Alleen het noodzakelijkste personeel. Verder heeft iedereen paasvakantie. Sterker nog, het was maar goed dat ik elke ochtend een wandeling maak, anders had het dagen geduurd voor je vader was gevonden.'

Ze pakte de telefoon van haar bureau en draaide een nummer. Ik keek toe terwijl ze, trommelend met haar lange rode vingernagels, zei: 'Ah, Alice. Mooi zo. Je bent er nog. Juffrouw Langley is bij me en we willen graag wat thee. Ja, in mijn kantoor. Fijn.' Ze legde de hoorn neer en keek me met een glimlach aan alsof ze iets behoorlijk slims had gedaan.

'Waar waren we?'

'Mijn vader,' zei ik. 'U zei dat u hem op het terrein had aangetroffen?'

'Ja. Nogal een schok, moet ik toegeven. Ik liet Bertie uit, mijn cockerspaniël, die voor me uit rende en begon te blaffen. Nou heeft hij een talent om de walgelijkste dingen op te sporen, zoals dode vogels, dus ik riep naar hem dat hij het moest laten liggen, en toen ik bij hem was, zag ik een man op zijn buik op het gras liggen. Morsdood. Koud en stijf. Dus ik ben naar het huis teruggerend en heb het alarmnummer gebeld. Ze hebben hem naar het mortuarium gebracht en ik verwacht dat ze een lijkschouwing doen.'

'Dus u weet niet waaraan hij is gestorven?' vroeg ik aarzelend. 'Hij was niet... ik bedoel...' Ik kon het woord 'vermoord' niet over mijn lippen krijgen.

Ze keek me vol afgrijzen aan. 'O nee. Helemaal niet, dat weet ik zeker. Daar was geen spoor van te zien. Ik ben er zeker van dat het een natuurlijke dood was. Sterker nog, als hij niet zo koud en wit was geweest, had ik gedacht dat hij sliep. Het moet zijn hart zijn geweest. Had hij een zwak hart, voor zover je weet?'

'Geen idee,' zei ik. 'U weet zelf hoezeer mijn vader op zichzelf was. Hij besprak nooit iets wat ook maar in de verste verte persoonlijk was. En ik moet bekennen dat ik hem al een poosje niet heb gesproken. Als hij al in slechte gezondheid verkeerde, dan zou hij dat nooit aan iemand hebben verteld.'

'Ik had wel gemerkt dat hij de laatste tijd afstandelijker was dan anders,' zei juffrouw Honeywell. 'Misschien gedeprimeerd.' Ze zweeg even. 'Ik vond hem altijd al een ongelukkige man. Hij is nooit helemaal over het verlies van zijn status en bezit heen gekomen, hè?'

'Had u dat dan wel gekund?' vroeg ik, plaatsvervangend nijdig. 'Hoe zou u zich voelen als u in de portierswoning van uw vroegere huis moest wonen en moest toezien hoe hordes schoolmeisjes door de kamers waar u was opgegroeid krioelden?'

'Hij had niet hoeven blijven,' zei ze. 'Hij had van alles en nog wat kunnen doen. Ik heb begrepen dat hij voor de oorlog een getalenteerd kunstenaar was. Veelbelovend.'

'Mijn vader? Een veelbelovend kunstenaar?'

'O ja.' Ze knikte. 'Naar verluidt heeft hij in de Royal Academy geëxposeerd. Maar ik heb nooit zelf een van zijn schilderijen gezien, behalve dan de posters die hij voor schoolevenementen maakte en decors voor onze toneelspelen. Knap, duidelijk een vakkundig kunstenaar, maar beslist niet uitzonderlijk.'

'Ik had geen idee dat hij ooit geschilderd heeft,' zei ik. 'Ik wist dat hij de kunstacademie had gedaan, maar ik heb me nooit gerealiseerd dat hij echt een schilder is geweest. Ik vraag me af waarom...' Ik wilde zeggen dat ik me afvroeg waarom hij ermee was opgehouden, maar nog voordat ik de woorden uitsprak, beantwoordde ik mijn eigen vraag: omdat de wereld om hem heen was ingestort.

'Ze zeggen dat kunstenaars onberekenbaar zijn, hè?' zei juffrouw Honeywell. 'Overgevoelig. En natuurlijk kwam hij ook nog uit een adellijke familie. Inteelt onder de aristocratie werkt een labiel gestel in de hand.'

'U denkt toch niet dat hij zich van het leven heeft beroofd?' vroeg ik scherp. Woede doordat ze suggereerde dat mijn vader op de een of andere manier geestelijk labiel was vocht met mijn eigen schuldgevoelens die me dreigden te overrompelen.

Ze schonk me een triest glimlachje. 'Als hij zich het leven had willen benemen, had hij geen reden gehad om daarvoor het bos in te wandelen. Dat had hij net zo goed thuis kunnen doen. Daar was niemand geweest die hem ervan had weerhouden. Bovendien, zoals ik al zei, er was bij hem geen spoor te zien van iets wat op letsel wees. Geen vergif of een schotwond.' Ze zweeg even, keek uit het raam waar een spreeuw op een rozenstruik was neergestreken. 'Natuurlijk ben ik eerder geneigd te denken dat hij de laatste tijd meer was gaan drinken.' Ze keek weer mijn kant op. 'O, ik zeg niet dat hij dronken op zijn werk kwam of iets dergelijks, maar de terreinknecht meldde wel dat er lege flessen bij de vuilnis stonden en juffrouw Pritchard, de geschiedenisdocente, kwam hem tegen in een slijterij waar hij scotch kocht.'

Ik kreeg de neiging te vragen wat juffrouw Pritchard dan in de slijterij deed, maar hield wijselijk mijn mond. 'Ik vermoed dat we van de schouwarts de doodsoorzaak wel te horen zullen krijgen,' zei ik. 'Niet dat het wat uitmaakt, wel? Hij is dood. Er is niets wat hem kan terugbrengen.'

'Ik vind het zo erg, liefje,' zei ze en ze klonk bijna menselijk. 'Het moet een grote schok voor je zijn. Zo oud was hij nog niet.'

'Vierenzestig,' zei ik werktuiglijk. 'Helemaal niet oud.'

'Hij was heel trots op je, moet je weten.'

Ik reageerde verbaasd. 'Trots op mij?'

'O ja. Hij had het heel vaak over je. Hoe goed je het op de universiteit had gedaan en dat je binnenkort toetreedt tot de advocatuur.'

Dit had ik totaal niet verwacht. Mijn vader was er altijd op tegen geweest dat ik naar de universiteit wilde. Hij had een vooroorlogse opvatting over vrouwen, uit een tijd dat hij de zoon was van Sir Toby Langley van Langley Hall en het leven bestond uit feestweekenden, dansavonden en vossenjachten. Er werd een goede partij voor de meisjes gekozen, en ze zouden over hun eigen mooie landhuizen de scepter gaan zwaaien. Hij vertikte het om in te zien dat in het naoorlogse tijdperk meisjes als ikzelf hun weg in de wereld moesten zien te vinden en geen hulp hoefden te verwachten van hun familie. Een goede carrière was essentieel. En dus had ik helemaal zonder zijn hulp de toelatingsexamens gedaan voor Oxford en Cambridge, en voor de zekerheid ook voor de University College Londen. Ik was diep teleurgesteld geweest toen ik noch op Oxford noch op Cambridge een plekje wist te bemachtigen, maar dat ik naar de UCL moest. Een goede tweede, vermoed ik. Destijds was het nooit bij me opgekomen dat een aanbeveling van een directrice me aan een plekje op een Oxbridge-college had kunnen helpen, en ik weet zeker dat juffrouw Honeywell geen al te flatteuze brief over me zou hebben geschreven, als ze er überhaupt al een had geschreven.

Ik kreeg een studiebeurs en werkte de hele zomer als kamermeisje in een hotel in een badplaats om in mijn levensonderhoud te voorzien. Terwijl anderen van mijn generatie protestmarsen, love-ins en sit-ins hielden, en scandeerden: 'Make peace, not war', was ik hard aan het werk. En dus was ik op het een na hoogste niveau afgestudeerd – niet het hoogste, waarnaar ik had gestreefd, maar nog altijd heel goed. En daarna hoopte ik advocaat te worden.

Juffrouw Honeywell moest mijn gedachten hebben gelezen.

'Je werkt zeker voor het advocatenkantoor waar ik het telegram naartoe heb gestuurd?'

'Dat klopt, ja.' Ik zag geen reden haar te vertellen dat ik daar momenteel niet werkte, en ook niet de reden van mijn verlof. 'Ik ben daar stagiaire en hoopte deze zomer mijn advocaatexamen te doen, maar nu moet ik dat tot het najaar uitstellen. Ze hebben niet gezegd of ze me willen houden als ik mijn diploma heb gehaald.'

'Een interessante praktijk?'

'Niet bepaald. Veel overdrachtsrecht en testamenten, en het soort routinezaken dat ze aan junioren geven.'

'Ik had moeten weten dat de advocatuur meer iets voor jou was,' zei ze en met die kleine zwarte vogeloogjes van haar keek ze me scherp aan. 'Je was altijd al bezig om je zaak te bepleiten, en je kon heel overtuigend zijn.'

Ze onderbrak zichzelf toen een oudere dienstmeid binnenkwam met een theeblad. Daarop stonden heel toepasselijk een porseleinen bloemetjestheepot, een bijpassend melkkannetje en suikerpot, twee kopjes, twee schoteltjes en een schaaltje koekjes.

'Zal ik inschenken, juffrouw Honeywell?' vroeg de meid, maar ik zag dat ze naar mij keek. Toen ik haar blik ontmoette, bloosde ze en wendde ze haar blik af.

'Nee, dank je, Alice. Ik weet zeker dat we het wel redden,' zei juf frouw Honeywell en ze wuifde haar met een vaag gebaar weg. Ze pakte het zilveren zeefje en voordat ze inschonk, legde ze dat op een kopje. 'Ah, lapsang souchong,' zei ze. 'Ze weet wat ik lekker vind. Wil je citroen of melk?'

Toevallig hield ik helemaal niet van Chinese thee, maar ik zei: 'Citroen, alstublieft', want ik dacht dat dat het juiste antwoord was. Ik was een kei geworden in het aanvoelen van wat mensen wilden horen. Ik keek toe terwijl ze de amberkleurige vloeistof in de breekbare porseleinen kopjes schonk. Wat was dit alles toch beschaafd. Een leven zo anders dan dat van mij, met forenzen in de overvolle ondergrondse en een rantsoen van Indiase afhaalmaaltijden, toen ik die nog kon betalen. En al die tijd lag mijn vader dood op een snijtafel in het mortuarium. Ik besloot dat ik lang genoeg een beleefd gesprekje had gevoerd. Ik liet een schijfje citroen in mijn thee vallen en nam een slokje. Het was nog te heet om te drinken, dus ik zette het neer.

'Wat mijn vader betreft, ik weet eigenlijk niet wat er nu gaat gebeuren,' zei ik. 'Moet ik de dominee regelen voor de begrafenis?'

'Je moet waarschijnlijk eerst langs het mortuarium,' zei ze. 'Ze geven het lichaam niet vrij voor de begrafenis tot ze de overlijdensakte hebben ondertekend, en als er een autopsie wordt verricht of als er andere vragen zijn, dan zou dat wel eens een paar dagen kunnen duren.'

Ze bood me het schaaltje koekjes aan. Ik liet de chocoladebiscuitjes liggen, wilde niet dat het in mijn vingers zou gaan smelten en nam in plaats daarvan een crèmekoekje. Ik knabbelde er voorzichtig aan terwijl ik mijn gedachten probeerde te ordenen. Ik had niet bedacht dat ik hier een paar dagen zou moeten blijven. Ik had eigenlijk helemaal nergens goed over nagedacht, weggestormd als ik was om vanaf Waterloo op de eerste de beste trein te springen, met als enige gedachte dat ik aan mijn vaders zijde moest zijn, ook al kon hij niet meer geholpen worden.

'Mag ik de sleutel van de woning hebben?' zei ik. 'Het lijkt me een beetje ver om heen en weer naar Londen te gaan.'

'Uiteraard,' zei ze. 'Je wilt natuurlijk je vaders spullen uitzoeken, dus dan kun je daar mooi mee beginnen.' Ze opende een la en haalde er een grote, ouderwetse sleutel uit, en overhandigde me die plechtig alsof ze iemand de sleutels van de stad gaf. 'O, en Joanna,' voegde ze eraan toe, 'ik wil je niet opjagen en neem vooral alle tijd die je nodig hebt, maar ik moet wel even zeggen dat je vader de woning alleen mocht gebruiken zolang hij nog in dienst was van de school. Dit semester komt er een nieuwe gymleraar en tenniscoach. Hij is ook een man, en ik wil hem graag op gepaste afstand van de meisjes huisvesten. Het is een heel knappe man en je moet de kat niet op het spek binden.' Ze ontmoette mijn blik en glimlachte. 'Je weet hoe het is met een kudde meisjes en een aantrekkelijke jongeman.'

Ik wist daar niets op te zeggen en kon haar glimlach ook niet beantwoorden. Ik wilde alleen maar weg uit dat perfecte kamertje en ontsnappen aan haar zelfingenomen glimlach.

'Heb jij plannen in die richting?' vroeg ze. 'Luiden er huwelijksklokken aan de horizon?' Ik zag dat ze naar mijn linkerhand keek.

'Nee,' antwoordde ik. 'Geen huwelijksklokken.'

'Nog altijd de ambitieuze carrièrevrouw, begrijp ik.' Ze lachte weer naar me. 'Dus als je de bezittingen van je vader vóór het begin van het zomersemester kunt weghalen, zou ik dat heel fijn vinden.'

# 4

# Hugo

*December 1944*

Hij kwam met een schok bij kennis doordat er iets tegen zijn wang kriebelde. Hij veegde er verschrikt over en zag dat het maar een grasssprietje in de wind was. Hij krabbelde overeind, nam de koude, vochtige aarde om zich heen in ogenschouw, en de rijen keurig aangelegde olijfbomen die zich heuvelopwaarts uitstrekten. Het was nog niet helemaal licht, maar voor zover hij kon zien was de lucht boven hem loodgrijs en zo zwaar dat regen niet uit kon blijven. Hijzelf zat al onder een vochtig laagje van een miezerige, nevelige regen. Hij voelde dat iets hem naar achteren trok en schreeuwde het bijna uit van schrik, tot hij zich realiseerde dat hij nog aan zijn parachute vastzat, die nu als een gewonde vogel op de grond spartelde. Hij prutste met de gesp, onhandig door de handschoenen die hij droeg, en uiteindelijk kreeg hij hem los. Hij trok het harnas uit en probeerde rechtop te gaan zitten. Duizelig en misselijk keek hij om zich heen; hij deed zijn best om zijn hersens erbij te houden en te besluiten wat hij nu moest doen.

De parachute bolde op toen de wind er vat op kreeg en hem dreigde weg te blazen. Dat moest hij niet hebben. Hij greep de touwen vast, probeerde op te staan en stortte van de pijn weer neer. Zijn been wilde hem simpelweg niet dragen. Hij trok de parachute naar zich toe, haalde hem binnen en worstelde met de wind om hem op te rollen. Hij was verrassend licht en het ging hem redelijk goed af om het ding in zijn hoes terug te stoppen.

Nadat hij de parachute veilig had weggeborgen, klemde hij hem tegen zich aan en bekeek de situatie om zich heen. De heuvelrug rondom hem was beplant met rijen olijfbomen. Ronde boompjes met veerachtige bladeren. Weinig kans dat hij zich daartussen kon verstoppen. Het eerste echte bos – in deze tijd van het jaar bijna kaal – bevond zich een paar honderd meter verderop op de heuveltop en hij kon onmogelijk weten of daar een echt bos begon of dat het slechts een smalle bomenzoom rondom een volgende boerderij betrof. Wolken hingen laag boven de heuveltoppen, maar ze wervelden en weken uiteen, en voorbij de bomen zag hij een rotsachtig uitsteeksel oprijzen met de ruïnes van iets wat leek op een oude vesting. Dat kon wel eens een veelbelovende schuilplek zijn, in elk geval tot hij tijd had om zijn verwondingen te inventariseren en te besluiten wat hij hierna moest doen.

Hij draaide zich om en keek de heuvel af. De rijen olijfbomen eindigden in een kleine laagte, en aan de andere kant glooide het terrein weer omhoog, deze keer met rijen van zo te zien druivenranken, hoewel die in deze tijd van het jaar bestonden uit dorre en bruine in elkaar verstrengelde takken. Op de richel daarachter bevond zich een rij zwarte cipressen, die leken op soldaten die in de houding stonden, in een mist die zich aan de heuvelrug vastklampte. Een weg, dacht hij, en hij dacht terug aan een tijd dat hij dit soort landschappen had geschilderd. Waar de cipressen eindigden, werd de heuveltop bekroond door bosgebied, en daarbovenuit ontwaarde hij de dakpannen van de huizen van een klein bergdorp. Een vierkante kerktoren rees boven de daken uit en terwijl hij er zo naar keek, hoorde hij een klok zes uur slaan.

Hij staarde naar het bergplaatsje, vroeg zich af hoe ze hem zouden ontvangen als hij die kant op ging. Aangezien hij in Italië had gewoond, had hij er goede hoop op dat de plaatselijke bevolking niet veel ophad met Duitsers. Maar misschien werd het plaatsje wel bezet door de Duitsers. Dat risico kon hij niet nemen, althans niet voor hij meer wist.

Hij schrok op toen een afschuwelijke kreet de lucht verscheurde, en besefte toen dat het een haan was die de dageraad begroette. Een tweede gaf antwoord. Een hond blafte. Het dorp kwam tot leven. Hij moest in beweging komen voordat hij werd ontdekt. Hij begon naar voren te kruipen, op zijn handen en goede been, terwijl hij zijn parachutezak naast zich meesleurde. Die durfde hij niet achter te laten, die zou hem zeker verraden. En bovendien kon een parachute nog handig van pas komen, om te schuilen als het ging regenen of sneeuwen misschien? Hij vroeg zich af of hij sneller vooruitkwam als hij opstond en zich hinkend voortbewoog, steun zoekend bij de boomtakken. Een stok, dacht hij. Ik moet een loopstok maken, of misschien een spalk, voor als het bot gebroken is. Hij kwam pijnlijk langzaam vooruit. Er leek geen eind te komen aan de olijfbomen. Hij draaide zich steeds om om te kijken of er iemand achter hem aan kwam. Hij verstarde toen hij een dier hoorde briesen en liet zich op de grond vallen. Hij speurde de horizon af en kreeg een paarden-wagen in het oog die via de hoofdweg het dorp verliet. Hij hoorde de wielen kraken en het paard brieste nogmaals. Hij keek toe terwijl de kar de cipressen passeerde, maar hij reed bij hem vandaan. Hij slaakte een zucht van opluchting toen hij terugkeerde naar zijn vermoeiende taak.

Er stak een stevige bries op, die ruiste door de olijventakken, zuchtte door het gras en verre geluiden overstemde. Hij had verschrikkelijke dorst, zijn mond was uitgedroogd en hij wilde dat hij zo slim was geweest om zijn veldfles mee te nemen. Of zijn heupfles brandy, die zou nu wel heel goed van pas zijn gekomen. Het bos raakte nu dichter begroeid, maar hij kon niet verder. Zijn krachten begaven het en hij ging zitten, leunde met zijn rug tegen een dikke olijvenstam, uit het zicht van het dorp, en deed zijn ogen dicht. Hij voelde zich verschrikkelijk zwak en realiseerde zich dat hij misschien veel bloed had verloren.

'Ik wil hier niet doodgaan,' mompelde hij. Hij riep een beeld op van thuis. Het was een prachtige zomerse dag en hij reed naar Langley Hall. De kastanjebomen stonden vol in bloei. De lucht geurde naar pas gemaaid gras en rozen. Hij toomde het paard in tot een drafje toen een stalknecht hem tegemoetkwam.

'Goede rit gehad, meneer Hugo?' vroeg die toen Hugo zich met gemak uit het zadel zwaaide en hem de teugels aanreikte.

'Fantastisch, dank je wel, Josh.'

De trap op en door de voordeur. Zijn vader die met de krant aan de ontbijttafel zat en met gefronste wenkbrauwen opkeek. 'Ben je gaan paardrijden? In mijn tijd kleedde men zich voor het ontbijt om.'

'Sorry, vader, maar ik rammel van de honger. Hoe gaat het vandaag met u?'

'Niet slecht, welbeschouwd. Nog steeds kortademig bij het traplopen. Maar dat valt te verwachten, hè? Als je gas hebt ingeademd raken je longen aangetast.'

'Rotoorlog. Sloeg helemaal nergens op.'

'Ik betwijfel of dat met oorlog ooit het geval is, maar kennelijk leren we het maar niet af, hè...?'

Hugo zette de herinnering aan dat gesprek van zich af, en ook het beeld van zijn langzaam wegkwijnende vader met zijn droge hoest. *Denk aan je vrouw, Brenda. Denk aan je zoon.* Hij probeerde ze zich voor de geest te halen, maar hij zag alleen vage en onduidelijke beelden, als oude foto's. Hoeveel jaar was het geleden dat hij ze voor het laatst had gezien? Vier. Bijna Teddy's halve leven. Toen hij vertrok, was Teddy een verlegen jongetje geweest dat zich aan Nanny's rok vastklampte. Nu was hij een jaar of negen. Hugo had geen idee hoe hij eruitzag of wat hij deed. Slechts om de paar maanden kwamen er brieven, het meeste onleesbaar gemaakt door de censuur zodat er bijna niets in stond – 'Met Teddy gaat het goed en hij doet pappie de hartelijke groeten' – waardoor Hugo zich afvroeg of Teddy al naar de voorbereidingsschool ging, of hij graag cricket speelde, of hij al goed kon paardrijden…

Hij opende zijn ogen en zag dat iemand zich over hem heen boog. Verschrikt richtte hij zich op, zijn hand reikte naar zijn dienstwapen maar hij besefte dat dat toch niet was geladen. Hij dacht aan zijn mes in zijn laars, ook volkomen nutteloos. Waarom had hij niet vooruitgedacht, klaar om zich te verdedigen?

Hij focuste zijn blik en reageerde met afgrijzen. Een magere, gezichtsloze figuur met capuchon, in het zwart gehuld. De man met de zeis. De dood kwam hem halen. Terwijl hij probeerde op te staan, hapte de figuur naar adem en deed een stap achteruit. Toen zag Hugo dat het een vrouw was, helemaal in het zwart gekleed, haar hoofd en schouders bedekt door een omslagdoek. Ze droeg een mand die ze nu voor zich hield, alsof ze zich wilde verdedigen.

'Bent u een Duitser?' vroeg ze in het Italiaans, haar moedertaal. '*Deutsch?*'

'Nee, Ik ben niet Duits. Ik ben Engels,' antwoordde hij in het Italiaans, dankbaar dat hij de taal door zijn studiejaar in Florence redelijk vloeiend sprak. 'Mijn vliegtuig is net…' Hij zocht naar het woord voor 'gecrasht' of 'neergeschoten', maar kon er niet opkomen. Dat soort woorden kwam niet voor in de gesprekken die hij vóór de oorlog had. 'Mijn vliegtuig is neergestort.' Hij onderstreepte dit met een gebaar van een neerstortend vliegtuig.

De vrouw knikte. 'We hebben het gehoord,' zei ze. 'De explosie. We wisten niet wat het was. We waren bang dat de Duitsers weer iets hadden opgeblazen.'

Hij vond haar moeilijk te verstaan. Hij was bang dat hij al het Italiaans dat hij had geleerd was vergeten, maar besefte toen dat ze in een sterk Toscaans dialect sprak dat hij wel vaker had gehoord bij plattelanders. En door haar handgebaren begreep hij wat ze zei.

'Zijn er nog Duitsers in de buurt?' vroeg hij.

Ze knikte weer en keek om zich heen alsof ze verwachtte dat ze elk moment konden opduiken. 'O ja. Ze hebben zich in de heuvels ingegraven, als konijnen in hun holen. Ik denk niet dat jullie ze daar gemakkelijk uit zullen kunnen verdrijven. Het is voor u niet veilig om hier te blijven. U moet naar het zuiden vertrekken. Die kant op.' Ze wees. 'Daar rukken de geallieerden op. We hoorden dat ze al dicht in de buurt van Lucca zijn.'

'Ik kan niet lopen,' zei hij. 'Ik denk dat ik in mijn been ben geschoten. Ik heb een schuilplek nodig tot ik de wond kan behandelen en kijken wat er gedaan moet worden.'

Ze keek weer op. 'Ik kan u niet meenemen naar mijn dorp,' zei ze. 'Daar komen de Duitsers soms. Dan eisen ze onderdak en pakken ze ons voedsel af. Het is daar niet veilig voor u. Als het bekend wordt, zijn er altijd wel mensen die in ruil voor voedsel of sigaretten maar wat graag informatie willen verkopen.'

'Ik pieker er niet over om jullie in gevaar te brengen,' zei hij. Althans, dat had hij eigenlijk willen zeggen, maar hij wist alleen maar uit te brengen: 'Ik wil het niet gevaarlijk voor jullie maken.'

Ze spreidde haar handen. 'Als het alleen maar om mij ging, zou ik ja zeggen. Dan zou ik het risico wel nemen. Maar mijn kleine zoontje en de oma van mijn man wonen ook bij me. Ik moet hen beschermen.'

'Natuurlijk. Ik begrijp het. U mag door mij niet in gevaar komen.'

Nu keek ze hem met gefronste wenkbrauwen aan. 'Hoe komt het dat u mijn taal spreekt?'

'Ooit heb ik als jongeman in Florence gewoond. Ik heb daar een jaar kunst gestudeerd.'

'Bent u dan kunstenaar?' vroeg ze.

'Vóór de oorlog wilde ik schilder worden. Nu ben ik al vijf jaar vliegenier.'

'Deze oorlog heeft ons beroofd van alles waar we van hielden,' zei ze, en ze wendde haar blik af.

Hij knikte. 'Als u me alleen even wilt helpen opstaan, dan ga ik mijn eigen weg,' zei hij. 'Ik kan elk moment ontdekt worden en dan zou u in problemen kunnen komen omdat u met me praat.'

'Ik denk niet dat er nu iemand deze kant op komt.' Terwijl ze dit zei, keek ze behoedzaam om zich heen, alsof ze haar woorden niet helemaal vertrouwde. 'De olijvenoogst is voorbij. Ik kwam hier alleen maar om te kijken of er tussen de bomen nog wat olijven lagen, of dat er in het bos misschien nog paddenstoelen of kastanjes te vinden zijn. Tegenwoordig eten we alles wat we kunnen vinden. De Duitsers pakken alles af wat we hebben.'

Bij het noemen van de Duitsers trok ze weer een angstig gezicht. Ze sjorde de omslagdoek strakker om zich heen. 'Kunt u helemaal niet lopen?'

'Ik zou het met uw steun kunnen proberen. Tot aan die bomen daar. Daar kan ik me verschuilen.'

'Het klooster,' zei ze opeens resoluut. 'Ik breng u naar het klooster. Daar bent u veilig.'

'Klooster?' Hugo reageerde met het protestantse wantrouwen jegens alles wat katholiek was, vooral jegens monniken. 'Weet u zeker dat dat een goed idee is?'

'Het is een ruïne,' zei ze. 'Daar komt niemand meer. Maar het is wel een goede onderduikplek, als u het tenminste tot zover redt.'

'Laten we het dan maar proberen. Misschien kunt u me overeind helpen?'

Ze zette haar mand neer en tilde hem onder zijn oksels op. Ze was tenger maar opmerkelijk sterk. Hij stond op, zwetend van de pijn toen hij zijn gewonde been probeerde te belasten.

'Kom,' zei ze. 'Leg uw arm om mijn schouder. Ik zal u ondersteunen.'

'O nee. Dat zou ik niet kunnen. Het is niet nodig,' zei hij. Nu hij rechtop stond zag hij hoe groot hij was in vergelijking met haar.

'Doe niet zo idioot. Zonder hulp kunt u niet lopen. Kom. Doe het nou maar.'

Hij deed wat ze zei, zich bewust van haar tengere, knokige schouders onder de omslagdoek terwijl hij zo'n teer klein ding niet met zijn gewicht wilde belasten.

'Goed zo,' zei ze. 'Leun maar op mij.'

Terwijl ze zich tussen de rijen olijfbomen naar voren bewogen, sleepte hij met zijn andere hand de parachute mee. Door de teisterende wind vouwde haar omslagdoek zich om hun gezichten. Het was afschuwelijk ruw terrein: hier en daar was de ondergrond zacht en modderig, dan weer rotsachtig en soms bevroren. Hugo zette zijn tanden op elkaar en kroop naar voren. Ze haalden het in elk geval tot de bomenzoom. Sommige bomen waren nu grimmig en kaal, terwijl andere hun bladeren vasthielden: altijdgroene eiken en daartussen een paar lange donkere naaldbomen. Hugo bleef staan en leunde dankbaar tegen een stevige boomstam.

'Ik moet even op adem komen,' wilde hij zeggen. Maar feitelijk zei hij: 'Ik moet wachten en beter ademen.' Hij had nooit zo goed Italiaans leren spreken dat hij ook het idioom beheerste.

'Laten we eerst een stukje het bos in lopen. Hier kunnen ze u nog zien. We weten nooit waar de Duitsers op de loer liggen,' zei ze, hem aansporend.

Ze strompelden tussen de bomen door, glibberden over natte bladeren, struikelden over wortels. Hier rook de lucht verzadigd en vochtig, en was de wereld volkomen stil. De vrouw liep bij hem vandaan, schoot naar voren en greep een bungelende tak vast. 'O kijk, kastanjes,' zei ze. 'Mooi zo. In deze tijd van het jaar zijn meestal alle wilde kastanjes al gevonden. En daar op die stam groeien paddenstoelen, zie ik. Die pluk ik op de terugweg naar huis.'

'En ik zie daar een dode tak liggen,' zei hij. 'Als u die voor me wilt oprapen, kan ik proberen die als kruk te gebruiken.'

'Goed idee.' Ze tilde de zware tak op en schudde de dode bladeren eraf. 'Als we hem hier afbreken' – en terwijl ze dat deed klonk er een luid krakend geluid – 'moet hij precies goed zijn.'

Hij stopte het dikste uiteinde onder zijn oksel. 'Ja, dit zou wel eens kunnen lukken.'

Hij schonk haar een hoopvolle grijns en ze glimlachte naar hem terug. 'Mooi zo.' Haar hele gezicht lichtte op als ze glimlachte, zag hij. Verborgen onder die sjaal kon ze elke boerenvrouw van welke leeftijd ook zijn. Nu besefte hij dat ze wel wat meer was dan een meisje met een brutale glimlach en donkere, sprankelende ogen.

'Nu komt het moeilijke gedeelte,' zei ze. 'Ik hoop dat het niet te veel voor u is.'

# 5

# Joanna

*April 1973*

Juffrouw Honeywell en ik gingen vriendschappelijk uit elkaar. Ze nodigde me zelfs uit om die avond een glas sherry met haar te drinken, voor het geval ik alleen in het huis was. Ik bedankte haar beleefd, maar een deel van me wilde het alleen maar uitschreeuwen: 'Ouwe schijnheil die je bent. Weet je dan niet meer hoe gemeen je me hebt behandeld?' Ik had altijd al vermoed dat ze gebelgd was over het feit dat mijn vader een titel had en dat ze hem nog steeds Sir Hugo moest noemen, ook al was hij verder alles kwijtgeraakt. Ik weet zeker dat dat stak.

Ik liep langzaam terug naar de oprijlaan, rook de zoete geur van de aan weerskanten bloeiende hyacinten en narcissen en van pas gemaaid gras, die me tegemoetkwam vanaf de plek waar de maaier aan het werk was geweest. Ik aarzelde voor de voordeur van de portierswoning, wilde plotseling niet naar binnen en zien wat er van mijn vaders leven was geworden. Na mijn schooltijd was ik niet vaak meer thuis geweest. Vader en ik konden niet goed met elkaar praten en soms liep het uit op ruzie of zelfs schreeuwpartijen, dus als we samen gingen lunchen, deden we dat ergens in een pub. We konden allebei opgewekt blijven zolang het duurde om een lekkere biefstuk en wat appeltaart te verorberen.

Ik stak de grote sleutel in het slot en draaide hem om. De deur zwaaide knarsend open, zoals je wel in een hoorspel op de radio hoorde wanneer iemand een spookhuis betrad. Ik ging naar binnen, deinsde terug vanwege de muffe stank die er hing, bedorven voedsel vermengd met sigarettenrook en kleren die nodig in de was moesten. Het was duidelijk dat hij direct na het ontbijt was weggegaan. De resten van een gekookt ei, toast in het zilveren rek, een leeg theekopje en een melkkan stonden op de tafel. Eigenlijk vond ik dat geruststellend. Als hij zich van het leven had willen beroven, zou hij zeker niet eerst een ei hebben gekookt voor het ontbijt. Te oordelen naar de melk realiseerde ik me dat hij niet deze ochtend was gestorven, maar minstens een dag geleden, nadat juffrouw Honeywell gisterochtend haar hond had uitgelaten. En dit riep meer bezorgde gedachten op: was hij gewoonweg dood neergevallen? Had hij in het gras gelegen en om hulp geroepen? Had hij gered kunnen worden als iemand hem had gehoord?

'O papa,' fluisterde ik. 'Ik vind het zo erg.'

Ik merkte dat ik tranen wegslikte. Mijn hele leven had ik gewild dat hij van me hield. Ik denk dat hij dat ook wel deed, op zijn eigen manier, maar niet zoals mijn moeder. Ik kan me niet herinneren dat hij me ooit heeft geknuffeld. Toen ik klein was nam hij me wel op zijn knie om me voor te lezen, maar dichterbij zijn we nooit gekomen. Ik denk dat hij niet wist hoe hij een liefdevolle vader moest zijn. Net als alle jongens uit de upper class werd hij op zijn zevende naar kostschool gestuurd en had hij geleerd om zijn gevoelens weg te stoppen.

'Papa,' fluisterde ik weer, alsof hij me kon horen. 'Ik hield echt van je. Als nou maar...' Ik liet de rest van de zin in de lucht hangen. Werktuiglijk ruimde ik de ontbijtresten af, gooide de eierdop en toast in de vuilnisbak en waste het bord en het kopje af, alsof ik de gevoelens op afstand kon houden door maar bezig te blijven. Daarna zette ik de broodrooster weg en nam de tafel af. Toen ik klaar was, zag de keuken er netjes en schoon uit, zoals altijd in de tijd dat mijn moeder nog leefde. Maar destijds was het er warm en vriendelijk geweest, met schone gordijnen die voor een open raam wapperden, en altijd die overheerlijke kookgeuren: pasgebakken scones, rundvleespastei met niertjes, worstenbroodjes en gevulde cake... het water liep me in de mond bij de gedachte alleen al. Mijn moeder was dol op koken. Ze deed niets liever dan voor mijn vader en mij zorgen. Ik knipperde de tranen weg, schaamde me voor mezelf en mijn teerhartigheid. Na de dood van mijn moeder had ik mezelf nooit toegestaan om te huilen. Hoe gemeen die meiden op school ook tegen me deden, hoe afschuwelijk juffrouw Honeywell ook was, ik staarde altijd met een uitdagende, minachtende blik naar ze terug. Pas sinds... pas sinds kort was ik zo gevoelig en kwetsbaar geworden.

Door de herinnering aan mijn kokkerellende moeder besefte ik dat ik honger had. Ik had niet geluncht en een paar hapjes van een crèmekoekje waren nu niet bepaald maagvullend. Ik liep naar de pantry en zag tot mijn schrik dat er niets in voorraad was. Een uitgedroogd stuk kaas, wat verschrompelde aardappels, een paar blikken bonen en soep. Het schoot door me heen dat hij tijdens de semesters zijn warme maaltijden altijd op school at, met de rest van het personeel. Tijdens de vakanties hongerde hij zichzelf letterlijk uit. Ik sneed een snee brood af en maakte een kaastosti voor mezelf. Onder het eten keek ik de keuken rond. Wat zag die er somber uit. Geen wonder dat hij in een depressie was weggezakt.

Met wat eten in mijn maag voelde ik me beter en ik stond op om de rest van het huis te inspecteren. Afgezien van de keuken waren er op de begane grond een zitkamer en een kleine studeerkamer die het strikte privédomein van mijn vader was. Boven waren twee kleine slaapkamers en een badkamer. Terwijl ik zo rondliep, bedacht ik dat deze spullen nu waarschijnlijk van mij waren. Ik was het enige kind. Ik betwijfelde of hij een testament had nagelaten, tenslotte had hij niets om na te laten, alleen deze paar bezittingen. De titel zou samen met hem sterven, tenzij zich ergens een neef in de derde of vierde graad schuilhield. Alsof iemand een titel zonder bezit, land of geld zou willen erven.

Met de kamers was ik gauw klaar. Het enige wat me meer dan wat ook opviel, was dat er nergens iets persoonlijks te vinden was. Ook al was je door het hele huis gelopen, je zou nooit hebben kunnen raden wat voor iemand daar woonde. Toen mijn moeder er nog was, stonden er bloemen op tafel, lagen er vrouwenbladen en opengeslagen kookboeken. Er stonden foto's van mij als baby. Op de bank lag een trui die ze aan het breien was. Maar nu was er geen enkele foto, uitnodiging of kaart te vinden. Het huis had net zo goed door een geest bewoond kunnen zijn geweest.

Ik liep door mijn vroegere slaapkamer. Ook daar was niets meer wat ooit van mij was geweest. Met mijn verhuizing had ik de weinige bezittingen die ik had meegenomen. Ik liet me op het bed zakken, was opeens moe. Deze kamer was mijn toevluchtsoord geweest. Voordat mijn moeder stierf, stopte ze me elke avond in. Na haar dood rolde ik me in dit bed tot een strakke bal op, met de dekens over mijn hoofd, waarmee ik de wereld buitensloot, samen met de gemene meiden, het gebrek aan liefde en de wetenschap dat niemand me ooit nog zou instoppen.

Ik keek de kamer rond. Was hier iets wat ik wilde hebben? Ik dacht het niet. En in de rest van het huis? Ik deed nog een snelle ronde. Ik zag dat mijn vader een paar mooie meubelstukken uit Langley Hall had gered: het satijnhouten bureau in zijn werkkamer, met het inlegwerk en de kleine laden met de ingegraveerde benen handvatten. Dat had ik altijd bewonderd. En de pendule die meer dan driehonderd jaar oud scheen te zijn. Maar zeker niet de doorgezakte bank of de versleten leren fauteuil waarin hij altijd televisie zat te kijken. Boven in de ouderslaapkamer stond een elegante halfronde ladekast en een herenkledingkast met aan een kant laden en aan de andere kant stangen waaraan je overhemden en broeken kon hangen. Het was een mooi mahoniehouten meubel, maar opnieuw werd ik getroffen door het contrast van het elegante meubel en de armzalige paar kledingstukken die erin huisden. En dan hingen er aan de muren nog een paar schilderijen: een jachttafereel en een ingelijste print van Langley Hall uit de achttiende eeuw, met elegante, over het land kuierende Jane Austin-figuren. Als ik in een andere eeuw was geboren zou ik misschien een goede partij voor meneer Bingley zijn geweest, dacht ik en ik moest glimlachen.

Ik vermoedde dat een paar ervan op een veiling wel wat zouden opbrengen. Ikzelf kon beslist nergens een meubelstuk kwijt en ik vond de schilderijen niet echt mooi. Ik zou moeten uitzoeken wanneer ze wettelijk van mij zouden zijn. Door mijn eigen werk wist ik wel iets van het bekrachtigen van een testament. Als de persoon in kwestie geen bezit, aandelen of andere activa naliet, was het niet nodig om een testament te bekrachtigen. Maar ik had wel een overlijdensakte nodig en zou moeten wachten tot de schouwarts het lichaam vrijgaf. Ik vroeg me af of hij een juridisch adviseur had die me kon bijstaan. Waarschijnlijk had een of ander advocatenkantoor de verkoop van Langley Hall begeleid en de successierechten betaald. Ik zou in zijn bureau moeten kijken, en als ik daar niets vind, kijken of hij een kluis had bij de bank, die ik zonder overlijdensakte niet zou mogen openen. Het leek allemaal overweldigend en ingewikkeld, en ik geloof niet dat ik me ooit zo alleen had gevoeld. Het is een ontnuchterende gedachte als je beseft dat je helemaal niemand in de wereld hebt. Ik wist dat mijn moeder een wees was geweest, mijn vader de enige zoon van een enige zoon. Ik had misschien nog ergens een paar verre neven en nichten, maar die had ik nog nooit ontmoet.

'Je hebt er niets aan om te gaan zitten kniezen,' zei ik tegen mezelf. Aangezien ik nog niet de vrijheid had om zijn spullen in te pakken, zou ik naar de dominee in het dorp gaan om over de begrafenis te praten. Misschien kon hij de schouwarts bellen en te weten komen wanneer het lichaam zou worden vrijgegeven.

Omdat ik niet bij de pakken wilde neerzitten, friste ik me op en liep naar het dorp. Als zo vaak in april had het zonnetje plaatsgemaakt voor bewolking en nu kon het elk moment gaan regenen. Vanuit het westen was een koude wind opgestoken en ik besefte dat ik zo stom was geweest om zonder paraplu weg te gaan. Tegen de tijd dat ik in het dorp aankwam, zou ik doorweekt zijn. Er leek geen eind te komen aan de anderhalve kilometer. Ik drukte mezelf tegen de heg toen ik plotseling een auto hoorde naderen en ik overwoog bijna om mijn duim op te steken voor een lift. Maar dat bleek niet nodig. Het was een bestelwagen en hij stopte naast me. De bestuurder leunde naar opzij en opende de passagiersdeur.

'Als dat Joanna niet is!' riep hij. 'Wil je een lift?'

Ik keek naar de grote man met zijn blozende gezicht en probeerde me voor de geest te halen wie hij kon zijn. Toen ik aarzelde, zei hij: 'Ik ben het, Billy. Billy Overton.'

Toen zag ik de tekst op de zijkant van het busje. OVERTON'S BAKERY. FIJN BROOD EN GEBAK. Ik glimlachte dankbaar naar hem en stapte naast hem in.

'Billy Overton,' zei ik. 'Ik herkende je niet.'

Hij grinnikte. 'Nou, ik moet toegeven dat ik de afgelopen tijd wat ben gegroeid. Wat was ik een mager klein joch toen we op school naast elkaar zaten, hè?'

'Inderdaad. En zo verlegen dat je bijna geen woord zei.'

Hierop barstte hij in lachen uit. 'Je hebt gelijk. Ik ben inmiddels wel uit mijn schulp gekropen. Moest wel, ik heb voortdurend met mensen te maken.'

'Werk je nu voor je vader?' vroeg ik toen hij de koppeling liet opkomen en we verder reden.

'Ja. Na mijn schooltijd ben ik meteen in de zaak gaan werken. We hebben nog twee winkels geopend – een in Whitley en een in Hambledon – we doen het behoorlijk goed sinds het landhuis verkocht is. Inmiddels concentreert pa zich op de bakkerij en ik neem de verkoop voor mijn rekening.'

'Goed zo,' zei ik.

'En jij?' vroeg hij. 'Wat doe jij tegenwoordig?'

'Ik ben advocaat,' zei ik. 'Althans, dat ben ik als ik later dit jaar het advocaatexamen heb gehaald.'

'Advocaat. Stel je voor.' Hij knikte goedkeurend. 'Nou, we hebben altijd al gedacht dat je het zou gaan maken. Je was altijd de slimste van de klas.'

'Jij was anders ook behoorlijk slim,' zei ik. 'Ik meen me te herinneren dat we elke week een wedstrijdje deden wie het beste de wiskundetoets had gemaakt.'

'Ik moet toegeven dat ik altijd aanleg voor cijfers heb gehad,' stemde hij in. 'En dat komt me nu goed van pas, want ik doe de hele boekhouding. Pa bakt het brood en ik knoei met de boeken, zoals mijn vrouw altijd zegt.' Hij barstte weer in hartelijk gelach uit.

'Dus je bent getrouwd?'

'Getrouwd? Ik heb een peuter van drie en de tweede kan nu elk moment komen. En jij? Ben jij ook getrouwd?'

'Nee. Ik heb de ware nog niet gevonden,' zei ik.

'Nou, dat snap ik wel. Jij hebt het druk met je carrière.'

'Ben je met een meisje van hier getrouwd?' vroeg ik, het onderwerp weer naar hem verplaatsend.

'Pauline Hodgkiss,' zei hij. 'Kun je je haar nog herinneren?'

'Maar we hadden altijd een bloedhekel aan haar!' flapte ik eruit voordat ik doorhad dat dit niet erg tactvol was. 'Ze was zo verwaand, zoals ze opschepte over haar vaders kwekerij en de mooie auto die ze hadden.'

'Toen ze ouder werd, ging dat er wel af, hoor,' zei hij en hij draaide zich met een brutale grijns naar mij toe. 'En het is handig om een fruit- en groentekwekerij in de familie te hebben. In onze vruchtentaartjes gaan verse aardbeien.' Hij zweeg even en werd toen ernstig. 'Je bent hier zeker vanwege je vader, hè? Klopt het dat hij dood is? We hoorden geruchten dat hij was overleden, en mijn moeder zag de ambulance langsrijden.'

'Inderdaad,' zei ik. 'Hij is door de directrice op het schoolterrein gevonden. Zij denkt dat hij een hartaanval heeft gehad.'

'Wat verschrikkelijk,' zei hij. 'Ik vind het zo erg voor je. Er is niets ergers dan je ouders te moeten verliezen. Ik weet nog dat je je moeder verloor en hoe moeilijk dat voor je was.'

Ik knikte, bang dat ik zou gaan huilen als ik iets probeerde te zeggen.

'Mijn ouders hadden altijd zo'n medelijden met je vader,' vervolgde hij. 'Ze zeiden dat er niets van deugde dat hij op die manier zijn huis moest verkopen, niet nadat het generatieslang in de familie was geweest… en generaties mensen uit de buurt aan werk heeft geholpen.'

'Ik denk dat het overal gebeurt,' zei ik. 'Niemand kan zich meer zulke grote huizen veroorloven. Het zijn net witte olifanten, hè? Er is altijd wel iets wat gerepareerd moet worden, en de verwarmingskosten rijzen de pan uit, en niemand wil meer bediende zijn.' Ik zweeg peinzend. 'Ik mag in elk geval wel blij zijn dat ik Langley Hall niet heb geërfd, want dan zou ik geconfronteerd worden met successierechten en de pijnlijke taak om het te verkopen.'

'Dus dan is er niets meer wat je hier bindt,' zei hij toen we de hoofdstraat van het dorp in draaiden. 'Geen reden om hier nog eens te komen.'

Dit kwam aan als een vuistslag in mijn maag. Geen banden met de plek waar ik was opgegroeid, waar mijn familie zo lang had gewoond, nergens een plek waar ik ooit nog thuishoorde. Ik keek uit het raampje zodat hij de wanhoop op mijn gezicht niet zag.

'Waar kan ik je afzetten?' vroeg hij.

'Bij de pastorie, graag. Ik moet een begrafenis regelen.'

'Als je daar cake of sandwiches bij wilt hebben, laat het me weten, dan regel ik dat. Van het huis.' En hij glimlachte.

'Dank je wel. Dat is heel aardig van je.' Ik hoorde dat ik dat met trillende stem zei.

Hij liep om de bestelbus heen om me te helpen uitstappen. 'Logeer je in de portierswoning of ga je naar Londen terug?'

'Nee, ik kan beter hier blijven tot alles geregeld is.'

'Laat me dan weten als je een lift naar Langley terug nodig hebt. Ik blijf een uur of zo hier in de buurt.'

'Dank je wel, Billy. Je was altijd al een goede vriend.'

Hij bloosde zowaar, en ik moest lachen.

Toen ik wegliep, kwam er aan de overkant van de straat een auto aanrijden. Een raampje werd omlaag gedraaid en een stem riep: 'Juffrouw Langley!'

Ik draaide me om en zag dr. Freeman. Ik ging naar hem toe.

'Ik vind het zo erg van uw vader,' zei hij. 'Hij was een goed mens.'

'Was u degene die gisterochtend bij hem was geroepen?'

'Ja. Arme kerel. Moet al een poosje dood zijn geweest voordat ze hem vonden. Zware hartaanval, ben ik bang. Niets aan te doen, zelfs als er iemand bij hem was geweest.'

Daardoor voelde ik me een beetje beter. In elk geval had hij daar niet in zijn eentje om hulp liggen roepen.

'Weet u ook of ze autopsie gaan verrichten?'

'Niet nodig,' zei hij. 'In mijn verslag heb ik als doodsoorzaak een myocardiaal infarct – een hartaanval – opgegeven. Er waren geen sporen van boze opzet. Geen reden om hem aan zo'n laatste vernedering te onderwerpen.'

'Dank u wel, dokter. Dus zijn lichaam kan worden vrijgegeven zodat ik hem kan begraven?'

'Inderdaad.' Hij stapte uit zijn auto. 'Nou, als u me wilt verontschuldigen, ik ben al twee uur te laat voor de lunch en mijn vrouw zal daar niet blij mee zijn.' Hij knikte me vriendelijk toe en liep naar zijn voordeur.

Ik vervolgde mijn weg naar St. Mary's Church. De kerk zelf was een mooi, oud, grijs stenen gebouw uit de veertiende eeuw. De pastorie was minder oud en oogde minder mooi: solide rode baksteen uit het victoriaanse tijdperk. Ik stond op het punt om het pad naar de pastorie op te lopen toen ik me in plaats daarvan in een opwelling omdraaide, de zware eikendeur openduwde en de kerk binnenging. Onmiddellijk werd ik omgeven door de koele stilte die daar heerste. Er hing nog altijd die heerlijke geur die oude kerken hebben: deels vochtig, deels oude gezangboeken en de vage geur van opgebrande kaarsen. Ik bleef daar staan, staarde door het schip van de kerk naar het altaarraam met zijn originele glas-in-loodraam van de maagd Maria met het kindje Jezus. Als kind had ik dat raam altijd prachtig gevonden. Het gewaad van de maagd was van een schitterend blauw, en als de zon door het glas scheen, wierp die blauwe, witte en gouden strepen op de koorbanken; magisch, vond ik dat.

Ik keek er nu ook naar, probeerde het vredige gevoel terug te halen dat ik in die kerk altijd had, maar de maagd keek langs me heen, met de mollige baby die zo veilig in haar armen lag, en haar serene glimlach die me bespotte. 'Kijk eens wat ik hier heb,' leek ze te zeggen. 'Is hij niet volmaakt?' Ik sloot mijn ogen en wendde me af.

Ik begon rond te lopen, staarde naar de muren, bestudeerde de gedenktekens en plaquettes van generaties overleden Langleys. Als kind had ik ze allemaal uit het hoofd gekend. Edward Langley, baronet Josiah Langley. Eleanor Langley, tweeëntwintig jaar. En nu was het alsof ik hun aanwezigheid voelde. 'Wees maar niet bang,' zeiden ze. 'Je komt hier wel doorheen. Je bent een Langley. We zijn sterk.'

Voor jullie was alles oké, dacht ik. Jullie hadden een thuis om naartoe terug te keren.

Ik hoorde een geluid achter me en maakte een sprongetje.

'Ik dacht al dat ik iemand de kerk in zag gaan,' zei de dominee. 'Joanna, liefje. Wat fijn om te zien dat je troost zoekt bij de Heer.'

Eigenlijk had ik troost gezocht bij mijn voorouders, maar ik liet hem met me bidden voordat hij met me terugliep naar de pastorie, waar zijn vrouw me thee en een dikke plak vruchtencake voorzette.

# 6

# Hugo

*December 1944*

Ze kwamen tussen de bomen uit en zagen dat het terrein steil door de mist omhoogklom; eerst een grasachtige terp en daarna een steile rotsmassa die eruitzag als een oud, vervallen gebouw. Een oude, uitgesleten trap was door het gras uitgehakt, daarna voerde een steilere trap over de rots naar de overblijfselen van een paar gebouwen. Althans, het was duidelijk dat dat vroeger zo was geweest, maar een deel van de rots was verwoest en de trap klampte zich nu hachelijk aan de zijkant van een steile helling vast. Aan de voet van de trap stond een paal met de woorden: PERICOLO. INGRESSO VIETATO. Gevaar. Verboden toegang.

'Zo te zien zijn de monniken hier niet lang geweest,' zei Hugo.

'Twee jaar.'

Hugo dacht dat het een oude ruïne was. 'Twee jaar?'

'Het is gebombardeerd door de geallieerden.'

Hij keek haar vol afgrijzen aan. 'Hebben we een klooster gebombardeerd?'

Ze knikte. 'Het kon niet anders. De Duitsers hadden het ingenomen en gebruikten het als uitkijkpost. Ze zetten hier zwaar geschut neer om passerende vliegtuigen uit de lucht te schieten en om de weg door het dal te controleren.'

'Ik begrijp het. Dus de monniken waren al vertrokken?'

'Ja, ze werden verjaagd toen de Duitsers kwamen. Het was een beroemde kapel met prachtige schilderingen. De Duitsers minachtten al die kunstwerken, van mij mogen ze branden in de hel. De gebouwen zijn te ver heen om gerestaureerd te kunnen worden en we mogen er niet komen.'

'Laat me dan hier maar achter. Ik wil u niet in problemen brengen.'

'Er is toch niemand die het ziet.' Ze spreidde haar handen. Het was hem altijd al opgevallen dat Italianen zo expressief met hun handen gebaarden. 'De enige reden waarom iemand hier in deze tijd van het jaar komt is om paddenstoelen te zoeken, zoals ik, of om konijnenvallen te zetten.' Ze klopte hem op de arm. 'Wees maar niet bang. Ik zal voorzichtig zijn. Als het ergens wemelt van de Duitsers leer je je als een schim bewegen. Kom. Zullen we die trap proberen te beklimmen?'

'Als u het niet erg vindt, kruip ik liever, als een baby op handen en knieën,' zei hij. 'Dan heb ik meer grip.'

'Geef mij de kruk en uw tas dan maar.'

'Dat is mijn parachute,' zei hij.

'Parachute? Mooie zijde.' Haar ogen lichtten op. 'Als u die niet meer nodig hebt, kan ik er nieuw ondergoed van maken. We hebben in geen jaren nieuwe kleren gehad.'

Hij vond het wel amusant. 'Oké. Deal.'

'Gaat u maar eerst,' zei ze. 'Dan kan ik zorgen dat u niet valt.'

Alsof zij me zou kunnen opvangen, dacht hij, mager klein ding dat ze is. Hij ging op zijn knieën zitten en begon zichzelf de trap op te hijsen. Hij moest bij elke stap zijn gewonde been belasten en dan schoot de pijn dwars door hem heen. Even dacht hij dat hij moest overgeven, dus bleef hij een ogenblik zwaar ademend staan.

Hij haalde het tot boven aan de eerste trap. Het was nu in alle hevigheid gaan regenen, dikke druppels kletterden op zijn leren pilotenjack. Vóór hem rees de kapotte trap op, onmogelijk steil, gebarsten en gevaarlijk. Hij sleurde zichzelf stap voor stap omhoog, zich bewust van de afgrond naast zich. De treden waren nat en glibberig en hij zag zichzelf al wegglippen zonder zich ergens aan vast te kunnen grijpen. Aan één kant was een metalen leuning, maar die zat te laag om te kunnen gebruiken. Uiteindelijk wist hij de top te halen en hij ging hijgend op de natte rots liggen.

Ze kwam naast hem staan. 'Goed gedaan, *signor*. Kom. Nog een paar treden en dan zoeken we een droge, veilige plek voor u.'

Ze hielp hem overeind en drapeerde zijn arm opnieuw over haar schouders. Het kwam in hem op hoe ongerijmd dit alles was: de stugge Engelsman die vrouwen op afstand hield en ze met beleefde onderkoeldheid bejegende, nu leunend op een vreemde Italiaanse vrouw die hij net had ontmoet. Stapje voor stapje staken ze het glibberige plaveisel van het voorplein over, nu gebarsten en hobbelig. Ze hield hem stevig vast, ondersteunde hem. Nu zag hij dat de lagere gebouwen links compleet in puin lagen. Moeilijk te zeggen waarvoor ze gebruikt waren. Eigenlijk zagen ze eruit alsof ze langzamerhand deel waren geworden van de rots zelf. Planten hadden zich tussen de gevallen stenen genesteld, tussen de gebarsten flagstones schoot een boompje de hoogte in, en een soort wingerd – nu dood – spreidde zich uit over een hoop puin. Maar de muren van het gebouw vóór hen, waar ze hem naartoe bracht, stonden nog overeind, hoewel het dak weg was. Drie brede, bochtige treden leidden naar wat een kerkdeur was geweest, hoewel de deur zelf nu in een krankzinnige hoek hing en deinde in de wind. Ze duwde hem opzij en betrad de ruimte erachter.

'Nou, het is niet erg gastvrij, maar het is beter dan niets.' Ze draaide zich weer naar hem toe. 'U zit hier in elk geval uit de wind. En van dit wrakhout kunnen we een afdak bouwen.'

De laatste meters had hij zichzelf de voormalige kapel in gesleurd. Ondanks de complete verwoesting waren er nog altijd sporen van het godshuis dat dit ooit was geweest. Op de muren waren fresco's, nu vol gaten en door regen en wind weggewassen. In een hoek stond een onthoofde heilige. Tussen de hopen stof en puin schemerden kleine stukjes van de zwart-witte marmeren vloer. Hij zag dat ze met het wrakhout de grote balken van het ingestorte plafond bedoelde. Ze is beslist een optimist, dacht Hugo. Hij dacht niet dat ze in staat waren zulke balken te verplaatsen, zelfs niet als hij fit en mobiel was geweest. Maar hij zag wel de kerkbanken die her en der stonden, en de kapotte kast in een hoek. Waarschijnlijk kon hij gaandeweg de gevallen steenblokken wel weer opstapelen als hij van plan was hier lang te blijven. Maar dat zag hij nog niet voor zich. Hoe moest hij bijvoorbeeld aan eten komen? Maar hij kon zich ook niet voorstellen dat hij in zijn huidige toestand door het land trok.

Bijna alsof ze zijn gedachten kon lezen, hielp ze hem naar een grote rots en liet hem daar zachtjes op plaatsnemen. Toen haalde ze een paar stekelige bolsters uit haar zak. 'Hier. De kastanjes. Eet ze op. Het is beter dan niets. Ik doe mijn best om u later wat eten te brengen.'

'Nee, u mag niet terugkomen. Te gevaarlijk. Ik wil uw familie niet in gevaar brengen. U bent al heel vriendelijk geweest en daar dank ik u voor.'

'Geen moeite, hoor.' Ze schonk hem een lief, verdrietig glimlachje. 'Mijn man wordt al drie jaar vermist. Ik hoop en bid dat als hij hulp nodig heeft, zoals u, iemand zich over hem ontfermt.'

'Mag ik weten hoe u heet?' vroeg hij.

'Sofia. Sofia Bartoli. En u?'

'Ik heet Hugo. Hugo Langley.'

'Ugo? Dat is een Italiaanse naam. Heb je Italiaanse voorouders?'

'Niet dat ik weet.' Hij bewoog even en kromp ineen van de pijn.

'Laat me naar je been kijken,' zei ze toen ze zijn gezicht zag vertrekken. 'Eens kijken hoe erg het is.'

'O nee. Maak je daar alsjeblieft geen zorgen over. Ik regel het zelf wel.'

'Nee, doe niet zo mal. Ik sta erop. Waar zit de wond? Kun je je broek oprollen?'

'Vlak boven mijn knie. Echt, ik verzorg hem zelf wel als je weg bent. Ik denk dat er in mijn parachutezak een eerstehulpdoos zit.' Hij hoopte dat ze snapte wat hij bedoelde. Hij had het hakkelend gezegd en naar onbekende woorden moeten zoeken. Want eigenlijk zei hij: 'In mijn zak voor parachute zitten spullen om schoon te maken.'

'*Allora*. Nou. Laat me eens kijken. Ik denk dat we de broek moeten uittrekken.'

Hij was er bepaald niet op gebrand om in het bijzijn van een vreemde vrouw zijn broek omlaag te doen, maar ze trok zijn leren jack al omhoog en maakte zijn riem los.

'*Signora*, nee.' Hij probeerde haar handen weg te duwen.

Ze lachte. 'Typisch een Engelsman. Hij bloedt nog liever dood dan dat een vrouw hem in zijn onderbroek ziet.'

'Heb je dan ooit een andere Engelsman ontmoet?' vroeg hij, geamuseerd door haar uitbarsting.

'Nee, maar naar verluidt zijn het maar koele kikkers. Geen hartstocht, zoals onze mannen.'

'We zijn absoluut geen koele kikkers, als je dat maar weet,' zei hij. 'Maar we zijn opgevoed om ons onder alle omstandigheden correct te gedragen.'

Ze keek glimlachend naar hem op. 'Op dit moment kan ik me niet voorstellen dat er ongepaste ideeën in je opkomen als ik je zonder broek zie. Kom, we moeten opschieten. Ik moet zo naar huis, anders worden ze ongerust.'

Ze hielp hem bij het voorzichtig omlaagtrekken van zijn broek en zag de lange onderbroek eronder. Die plakte iets boven de knie door het geronnen bloed tegen zijn huid.

'*Gesù Maria!*' riep ze uit. Ze liet zich naast hem op haar knieën vallen en probeerde de stof zo voorzichtig mogelijk weg te wurmen. Hij hapte naar adem door de plotselinge pijn.

'Sorry, maar het moet gebeuren,' zei ze. 'Heb je een mes? Ik ben bang dat we het moeten wegsnijden.'

Hij haalde zijn mes uit zijn laars en hielp om het ondergoed boven de wond los te snijden.

'Water,' zei ze. 'Ik heb water nodig om de stof los te weken en dan de wond te wassen om te zien hoe erg het is.' En voordat hij kon reageren was ze al uit de schuilplaats weggeschoten en liet hem daar achter. Hij hinkte naar een gekantelde kerkbank, zette die met veel moeite overeind en ging er met gestrekt been op zitten. In het halfdonker was het moeilijk te zien hoe erg het been eraan toe was. Hij rommelde in zijn parachutezak en vond daar de kleine eerstehulpdoos. Die bevatte wondverband, een zwachtel, een tourniquet, jodium en tot zijn grote opwinding een fiooltje morfine en een injectienaald. Hij had net een pakje wondverband opengemaakt toen Sofia terugkwam.

'Ik heb water gevonden,' zei ze triomfantelijk. 'De regenton stroomde over en ik heb een tinnen mok gevonden waarin ik wat water heb geschept.' Toen ze zijn wantrouwige gezicht zag, voegde ze eraan toe: 'Wees maar niet bang. Ik heb hem zo goed mogelijk uitgewassen en met mijn onderrok schoongeveegd.' Ze zag wat hij op de bank had uitgespreid. 'O, wat fijn dat je dat allemaal hebt. Nou, als je het goed vindt, ga ik eerst je wond proberen schoon te maken.'

Ze begon de plek schoon te maken en trok stukje bij beetje de vastgekleefde stof weg tot die helemaal losliet. De wond was lang voordat de hele plek schoon was al doorweekt van het bloed. 'Het bloedt nog steeds, ben ik bang. We moeten de wond dichtdrukken om het te stelpen.'

'Maar stel dat de kogel er nog in zit? Moeten we die niet eerst proberen te lokaliseren?'

Ze haalde wonderlijk theatraal haar schouders op. 'Een kogel doet er niet toe als je eerst doodbloedt.' Ze pakte de zwachtel, rolde die af, maakte er een prop van en drukte hem op de wond. Hij schreeuwde het uit van de pijn.

'Natuurlijk, dat was ik vergeten. Het bot is misschien gebroken. Hier, hou vast zonder te hard te drukken.'

Hij deed wat hem was gezegd, maar zei: 'Ik heb hier morfine. Dat helpt tegen de pijn.'

Ze keek toe terwijl hij die injecteerde en knikte goedkeurend.

'Als ik terugkom, neem ik verband mee en een stuk hout dat als spalk kan dienen.' Ze keek hem aan. 'Wees voorzichtig als je je broek weer aantrekt. Het is niet best als die wollen stof aan de wond blijft plakken. Misschien moet je hem niet ophijsen. Wellicht kan je parachute je een beetje warm houden. Ik zal ook proberen een deken mee te nemen.'

Hij greep haar hand vast. 'Signora Bartoli, nee. Ik wil je gezin niets afnemen, niet als jullie het zelf nodig hebben. En ik wil niet dat je voor mij risico's neemt. Iets te eten en een spalk zou ik heel erg waarderen, maar daarna probeer ik mijn eigen weg te gaan. Zelfs als ik Duitsers tegenkom, blijf ik een piloot. Ik zal krijgsgevangen worden gemaakt en eerlijk worden behandeld.'

Ze keek hem aan en schudde lachend haar hoofd. 'Denk je dat die beesten je eerlijk zullen behandelen? In een dorp verderop hebben ze de bevolking op een rij gezet en gefusilleerd omdat ze de partizanen hebben geholpen. Iedereen. Baby's, kinderen en oude vrouwen. Pang, pang, pang. Allemaal dood. En nu zijn de Duitsers bang. Ze weten dat ze aan de verliezende hand zijn. Hun linie houdt het niet langer. Elke dag worden ze verder naar het noorden teruggedreven.

Je zou een blok aan hun been zijn. Nee, ik denk niet dat ze je eerlijk zullen behandelen. Laten we bidden dat de geallieerden hier snel zijn.'

Ze legde een hand op zijn schouder. 'Houd moed. Ik kom terug zodra ik kan. Steek geen vuur aan. Misschien zien ze de rook.'

In de deuropening bleef ze nog even staan en keek naar hem achterom. 'Dat God over je mag waken.' En toen was ze weg.

# 7

# Joanna

*April 1973*

De begrafenis vond plaats op een regenachtige dinsdag. In het weekend had het weer veelbelovend geleken, maar op maandagmiddag nam de bewolking weer toe en bij het invallen van de avond was het opnieuw gaan regenen. Op de dag van de begrafenis was het somber en winderig. Ik had niet verwacht dat er iemand zou komen, maar was verbaasd dat er zoveel dorpsbewoners in de kerkbanken schoven en later naast me om het graf stonden terwijl de regen van onze paraplu's op de kist droop. Het leek een passend afscheid voor mijn vader dat de hemelen voor hem huilden.

Na afloop hadden de domineesvrouw en Billy Overtons bakkerij een heerlijke maaltijd in de parochiezaal klaargezet. De een na de ander kwam naar me toe om me te condoleren. Sommigen van hen kende ik, anderen waren volslagen vreemd voor me, maar ze hadden allemaal iets te maken met Langley Hall en mijn familie. 'Mijn moeder was vroeger als meisje in dienst van de Hall en zei altijd hoe vriendelijk de oude landjonker voor haar was toen ze roodvonk had.' Steeds weer hoorde ik dezelfde verhalen, totdat ik besefte dat iedereen die hier was net zo verontwaardigd was over het verlies van de Hall als mijn vader was geweest. Het symboliseerde de teloorgang van een oude levenswijze, het veilige gevoel dat je je plaats wist. Ik vond het heel ontroerend.

Toen de menigte langzaam oploste, kwam er een jongeman naar me toe. Ik had hem al bij het graf zien staan. Hij had daar een Burberry-regenjas aangehad, zijn gezicht verborgen onder een grote zwarte paraplu. Nu droeg hij een zwart maatkostuum. 'Juffrouw Langley?' Hij had rood haar, sproeten op zijn neus en zag er absurd jong uit. 'Ik ben Nigel Barton. U weet wel, Barton en Holcroft, uw familieadvocaten?'

'O, meneer Barton.' Ik schudde de hand die hij me toestak. 'Hoe gaat het met u? Aangenaam kennis te maken. Ik vroeg me al af bij wie ik moest zijn voor de formele kant van de zaak en of mijn vader een testament heeft nagelaten.'

'We hebben geen testament in ons bezit, juffrouw Langley. Heeft u zijn papieren doorgenomen?'

'Ik heb even in zijn bureau gekeken, maar wilde liever niet door zijn spullen snuffelen als ik niet zeker wist of ik daar wel het recht toe had.'

'U bent zijn dochter.' Hij glimlachte naar me. 'Ik denk dat u er dus alle recht toe hebt. Misschien wilt u morgen naar het kantoor in Godalming komen zodat we kunnen kijken of ik u misschien van dienst kan zijn?' Hij gaf me zijn kaartje.

'U ziet er verschrikkelijk jong uit voor een partner in een advocatenfirma,' zei ik, voordat tot me doordrong dat dit niet erg tactvol was.

Hij lachte. 'Nog geen partner, moet ik tot mijn spijt zeggen. De Barton in de naam van de firma was mijn overgrootvader. We zijn al een paar honderd jaar uw familieadvocaten. Ik ben pas een paar jaar bevoegd en zelfs nog junior onder de junioren.'

'Ik hoop dit jaar mijn advocaatexamen te doen,' zei ik.

‘Ach ja. Ik hoorde dat u rechten studeerde. Dan hebben we een hoop te bespreken. Misschien mag ik u morgen voor de lunch uitnodigen? In The Boar’s Head, in de straat even verderop van ons kantoor, kun je goed eten.’

Ik aarzelde. Een man die me voor de lunch uitnodigde? Ik wist niet zeker of ik dat al aankon. ‘Ik weet zeker dat dat niet nodig is, en het hoort vast ook niet bij uw normale dienstverlening,’ zei ik en ik zag dat zijn gezicht betrok.

‘Nee, dat klopt, maar het is voor mij een goed excuus voor een super-de-luxe maaltijd in plaats van de gebruikelijke sandwich,’ zei hij. Hij keek me hoopvol glimlachend aan.

Waarom ook niet? fluisterde een stemmetje in mijn hoofd. Hij ziet er onschuldig genoeg uit. Het is niet zo dat hij je voor een nachtclub uitnodigt. Geen date. Strikt zakelijk.

Ik wist een glimlachje tevoorschijn te toveren. ‘Nou, goed dan, meneer Barton. Dat is heel vriendelijk van u.’

Hij straalde alsof ik hem een cadeautje had gegeven. ‘Dan zal ik u nu niet langer ophouden. Ik weet zeker dat al deze mensen staan te wachten om met u te praten. Zullen we morgen om halftwaalf afspreken?’

Billy Overton en dr. Freeman boden me allebei een lift naar huis aan, maar juffrouw Honeywell dook uit het niets op en uiteindelijk reed ik met haar naar huis.

‘Het was een heel prettige begrafenis,’ zei ze toen we de dorpsstraat uit reden en de lommerrijke laan in draaiden. ‘Het was vast troostrijk voor je dat er zoveel mensen waren, en dat ze de Langleys zo’n respect betoonden.’

‘Ik was ontroerd en verbaasd,’ zei ik. ‘Ik wilde alleen dat mijn vader nog had geleefd om alle aardige dingen te horen die ze hebben gezegd.’

‘Sorry dat ik aan de late kant was,’ zei ze. ‘Ik kreeg op het laatste moment een telefoontje van ouders die in het Midden-Oosten zitten. Ik moest ze geruststellen dat hun dochter veilig was voor tuinmannen en lakeien.'

Ik grinnikte. 'En heeft u hen gerust weten te stellen?'

'Dat weet ik eigenlijk niet. Die buitenlandse meisjes groeien zo beschermd op dat ze zich in de armen van iedere man werpen.' Er viel een gespannen stilte. 'Ik neem aan dat je naar Londen teruggaat?'

'De komende paar dagen nog niet,' zei ik. 'U hebt me gevraagd de woning te ontruimen en ik heb nog geen testament gevonden, dus ik vind het niet prettig om mijn vaders bezittingen weg te doen.'

'Hij zal niet veel hebben nagelaten, hè?' zei ze. 'Ik weet dat hij een paar mooie meubels uit de Hall heeft bewaard, maar afgezien daarvan... O, en ik geloof dat er nog een paar hutkoffers met persoonlijke spullen zijn; hij had gevraagd of hij ze bij ons op zolder mocht stallen. Als je tijd hebt zou je daar eens een blik in moeten werpen. Vooral dingen als oude trofeeën en fotoalbums, denk ik. En een paar familieportretten. Misschien wil je daar wat van houden.'

'Dank u, ja, ik zal ernaar kijken.'

'Je kunt komen wanneer je wilt. Overdag is de voordeur open.'

'Ik ben bang dat ik geen idee heb waar de zolder is,' zei ik.

Ze lachte. 'Natuurlijk. Ik denk altijd maar dat je ooit op Langley Hall hebt gewoond.'

'Ik ben in de portierswoning geboren,' zei ik.

'Geeft niks. Zodra ik een van de tuinmannen zie, zal ik hem vragen of hij je vaders spullen wil brengen.'

We waren bij de schoolhekken. Ze stopte om me bij de portierswoning af te zetten. 'Vindt je werkgever het niet erg dat je vrij neemt?' vroeg ze.

'Ze zijn heel begripvol geweest,' zei ik, terwijl ik niet het achterste van mijn tong wilde laten zien. Ik bedankte haar en liet mezelf binnen. Opnieuw werd ik getroffen door het kille en vochtige gevoel, bijna alsof de portierswoning mijn vaders verdriet en wanhoop weerkaatste. Ik zei tegen mezelf dat ik alles moest inventariseren, maar voelde me na de begrafenis plotseling uitgewrongen. Ik realiseerde me dat ik niets van die komkommersandwiches, worstenbroodjes of cakejes had gegeten en wenste nu dat ik er wat van had ingepakt om ze later op te eten. Ik zette een kop thee voor mezelf en smeerde een broodje, en besloot toen om Scarlet te bellen. Scarlet was mijn vroegere kamergenootje op de universiteit. Momenteel woonde ik op de bank in haar flat, doordat ik min of meer uit mijn huis was gezet. Ze was totaal anders dan ik: om te beginnen kwam ze uit East End, waar haar vader een pub runde. En ze heette ook niet echt Scarlet, ze heette Beryl, waar ze een pesthekel aan had. Ze had het gevoel dat Scarlet veel beter bij haar persoonlijkheid paste. Ze had alles omarmd waar de jaren zeventig voor stonden: ze droeg lange geknoopverfde rokken, haar warrige haar hing half voor haar gezicht, ze rookte wiet en ze liep mee met protestmarsen tegen oorlog en voor vrouwenrechten. Ik was altijd het brave meisje geweest, gewetensvol, er alleen maar op gericht om af te studeren, niet om een einde te maken aan de oorlog in Vietnam. Maar we konden het verrassend goed vinden samen. Ze was lief en gemakkelijk in de omgang, en ik kon onmiddellijk bij haar terecht toen ik nergens naartoe kon. Ze werkte nu in het theater, assistent-stagemanager in de Royal Court, bekend om zijn avant-gardetoneelstukken.

Ik wist eigenlijk niet of ze halverwege de middag thuis was, maar na een paar keer overgaan werd er opgenomen.

'Ja? Wat wil je?' zei de nukkige stem. Het klonk meer als: 'Watmotje?'

'Sorry,' zei ik. 'Heb ik je wakker gemaakt?'

'O, Jo, ben jij het, liefje. Maakt niet uit. Ik moest over tien minuten toch wakker worden. Vanavond generale repetitie. Nieuw stuk. Tien vrouwen die per trein naar Siberië gaan. Verdomd deprimerend als je het mij vraagt. Ze plegen uiteindelijk allemaal zelfmoord. Over deprimerend gesproken, hoe was de begrafenis?'

'Heel goed, zoals dat gaat met begrafenissen.'

'En hoe ben jij eraan toe?'

'Ik worstel en kom boven, zo kun je het nog het beste omschrijven. De portierswoning is ongeveer de somberste plek die je je maar kunt voorstellen. Maar ik moet mijn vaders spullen uitzoeken en het huis ontruimen voor de volgende huurder, dus ik blijf wel een poosje weg.'

'Geen probleem. Ik ben niet van plan om je bed te verhuren. Ook niet van plan om iemand in mijn eigen bed uit te nodigen. Ik ben klaar met mannen.'

'Is het met die nieuwe acteur niets geworden? Ik dacht dat hij je mee uit eten zou nemen.'

'Het is verdomme helemaal op niets uitgelopen. We zijn uit eten gegaan. Ik heb hem daarop in de flat uitgenodigd en hij begon me foto's te laten zien van zijn partner, Dennis.'

Ik begon te lachen. 'O, Scarlet, denk je dat we allebei verdoemd zijn?'

'Jammer dat wij niet op elkaar vallen, hè? Denk je dat je kunt leren om lesbisch te worden?'

'Ik geloof het niet.' Ik lachte nog steeds. 'Fijn om je stem te horen. Ik moest de hele dag beleefd zijn tegen mensen die ik niet ken. En morgen ga ik lunchen met een heel serieuze jonge jurist.'

'Kijk eens aan. Helemaal jouw type.'

'Ik heb genoeg van advocaten, dank je feestelijk. Sterker nog, genoeg van mannen. Ik heb mijn lesje geleerd. Van nu af aan ga ik een rustig leven leiden. Geen mannen. Geen seks. Studeren en boeken lezen en zo nu en dan een eenzame maaltijd in een goed restaurant.'

'En katten. Vergeet de katten niet.'

Ik moest lachen. 'Ik moet zo gauw mogelijk terug naar Londen. Als de advocaat tegen me zegt dat ik met de spullen in de portierswoning kan doen wat ik wil, laat ik een veilingmeester komen die alles mag uitzoeken wat de moeite waard is om te verkopen. De rest gaat naar de kringloop, en vaarwel Langley Hall.'

Toen ik de telefoon neerlegde, besefte ik hoeveel moeite het me kostte om opgeruimd en vrolijk te klinken. Bezig blijven, zei ik tegen mezelf. Dat was wat ik moest doen. Dus pakte ik een grote vuilniszak en begon die te vullen met mijn vaders kleren. Ik wist niet of iemand zakdoeken met een monogram wilde hebben, maar je wist maar nooit. Toen vulde ik een doos met boeken, maar legde een paar lievelingsboeken uit mijn jeugd apart, de boeken waar mijn vader me uit had voorgelezen. Aan het eind van de dag had ik de slaapkamer en de linnenkast uitgeruimd. Toen ging ik aan de slag met mijn vaders bureau, deze keer zorgvuldig, voor het geval er in een geheime la een testament of een andere verrassing verstopt lag. Er was een spaarbankboekje met vijfhonderd pond. Een ontvangstbewijs voor een paar aandelen in een bouwfonds. En nog een bankboekje. Dat was het wel. Schijnbaar was mijn vader een slordige duizend pond waard. Beter dan niets.

Als avondeten opende ik een blik soep. Terwijl ik er bij het fornuis in stond te roeren, werd ik plotseling overvallen door een herinnering aan mijn moeder, die aan ditzelfde fornuis in een grote pan stond te roeren. 'Kippenstoof en noedels,' zei ze stralend. 'Je vaders lievelingskostje. Als er iets is wat hem opvrolijkt, dan is dit het wel.'

De herinnering aan die warme, vriendelijke keuken met die heerlijke geuren en lieve woorden was te veel voor me. Ik deed het fornuis uit, liet de soep voor wat die was en ging naar bed.

# 8

# Joanna

*April 1973*

De volgende dag stond ik op het punt om de trein te nemen naar Godalming toen er op de deur werd geklopt. Er stonden twee potige mannen op de stoep die tussen hen in een hutkoffer droegen.

'Waar wilt u hem hebben, juffrouw?' vroeg een van hen.

Toen ze mijn verbazing zagen, voegde de ander eraan toe: 'Hij komt van de zolder. Juffrouw Honeywell vroeg ons om u uw spullen te brengen.'

'O ja. Dank u wel. Deze kant op, alstublieft,' stamelde ik. Ik ging ze voor naar de zitkamer.

'Er zijn ook nog wat schilderijen. We zijn zo terug,' zei degene die als eerste iets had gezegd.

'Ik moet nu weg om mijn trein te halen,' zei ik. 'Willen jullie ze in de zitkamer bij de hutkoffer zetten?'

En ik vertrok. De kantoren van Barton en Holcroft waren gevestigd in een elegant georgiaans gebouw aan het uiteinde van Godalming High Street. Voordat ik me binnen kon melden, kwam Nigel Barton al uit een kantoor tevoorschijn.

'We zijn over een uur terug, Sandra,' zei hij tegen de receptioniste. Hij begeleidde me de deur uit, de straat door naar The Boar's Head. Het was een van die wonderlijke oude pubs met glas-in-loodramen en rustig geroezemoes van de paar mensen die aan de bar stonden te praten. Uit de keuken kwamen heerlijke geuren. Nigel koos een eiken eethoek met hoge rugleuning uit en ging onze drankjes bestellen. Hij kwam terug om te melden dat er gebraden lamsvlees of vispastei was. Normaal zou ik iets lichters als lunch hebben gekozen, maar ik merkte dat ik rammelde van de honger en nam maar al te graag het lamsvlees. Zoals hij al had voorspeld, was dat verrukkelijk. Ik realiseerde me opeens hoe lang geleden het was dat ik een fatsoenlijke maaltijd had gehad – eigenlijk niet sinds de dood van mijn moeder – en dat ik er onwijs van genoot.

Toen we klaar waren met eten schoof Nigel de borden opzij. 'Ter zake,' zei hij. 'Ik neem aan dat u geen testament hebt gevonden.'

Ik schudde mijn hoofd. 'Er is een spaarbankboekje, een ontvangstbewijs voor aandelen in een bouwfonds, en zijn bankboekje. Maar in totaal waarschijnlijk niet meer dan ruim duizend pond.'

Hij knikte. 'Voordat ze u dat geld geven, moet u de overlijdensakte hebben. En als advocaat/notaris moet ik een brief schrijven. Zijn er afgezien daarvan geen andere bezittingen?'

'Een paar mooie meubelstukken die ik misschien kan laten veilen. Ik denk dat ik het bureau wil houden, maar ik weet eigenlijk niet waar ik dat neer moet zetten.'

'Voor u ook maar iets doet, moet ik eerst uw broer zien te vinden,' zei hij.

Ik dacht dat ik het niet goed hoorde. 'Mijn broer? Ik ben enig kind.'

'Uw halfbroer. Uit uw vaders eerste huwelijk.' Hij zag mijn verschrikte gezicht. 'Wist u niet dat uw vader eerder getrouwd is geweest?'

'Nee. Dat is me nooit verteld. Ik wist dat mijn ouders allebei op oudere leeftijd zijn getrouwd en dat ik een complete verrassing voor ze was, maar ik had geen idee...' Ik liet de rest van de zin wegsterven terwijl ik dit nieuws op me liet inwerken. 'Wanneer was dat?'

'Uw vader was voor de oorlog getrouwd en had een zoon. Het huwelijk werd ontbonden toen hij aan het eind van de oorlog terugkeerde. Zijn vrouw is hertrouwd en is met het kind naar Amerika vertrokken. Joost mag weten hoe ik ze nu moet opsporen. Ik geloof dat de stiefvader hem heeft geadopteerd, maar ik neem aan dat hij wel de titel zal erven, als hij zoiets in Amerika zou willen hebben.'

Ik was nog altijd in shock. Hoe kon mijn vader al die jaren samen met mij in een huis hebben gewoond zonder het ooit over zijn zoon te hebben gehad? En sterker nog, waarom had zijn zoon sinds het einde van de oorlog nooit contact met hem gezocht?

'Ik ga wel bij de Amerikaanse ambassade informeren,' zei Nigel. 'Maar geen zorgen. Ik denk dat het heel duidelijk is dat uw vader zou hebben gewild dat u het beetje dat hij heeft nagelaten erft.'

En als dat nou niet zo heel duidelijk was? dacht ik. Als de wet bepaalt dat een oudste zoon alles zou moeten erven? Op dit moment maakte duizend pond alle verschil van de wereld, vooral in deze onzekere tijden. Als mijn advocatenkantoor me niet terug wilde nemen, dan kon ik het met dat geld een poosje uitzingen.

'Als zijn stiefvader hem wettelijk heeft geadopteerd, dan kan hij waarschijnlijk geen rechten doen gelden,' zei ik. 'Dan is hij geen Langley meer.'

'Gecompliceerde zaak als de Amerikaanse wet erbij betrokken is,' zei hij. 'Maar nog altijd interessanter dan de meeste zaken die ik toegeschoven krijg. Is uw praktijk opwindender dan die van de betere notaris?'

'Helemaal niet,' zei ik. 'Ik denk eigenlijk dat het hetzelfde is. Veel overdrachtsaktes.'

'Wat bent u liever, jurist of strafpleiter?' vroeg hij. 'Wilde u liever het comfortabele, rustige leventje dan een opwindend bestaan?'

Ik sloeg mijn blik neer naar de versleten eiken tafel. 'Ik was heel graag strafpleiter geworden,' zei ik. 'Ik had een goed examenresultaat, maar er waren verschillende dingen die me tegenwerkten. Geld, om te beginnen. De kamers waar ik gesolliciteerd had wilden me graag hebben toen ze hoorden dat ik de dochter was van Sir Hugo Langley en dachten dat ik deel uitmaakte van een chique kliek met goede connecties. Ze verloren hun interesse toen ze ontdekten dat ze zich vergisten en dat we geen cent hadden. En dan nog het feit dat ik een vrouw ben. Het hoofd van de kamers zei me onomwonden dat ik mijn tijd verspilde. Als ik strafpleiter wilde worden, zou ik geen enkele spraakmakende zaak krijgen. Geen enkele zichzelf respecterende advocaat zal zijn zaak in handen van een vrouw geven, aangezien bijna alle rechters mannen zijn en de meeste jury's uit mannen bestaan, en geen van hen een vrouw serieus neemt.'

'Dat is bespottelijk,' zei Nigel.

'Maar waar.'

Hij knikte. 'Zal best, ja. Maar toch zijn er genoeg interessante dingen te doen als u eenmaal gekwalificeerd bent: bedrijfsrecht, internationaal recht, en ook strafzaken.'

'Ja.' Ik glimlachte opgewekt naar hem. 'Ik heb nog niet besloten wat ik graag wil. Eerst maar eens dat verrekte diploma halen, hè?'

'Dat gaat u vast lukken, weet ik zeker.' Hij glimlachte net iets te vriendelijk.

'En wat nu?' vroeg ik. 'Wat betreft mijn vaders nalatenschap, bedoel ik.'

'Ik zal achter de overlijdensakte aangaan, contact zien te krijgen met uw broer en als u dat wilt, kan ik een taxateur laten komen om te kijken of er iets de moeite van het veilen waard is.'

'Dat is heel aardig van u.'

'Nee, mijn grootvader zou me vermoorden als ik niet fatsoenlijk voor een Langley zou zorgen.' Hij grijnsde, waardoor hij er weer absurd jong uitzag. Een aardige, plezierige, onschuldige jongeman.

En toch was Adrian dat ook allemaal geweest... Je zou van je fouten moeten leren.

Nigel bracht me naar het station en ik nam een taxi naar Langley Hall. Ik viel bijna over de twee hutkoffers en het grote, in bruin papier gewikkelde pakket die pal in mijn zitkamer waren neergezet. Ik moest toegeven dat ik behoorlijk nieuwsgierig was. Ik denk dat ik in mijn achterhoofd altijd stiekem dacht dat daar misschien de verdwenen Langley-juwelen in zaten! Ik scheurde het bruine papier van het grote pakket af en staarde naar mijn eigen gezicht. Ik schrok zo erg dat ik het schilderij bijna liet vallen. Ik schrok nog erger toen ik de inscriptie las: JOANNA LANGLEY. 1749-1823.

Mijn hart ging zo erg tekeer dat ik moest gaan zitten. Ik bekeek het portret opnieuw en merkte subtiele verschillen op. Zij had hazelnootbruine ogen en die van mij waren blauw. Zij had bovendien een soort moedervlek op haar linkerwang en haar neus was iets langer. Ik zat naar een voorouder te kijken. Maar het voelde wel heel speciaal om te weten dat ik een naamgenoot had die op mij leek. Het bevestigde voor het eerst dat ik echt een Langley was en dat het mooie huis aan het eind van de oprijlaan mijn geboorterecht was.

De rest van de schilderijen bestond enkel uit portretten van verschillende Langley-voorouders. De meeste donker en somber, en ik wist eigenlijk niet of ik er veel van wilde houden. Dat zou wel moeten, vermoedde ik, want ze vormden mijn enige band met mijn verleden. Ooit zou ik een eigen huis hebben, als rijke bedrijfsjurist, een flat met uitzicht op de Theems, een en al glas en moderne meubels, en dan zou ik deze schilderijen aan de muur hangen om indruk op mijn cliënten te maken. Maar eerst moesten ze schoongemaakt worden. Ze waren ongelooflijk smerig door generaties van kaarsrook en verwaarlozing.

Ik was best opgewekt toen ik de eerste hutkoffer opende en zag dat die nog meer schilderijen bevatte, alleen waren deze helder en modern. Ik keek naar spatten van Italiaanse zonneschijn, oude stenen gebouwen, zwarte cipressen. Ik las de handtekening in de hoek van een ervan: Hugo Langley. Dus mijn vader was echt schilder geweest. Sterker nog, hij had talent gehad. Waarom had hij dat in hemelsnaam opgegeven?

Ik legde de schilderijen apart om ze aan Nigel te laten zien. Misschien zouden ze op een veiling echt wat opbrengen, als ik er tenminste afstand van kon doen. Toen opende ik de tweede koffer. In deze zaten oude albums met leren kaft en indrukwekkende sluitingen. Foto's van verre Langleys in lange jurken en belachelijke hoeden, bevroren in de tijd, poserend voor een camera, in een groep voor Langley Hall met tennisrackets of tijdens de thee op het gazon. Ik was getuige van de levensstijl die ik nooit zou ervaren. Ik legde de boeken opzij en groef verder. Een zilveren beker voor Sir Robert Langley als hondenmeester. Een kleinere voor Hugo, gewonnen bij het hoogspringen tijdens de sportdag op Eton. Toen stuitte ik op een kleine leren doos, prachtig versierd en met goudreliëf. Ik maakte hem open, hoopte op die lang verloren gewaande juwelen, en deed hem bijna weer dicht toen ik zag dat er alleen maar een uit hout gesneden engeltje in zat, iets wat eruitzag als een soort medaillon aan een lint, een sigarettendoosje, een vogelveer en een opgevouwen envelop. Ik kon me niet voorstellen waarom iemand zulke prullen in zo'n prachtige doos bewaarde. Rekwisieten van een of andere Langley van vroeger die een soort toneelstukje opvoerde, wat ik als kind wel had gedaan.

Ik pakte het sigarettendoosje om het weg te gooien toen ik zag dat het was opengevouwen. Aan de binnenkant van het karton stond een schets van een beeldschone vrouw. Het was maar een kleine schets, haastig gemaakt en nog helemaal niet af, maar op de een of andere manier wist hij het karakter van de vrouw te vangen. Ik kon bijna zien hoe haar ogen glinsterden van plezier terwijl ze naar haar tekenaar keek, om haar mond een zweem van een glimlach. Ik streek het doosje glad en legde het op de tafel. Toen vouwde ik de envelop open. Ik herkende mijn vaders elegante handschrift. Er zat een luchtpostzegel op en hij was geadresseerd aan Signora Sofia Bartoli, in een plaats die San Salvatore heette, in Toscane. Op het postmerk stond april 1945, maar hij was nooit opengemaakt. Naast het adres stond nog een stempel, in het Italiaans, maar ik snapte wel wat er stond. 'Onbekend op dit adres. Retour afzender.'

Geïntrigeerd scheurde ik de envelop voorzichtig open. Tot mijn ergernis was de brief in het Italiaans. Ik ontcijferde: '*Mia carissima Sofia*'. Ik staarde er ongelovig naar. Ik kon me niet voorstellen dat mijn kille en afstandelijke vader iemand ooit zijn lieveling had genoemd. Hij had mijn moeder of mij beslist nooit overvallen met zo'n vlaag van liefde. Ik probeerde verder te lezen, maar de rest ging me boven de pet. Toen herinnerde ik me dat er tussen de boeken die ik voor de kringloopwinkel in een doos had gestopt een Italiaans woordenboek zat. Ik haalde het tevoorschijn, ging aan de keukentafel zitten en fronste geconcentreerd mijn voorhoofd toen ik uit de woorden wijs probeerde te worden. Gelukkig had ik jarenlang Latijn en Frans gehad, wat het gemakkelijker maakte, en toen ik klaar was, kon ik eigenlijk niet geloven wat ik had vertaald. Ik zat er vast naast. Ik las het nogmaals door.

*Liefste Sofia,*
*Ik mis je elke dag. Wat leken de maanden lang sinds de periode dat ik bij jou was. Al die tijd in het ziekenhuis wilde ik je schrijven, maar ik wist niet of je in veiligheid was en durfde het niet. Maar ik heb goed nieuws. Als je man inderdaad dood is, dan zijn we vrij om te trouwen. Toen ik eindelijk naar Engeland terug mocht, hoorde ik dat mijn vrouw iemand anders had gevonden en bij me is weggegaan voor een beter leven in Amerika. Zodra deze afschuwelijke oorlog voorbij is, en volgens het nieuws gaat dat heel snel gebeuren, kom ik je halen, mijn lief. Intussen wil ik dat je weet dat ons prachtige jongetje veilig is. Hij is ergens verborgen waar alleen jij hem kunt vinden.*

Verbijsterd onderbrak ik mezelf. Mijn vader – mijn afstandelijke, emotieloze vader – had een kind in Italië. Een kind bij een Italiaanse vrouw die Sofia heette. Maar verborgen waar alleen Sofia hem kon vinden? Er ging een rilling door me heen. De brief was nooit aangekomen. Een verborgen kind dat nooit was gevonden? Natuurlijk, nu, achtentwintig jaar later, moest ik wel hopen dat Sofia het kind had ontdekt en alles in orde was.

# 9

# Joanna

*April 1973*

Ik weet niet hoe lang ik naar dat dunne luchtpostpapier heb zitten staren. Opgegroeid als enig kind was ik in shock om op één dag te ontdekken dat ik misschien twee broers had, op twee verschillende plekken in de wereld. Als deze het tenminste had overleefd, dacht ik. Misschien had hij bij een vriendelijke familie in de bergen ondergedoken gezeten en was hij na afloop van de vijandelijkheden weer met zijn moeder herenigd. Dat probeerde ik in elk geval te geloven. Maar nu wilde ik dolgraag meer te weten komen. Mijn vader praatte nooit over zijn oorlogservaringen, maar ik wist van mijn moeder dat hij piloot bij de RAF was geweest, en verschrikkelijk dapper. Hij voerde bombardementen uit boven bezet Europa, tot hij werd neergehaald en het bijna niet overleefde. Ik wist niet eens dat dat boven Italië was gebeurd. Als je aan bombardementen dacht, kwam Italië niet als eerste in je op.

Ik wendde me gefrustreerd af. Als ik dit nou maar vóór zijn dood had geweten, dan had ik hem ernaar kunnen vragen. Dan had ik de waarheid kunnen ontdekken. Nu moest ik het zelf uit zien te vissen.

Ik doorzocht beide hutkoffers en vond verder niets wat voor een niet-Langley waardevol was. Geen enkele foto van de eerste echtgenote of mijn halfbroer, maar er waren wel een paar kleine snapshots van een jongere, gezonde versie van mijn vader, lachend met vrienden in een café. Op de achterkant van een ervan stond geschreven: FLORENCE, 1935. Ik schoof de koffers opzij en ging verder met het uitruimen van de linnenkasten, de pantry, de badkamerkast, en verzamelde een grote stapel om weg te geven en een even grote stapel voor de vuilnisbak. Het viel me op dat ik geen enkele emotie voelde toen ik de spullen uit mijn jeugd weggooide; ik wilde dit alleen maar snel achter de rug hebben en me op mijn queeste richten.

De volgende dag was ik tassen en dozen voor de vuilnisman naar buiten aan het zeulen toen een auto kwam aanrijden en Nigel uitstapte, vergezeld van een oudere man.

'Dit is meneer Aston-Smith,' zei Nigel. 'Hij is taxateur. Ik dacht dat we de koe maar bij de horens moesten vatten en de meubels moesten taxeren.' Ik liep met ze mee naar binnen en verontschuldigde me voor de rommel. Ik liet hem de familieportretten zien, evenals de paar mooie meubelstukken. Ik kwam in de verleiding om Nigel de brief te laten zien. Ik moest hem aan iemand tonen, maar ik kon me er niet toe zetten. Meneer Aston-Smith was vlug klaar. Hij liep rond, mompelde wat in zichzelf en schreef dingen op een blocnote. Hij was algauw bij me terug.

'Ik ben bang dat het niet veel is,' zei hij. 'Het bureau is een mooi stuk. Op een veiling zal dat waarschijnlijk een goede vijfhonderd pond opleveren. De kast boven misschien wat minder. De pendule – die brengt misschien ook een aanzienlijk bedrag op. De grote kledingkast... nou ja, het hout is mooi, maar tegenwoordig wil niemand meer zulke grote meubels.'

'En de schilderijen?'

'Aan de muur? Reproducties. Misschien honderd per stuk waard.'

'Ik bedoel de andere schilderijen. Mijn vaders werk.'

'Die zijn goed, dat moet ik toegeven,' zei hij. 'Maar hij heeft geen naam gemaakt, hè? Bij de grote veilingen staat of valt alles bij een naam in de moderne kunst. Eerder snobisme dan kwaliteit, ben ik bang. Nogmaals, misschien brengen ze een paar honderd pond op, maar geen duizend.'

'En de familieportretten?'

'Daar kan ik niet veel over zeggen. Die moeten allemaal grondig gereinigd worden, zoals u vast wel is opgevallen. Als u wilt, kan ik ze naar een kunstrestaurateur met wie ik samenwerk brengen zodat we ze kunnen beoordelen als ze schoongemaakt zijn.'

'Is dat heel duur?' Ik wist maar al te goed dat het bedrag dat ik zou erven niet bepaald een fortuin was, vooral niet als ik het moest delen met een pas ontdekte broer.

'Niet heel duur, hangt af van hoeveel restauratiewerk erin zit. Om te beginnen een eenvoudige reiniging, dan kunnen we besluiten of we nog verdergaan.'

Ik keek naar Nigel. Hij schonk me een van zijn hoopvolle glimlachjes. 'Goed dan,' zei ik. 'Neem ze maar mee.'

Toen ze zich naar de voordeur begaven, nam ik een besluit.

'En ik wil het bureau houden,' zei ik, 'maar momenteel kan ik het nergens kwijt.'

'Misschien mag u het op de schoolzolder stallen,' stelde Nigel voor, 'samen met andere kleinere spullen waaraan u gehecht bent.'

'Schitterend idee.' Ik glimlachte naar hem. 'Juffrouw Honeywell zou daar toch in mee moeten gaan, nu ik zo'n haast maak om de plek te ontruimen. Ik zal het haar vragen.'

'Hoe lang denkt u dat u hier nog bent?' vroeg Nigel.

'Ik hoop tegen het eind van de week weg te zijn.'

Zijn gezicht betrok. 'O, nou ja. U zult wel weer aan het werk moeten.'

Natuurlijk moest ik weer aan het werk, maar ik wist niet zeker of ik nog wel werk had. Niettemin knikte ik lachend naar hem.

'Ik zal u op de hoogte houden,' zei hij, 'en u laten weten wanneer de tegoeden van de verschillende rekeningen naar u toe kunnen komen.'

Ik keek naar meneer Aston-Smith. 'Misschien moet uw restaurateur nog even wachten met het oplappen van de schilderijen tot ik weet dat het geld mij wettelijk toekomt.'

'Uitstekend,' zei hij. 'Ik zal ze meenemen, maar wacht uw instructies af. En waarschijnlijk doe ik hetzelfde met de meubels die onder de veilinghamer komen. We willen niet iets verkopen waar u geen recht op hebt.'

'Maak u geen zorgen,' zei Nigel. 'Ik regel het wel. Gaat u maar terug naar Londen. Ik bel u als ik nieuws heb.'

En zo vertrokken ze met mijn familieportretten. Ik ging verder met opruimen. Later, ik wilde een kop thee gaan drinken, werd er weer op de deur gekopt. Deze keer stond er een grote, blozende man op de stoep. Hij fronste zijn wenkbrauwen toen hij me zag.

'Hoe zit dat met die meisjesschool?' vroeg hij met een donkere stem in een beslist trans-Atlantisch accent. 'Wanneer is Langley Hall verkocht?'

'Vlak na de oorlog,' zei ik.

'Wat jammer. Ik hoopte nog eens op de ouwe plek rond te kijken. Ben jij de dochter van de portier?'

'Ik ben Joanna Langley,' zei ik stijfjes. 'Dochter van Sir Hugo Langley.'

Hij trok zijn wenkbrauwen op. 'Je meent het. Dus de oude man is hertrouwd? Wie had dat gedacht.'

Het begon me te dagen wie dit was. Ik staarde naar zijn gezicht en hij leek niet op mijn vader, die altijd het magere voorkomen van een romantische dichter had gehad. Deze man was weldoorvoed en mollig, en niet op een aantrekkelijke manier.

'Ben jij Hugo's zoon?' vroeg ik.

'Klopt. Teddy Langley. Vroeger althans. Nu ben ik Teddy Schulz. Uit Cleveland, Ohio.'

Ik dwong mezelf hem de hand te reiken. 'Aangenaam kennis te maken, Teddy. Tot voor een paar dagen geleden had ik geen idee dat ik een broer had. Het was een grote schok voor me.'

'Ja. Ik ben ook geschrokken. Dat de ouwe dood is, bedoel ik. Een cliënt van me kwam uit Engeland terug en liet me de krant zien waar het overlijdensbericht in stond. "Familie van je?" vroeg hij. Dus bedacht ik dat ik de plas maar eens moest oversteken, aangezien ik zoon en erfgenaam ben, weet je wel. Ik nam aan dat het landgoed aan mij zou toevallen. Zo werkt het toch voor de Engelse wet? Dat de oudste zoon alles krijgt?'

Ik wist niet wat ik daarop moest zeggen. Eerlijk gezegd voelde ik me een beetje als Alice die in een konijnenhol duikt waar haar de ene onaangename verrassing na de andere wacht. Teddy had intussen om zich heen gekeken. 'Dus wie heeft de poet gekregen van de verkoop van het huis?'

'De poet?' Ik staarde hem aan. 'Nadat mijn vader het na de dood van mijn grootvader had geërfd is de opbrengst in zijn geheel aan successierechten afgedragen. Sinds die tijd hebben we in de portierswoning gewoond en was mijn vader tekenleraar op school.'

'Geen geld? Wat jammer. Ik stelde me altijd voor dat mijn pa luxueus in het grote huis uit mijn jeugd woonde.' Hij keek naar de portierswoning. 'Zeker niet in iets zoals dit. Dus hoe zit het met de meubels en zo? Al dat griezelige antiek, wat ik me ervan herinner. Ik neem aan dat ik als zijn zoon recht heb op de helft.'

Ik had al meteen een hekel aan hem. 'Je erft de titel, zo is me verteld. Maar ik vermoed dat je dan weer Teddy Langley moet worden.'

'Sir Teddy. Nou zeg, wat een kick! Zit daar ook een toelage aan vast?'

'Daar zit niks aan vast.' Ik dwong mezelf hoffelijk en Brits te blijven. 'Ik heb mijn vaders bezittingen opgeruimd en je bent welkom om de oude fotoalbums door te bladeren om te kijken of er foto's bij zijn die je wilt hebben. Of iets van de meubels, als het daarom gaat.'

'Tuurlijk, oké.' Zijn ogen begonnen te glinsteren. Ik liet hem binnen. Hij keek naar de treurige stapels spullen die wachtten op de bestelbus van de kringloopwinkel. 'Is dit alles?' vroeg hij. 'Hebben jullie hier gewoond?'

'Dit is het.'

'En geen geld?'

Opnieuw kostte het me de grootste moeite om eerlijk te zijn. 'Ik geloof dat hij iets van duizend pond had, op verschillende spaarrekeningen.'

Hij staarde me ongelovig aan. 'Duizend pond? Meer niet? Nou, dat mag je houden, hoor. Ik heb zelf mijn zaakjes goed voor elkaar. Mijn ouwe, Schulz, is na de oorlog de vastgoedhandel in gegaan, en ik ben zodra ik van college kwam bij hem in de zaak gekomen. Voornamelijk winkelboulevards. Ik verdien in een week meer dan dat. Jij hebt het duidelijk meer nodig dan ik.'

'Dank je wel,' zei ik. 'Ik heb het inderdaad nodig. Op dit moment heb ik geen onderdak.'

'Ben je niet getrouwd?'

'Ik ben pas vijfentwintig,' zei ik. 'Na mijn examen is daar nog genoeg tijd voor.'

'Welk examen?'

'Advocaat. Dit jaar.'

'Jurist, hè? Die verdienen goed.'

'Wanneer en als ik het haal,' zei ik. 'Moet je horen, wil je misschien een kop thee? Ik heb net vers gezet.'

'Tuurlijk. Waarom niet?' zei hij. 'Een kop thee. De hele oorlog door dronk iedereen dat. Er viel een bom en iedereen zei: "Niets aan de hand. Neem een kop thee."' En hij lachte.

Ik schonk hem een kop thee in en bood hem ietwat oudbakken koekjes aan. Volgens mij vond hij geen van beide lekker.

'Ik zal je de naam geven van de juridisch adviseur die vaders nalatenschap regelt,' zei ik. 'Hij wilde de Amerikaanse ambassade vragen om je te helpen vinden. Dat heb je hem nu bespaard. Maar hij kan je alles vertellen over de titel.'

Hij stond hoofdschuddend op. 'Ik zou niet weten wat ik aan een titel heb als er geen bezit aan vastzit.'

'Het zou kunnen helpen om meer vastgoed te verkopen,' zei ik liefjes. Ik bedoelde het sarcastisch, maar hij dacht dat ik het meende en barstte in lachen uit, klapte in zijn handen. 'Daar zeg je wat, zus. Krijgt de zaak nog klasse ook.'

Hij zweeg even en nipte van zijn thee. 'Weet je, ik ben steeds van plan geweest om over te komen en de ouwe kerel te verrassen. Wilde mijn vrouw en kinderen meenemen om te laten zien hoe ik terechtgekomen was. Hij dacht nooit dat ik veel in mijn mars had. Jammer dat hij zonder dat te weten is doodgegaan.'

Ik dacht niet dat mijn vader erg opgetogen zou zijn geweest, niet zo erg als Teddy duidelijk had verwacht. Ik wist eigenlijk niet precies wat winkelboulevards waren, maar ze klonken me niet al te respectabel in de oren. Teddy viste in zijn portefeuille. 'Kijk, hier is mijn kaartje. Als je ooit in de States bent, kom me dan opzoeken. Mijn moeder zou je graag willen zien, dat weet ik zeker. En de kinderen zouden een kick krijgen van een Engelse tante, met jouw accent.'

'Dank je, je bent erg vriendelijk,' zei ik. Hij stond op en liep naar de deur. 'En weet je zeker dat je hier niets van wilt hebben voordat ik het weggeef?' vroeg ik met een gebaar naar de kamer.

Hij grijnsde nog steeds. 'Die ouwe troep? Verdomme, nee. Je mag het allemaal hebben.'

Toen namen we afscheid van elkaar. Ik keek hem na toen hij in een auto stapte en wegreed, me afvragend wat voor klein jongetje hij was geweest toen hij op Langley Hall woonde, en bedacht dat ik heel blij was dat mijn vader dood was. Ik geloof niet dat hij vrolijk was geworden van wat er van Teddy Schulz terechtgekomen was.

Aan het eind van de volgende dag was ik klaar om te vertrekken. Juffrouw Honeywell had ermee ingestemd om het bureau en de hutkoffer weer op zolder te stallen. Ik beloofde ze te komen ophalen zodra ik een eigen woning had geregeld. En ze was zo genereus geweest aan te bieden om de portierswoning door haar eigen dienstmeisjes te laten schoonmaken voor de nieuwe huurder. Ze had me zelfs hartelijk de hand geschud. 'Ik wens je alle goeds toe, Joanna. Ik weet zeker dat je een uitstekend advocaat wordt en je familienaam grote eer zult aandoen.'

Ik stond buiten voor de voordeur nog een laatste keer rond te kijken naar wat mijn thuis was geweest toen er een auto kwam aanrijden en Nigel Barton uitstapte.

'U treft me net op tijd,' zei ik. 'Ik stond op het punt om weg te gaan.'

Hij keek naar mijn twee koffers. 'Laat me u dan naar het station brengen. Of heeft u al een taxi gebeld?'

'Nee, ik wilde gaan lopen, dus dank u wel,' zei ik dankbaar.

'Uw broer is bij me geweest,' zei hij. 'Dat was min of meer een verrassing.'

'Voor mij was het dat ook,' stemde ik in. 'Ik geloof dat hij verschrikkelijk teleurgesteld was over zijn erfenis.'

'Ja, hij heeft me een poosje ondervraagd. Volgens mij dacht hij dat u iets voor hem achterhield, of dat u niet precies wist wat er in het testament stond. Toen ik hem ervan verzekerde dat er alleen een titel te erven viel, ging hij weg. Bepaald geen aangenaam mens.'

'Papa zou hem afschuwelijk hebben gevonden,' zei ik.

We stopten op het stationsplein. 'Ik hou u op de hoogte,' zei hij. 'Ik denk dat de verschillende geldbedragen ergens volgende week vrijkomen. En de spullen zouden binnenkort al naar de veiling kunnen.'

'Dank u wel. Heel vriendelijk van u.'

'Geen moeite. Met alle plezier.' Hij zweeg even. 'Joanna… ik mag je toch wel Joanna noemen, hè? Zo nu en dan ben ik in de stad. Misschien mag ik je dan een keer meenemen naar een voorstelling of zoiets?'

Scarlet had er iets over gezegd dat als je van een paard valt, je er maar het beste meteen weer op kon klimmen. Maar het was zo'n enorme en pijnlijke val geweest. Ik wist niet of ik ooit nog wel wilde paardrijden. Het is maar een voorstelling, zei mijn innerlijke stem. Meer niet.

'Leuk,' zei ik. 'Dat wil ik wel.'

Zijn gezicht klaarde op.

Maar we zijn nooit naar die voorstelling gegaan, want ruim een maand later was ik naar Italië vertrokken.

# 10

# Hugo

*December 1944*

Nadat Sofia weg was, bleef Hugo een hele poos zitten terwijl hij het verband op zijn wond drukte, totdat hij voelde dat de morfine begon te werken. Er was nog wat water over in de gedeukte tinnen beker waar hij dankbaar van dronk, en toen dacht hij aan de kastanjes die ze voor hem had achtergelaten. Hij prutste de stekelige dop open en at de inhoud op. Ze waren niet zo verzadigend als de geroosterde kastanjes thuis, maar wel eetbaar.

Het begon nu ook te druppelen en Hugo besefte dat hij voordat het harder ging regenen een soort afdak moest improviseren. Met het laatste stuk zwachtel zette hij de prop op zijn knie vast en trok ondanks Sofia's waarschuwing zijn broek weer aan. Hij was niet van plan zich met afgezakte broek door de Duitsers te laten vangen! Toen stond hij op en zocht naar de stok die als kruk fungeerde. De morfine deed haar werk goed en hij voelde slechts lichte pijnscheuten toen hij zich voorzichtig naar voren bewoog. Het eerste wat hij deed was een plas doen. Daarna voelde hij zich goed genoeg om het pakje sigaretten en de aansteker uit zijn pilotenjack te halen. Hij ging op een kapotte kerkbank zitten, inhaleerde diep en slaakte een tevreden zucht. Hij had nog bijna een vol pakje. Als hij zuinig aan deed, kon hij er een paar dagen mee doen.

Hij rookte de sigaret tot het laatste stukje op en drukte hem toen uit. Nu voelde hij zich in staat om te doen wat er gedaan moest worden. Hij ging midden in de kapel staan en nam de situatie in zich op. Er was beslist meer dan genoeg bouwmateriaal. Het hele dak was ingestort maar in de verste hoek was in een nis een soort zijkapel geweest, en het altaar daar stond nog overeind. Hij hobbelde rond en sleepte stukken hout naar de hoek. Hij legde iets wat een kastdeur moest zijn geweest op de vloer en zette daarna een paar planken als een soort wigwam tegen het altaarfront om zo een schuilplek te creëren. Toen haalde hij zijn parachute. Hij wist in eerste instantie niet of hij die over het hele bouwsel moest draperen zodat hij als waterdichte tent fungeerde of dat hij hem binnenin als deken moest gebruiken. Hij koos voor het laatste - onder die houten planken zou hij tenminste geen aandacht trekken - en spreidde hem op de vloer uit. Toen liet hij zich op de grond zakken, wurmde zich door het gat en wikkelde de parachute om zich heen.

De vloer voelde verschrikkelijk hard aan, maar de fijne zijde van de parachute leek zijn lichaamswarmte gevangen te houden. Hij wenste dat hij de tijd had genomen om zijn canvas vliegoverall aan te trekken. Die moest hij eigenlijk over zijn kleren dragen, maar de piloten vonden hem te onhandig. Op dit soort missies vloog hij niet eens hoog genoeg om het echt koud te krijgen. Hij haalde zijn dienstpistool tevoorschijn en laadde dat, pakte het mes en legde beide binnen handbereik. Toen stopte hij de parachutezak met eerstehulpkist en al onder zijn hoofd en ging liggen. Nu zat er niets anders op dan te wachten.

Hij moest in slaap zijn gevallen. Door de morfine kreeg hij vreemde dromen. Hij bevond zich op een hoge berg met eronder wervelende wolken waar engelen en duivels om zijn ziel vochten. De duivels hadden hakenkruizen op hun voorhoofd getatoeëerd en probeerden hem tot onder de wolken omlaag te trekken. Toen nam een van de engelen hem bij de arm en tilde hem op, en nu was hij aan het vliegen.

'Laat me niet vallen!' riep hij uit terwijl hij naar de engel omhoogkeek. Niet Sofia, maar een vrouw met licht haar en een kroon. Hij ging rechtop zitten, stootte zijn hoofd tegen de altaartafel en vloekte. Hij gluurde naar buiten.

Terwijl hij lag te slapen was het opgehouden met regenen en nu stroomde het zonlicht de kapel in. De winterzon scheen met schuine stralen rechtstreeks op een fresco op de muur tegenover hem. Delen van het fresco waren gebutst en beschadigd, maar dit deel was nog gaaf. Het was een afbeelding van de maagd Maria. Hij wist niet of ze het kind Jezus op de arm had, want dat deel van het fresco was weggeblazen. Alleen haar gezicht keek hem glimlachend aan en dat vond hij ongelooflijk vertroostend, bijna een teken dat de hemel hem beschermde.

Hij had weer dorst gekregen en zijn hoofd voelde wazig van de morfine. Hij keek op zijn horloge. Pas elf uur. Hij had een lange dag voor zich. Hij wurmde zich uit zijn schuilplaats en het lukte hem om op te staan. De morfine raakte zeker uitgewerkt, want de pijn schoot weer door hem heen en hij schreeuwde het uit. Hij schrok op door lawaai vlakbij, tot hij zag dat het maar een duif was die van een gekartelde muur boven hem weg fladderde. Duiven, dacht hij. Voedsel voor later, als ik hier lang moet blijven. Maar ik kan hem hier niet klaarmaken. Misschien kan Sofia hem mee naar huis nemen, hem braden en... Stop, zei hij tegen zichzelf. Ik mag haar en haar gezin niet in gevaar brengen. Ze had hem al verteld dat een heel dorp was geëxecuteerd omdat het de partizanen had geholpen. Haar zou ongetwijfeld hetzelfde lot treffen voor het helpen van een Britse piloot.

Ik moet hier weg zien te komen, besloot hij. Misschien me een paar dagen verschuilen, totdat de wond is geheeld en ik een spalk heb aangelegd. Dan ga ik naar het zuiden.

Hij pakte de gedeukte tinnen mok en bewoog zich voorzichtig langs de muur naar de voordeur.

Zijn adem stokte in zijn keel. Zo ver zijn oog reikte, strekte het uitzicht zich naar alle kanten uit: heuvel na heuvel, bedekt met dikke bossen die in de blauwe nevel verdwenen, en in de verte hogere bergen, hun toppen al bestoft met sneeuw. Geen spoor van een grote stad, maar op sommige heuvels, zoals op die vlak voor hem, troonde een vestingdorp. Dat tekende zich nu duidelijk in drie dimensies af, lichtte op na de regen, de huizen klampten zich aan elkaar vast alsof ze bang waren dat ze van de heuvelrug zouden wegglijden. Hij staarde er met ontzag naar, bewonderde de vaalokergeel-met-groene luiken van de huizen, de elegante klokkentoren die boven de bruinrode dakpannen oprees, de afbrokkelende muren die waren gebouwd om indringers buiten te sluiten. Uit de schoorstenen kringelde rook de stille lucht in.

De nabije heuvels waren een palet van agricultuur: nette rijen olijvenbomen of druivenranken, afgewisseld door dichte bossen. Woest en gecultiveerd, dacht hij. Daarmee was het wel gezegd. Toen verplaatste hij zijn blik naar het westen. Op de plek waar een deel van de rots was weggeblazen zag hij de restanten van een pad dat over de heuvel naar het klooster omhoog slingerde. Hij kon het tussen de bomen door volgen tot waar het diep in het dal op de weg uitkwam. Daar zag hij drie legertrucks noordwaarts rijden. Op een ervan onderscheidde hij een hakenkruis.

Geen schijn van kans dat ik nu kan ontsnappen, dacht hij. Hij was blij dat het pad vlak bij de top was weggevaagd. Geen enkele Duitse vrachtwagen zou proberen hiernaartoe te komen. Gerustgesteld liep hij door de deuropening en zocht voorzichtig zijn weg over de gebarsten en scheef liggende stenen van de voorhof. Hij zag dat Sofia's regenton zo vol was dat die overliep en waagde zich aan een grote slok water, biddend dat de regen niet iets had wakker gemaakt wat zich daar had genesteld. Toen keek hij naar de puinhopen om zich heen en vroeg zich af of er iets nuttigs tussen lag.

Waar hij nu stond was vroeger duidelijk de keuken geweest. Overal verspreid lagen scherven aardewerk, zo nu en dan kon je aan het handvat van een mok of de ronding van een bak zien wat het was geweest. Maar niets was heel en intact. Zoals hij er nu aan toe was, durfde hij niet verder tussen de ruïneresten rond te scharrelen en te snuffelen, maar toen kreeg hij een kussen in het oog, verschroeid, en het vulsel lekte eruit. Het was natuurlijk kletsnat, maar hij nam het triomfantelijk mee in de hoop dat het vlug zou drogen.

Eenmaal binnen werd hij door uitputting overmand en het lukte hem amper om de kapok uit het kussen op de gevallen balken uit te spreiden toen hij het gevoel kreeg dat hij moest gaan zitten omdat hij anders dreigde flauw te vallen. Met veel gegrom en gevloek zocht hij zijn kleine schuilplek weer op, ging liggen en wist daarna niets meer.

Toen hij zijn ogen weer opendeed, was het donker, het soort volslagen duisternis dat je alleen ver van de beschaafde wereld aantrof. Hij kon letterlijk geen hand voor ogen zien. Nu zal ze wel niet meer komen, dacht hij. Onmogelijk dat ze in dit donker haar weg omhoog door de bossen zou weten te vinden. Hij voelde zich absurd teleurgesteld. Natuurlijk kon ze haar familie niet twee keer op een dag in de steek laten. Dat zou al te verdacht lijken. Toen sijpelde er twijfel bij hem naar binnen. Stel dat iemand haar had gezien? Stel dat iemand in het dorp een verrekijker had en haar had bespioneerd? Stel dat ze aan de Duitsers was uitgeleverd en dat ze op dit moment naar hem op weg waren?

Hij koude zweet brak hem uit. Hij moest zichzelf streng toespreken om zijn angst te beteugelen. Natuurlijk had niemand uit het dorp hen gezien. Toen ze naar de ruïnes toe gingen, was het op de heuveltop bewolkt geweest. Hij had het dorp amper kunnen zien.

Niet het soort dag dat iemand zijn verrekijker tevoorschijn haalde en besloot het landschap te observeren... Tenzij je een Duitse wachtpost was die vanaf een heuveltop de boel in de gaten moest houden. De angst keerde terug. Hij wist dat hij zich geen moment veilig zou voelen en leefde intens mee met de bewoners van dat dorp, die nooit wisten wanneer de Duitsers bij hen zouden aankloppen, zouden beweren dat ze een partizaan hadden geholpen, en ze vervolgens allemaal naast elkaar op het dorpsplein zouden opstellen en neerschieten.

Ik zou zelf een spalk moeten gaan maken, dacht hij, maar hij kon pas weer iets doen als het licht werd. En hij was beslist niet van plan om zijn kostbare aansteker te gebruiken, dat deed hij alleen in een noodgeval. En dus bleef hij daar naar de nachtelijke geluiden liggen luisteren: de krakende takken in het bos onder hem, het krassen van een uil, het verre janken van een hond. Het zou een lange nacht worden.

Hij had zeker liggen doezelen, want toen hij wakker werd, zag hij vlakbij een flakkerend licht.

'Signor? Ugo?' Hij hoorde de angst in haar fluistering.

'Hier, signora. In de hoek.'

Hij zag het licht naar hem toe deinen terwijl hij rechtop ging zitten en een van de planken opzijduwde. Net als eerder was ze gehuld in een grote zwarte omslagdoek en in het licht van de kaarslantaarn die ze droeg kon hij nog net haar ogen onderscheiden.

'O, je hebt een huis voor jezelf gemaakt,' zei ze, naar hem glimlachend. 'Wat slim. Toen ik je de eerste keer riep en je niet zag of hoorde, was ik bang dat je misschien...' Ze maakte de zin niet af. Ze liet de omslagdoek over haar schouders vallen.

'Nog niet helemaal dood,' zei hij onwillekeurig.

Ze lachte. 'Fijn om te horen, want ik heb iets waarmee je kunt aansterken.'

Grommend van de pijn sleepte hij zich uit zijn schuilplek. Ze liep naar hem toe, zette de lantaarn op een balk en hurkte naast hem neer. 'Kijk, ik heb eten meegenomen.'

Ze had een stoffen tas bij zich, die maakte ze open en haalde er iets uit wat op een handdoek leek. Die zat om een kom gewikkeld en ze haalde hem weg.

'Soep,' zei ze. 'Ik hoop dat hij nog warm is. Vol bonen en macaroni en groenten.' Ze gaf de kom aan hem. Die was nog te heet om aan te pakken.

'Hij is nog heel heet. Dan heb je er snel over gedaan.'

'O ja. Ik hou er niet van om in mijn eentje door de olijfgaarden te dwalen. Tegenwoordig weet je nooit wat daar rondzwerft. Als de partizanen bij elkaar komen, willen ze niet door een vrouw gezien worden. Zij zijn voor mij net zo gevaarlijk als de Duitsers.'

'Hoor eens, ik wil niet dat je nog een keer komt,' zei hij. 'Ik wil echt niet dat je gevaar loopt.'

'Wees maar niet bang. Ik ben voorzichtig,' zei ze. 'Ik heb mijn lantaarn pas een heel eind buiten het dorp aangestoken. Hier. Die heb je nodig.' Ze gaf hem een lepel en keek toe terwijl hij at.

'Hij is heerlijk,' zei hij. 'Ik zou wat voor morgen moeten bewaren, tenzij je je kom nu mee terug moet nemen.'

'Koud is hij lang niet zo lekker,' zei ze. 'Bovendien heb ik voor morgen ook iets meegenomen. Niet veel, ben ik bang, maar genoeg om je op de been te houden.' Ze reikte weer in haar tas. 'Wat polenta. Een klein hard kaasje. Een ui. Polenta hebben we nog. Duitsers houden niet van maïsmeel.'

'Ik kan je niet genoeg bedanken.'

'Geen moeite, hoor.' Ze schonk hem zo'n lieve glimlach. 'In deze krankzinnige wereld moeten we elkaar helpen waar we kunnen. De meesten van mijn buren zijn brave mensen en delen het beetje dat ze hebben. Toen Benito een konijn had gevangen, gaf hij ons er wat van om de lekkere bouillon te kunnen maken waarvan je nu eet. En toen ik vanochtend thuiskwam, kwam ik signora Gucci tegen en ze zag de paddenstoelen die ik had gevonden. "*Funghi di bosco!*" riep ze uit. "Ik ben dol op funghi di bosco. Als je wat voor me vindt, maak ik brood en *biscotti* voor je gezin." "Hier, neem deze maar," zei ik, en het meeste heb ik aan haar gegeven. "Ik ga er elke dag opuit om er nog meer te zoeken."'

Sofia keek naar Hugo op. Hij zag dat haar ogen glansden in het lantaarnlicht. 'Ze is nogal rijk en heeft een zoon die spullen van de zwarte markt voor haar meebrengt. Als ik voor haar paddenstoelen weet te vinden, krijgen we van haar weer andere dingen. En... nu heb ik ook een excuus om hiernaartoe te komen. Ze is een roddeltante. Ze zal iedereen vertellen hoe ijverig ik voor haar op zoek ben.'

Hij beantwoordde haar glimlach. 'Maar hoe is het je gelukt om vanavond weg te komen? Wilde de oma van je man niet weten waar je naartoe ging? Hoe laat is het trouwens?'

'Na negenen,' zei ze. 'De oude dame en mijn zoon slapen al. Ze denken dat ik in mijn kamer ben, maar ik klim uit het achterraam, waar niemand me kan zien.'

'Hoe oud is je zoon?'

'Drie.' Ze wachtte even. 'Mijn man heeft hem nooit gezien. Hij werd vóór Renzo's geboorte opgeroepen en naar Afrika gestuurd.'

'En je weet niet of hij nog leeft?'

'Klopt.' Ze staarde omlaag naar haar handen. 'Ik heb nooit bericht gekregen dat hij dood is, dus moet ik maar geloven dat hij ergens in een krijgsgevangenkamp zit. Ik moet blijven hopen.'

Hij legde zijn hand op de hare, een gebaar waar hij thuis niet over zou piekeren. 'Ik vind het zo erg. Niet-weten moet verschrikkelijk zijn. Maar mijn vrouw krijgt ook maar weinig nieuws over mij en ze weet dat ik bombardementen moet uitvoeren. Zij zal zich ook zorgen maken.'

'Heb je kinderen?'

'Een zoon. Hij zal nu een jaar of negen zijn, maar ik heb hem sinds zijn vijfde niet meer gezien. Ik probeer me voor te stellen hoe groot hij nu moet zijn, maar dat lukt me niet. Het enige wat ik voor me zie is een klein jongetje dat altijd en overal zijn teddybeer met zich mee sleept. Een verlegen manneke dat als een haas terugrent naar Nanny.'

'Nanny? Woont je grootmoeder dan bij je?'

'Nee, zijn kindermeisje.'

'Een kindermeisje? Dus je bent rijk?'

Hij aarzelde. 'We hebben een groot huis. Niet veel geld, maar heel veel land en bedienden.'

'Ben je dan een lord?' Ze keek hem nu verwonderd aan.

'Mijn vader wel. Ik word het als hij komt te overlijden. Niet echt een lord. Maar een baronet. Een Sir.'

'Sir Ugo. Stel je voor wat ze in het dorp zullen zeggen als ze wisten dat ik met een lord praatte.' Ze maakte er een heel theater van en hij moest erom lachen.

'Dat doet er nu allemaal niet toe, hè? Lords en schoorsteenvegers vechten zij aan zij en sterven zij aan zij, en het kan niemand wat schelen wat ze vroeger waren.'

'Je hebt helemaal gelijk. Jij zult je arme vrouw vast erg missen.'

Daar dacht hij niet graag aan. Miste hij haar inderdaad? 'Ik weet eigenlijk niet hoe erg. We waren nooit heel hecht. Maar ik mis wel mijn vroegere leven. Dat was zo gemakkelijk, er was iemand die mijn eten kookte, mijn kleren waste, mijn paard voor me zadelde. En dat vond ik allemaal heel vanzelfsprekend. Maar jij mist je man duidelijk wel.'

'O ja. Ik mis mijn Guido verschrikkelijk. Ik was pas achttien toen ik hem leerde kennen. Ik ben opgegroeid in een weeshuis in Lucca. Liefdeloos grootgebracht, weet je. En zodra ik achttien was, werd ik als dienstmeid naar een grote boerderij gestuurd. Guido werkte daar op de akkers als boerenknecht. *Gesù Maria!* Wat was hij knap. En zoals hij naar me glimlachte... Ik dacht dat ik als een waskaars wegsmolt. Het was liefde op het eerste gezicht en toen zijn vader stierf, zijn we getrouwd en heeft hij me meegenomen naar zijn huis in San Salvatore. Zijn vader bezat wat land... niet veel, begrijp je, maar genoeg: de olijfgaarden waar we doorheen zijn gekomen, en een weide voor de geiten. We hadden een kleine kudde en we maakten geitenkaas voor de markt. Maar we woonden er pas een jaar toen de oorlog uitbrak en Guido werd weggehaald.'

'En jij was in verwachting.'

'Ja. Het was de ergste dag van mijn leven toen ik hem bij de andere mannen in de truck zag stappen en ze hem meenamen. Hij zwaaide naar me en dat was het laatste wat ik ooit van hem heb gezien.'

'Wat erg.'

Ze knikte en hij zag dat ze met moeite haar tranen binnenhield. 'Maar ik moet doorgaan voor mijn zoon. Het is niet gemakkelijk. We plukken de olijven, vervolgens komen de Duitsers die het grootste deel van onze olijfolie afpakken. We telen wat groente en dan komen ze weer en nemen die ook mee.'

'En de geiten?'

'Die hebben ze lang geleden al meegenomen. Ik smeekte ze om er een achter te laten zodat ik melk had voor mijn zoon, want met hem ging het toen niet zo goed. Maar ze spraken geen Italiaans en ik sprak hun taal ook niet, dus moest ik toezien hoe al mijn geiten in een vrachtwagen werden geladen.' Ze trok de sjaal strakker om zich heen tegen de koude wind die door de deuropening blies. 'Ik mag niet klagen. Iedereen zit in hetzelfde schuitje. Ze pakken ons alles wat we hebben af: koeien, kippen, zelfs groenten. Alles is weg.'

'Ik hoorde een haan kraaien in jullie dorp, dus iemand heeft nog steeds kippen,' zei hij.

'Dat is onze burgemeester, signor Pucci. Hij stelt zich vriendelijk en behulpzaam op en mocht daarom een paar kippen houden. En een van de boeren heeft nog een paar schapen. De Duitsers vinden lamsvlees niet lekker.' Ze schonk hem een meesmuilend glimlachje.

'Dat is ons bestaan. Ik heb meer geluk dan sommige anderen. Ik teel maïs en groenten. Ik droog de zomerbonen. Ik maak maïsmeel voor polenta. We zullen niet van honger omkomen, en jij ook niet als het aan mij ligt.'

Hugo had de soep op. Hij voelde hoe de warmte zich door zijn lichaam verspreidde.

'Ik kan je niet genoeg bedanken.' Hij gaf haar de lege kom terug.

'Het is niets. En kijk, ik heb nog meer bij me.' Ze reikte naar de tas en haalde er als een tovenares de spulletjes uit. 'Een deken! Om de ergste kou het hoofd te bieden. En een oud laken, het is schoon. Je kunt er repen van scheuren om als verband te gebruiken.' Ze stak een flesje omhoog. 'Dit is grappa. Dat is ook tegen de kou. En ik vond dit.' Ze stak iets omhoog wat leek op een spijl uit de rugleuning van een keukenstoel. 'Die kan als spalk fungeren terwijl je been kan genezen.'

'Je bent geweldig,' zei Hugo. 'Maar zal niemand dat gaan missen?'

'Ik zal je een geheim vertellen.' Ze legde haar vinger op haar lippen ook al waren ze alleen met zijn tweetjes in het donker. 'De familie van mijn man woont al vele generaties lang in dit huis. De zolder ligt vol spullen die niemand meer wil. Als ik meer tijd heb, zal ik kijken wat ik nog meer kan vinden.'

'Nu moet je gaan,' zei hij. 'Het gaat prima met me, zo met een volle buik en een deken. En morgen voel ik me misschien sterker.'

'Laten we Onze-Lieve-Vrouwe bidden dat dat zo is. En ik weet niet wie de heilige van gebroken benen of wonden is. Ik zal het vader Filippo vragen. Hij weet het vast.'

'Vader Filippo?'

'Onze parochiepriester. Hij is heel wijs. Hij weet alles.'

'Zeg hem niets over mij!' zei hij met schrille stem.

'Ik zal wel moeten, tijdens de biecht. Maar het biechtgeheim is heilig. Hij vertelt het aan niemand. Dat heeft hij aan God beloofd. Dus maak je maar geen zorgen.'

Ze klopte op zijn hand, stopte de kom in haar tas en hulde haar hoofd en schouders weer in de omslagdoek.

'Dat *la Madonna* over je waakt tot ik terug ben, milord Ugo.'

Hij keek het lamplicht na dat door de donkere kapel slingerde. In de deuropening draaide ze zich om en glimlachte naar hem. Hij had het absurde verlangen om haar een kus toe te werpen. Toen hoorde hij haar voetstappen op de trap omlaag tot ze in de stilte van de nacht wegstierven.

# 11

# Joanna

*Juni 1973*

Het was begin juni toen ik in Florence uit de trein stapte. In Engeland was het al dagen somber en miezerig geweest. Mensen hadden gemopperd dat de zomer dit jaar zo laat begon en het journaal bracht het nieuws dat vroege oogsten door hagel waren platgeslagen. Hier was de hemel helderblauw, het blauw dat mijn vader al die jaren geleden had geschilderd. De oker- en lichtbruinrode tinten van de gebouwen met hun helderrode dakpannen glansden in het verzadigde licht. Ik bleef staan om om me heen te kijken, nam de mensen in me op, hun gezichten levendig en geanimeerd, niet met gebogen hoofd ploeterend tegen de wind in, zoals ze dat in Londen deden. Daar was de koepel van de kathedraal, groter dan elk ander gebouw. En daar voorbij rezen de met bossen bedekte heuvels op. Het was zo mooi dat het me bijna de adem benam.

Ik voelde me ongelooflijk vrij, als een vlinder die net uit zijn cocon was bevrijd. Ik moest Scarlet nageven dat ze me niet compleet voor gek verklaarde toen ik aankondigde dat ik naar Italië ging om uit te zoeken wat er tijdens de oorlog met mijn vader was gebeurd.

'Ja. Goed idee. Gooi al die narigheid van die klootzak van een Adrian maar van je af. Geef jezelf een kans om het allemaal achter je te laten.' Ze zei niet: 'En hoe zit het dan met je werk? Denk je dat je advocaat je nog wel wil terugnemen? En je advocaatexamen? Wanneer dacht je dat dan te gaan doen?'

Ik had die vragen ook aan mezelf gesteld, maar had het vertwijfelde stemmetje het zwijgen opgelegd. Ik was altijd het braafste meisje van de klas geweest, had altijd geprobeerd om het iedereen naar de zin te maken, het juiste te doen, en kijk wat me dat heeft opgeleverd. Nu had ik een beetje geld in mijn zak (genoeg voor een aanbetaling op een flat, had ik mezelf in herinnering gebracht), en ging iets doen wat behoorlijk roekeloos was en totaal niets voor mij. Ik voelde me geweldig.

In Londen had ik Nigel Barton weer ontmoet; hij kwam me vertellen dat ik het geld van mijn vaders bankrekeningen kon opnemen en dat degene die de schilderijen had gereinigd dacht dat ze meer waard waren dan een oppervlakkige schoonmaakbeurt.

'Zodra je spullen naar de veiling gaan, laat ik het je weten,' zei Nigel. 'En als er meer bekend is over de schilderijen, kun je besluiten of je ze wilt houden of die ook wilt laten veilen.'

'Dank je wel,' zei ik. 'Je bent heel vriendelijk.'

'Ik doe alleen maar mijn werk, zoals mijn vader altijd zei.' Hij glimlachte. 'Je gaat nu wel weer aan het werk, maar ik weet zeker dat het rouwproces nog wel even zal duren. Zo gaat het altijd.'

De tranen prikten in mijn ogen. 'Ik dacht dat ik helemaal niet verdrietig zou zijn,' zei ik. 'Mijn vader was geen gemakkelijke man. Hij was kritisch en bleef altijd op een afstand. Maar nu mis ik hem echt, en ik wilde dat ik de moeite had genomen om hem beter te leren kennen.' Ik overwoog om hem de brief te laten zien en hem van mijn plannen te vertellen. 'Sterker nog, ik heb net ontdekt dat hij in de oorlog in Italië was,' zei ik. 'Ik wist altijd wel dat hij een vliegtuigcrash had overleefd, maar niet waar. Ik dacht erover om ernaartoe te gaan en het met eigen ogen te gaan zien, kijken of de dorpelingen zich iets van hem kunnen herinneren.'

'O, wat een goed idee, nu heb je daar immers een beetje geld voor,' zei hij. 'Waar in Italië?'

'Toscane,' zei ik. 'Het dorp heette San Salvatore. Ik weet niet precies waar dat ligt.'

Hij fronste zijn wenkbrauwen. 'San Salvatore? Nee, komt me niet bekend voor. Ik heb de belangrijkste toeristenplekken bezocht: Siena, Cortona, Florence, natuurlijk. Ken je de streek?'

'Ik ben nooit in het buitenland geweest, afgezien van een tweedaags schoolreisje naar Parijs,' bekende ik.

Toen begon hij te stralen, en hij zag er nu bepaald aantrekkelijk uit. 'Je gaat het geweldig vinden. En het eten!'

'Lekker?'

'Het eten is ongelooflijk. Al die volle, smaakvolle pastasauzen. Reken maar dat je zult aankomen, hoewel jij je daar gegarandeerd geen zorgen over hoeft te maken. Je bent zo slank.'

'Slank' was niet het juiste woord, 'mager' leek er meer op. In de afgelopen maanden was ik afgevallen. 'Ik krijg er helemaal zin in,' zei ik. 'Mijn moeder kon fantastisch koken, maar sindsdien heb ik geloof ik nooit meer echt lekker gegeten.'

'En dan de wijn,' zei hij. 'Ik wou dat ik nog wat vrije dagen had. Dan zou ik op het vliegtuig stappen en naar je toe komen.'

'Het is maar voor een paar dagen, vermoed ik,' zei ik aarzelend, omdat hij weer te gretig werd.

'Neem je tijd. Geniet ervan,' zei hij.

In de afgelopen weken had ik in Londen een spoedcursus Italiaans gedaan. Natuurlijk sprak ik het nog niet vloeiend, maar ik had er alle vertrouwen in dat ik me wel zou redden. Ik had een klein Italiaans woordenboek en vertaalgidsje in mijn tas, voor het geval dat, en mijn vaders leren doosje. Dat had ik als een soort talisman overal mee naartoe genomen.

Pas toen ik hotsend en zonder te kunnen slapen in de nachttrein door Frankrijk en daarna door de Alpen reisde, begonnen de twijfels weer de kop op te steken. Waar was ik mee bezig? Wat hoopte ik nou echt te bereiken? De vrouw aan wie mijn vader had geschreven woonde niet meer op haar laatst bekende adres. Dat betekende dat ze vertrokken of dood was. Als er een kind was geweest, en als dat kind verborgen was geweest waar niemand anders hem kon vinden, dan zou dat nu ook al lang dood zijn. Zelfs als ik door een soort wonder Sofia zou weten te vinden, dan zou ik alleen maar oud zeer oprakelen, en als ze een man of gezin had, haar misschien in moeilijkheden brengen. Het probleem was dat ik het moest weten. Ik was altijd al een nieuwsgierig aagje geweest, maar het was meer dan dat, ik had het gevoel dat ik dit voor mijn vader moest doen. Ik wilde de ontbrekende stukjes van zijn levenspuzzel invullen. Misschien kon ik antwoord geven op de vraag waarom een briljante jonge schilder plotseling met schilderen was opgehouden en waarom hij de rest van zijn leven een uitgeholde, afstandelijke en depressieve man was.

Toen de trein Florence naderde, zag ik de zaken in een positiever daglicht. Ik was op een queeste. Wat er ook gebeurde, ik had het gevoel dat wat ik deed goed was. Ik had geen idee hoe ik het dorp San Salvatore moest vinden. Ik had er op een kaart naar gezocht en het niet kunnen lokaliseren. Natuurlijk kon het zijn dat het niet meer bestond. In de oorlog waren plaatsen naar de vergetelheid gebombardeerd, dat wist ik wel. Maar ik was niet van plan het op te geven. Voor ik aan het volgende traject van mijn reis begon, vond ik een bank en wisselde wat ponden in voor lires. Het leek wel heel veel, en ik vroeg me af hoe ik al die duizendjes moest bijhouden. Toen trakteerde ik mezelf op een cappuccino en een zondig gebakje met honing en amandelen op een terrasje, waarna ik terugkeerde naar het station om uit te vinden hoe het nu verder moest met mijn reis.

Zelfs de man van het reisbureau in het station moest het dorp op een kaart opzoeken. 'San Salvatore,' zei hij. 'De naam klinkt bekend, maar...' Toen legde hij zijn vinger erop. 'Ah, daarom kon ik het niet vinden. Ik zat in de streek Chianti te kijken, maar het ligt in het noorden van Toscane. In de heuvels boven Lucca. Kijk maar.' Ik tuurde over zijn schouder en knikte. Een klein stipje te midden van heel veel groen.

'Hoe kom ik daar? Daar komt zeker geen trein?'

'Het eerste deel van uw reis kan per trein,' zei hij. Hij bestudeerde nogmaals de kaart. 'U moet de trein naar Lucca nemen,' zei hij, 'dan overstappen op het boemeltje door het Serchio-dal, naar een plaatsje dat Ponte a Moriano heet. Maar daarna... misschien gaat er een streekbus de heuvels in, naar een dorpje dat Orzala heet?' Hij onderbrak zichzelf en haalde op typisch Italiaanse wijze zijn schouders op. Toen voegde hij eraan toe: 'Misschien handiger om een auto te huren.'

Ik wilde niet toegeven dat ik geen rijbewijs had. 'Ik vind het niet prettig om aan de verkeerde kant van de weg te rijden,' zei ik, 'of over bergweggetjes.' Ik bedankte hem, kocht mijn kaartje en keek hoe ik naar het juiste perron moest komen. We lieten de stad achter ons en passeerden een mengeling van kleine stadjes, bedrijfsterreinen en boerenland voordat we de oude stad Lucca binnenreden. Hier stapte ik uit en moest ik uitzoeken welke trein me naar Ponte a Moriano zou brengen. Toen me was verteld welke trein daarheen ging, moest ik een uur op een heet perron wachten. Ik liep het station uit om wat rond te kijken, maar het enige wat ik kon zien waren grasvelden die naar een indrukwekkende stadsmuur leidden, niets van de stad zelf, behalve een martelende glimp van een toren en rode daken achter die muur. Ik kwam in de verleiding om op onderzoek uit te gaan, maar het was een lange wandeling en op zo'n warme dag wilde ik niet met mijn koffer rondzeulen.

Uiteindelijk werd de trein aangekondigd. Ik moest met veel andere mensen een plekje aan boord veroveren. De trein zag eruit alsof hij wel een opknapbeurt kon gebruiken. De stoelen waren van kaal hout. De ramen waren verschrikkelijk smerig. En het was duidelijk dat de coupé bomvol zat met plattelandsvolk. Sommige vrouwen droegen een doek om hun hoofd. De oudere vrouwen waren allemaal in het zwart, hun haren verborgen onder zwarte sjaals. Een van hen had een levende kip in een mand bij zich. Rumoerige kinderen renden door het gangpad heen en weer. Baby's huilden. Een priester met een brede zwarte hoed keek afkeurend naar me, bijna alsof hij de zonden uit mijn verleden kon lezen. Ik wendde me af, voelde me niet prettig onder zijn blik.

De route leidde ons tussen akkers en oude boerderijen door. Soms ving ik een glimp op van een brede rivier. Verderop zag ik aan weerskanten van een vallei de eerste beboste heuvels oprijzen. Nu voerde het spoor dichter naar de rivier toe, die snel stroomde, zag ik, en hier en daar liep er een oude brug overheen. We stopten bij een paar kleine stationnetjes die blijkbaar in een uithoek lagen. Op de berghellingen waren nu wijn- en olijfgaarden geplant. Veel eerder dan ik had verwacht kwamen we in Ponte a Moriano aan.

Behalve ik stapte er alleen een echtpaar uit. Ze werden begroet door liefdevolle familieleden met veel omhelzingen en kussen op beide wangen. Het station was een eenvoudig vierkant gebouw, geel met groene luiken, afbladderende verf en vol gaten. Ik liep het station uit en zag dat ik in een lege straat stond zonder een verwijzing naar iets wat het centrum van het stadje zou kunnen zijn. Vliegen zoemden. Het was heet en ik had nu dorst en honger. Ik ging het stationsgebouw weer in en in mijn steenkolenitaliaans vroeg ik waar ik de bus kon vinden die me naar San Salvatore zou brengen. De man van de kaartverkoop sprak in rap Italiaans waar ik geen touw aan vast kon knopen. Uiteindelijk, met handen en voeten, dacht ik te begrijpen waar ik de bus kon vinden die me de heuvels in zou brengen. Die was aan de overkant van de rivier. Ik pakte mijn koffer en ging op weg door een lange straat met aan weerskanten bomen. Aan beide kanten stonden huizen met tuinen. Maar nog steeds had ik geen idee waar het centrum lag. De straat kwam uit op een brug over de rivier. Ik vroeg aan een oude, helemaal in het zwart geklede vrouw die in haar tuin aan het werk was, waar ik een bus kon vinden en ze wees over de brug. Ik sjokte eroverheen, te moe en chagrijnig om het uitzicht te bewonderen op de heuvels die aan weerskanten van de vallei oprezen. Het centrum van het oude stadje bevond zich duidelijk aan de overkant. Daar waren winkels, allemaal gesloten vanwege de siësta, en oude, vervallen gebouwen. En op een klein centraal pleintje stonden, o wat een heerlijkheid, twee bussen geparkeerd. Leunend tegen een ervan stond een man te roken. In mijn beste Italiaans vroeg ik waar ik een bus naar San Salvatore kon vinden.

'*Domani,*' zei hij. '*Domani è sabato.*'

Even dacht ik dat ik hem niet begreep. 'Morgen?' vroeg ik. 'Morgen en zaterdag?'

Hij knikte.

Dus had ik het vooruitzicht om in een plaats te overnachten waar ik niet wilde zijn, of ik moest een andere manier zien te vinden om naar het dorp te komen. 'En als er vandaag geen bus gaat,' vervolgde ik in mijn angstvallig correcte Italiaans. 'Hoe kom ik dan in San Salvatore?'

'Waarom wilt u daarheen?' vroeg hij. 'Lucca, Pisa, Florence... daar houden de toeristen van. Er is niets moois in San Salvatore. Geen historische gebouwen. Geen kasteel.'

'Dat weet ik,' zei ik, mijn ongeduld bedwingend. 'Ik ga daar bij vrienden op bezoek.'

'Ah, vrienden.' Hij knikte goedkeurend. 'U hebt vrienden in Italië. Dat is mooi. Dus... u kunt de bus naar Orzala nemen, dan is het nog een kilometer of vijf, misschien gaat er wel iemand die kant op die u een lift kan geven.'

'Oké,' zei ik. 'En wanneer gaat de bus naar Orzala?'

'Zodra ik de motor start,' zei hij en hij grijnsde me breed toe.

Er kwamen andere passagiers naar ons toe. We reden het kleine plaatsje uit en onmiddellijk begon de weg te klimmen, zigzagde door een serie naaldbochten de heuvel op. In deze tijd van het jaar was alles frisgroen: het gras langs de kant van de weg, de bladeren in de wijngaarden en de eikenbomen in het bos. En tussen al dat groen felrode spikkels. Overal stonden papavers, op de gangpaden tussen de wijnranken, tussen de olijfbomen. Te midden van deze kleurenuitbarsting stonden oude boerenhoeves, gebouwd van ruwe steen of verblekend rood pleisterwerk, de luiken heldergroen, pannen op de daken. Hier en daar ving ik een glimp op van een toren, een kerk, klokkentoren of kasteel. We stopten in een klein dorp, daarna voerde de weg opnieuw omhoog en over een bergkam. Aan weerskanten van ons viel het land in diepe ravijnen weg om vervolgens tot nog hogere pieken op te rijzen. Er leek geen eind te komen aan de bergen, tot ze in de blauwe verte vervaagden.

We hielden stil in een dorp dat niet veel meer was dan een rij huizen en een paar boerenerven. De buschauffeur draaide zich naar me toe en zei dat ik hier moest uitstappen. Ik zag dat ik helemaal alleen op straat stond terwijl in de verte een kerkklok het middaguur aankondigde. Zo te zien was er niemand, afgezien van een zwarte kat die languit op het gele grind voor de huizen lag. De zon was nu heet en er leek nergens een café te zijn, en ook geen schaduw. De klok galmde maar door en ik vroeg me af of er een begrafenis was.

Ik bleef daar een poosje staan en probeerde te bedenken wat ik moest doen. Klaarblijkelijk kon het niet anders of ik moest de laatste vijf kilometer lopen, maar ik had geen idee welke kant ik op moest. Ergens vanuit een van de huizen hoorde ik het geluid van een radio, dus haalde ik diep adem en klopte aan. Een andere in een zwarte jurk geklede vrouw – kennelijk de voorgeschreven kleding voor vrouwen ouder dan zekere leeftijd – deed open en keek me nijdig aan.

'*Buongiorno*,' zei ik in mijn beste Italiaans. 'Welke kant is het naar San Salvatore?'

Ze nam mijn buitenlandse uiterlijk in zich op, mijn spijkerbroek, mijn plunjezak over mijn schouder. '*A destra*,' zei ze. 'Rechtsaf. De heuvel op.' Toen deed ze de deur weer dicht.

'Aardige lui hier,' mompelde ik. Was dit wat me te wachten stond? In dat geval was het niet waarschijnlijk dat ik veel over mijn vader te weten zou komen. Ik keek om me heen. Ik leek op het dak van de wereld te staan, met aan alle kanten uitzicht, maar in het noorden en westen waren hogere heuvels, bedekt met een dik bos. Geen spoor van een dorp. Ik zuchtte, begaf me op weg en kreeg een kleine zijweg in het oog die tussen de wijngaarden de heuvel op leidde en in het bos verdween. De heuvel ging steil omhoog en het leek een hopeloze onderneming. Ik had ongeveer een halve kilometer gelopen toen ik het geluid van een naderende motor hoorde. Ik bleef staan en deed wat ik maar één keer eerder had gedaan: ik stak mijn duim omhoog.

Een bestelbus kwam snel aanrijden. Toen de bestuurde me zag, kwam hij piepend tot stilstand. Ik rende naar hem toe. 'Gaat u naar San Salvatore?' vroeg ik.

'Als dat niet zo was, zou ik niet weten wat ik hier deed,' zei hij. 'Stap in.'

Hij was een stevige man van middelbare leeftijd en leek heel veilig. Ik stapte in en zette mijn tas op mijn schoot omdat ik die nergens anders kwijt kon. De bestelbus zat vol allerhande gereedschap. Hij was óf een loodgieter óf een manusje-van-alles. Hij droeg een niet al te schone overall en grijnsde me vriendelijk toe. 'Duits?' vroeg hij, terwijl hij mijn blonde haar en lengte in zich opnam.

'Engels,' zei ik.

'Ah, Engels.' Hij knikte goedkeurend. 'En u spreekt Italiaans.'

‘Een beetje maar,’ antwoordde ik. ‘Ik hoop er beter in te worden.’

‘En waarom gaat u naar San Salvatore?’ vroeg hij. ‘Daar is niet veel. Geen historische gebouwen. Geen toren zoals in San Gimignano.’

‘Mijn vader was hier tijdens de oorlog,’ zei ik. ‘Ik wilde het met eigen ogen zien.’

Hij reageerde verbaasd. ‘In San Salvatore? Ik heb altijd gedacht dat de Amerikanen dit deel van het land hadden bevrijd. De Engelsen zaten aan de kust.’

‘Ik geloof dat zijn vliegtuig was neergestort.’

‘Ah.’ We reden een poosje in stilte verder. De weg was nu weinig meer dan een zandpad. Eerst klom die door een dicht bos omhoog en kwam toen op een bergkam uit met aan weerskanten cipressen. Het uitzicht was spectaculair. Verderop zag ik op de heuveltop een aantal gebouwen op een kluitje staan. Aan alle kanten doken wijngaarden en olijfbomen in kleine valleien weg om vervolgens weer naar het bos omhoog te klimmen. De heuveltop ertegenover was dichtbegroeid met een lommerrijk bos, waar een steile rotsmassa uit oprees met op de top een oude ruïne. Het was het soort tafereel dat je zou verwachten van romantische schilders. Het enige wat nog ontbrak waren een paar blije boeren die met hun hooivork over hun schouders naar huis terugkeerden.

We reden het plaatsje binnen, een smalle straat met aan weerskanten oude stenen gebouwen, de meeste luiken waren dicht tegen de middagzon. Verderop in de straat waren winkels open: een slager of delicatessenzaak met bergen salami in de etalage, een schoenwinkel, een wijnhandelaar met vaten ervoor. Onmogelijk smalle steegjes leidden van de hoofdstraat weg, in sommige ervan hing wasgoed, in andere stonden wijnfusten voor de deuropeningen. En overal zag je vensterbanken met vrolijke bloembakken vol geraniums. De straat was geplaveid met kinderkopjes en we hotsten eroverheen. Toen kwamen we bij een centrale *piazza*, het dorpsplein. Aan een kant stond een imposante kerk, gebouwd van grijze steen.

Ertegenover waren zo te zien gemeentelijke gebouwen met wapenschilden boven de deur, en aan een kant bevond zich een klein Italiaans eethuisje met tafels buiten. Aan een van die tafels zat een groepje mannen in de schaduw van een plataan, met voor zich glazen rode wijn en schalen brood en olijven.

Mijn chauffeur stopte. 'Wacht,' zei hij. 'Dit is San Salvatore. Hier moet je uitstappen. Ik ga naar de boerderij net buiten het dorp.'

Ik bedankte hem en stapte uit. De bestelbus reed weg en ik keek om me heen, me bewust van de blikken die de mannen op me richtten. Kennelijk was er verder niemand wie ik kon aanspreken, dus vatte ik moed om hun te vragen of ze me konden vertellen of er een hotel was in het dorp.

Ze keken me geamuseerd aan.

'Geen hotel, signorina. Als u een hotel wilt, dan is er misschien een *pensione* in de vallei nabij Borgo a Mazzano. Anders' – hij spreidde veelzeggend zijn handen – 'zijn er goede hotels in Lucca.'

Ik onderdrukte mijn vermoeidheid en frustratie. Ik had de hele nacht in de trein amper geslapen. Nu had ik het echt heel warm en ik had honger. 'Is er in het dorp niemand die kamers verhuurt aan bezoekers?' vroeg ik.

Ze keken elkaar aan, mompelden en overlegden. Toen zei een van hen: 'Paola. Heeft zij niet die oude dierenstal tot gastenverblijf omgebouwd?'

'Ah, Paola. Ja. Natuurlijk.'

Ze knikten naar elkaar. Toen wendde een van hen zich tot mij. 'U moet bij signora Rossini zijn. Zij heeft misschien een kamer voor u.'

'Dank u wel,' zei ik, hoewel die oude dierenstal van haar bepaald niet bemoedigend klonk. 'En waar vind ik deze signora Rossini?'

Een van de mannen stond op. Even dacht ik dat hij me erheen zou brengen, misschien zou aanbieden om mijn tas te dragen, die nu wel een ton leek te wegen. In plaats daarvan kwam hij naar me toe en wees. 'Ziet u die doorgang? Daar moet u door de tunnel. Dan rechtdoor, begrijpt u. Steeds rechtdoor. En na de laatste huizen van het dorp is het het eerste huis aan de linkerkant dat u tegenkomt.'

Ik bedankte hem nogmaals en ging verward op weg. Vannacht blijf ik hier, dacht ik, en dan stap ik morgen misschien op de bus naar de vallei en ga daar in een fatsoenlijk pension zitten.

# 12

# Joanna

*Juni 1973*

Naast de piazza liep een smalle steeg omlaag, met aan de ene kant een groenteman waar buiten heerlijke groenten en fruit uitgestald lagen en aan de andere kant iets wat op een wijnwinkel leek. Toen ging ik een tunnel in. Ik aarzelde, vroeg me af of dit een of andere plaatselijke grap was, en Joost mocht weten wat ik aan de andere kant van die tunnel zou aantreffen, of dat hij zelfs überhaupt ergens op uit zou komen. Was het een route naar een kerker? Een kelder?

Maar ik voelde hun blikken nog op me gericht en was niet van plan ze te laten merken dat ik bang was. Ik liep dapper naar de tunnel toe. Op de grond lagen grote keien, de muren waren uit de rots van de heuvelrug gehakt. Na de tunnel kwam er een bocht en ik zag dat er aan een kant openingen zaten, zodat je kon genieten van het uitzicht terwijl zich aan de andere kant schijnbaar wijnkelders bevonden. Ik liep zonder dat er iets gebeurde de tunnel door en volgde het pad, dat steil de vallei in dook. Na een paar huizenrijen kwam er abrupt een einde aan het dorp en ik bleef het pad volgen, dat heuvelafwaarts liep. Het was een modderspoor dat was veroorzaakt door de wielen van af en aan rijdende karren en tractors. Tussen de wielsporen staken rijen papavers hun kopjes boven het gras uit. Nadat de huizen ophielden, liep ik verder, met aan de ene kant lommerrijke ranken en aan de andere kant moestuinen, waar pronkbonen vol rode bloemen langs bonenstaken omhoogklommen, boven tomaten en andere groenten die ik niet herkende. Ik liep over een pad de heuvel af; verderop bevond zich aan de linkerkant zo'n oude boerenhoeve die ik op mijn reis hiernaartoe zo had bewonderd. Hij was opgetrokken uit gebleekte roze stenen, zijn bruinrode dak stak glanzend af tegen een verbluffend blauwe lucht. Boven de deuropening zorgde een knoestige wijnrank voor een overschaduwde veranda en ernaast stond een reusachtige lemen kruik boordevol rozemarijn. De voordeur stond open. Ik liep ernaartoe en zocht naar een bel. Aarzelend klopte ik aan, maar er gebeurde niets.

'Hallo! Buongiorno,' riep ik. Geen antwoord.

Van achter het huis hoorde ik vrouwenstemmen. Ik liep langzaam de betegelde gang door, die uitkwam op een grote zonnige keuken waar verrukkelijke geuren uit oprezen, gebakken brood, en kruiden die ik niet kon thuisbrengen. Koperen potten hingen in een rij aan hun haak. Ernaast hingen strengen knoflook en gedroogde kruiden. In het midden stond een geschrobde houten tafel met verschillende gesneden groenten en kruiden en tegen de rechtermuur stond een reusachtige en oude open steenoven waarin wel een stuk of tien broden tegelijk gebakken konden worden. En aan het modernere gasfornuis ernaast stond een vrouw met haar rug naar me toe. Zodra ik haar in het oog kreeg, stokte mijn adem in mijn keel, en ik bleef als aan de grond genageld staan. Het was alsof ik terug in de tijd werd geworpen. Dit was mijn moeder, dezelfde stevige bouw, hetzelfde haar in een knotje gedraaid, terwijl ze in iets magisch op het fornuis roerde en ik van school thuiskwam.

Elk moment kon ze zich omdraaien en me zien, zou ze breed naar me lachen en haar armen openen om me te omhelzen. In plaats daarvan stond er vanonder de grenen tafel een hond op, die grommend naar me toe kwam. De vrouw draaide zich om en slaakte een kreetje van schrik.

'Stil, Bruno,' zei de vrouw. 'Ga liggen.' De hond gehoorzaamde, maar keek me nog altijd wantrouwig aan.

'*Scusi,* signora,' zei ik vlug. 'Ik heb aangeklopt, maar dat hoorde u niet.' Ik geloof dat ik eigenlijk 'op de deur sloeg' zei, want ik kende het woord voor 'aankloppen' niet.

'Geeft niet,' zei ze. 'Je bent er nu. Wat kan ik voor je doen?'

'Ik zoek voor vannacht een kamer,' zei ik. 'De mannen zeiden me dat u misschien plek had?' Ik had deze zinnetjes op de wandeling hiernaartoe geoefend, en ze kwamen er best vloeiend uit.

Ze knikte, straalde nu. 'Ja. Natuurlijk. Mijn tuinhuisje. Vroeger was dat voor dieren. Nu is het voor mensen. Goed, ja?'

Ik glimlachte naar haar terug. Lastig te zeggen hoe oud ze was, waarschijnlijk ergens in de veertig, maar ze had opmerkelijk weinig rimpels in haar gezicht en door haar haar liepen een paar heel vage grijze strepen. Ze droeg een groot blauw-geel schort over een witte blouse waarvan de mouwen tot boven de ellebogen waren opgerold.

Ze veegde haar handen aan haar schort af en kwam naar me toe. 'Ik ben Paola Rossini,' zei ze. 'Welkom.'

Ik schudde de uitgestoken hand. 'Aangenaam kennis te maken, signora Rossini. Ik ben Joanna Langley,' zei ik.

'Uit Engeland?'

'Ja.'

Ze knikte goedkeurend. 'Je ziet er ook uit als een Engels meisje. Die zijn altijd lang en elegant. Studeer je Italiaans?'

'Nee, ik ben hier op bezoek. Ik bekijk de plekken die mijn vader heeft bezocht toen hij in Italië was.'

'Echt waar? En is hij toen ook in San Salvatore geweest?'

'Dat denk ik,' zei ik, maar daar wilde ik nu niet verder op ingaan.

Op dat moment klonk er een indringende kreet en ik herinnerde me dat we niet alleen in de keuken waren. Toen ik door de gang liep had ik mensen horen praten. Op een stoel in de hoek zat een jonge vrouw. Haar donkere haar tuimelde over haar schouders en ze keek me nieuwsgierig aan. Op haar schoot lag een kleine pasgeboren baby.

'Mijn dochter, Angelina,' zei signora Rossini trots. 'En mijn kleindochter, Marcella. Ze is nog maar drie weken. Ze was te vroeg geboren en even waren we bang dat we haar zouden verliezen, maar door goede zorg en de goede melk van haar moeder doet ze het nu goed, hè, Angelina?'

Het meisje in de hoek knikte en glimlachte verlegen naar me. 'Angelina's man is steward op een schip,' zei signora Rossini. 'Hij zit op zee en heeft zijn kleine dochtertje nog niet gezien. Dus komt ze naar haar oude moeder en weet ze dat er goed voor haar wordt gezorgd.'

Ik kon mijn ogen niet van dat piepkleine volmaakte wezentje afhouden, en ik kon ook mijn gedachten niet afleiden van iets waar ik niet aan wilde denken. Over drie maanden... Stop! zei ik streng tegen mezelf.

'Gefeliciteerd met je dochter,' zei ik. Dit was een van de zinnen die we op de Italiaanse cursus hadden geleerd.

Angelina straalde. 'Ben jij getrouwd?' vroeg ze. 'Heb je kinderen?'

Ik probeerde te blijven glimlachen. 'Nog niet,' zei ik. 'Ik studeer nog voor advocaat.'

'O, je studeert voor advocaat.' Ze keken elkaar aan en knikten, onder de indruk.

Paola snoof en besefte dat ze iets op het fornuis in de steek had gelaten. '*Un momento*,' zei ze en ze haastte zich ernaar terug om er driftig in te roeren.

'Wat bent u aan het klaarmaken?' vroeg ik. 'Het ruikt heerlijk.'

Ze draaide zich weer naar me om en haalde bescheiden haar schouders op. 'Niks bijzonders, hoor. Gewoon een eenvoudige lunch die wij in Toscane lekker vinden. We noemen het *pappa al pomodoro*. Je mag gezellig met ons mee-eten. Er is meer dan genoeg.'

'Nou, heel graag, als u het zeker weet.'

'Natuurlijk.' Ze wendde zich opnieuw tot haar dochter. 'Leg de baby maar te slapen, Angelina, en roer dit nog even door terwijl ik de jonge Engelse dame haar kamer laat zien. Ze wil zich vast voor het eten nog even opfrissen.'

Angelina stond op en legde het bundeltje in een wiegje naast de muur. De baby slaakte een klaaglijke kreet.

'Laat haar maar huilen,' zei Paola. 'Goed voor de longen.' En tegen mij: 'Kom. Dan zal ik je het laten zien.'

Ik pakte de tas op die ik op de vloer had gezet en volgde haar door de achterdeur naar buiten. Bruno de hond liep naast me mee; hij had besloten dat als zijn bazin me aardig vond het wel goed zat. Een flagstonepad liep omlaag, door een tuin met een weelde aan bloemen en groenten. Tussen de bonenstaken en tomaten groeiden rozen. Bosjes lavendel en rozemarijn roken hemels toen ik erlangs veegde. Midden tussen de planten stonden verschillende oude fruitbomen, de kersen en abrikozen leken bijna rijp voor de pluk maar de appels waren nog groene knoppen. Het pad kwam uit bij een oud stenen buitengebouw met tralies voor de ramen. Niet bepaald uitnodigend. Paola liep naar de zijkant, pakte een grote sleutel en maakte de deur open.

'Ga je gang,' zei ze terwijl ze opzijging om mij voor te laten. Het was een heel eenvoudige kamer: een ijzeren ledikant, een witte ladekast, een rij haken aan de muur voor kleren en onder het raam een kleine tafel. Op de vloer lagen dezelfde rode tegels als in de keuken en gang. Er hingen frisse witte vitrages voor het raam en het bed was opgemaakt met wit linnengoed waar een zelfgemaakte quilt overheen lag.

'*Va bene?*' vroeg ze. 'Is dit goed?'

'*Si.*' Ik knikte enthousiast. 'En om me te wassen?'

'Ah,' zei ze en ze opende een oude deur naar een klein badkamertje. 'Je hebt je eigen water. Dat komt uit de bron buiten, dus het is geen goed idee om het te drinken. Maar er is een boiler voor de douche. Kijk, zo werkt die. Zorg dat de hendel omhoogstaat.' En ze liet het zien. 'Wees voorzichtig. Het water kan heel heet worden.'

Ik zag het nogal alarmerend ogende geval aan de muur en besloot de waarschuwing ter harte te nemen. In de badkamer bevonden zich een wastafel, een toilet en een heel kleine douche. Maar ook hier was het smetteloos schoon. Als hier al ooit koeien hadden gewoond, dan rook je daar niets meer van. Sterker nog, het badkamerraam stond open en de geur van kamperfoelie dreef vanaf de oude buitenmuur naar binnen. Ik wist meteen dat ik me hier thuis zou kunnen voelen.

'Dank u wel. Het is prima,' zei ik. 'Hoeveel kost het?'

Ze noemde een bedrag. Ik rekende duizenden lires snel om in ponden. Het was heel redelijk.

'En 's ochtends ontbijt je met ons in het grote huis,' zei ze. 'Als je ook 's avonds bij ons wilt komen eten, dan kost het een beetje meer. Zeg het me morgenochtend, dan maak ik voor het avondeten iets speciaals klaar.'

'Dank u wel. Ik zou hier 's avonds ook heel graag willen mee-eten, als dat goed is.' Plotseling voelde ik me nogal overvallen, alsof al die vriendelijkheid me te veel was nadat ik me een paar maanden zo alleen had gevoeld.

'Nou, installeer je maar vast,' zei ze. 'Dan ga ik eten koken. Kom maar als je klaar bent.'

Ze liet de deur open, waardoor er een geurige bries naar binnen woei. Ik kwam in de verleiding om na mijn nachtelijke rit in de trein de alarmerend ogende douche uit te proberen, maar ik wilde Paola niet te lang laten wachten. Ik pakte een paar spulletjes uit, waste mijn gezicht en handen, trok een schone blouse aan en borstelde mijn haar. Toen deed ik de deur achter me dicht en liep over het pad terug. De tafel was nu gedekt met fleurig beschilderde aardewerken borden en kommen. In het midden stond een grote schaal met tomaten, een plak witte kaas, een paar repen salami, een kom olijven en er lag een groot knapperig brood. Paola gebaarde me te gaan zitten en zette me een kom soep voor. Die was bijna te dik om soep te kunnen noemen en rook naar knoflook en kruiden die ik niet herkende. Ik nam voorzichtig een hapje en proefde de smaakexplosie in mijn mond. Hoe kon iemand van simpele tomaten en uien zoiets lekkers maken?

'Het is verrukkelijk,' zei ik, en ik hoopte dat het woord '*delizioso*' bestond. 'Heerlijk.'

Paola bleef even achter me staan en trok toen op de kop van de tafel een stoel naar voren. Angelina kwam bij ons zitten. Ze pakte de baby weer op, en tot mijn schrik opende ze haar blouse en voordat ze haar lepel oppakte, legde ze de baby tegen een grote ronde borst.

'Zo krijgt iedereen te eten,' zei Paola tevreden.

'Hoe maakt u deze soep?' vroeg ik.

Ze lachte. 'Zo eenvoudig. Dit noemen we *cucina povera*, armeluiseten voor de boeren. En een prima manier om het oude brood van gisteren op te maken. Het is in bouillon geweekt oud brood, we bakken knoflook, tomaten en wat wortels en bleekselderij, voegen die erbij en dienen het op met olijfolie. Dat is alles.'

Ik at alles op en veegde mijn kom schoon met het nog warme verse brood van vandaag. Paola pakte een kan en vroeg of ze mocht inschenken. Ik knikte instemmend en schrok toen ik zag dat ze rode wijn in mijn glas schonk en geen water zoals ik had verwacht.

'Voor mij niet te veel wijn, hoor,' zei ik. 'Ik ben niet gewend om midden op de dag alcohol te drinken.'

'Maar dit is doodgewone wijn. Helemaal niet sterk. We geven het ook aan onze kinderen. Worden ze sterk van. Maar als je wilt, kun je er wat water bij doen.' Ze gaf me een karaf water en ik schonk er wat van bij.

Ik mocht zelf iets van de schaal kiezen, werd me gezegd. Ik probeerde een stukje salami en kaas, en de tomaten waren zoeter dan ik ooit had geproefd.

'Wat is dit voor kaas?' vroeg ik. 'Zulke kaas heb ik nog nooit geproefd.'

'Ah, dat komt omdat het schapenkaas is en niet van de koe komt, zoals in jullie land. Het is de kaas die mijn man en ik vroeger maakten. Pecorino, noemen we hem. Lekker, hè? Pittig en heel smaakvol.'

'Inderdaad.' Ik knikte.

'Neem nog wat. En probeer ook deze prosciutto.' Ze zette meer eten op tafel en terwijl ik at, stelde Paola me vragen. Waar ik woonde? En mijn ouders?

Ik vertelde haar dat ik in Londen woonde en dat mijn beide ouders dood waren. Ze knikte verdrietig. 'Het is tragisch om een dierbare te verliezen. Een wond waar een mens nooit van herstelt, vrees ik. Mijn eigen lieve Gianfranco is vorig jaar overleden.'

'Ach, wat akelig,' zei ik. 'Was hij ziek?'

Ze schudde boos haar hoofd. 'Nee. Op weg naar de markt raakte zijn truck van de weg en kantelde. Het was slecht weer. Veel regen en wind. Maar Gianfranco was een goed chauffeur. Soms vraag ik me af...'

'Mama, je moet die dingen niet zeggen,' onderbrak Angelina haar. Ik keek haar vragend aan. 'Mijn moeder denkt dat er misschien mannen waren die een hekel aan mijn vader hadden. Hij was te eerlijk. Hij wilde geen protectiegeld betalen en zijn land niet verkopen.'

'Inderdaad. Dat vraag ik me vaak af. Het enige wat ik weet is dat mijn man van me werd weggenomen. Te jong. Te jong.'

'Dus nu run je de boerderij in je eentje?' vroeg ik.

'Het was te veel voor een vrouw alleen,' zei ze. 'Vroeger hadden we schapen en geiten voor de kaas, maar die zijn nu weg. Ik heb ze moeten verkopen en jij hebt nu hun kleine huis. Mijn wijngaard wordt aan anderen verhuurd. Ik heb nog een paar olijfbomen voor de olie en ik heb een moestuin voor groenten, zoals je hebt gezien. Daarmee ga ik een keer per week naar de markt, en ik maak het fruit in. Dat is genoeg om van rond te komen.'

We aten een poosje in stilte. Ik voelde de wijn naar mijn hoofd stijgen en in de hete middag werd ik er slaperig van. 'Als u het niet erg vindt, zou ik graag een tukje willen doen,' zei ik. 'Ik heb in de trein de hele nacht niet kunnen slapen.'

'Natuurlijk.' Paola stond ook op.

'En misschien wilt u me later wel een paar van uw recepten laten zien?' vroeg ik.

'Met alle plezier. Hou je van koken?'

'Ik wil het graag leren,' zei ik. 'Mijn moeder kon goed koken, maar ik heb nooit iets anders geleerd dan een eitje bakken.'

'Heeft ze je het dan nooit geleerd?' vroeg Paola.

'Nee. Ze is gestorven toen ik elf was.'

Paola kwam met open armen naar me toe en omhelsde me. Ik rook knoflook en zweet en vaag een soort rozenwaterachtig parfum, maar de mengeling was niet onaangenaam. 'Geen enkel jong meisje hoort zonder een moeder op te groeien,' zei ze.

Ik slikte uit alle macht mijn tranen weg.

Door de combinatie van wijn en vermoeidheid sliep ik ruim een uur. Ik werd met een duf hoofd wakker en moest water in mijn gezicht spatten om me weer een beetje normaal te voelen. Toen ik de keuken weer in kwam, zag ik dat Paola aan de grote tafel aan het werk was. Ze begroette me met een glimlach. 'Ah, het kleintje dat wil leren koken. Je komt precies op tijd. Kijk, ik ben pici aan het maken. Dat is pasta uit deze streek, gemaakt van enkel bloem en water. Geen eieren. Wil je me helpen?'

'O ja, graag,' zei ik. Ik waste mijn handen in de gootsteen en toen liet ze me zien hoe het moest. 'Kijk, we beginnen met twee soorten bloem. Ik gebruik graag semolina en een soort bloem die we *tipo 00* noemen. Dat heeft een heel fijne structuur, *no*? En dan maken we in het midden een kuiltje waar we water in schenken, beetje bij beetje, voorzichtig, terwijl we tegelijk mengen. En we beginnen te kneden.'

Ik probeerde haar met mijn bergje bloem na te doen. Het was niet zo gemakkelijk als het leek zoals zij het deed. Het meel bleef aan mijn vingers plakken. Het werd een kleverige massa.

'Meer bloem, denk ik,' zei Paola vriendelijk, en ze nam het over tot ik een glad deeg voor me had. 'Nu komt het echte werk. Nu moeten we kneden en nog eens kneden. Minstens tien minuten.'

Opnieuw deed ik mee. Het was inspannend, maar het voelde goed om met mijn handen te werken, iets te maken. Ik merkte dat ik ontspande, glimlachte. Intussen keek ik de keuken rond. In een hoek hingen aan een rek bosjes kruiden te drogen, en langs een muur stonden grote aardewerken kruiken vol olijfolie en andere dingen die ik vanaf waar ik stond niet kon thuisbrengen.

'Nu moeten we het laten rusten,' zei Paola. 'Kom, dan drinken we tijdens het wachten koffie met biscotti.'

Ze schonk twee koppen zwarte koffie in en schoof een schaaltje harde biscuitjes voor mijn neus. Ik ging bij haar zitten en knabbelde eraan. 'Lekker, no?' zei ze. 'En de biscotti zijn nog lekkerder als je ze in de Vin Santo doopt. Dat laat ik je later zien.'

'Ik vind het zo ook al heel lekker,' zei ik, hoewel ik niet gewend was aan zulke sterke koffie, waardoor mijn systeem een opdoffer kreeg.

'En nu maken we de pici af.' Paola stond op en haalde de doek van ons deeg weg. 'Ik zal je laten zien hoe we er rolletjes van maken.'

Ze scheurde er een stuk af en legde dat op de met bloem bestoven tafel. Toen rolde ze het met haar handen zoals wij in mijn jeugd slangen rolden van klei. Heen en weer rolde ze het, tot het een gelijkmatige dunne, lange streng was. Toen gaf ze mij een stuk. Mijn streng was niet zo gelijkmatig, maar ik genoot ervan om het te doen.

'Dit eten we vanavond bij de konijnenragù,' zei Paola terwijl we bezig waren. 'Die konijnen zijn een plaag voor mijn groenten geworden, dus heb ik de jongens uit het dorp gevraagd ze voor me af te schieten. Ze houden van schieten en ze vinden konijn lekker. Ik heb ze er een voor hun moeder meegegeven, en zo is iedereen blij.'

Ik moest me flink concentreren om dit te verstaan, want het woord voor 'konijn' had ik nog niet geleerd, maar toen ze het erover had dat ze haar groenten opaten, begreep ik wat ze bedoelde. 'Hoe maak je een konijnenragù?'

'Ook niet moeilijk. Je begint met pancetta en uien, salie en rozemarijn, en natuurlijk knoflook en tomaten, en dat laat je een poosje pruttelen. Ik heb het vanochtend vroeg al gemaakt.'

Ik vond dat dit het juiste moment was om over mijn vader te beginnen. 'Signora Rossini, ik heb u verteld dat ik hier ben omdat mijn vader hier was in de oorlog.' Ik wachtte even. 'Hij was een Britse vliegenier. Zijn vliegtuig werd neergeschoten. Kunt u zich daar iets van herinneren? Een Britse piloot? Een vliegtuig dat in de buurt is neergestort?'

Ze keek me met een verontschuldigende glimlach aan. 'In de oorlog was ik hier niet,' zei ze. 'Mijn moeder had me naar mijn tante boven in de heuvels gestuurd, vanwege de Duitsers. Ik was een jong meisje, en de Duitsers... zij dachten dat ze zich konden vergrijpen aan ieder jong meisje dat ze leuk vonden. Net zoals ze dachten dat ze om het even wie maar konden vermoorden. Het waren beesten. Ik kan je niet vertellen hoe erg we hebben geleden.'

Ik knikte begrijpend. Toen vroeg ik: 'Herinnert u zich dan een vrouw uit dit dorp die Sofia Bartoli heette?'

'Sofia Bartoli? O ja, natuurlijk kan ik me haar herinneren. Ik weet nog dat haar man Guido haar vlak voor de oorlog mee naar huis nam. Ze kwam niet van hier, weet je, dus de mensen uit dit dorp hadden niet veel met haar op. Ze houden niet van buitenstaanders. En ze was een wees, herinner ik me, zonder familie. Ik was nog maar een klein meisje, maar ik vond haar heel mooi, en ook lief. Ik hoorde dat ze haar man heeft verloren in de strijd om Noord-Afrika.'

'En weet u wat er met haar is gebeurd?'

'Toen ik na afloop van de oorlog in het dorp terugkwam, was ze weg. Niemand zei veel over haar, maar het was niet goed. Ze was vertrokken en had haar kleine zoontje achtergelaten.'

# 13

# Hugo

*December 1944*

Hugo had een koude en vervelende nacht. Zijn been klopte en elke keer als hij wilde bewegen schoot er een pijnscheut door hem heen, en de deken hielp niet veel tegen het koude vocht dat van de stenen vloer optrok. Hij nam een klein slokje grappa, waarvan de warmte zich een poosje als vuur door zijn aderen verspreidde. Hij tastte in zijn borstzakje en haalde zijn sigaretten en aansteker tevoorschijn, ging toen weer liggen om er eentje te roken, erop lettend dat de kleine gloeiende punt niet de duisternis om hem heen doorboorde. Maar de rook kalmeerde zijn zenuwen tenminste. Hij was blij toen hij de eerste strepen daglicht zag en hoorde dat de haan in de verte de dageraad begroette. Hij knabbelde wat aan de polenta en kaas, bewaarde de ui voor later en dwong zichzelf toen naar buiten te gaan om een plek te zoeken waar hij zijn behoefte kon doen. Het was een heldere, tintelende dag met hier en daar witte wolken die vanuit het westen langs de hemel scheerden. Hij wist naar de regenton te strompelen, ineenkrimpend bij elke stap, waar hij wat water dronk en zijn gezicht en handen waste. Hij nam wat water mee terug in de tinnen mok. Hij haalde nog wat vulsel uit het kussen en vond tussen het puin een lepel. Die kleine overwinning kikkerde hem op. Als hij zich wat sterker voelde, zou hij verder gaan zoeken. Misschien lag er ergens onder de gevallen dakpannen een matras.

Het lukte hem om zonder al te veel te morsen de mok water mee terug te nemen naar de kapel, trok toen zijn broek omlaag en scheurde wat van Sofia's laken af om de wond te verschonen. Die zag er nog steeds behoorlijk afstotend uit en er sijpelde donker bloed uit, maar hij druppelde wat jodium op zijn geïmproviseerde doek en probeerde zo veel mogelijk bloed weg te vegen. Het prikte verschrikkelijk en hij vloekte binnensmonds, zich bewust van de Maagd en de paar beschadigde heiligen die op hem neerkeken. Toen verbond hij de wond en gebruikte Sofia's stuk hout om een spalk te zetten. Hij wist niet zeker of die zou helpen. Hij bood sowieso zeker niet zoveel steun dat hij zijn been zou kunnen belasten. Geen schijn van kans dat hij naar het zuiden kon ontsnappen. Ik zal geduld moeten oefenen, zei hij tegen zichzelf, en hij schaamde zich toen hij merkte dat er een steek van blijdschap door hem heen ging bij het idee dat hij Sofia in elk geval nog een paar dagen zou zien.

Die middag was ze er weer.

'Ik heb geluk,' zei ze terwijl ze de omslagdoek van haar hoofd wikkelde en de kapel binnenstapte. 'Signora Gucci heeft iedereen verteld dat ik haar gisteren funghi di bosco heb bezorgd en ik heb beloofd om meer paddenstoelen voor haar te zoeken. Wat ben ik toch een lieve en vriendelijke meid. Dus als ze nu zien dat ik over de heuvel naar het bos ga, zeggen ze: "Ah, Sofia. Ze gaat op paddenstoelenjacht. Wat is ze toch lief."'

'Ik hoop dat je er inderdaad een paar vindt, anders wordt ze wantrouwig.'

'Dat hoop ik ook. Maar het is de laatste tijd nat weer geweest. Goed weer voor paddenstoelen. En ik denk dat ik meer kastanjes heb gezien. Dat is ook goed. In deze streek gebruiken we kastanjemeel om te bakken, vooral als er geen echt meel te krijgen is.' Vandaag hing haar grote mand aan haar arm. 'Maar kijk eens wat ik voor je heb meegenomen: *fagioli al fiasco sotto la cenere.*' Ze gaf hem een kom met iets wat op pasta leek.

Hij begreep haar Italiaanse dialect niet, behalve dat 'fagioli' bonen waren, en dit zag er niet uit als bonen, meer als havermout. Hij dacht niet dat hij in zijn tijd in Florence ooit een haverplant had gezien, en wist wel zeker dat niemand ooit havermout voor zijn ontbijt nam.

'Wat is dit?' vroeg hij.

'Het is gemaakt van in water gekookte bonen, die daarna een hele nacht in olijfolie, rozemarijn, salie en knoflook op brandende houtskool hebben staan sudderen. We stoppen het in een chiantifles en laten ze langzaam in de sintels garen. Daarna pureren we ze. Het is heel lekker en voedzaam. Tegenwoordig eten we het altijd als er geen vlees of eieren te krijgen zijn.' Ze reikte weer in de mand. 'En deze keer ook wat brood. Signora Gucci had al brood voor ons gebakken.'

Hij pakte de knapperige bult die ze hem aanreikte aan en gebruikte die om de bonenpuree mee op te scheppen. De fagioli was lekker, zo glad dat er volgens hem melk of room aan toegevoegd moest zijn. Ze keek toe terwijl hij at, haar gezicht als dat van een moeder die weet dat ze haar kind het beste voedsel voorzet. Toen hij klaar was, knikte ze tevreden. 'Daarmee red je het voorlopig wel. En ik heb nog andere dingen bij me. Hier... dit is een trui van Guido die hij altijd droeg als hij 's winters op het land aan het werk was. Hij is van wol en houdt je lekker warm.'

'Ik kan Guido's trui niet aannemen,' zei hij, en hij wilde hem niet van haar uitgestoken hand pakken.

'Toe nou, alsjeblieft. Hij is er toch niet en voor hetzelfde geld krijgen de motten hem te pakken en dan hebben we er niks meer aan. En als hij terugkomt, maak ik met alle liefde een nieuwe trui van de beste stof van de markt.'

'Dank je wel.' Hij nam hem eerbiedig aan.

'En ik denk ook dat het hier 's nachts in het donker best moeilijk is. Dus ik heb een kaars voor je meegenomen. Doe er alsjeblieft zuinig mee. Ik heb er niet veel en tegenwoordig valt de elektriciteit vaak uit. Heb je lucifers nodig?'

'Ik heb mijn aansteker.' Hij klopte op zijn zak.

'Heb je sigaretten?'

'Ja. Wil je er een?' Hij viste naar zijn pakje.

Ze schudde haar hoofd. 'Ik rook niet, maar evengoed bedankt. Jammer dat ik niemand iets over je mag vertellen. Sigaretten zijn fantastische handelswaar. De mannen in de buurt zouden een fazant of konijn voor me vangen in ruil voor een pakje sigaretten.' Ze wachtte even, maar schudde toen haar hoofd. 'Maar helaas, Engelse sigaretten, het zou niet verstandig zijn ze aan wie dan ook te laten zien.'

'Je moet je paddenstoelen gaan zoeken,' zei hij.

Ze stond op. 'Je hebt gelijk. Ik kan niet te lang wegblijven. Mijn zoon was in tranen vanochtend omdat hij met me mee wilde om paddenstoelen te plukken. Maar ik moest hem zeggen dat het voor hem te ver lopen was. Elke keer als ik wegga, is hij bang, het arme schaap. Hij heeft gezien dat mannen uit ons dorp werden weggehaald. En hij denkt aan de vader die hij nog nooit heeft gezien.'

'Wees alsjeblieft voorzichtig, Sofia,' zei hij. Hij had niet meteen door dat hij haar bij haar voornaam had genoemd.

Ze keken elkaar aan. 'Maak je over mij maar geen zorgen. Ik ben altijd voorzichtig.'

'Zijn er op dit moment Duitsers in het dorp?'

Ze schudde haar hoofd. Er viel een lange stilte en toen zei ze: 'Vanochtend vroeg kwam er een Duitse stafauto, omdat iemand had gezien dat er een vliegtuig was neergestort. We hebben ze gezegd dat we het lawaai van een crash hebben gehoord maar dat het midden in de nacht was en dat we niets hebben gezien. Toen zijn ze weer vertrokken.'

Hugo slaakte een zucht van opluchting. 'Komen ze vaak in je dorp?'

Ze schudde haar hoofd. 'Tegenwoordig komen ze niet zo vaak meer, want ze hebben het meeste van wat we hadden meegenomen. En we zitten te ver van een goede weg vandaan. Maar we weten het nooit. Ik bid elke avond tot la Madonna dat de Amerikanen komen en ze naar het noorden verjagen. *Arrivederci,* Ugo. God zij met je.'

In de deuropening bleef ze even staan, schikte de omslagdoek om haar hoofd en schouders, keek weer naar hem terug en glimlachte. Roerloos als een beeld zat hij haar na te kijken. Ze is nog een kind, dacht hij. Als ze op haar achttiende was getrouwd, was ze vast nog voor in de twintig, en nu al droeg ze deze zorg en ontberingen zo elegant en standvastig. Ze gaf God nergens de schuld van en huilde niet om het verlies van haar man. Ze ging gewoon door, zoals Hugo ook was geleerd.

'Nog maar een kind,' bracht hij zichzelf in herinnering. Veel te jong om het hart van een man van vijfendertig te beroeren.

Hij schrok van de duiven, die opgevlogen waren en op een van de gevallen balken waren geland. Een valstrik, dacht hij. Ik moet een valstrik zien te maken. En hij dacht terug aan zijn jeugd. In die tijd liepen er stropers rond in de bossen van Langley. De jachtopziener speelde een eindeloos kat-en-muisspel met ze. Eigenlijk tijdverspilling, had Hugo gedacht, vooral omdat ze alleen maar achter konijnen aan zaten. Maar de fazanten van de landjonker moesten beschermd worden voor de jacht. Hugo herinnerde zich dat hij met Ellison, de zure jachtopziener, het terrein rondging, terwijl de oude man onophoudelijk mopperde op de ploerten en leeglopers en over wat hij met ze zou willen doen. Hij bleef alleen staan om de valstrikken die hij vond te vernietigen. Sommige daarvan waren gemene gevallen met stalen punten, sterk genoeg om diep in de poot van een dier te dringen. Andere, waarschijnlijk gemaakt door bewoners uit de buurt, waren eenvoudige vallen, lussen van ijzerdraad die straktrokken wanneer een dier ertegenaan liep. Hugo probeerde zich te herinneren hoe ze eruitzagen en hoe ze werkten. Wat eigenlijk geen zin had, want hij had geen ijzerdraad, maar het was iets waarmee hij zijn gedachten kon afleiden. Hij bedacht hoe blij Sofia zou zijn als hij met een koppel duiven kwam aanzetten.

Hij stond op, wat met zijn nu gespalkte been moeilijker ging, pakte zijn zelfgemaakte kruk en hobbelde naar de deur. De lichte ochtendwolken hadden plaatsgemaakt voor zware grijze wolken, en vanuit het westen kwam een dik pak binnendrijven. De wind was ook opgestoken, belaagde hem terwijl hij probeerde te lopen. Nog even en het zou gaan regenen, zoveel was wel zeker. Hij dronk opnieuw uit de regenton en deed zijn best verder te zoeken naar iets bruikbaars onder het puin, maar hij kon niet over de losse rotsen en stenen klimmen en kon niets van het puin wegschuiven of optillen om te kijken wat eronder lag. Hij vond geen ijzerdraad of touw, maar wist wel een oude keukenla te bevrijden. Daar heb ik wel wat aan, dacht hij, en hij nam hem mee terug op het moment dat de eerste regendruppels op de rots kletterden.

Hij was pas halverwege zijn schuilplek toen de storm in volle hevigheid losbarstte. Het leek wel alsof de hemelsluizen zich opensperden. Regendruppels roffelden op zijn leren jack. Hij probeerde sneller vooruit te komen en voelde dat hij weggleed. Hij greep zich vast aan een van de balken en wist een val te voorkomen, terwijl het zweet op zijn gezicht zich vermengde met de regen. Tegen de tijd dat hij in zijn schuilplek was gekropen en de parachute over zich heen had getrokken, was hij drijfnat. Rillend bleef hij daar liggen terwijl de wind regendruppels door de kieren in zijn planken joeg. De parachutestof was minder waterdicht dan hij had gehoopt. Kletsnat plakte het tegen zijn lijf. Toen was er een reusachtige bliksemflits, bijna onmiddellijk gevolgd door een donderklap. Hij moest meteen aan Sofia denken. Had ze het dorp veilig en wel bereikt? Zo weggekropen onder zijn parachute maakte hij zich zorgen dat ze door de bliksem was getroffen of in elk geval kou zou vatten, omdat ze doornat zou regenen. En hij vervloekte zichzelf om zijn eigen onmacht. Hij was de man. Hij zou haar moeten redden, haar en haar zoon naar een veilige plek moeten brengen, ver bij dit conflict vandaan.

'Dat verdomde rotbeen ook,' zei hij hardop.

De storm raasde bijna de hele dag door. Tegen de avond waren er tussen de zware regenbuien door kalmere perioden. Hugo wilde zijn kaars niet verspillen. In het laatste daglicht spreidde hij zijn parachute over de buitenkant van zijn schuilplek uit om te drogen. Terwijl hij daarmee bezig was, herinnerde hij zich de parachutebaleinen. 'Sukkel,' zei hij tegen zichzelf. 'Je hebt al het touw dat je nodig hebt om een valstrik te maken.' Morgen zou hij een perfecte val zetten en een duif vangen.

Hij at het laatste stuk brood met de ui, wat verrassend lekker was, en bereidde zich toen voor op de lange nacht die voor hem lag. De deken was niet al te vochtig en die wikkelde hij om zich heen. Morgen ga ik aan de slag, zei hij tegen zichzelf.

Hij had geen idee hoe dramatisch de zaken de volgende ochtend veranderd zouden zijn.

# 14

# Joanna

*Juni 1973*

Mijn hart ging sneller slaan. Ze had een babyjongetje achtergelaten. Het prachtige jongetje. Misschien was het hier nog.

Ik haalde diep adem en vormde de zin in mijn hoofd voordat ik vroeg: 'Die zoon van Sofia, woont hij nog steeds in het dorp?'

Paola knikte lachend. 'Ja, natuurlijk. Cosimo heeft hem in huis genomen en als zijn eigen zoon opgevoed.'

'Cosimo?'

De glimlach stierf van haar gezicht weg. 'Cosimo di Georgio, de rijkste man van onze gemeenschap. Hij bezit hier veel land. Hij zou mijn olijfgaard graag kopen. Hij wil de baas zijn over alle olijfbomen, alleen wil ik niet verkopen. Maar hier wordt hij gerespecteerd én gevreesd. In de oorlog was hij een held, heeft bij de partizanen gevochten, de enige die een slachting van de Duitsers heeft overleefd. Hij moest tussen de lijken blijven liggen, zich dood houden, terwijl de soldaten met bajonetten rondgingen. Kun je je dat voorstellen?'

'Dus hij heeft Sofia's kind geadopteerd?' vroeg ik.

Ze knikte. 'Ja, en voor de jongen maar goed ook. Guido en Sofia waren net als wij arm, maar nu is Renzo Cosimo's erfgenaam. Ooit is hij rijk. Rijk en machtig.'

Opnieuw formuleerde ik heel zorgvuldig wat ik wilde zeggen. 'Als ik deze man, deze Renzo, zou willen ontmoeten, hoe moet ik dat dan aanpakken?'

'Als je rond een uur of zes, zeven naar het dorp gaat, tref je de meeste mannen op de piazza aan. Ze komen 's avonds bij elkaar terwijl hun vrouwen het eten klaarmaken. Ik weet zeker dat zij weten waar je Cosimo en Renzo kunt vinden. Cosimo heeft een paar jaar geleden een beroerte gehad, ben ik bang.'

'Een beroerte?' Dat Italiaanse woord begreep ik niet.

'Als het bloed wordt afgeknepen en de linkerkant het niet meer goed doet,' legde ze uit. 'Nu loopt hij met een stok en blijft Renzo in zijn vaders buurt om hem te helpen.'

Ze pakte een handdoek, dekte de kom af en veegde haar handen af aan haar schort.

'Zijn de pici klaar?' vroeg ik. 'Heeft u nog hulp nodig?'

'Pas als we het gaan klaarmaken. Ga jij nou maar lekker genieten, jongedame.'

Ik glimlachte en knikte. 'Misschien moet ik dan maar een wandeling gaan maken en de stad verkennen. Ik wil Sofia Bartoli's huis graag zien.'

'Dat kun je ook wel in je eentje. Als je de straat door loopt, sla je in het laatste steegje rechts af. Sofia's huis staat aan het einde daarvan.'

'Woont haar familie daar nog?'

'O nee. Haar man is niet teruggekeerd uit de oorlog in Afrika, moet je weten. Er was alleen nog een oude grootmoeder, en die is vlak nadat ik in San Salvatore terug was overleden.'

Ik knikte, dit verstond ik. 'En ik wil ook kijken of ik met de mannen op de piazza kan praten,' zei ik. 'Ik weet niet of ze me iets vertellen, maar misschien hebben zij mijn vader ontmoet.'

'Misschien.' Maar ze klonk niet al te hoopvol.

'En daarna kom ik terug voor het avondeten, als het goed is. Ik kijk er echt naar uit om de pici en het konijn te proeven.'

'Mooi zo.' Ze knikte goedkeurend. 'Natuurlijk mag je mee-eten. Het is leuk voor Angelina dat ze met een wat jonger iemand kan praten. Ze verveelt zich in haar eentje met haar moeder. Ze wil meer te weten komen over de Engelse mode, dat weet ik zeker. En muziek. In haar hart is ze nog steeds een tiener!' Ze giechelde.

'Hoe oud is ze?' vroeg ik.

'Bijna twintig nu,' zei Paola. 'Tijd om zich serieus te wijden aan haar taken als moeder en echtgenote, en niet te luisteren naar popmuziek en te willen dansen.'

Bijna twintig, dacht ik. Moet je mij zien op mijn vijfentwintigste, met het idee dat ik nog jong ben en tijd genoeg heb om te besluiten wat ik met mijn leven wil doen.

Ik ging terug naar mijn kamer en haalde mijn camera en tas. Ik zette ook een hoed op vanwege de fel schijnende latemiddagzon. Vervolgens zocht ik het pad op en begaf me op weg naar het dorp. De tunnel en de steeg waren aangenaam koel na de heuvelopwaartse wandeling met de zon op mijn rug. Ik bleef in de tunnel staan, keek door de opening naar het landschap erachter. Overal waar ik keek stonden olijfbomen. Als die allemaal van Cosimo waren, moest hij inderdaad een rijk man zijn. En die oude ruïne die ik achter de bomen kon zien, was dat soms een kasteel? Ik vond het de moeite waard om op verkenning uit te gaan, als ik de tocht door de olijfgaarden tenminste voor lief nam. Dat bracht me op de volgende gedachte: hoe lang was ik van plan hier te blijven? Als niemand in het dorp iets van mijn vader wist, wat had het dan voor zin om te blijven? Maar ik dacht aan Paola en haar vrolijke, warme keuken, en het ging door me heen dat dit een plek was waar ik misschien kon helen.

Op dit uur van de middag was de piazza verlaten, de zon zinderde op de keistenen en weerkaatste op het verschoten gele pleisterwerk van de gemeentelijke gebouwen. De platanen oogden stoffig en lieten in de hitte hun bladeren hangen. Ik liep de trap van de kerk op en ging er naar binnen. Er hing een zware wierooklucht en stofdeeltjes dansten in de zonnestralen die door de hoge, smalle ramen naar binnen vielen. Aan de muren rondom hingen oude schilderijen en er stonden heiligenbeelden. Ik deinsde terug toen ik bij een altaar kwam, waaronder ik een kist met glazen deksel ontwaarde, met daarin een in bisschoppelijke gewaden gekleed skelet met een kroon op de schedel. Was dit een plaatselijke heilige? In mijn opvoeding had ik amper iets van de anglicaanse kerk meegekregen en ik had katholieke kerken altijd angstaanjagend gevonden: één stap verwijderd van zwarte magie. Toen er vanachter het hoge altaar een priester opdook, maakte ik me haastig uit de voeten.

Vanaf de piazza volgde ik de enige weg omhoog. Daar waren nog een paar winkels en een wirwar van huizen die zich tegen de heuvelrug aan elkaar vastklampten. Hier en daar liep er een steegje vandaan, sommige ervan waren zo smal dat ik als ik mijn armen uitstrekte beide kanten kon aanraken. De luiken waren gesloten tegen de middaghitte. Sommige huizen hadden een houten balkon waar geraniums op prijkten. Bij andere stonden grote lemen potten en kruiken zoals bij Paola's huis, allemaal met een overvloed aan bloemen en kruiden. Zo nu en dan lag er een kat in de zon te bakken. Verder was de straat verlaten. Vanuit de huizen klonken geluiden van kletterende potten en pannen ten teken dat de avondmaaltijd werd klaargemaakt, huilende baby's, een radio die een treurig lied blèrde.

Verderop eindigden de huizen en zag ik de lucht en het groen. Ik ging het laatste steegje naar rechts in en staarde naar Sofia's huis. Het was groter dan de huizen eromheen en geel geschilderd, de verf was verbleekt en bladderde af. Twee verdiepingen hoog met aan de voorkant een balkon, en aan de achterkant had je vast een mooi uitzicht over het omliggende landschap. Ik vroeg me af wie er nu woonde, want het voelde alsof het verlaten was. Geen geraniums, geen bloembakken voor de ramen. Een verdrietig huis, zo voelde het, en ik draaide me om.

Toen ik op het hoogste punt van San Salvatore kwam, hield de weg op in een klein parkje met een paar grote oude bomen met bankjes eronder. Een ouder echtpaar zat op een van de bankjes in de schaduw. Zij was van top tot teen in het zwart gekleed, net als de oude vrouwen in de trein. Hij zag er best knap uit in een gesteven wit overhemd, en hij had een grote snor vol nicotinevlekken. Het ontroerde me toen ik zag dat ze elkaars hand vasthielden. Ze keken me belangstellend aan. Ik knikte en zei: 'Buongiorno.'

'*Buonasera*,' antwoordden ze, een vriendelijke verbetering aangezien de dag nu officieel in de avond was overgegaan.

Ik vervolgde mijn weg naar een muur die om de borstwering liep en waarnaast een groot kruis was neergezet. Ik las de inscriptie: VOOR ONZE MOEDIGE GEVALLEN ZONEN IN DE OORLOG VAN 1939-'45. Erachter was een schitterend uitzicht: rijen beboste heuvels, sommige gekroond met dorpen zoals dit. Vlak onder de muur viel het land weg in een diep dal waar ik een weg kon zien. Maar vanaf het dorp liep er geen weg naartoe en kon je er niet komen. Dit was in vroeger tijden duidelijk als verdediging gebouwd!

Ik nam een paar foto's van het uitzicht. Toen ik achteromkeek was het echtpaar verdwenen, en ik vroeg me af of ik het me had verbeeld dat ze er waren geweest. In werkelijkheid kwam dit hele dorp wat onwerkelijk op me over, alsof ik in een mooie maar verwarrende droom was beland. Was het pas gisteren dat ik nog in het regenachtige Londen was? Was het nog maar een jaar geleden dat ik met Adrian was gaan samenwonen? En mijn vader die me in niet mis te verstane bewoordingen had laten weten dat hij het daar helemaal niet mee eens was...? En toen... Ik sloot mijn ogen alsof ik de pijnlijke herinneringen buiten wilde sluiten. Wat is er in korte tijd toch veel gebeurd, dacht ik. Hoe snel kan het leven veranderen. Nou, misschien was het tijd voor weer een verandering. Ik bevond me op een prachtige plek, logeerde bij een lieve vrouw en ik zou ervan gaan genieten, hoe het ook zou aflopen.

Toen ik dat besluit had genomen, keerde ik terug naar het dorp. Binnen ongeveer een halfuur was er het een en ander veranderd. De wereld was tot leven gekomen. Een paar jongetjes waren op straat aan het voetballen terwijl een klein meisje op een trap naar ze zat te kijken. De groenteman droeg zijn kisten groenten naar binnen, klaar om de winkel voor de avond te sluiten. Vrouwen stonden in een groepje met elkaar te praten, gesticuleerden met hun handen, zoals alleen Italianen dat doen. Uit open deuren dreven verlokkelijke geuren naar buiten, evenals de geluiden van radio's en televisies. En toen ik weer op de piazza aankwam, lag die in diepe schaduwen gehuld en was het er aangenaam koel. Ik zag dat de mannen weer aan hun tafeltjes voor de trattoria zaten en zo luidruchtig en heftig kibbelden dat ik bang was dat ze elk moment met elkaar op de vuist konden gaan.

Ik maakte me klein in de schaduwen van de zijstraat, wilde niet dat ze me op zo'n hachelijk moment opmerkten. Toen gooide een van hen in een vergeefs gebaar zijn handen in de lucht, een ander lachte en het moment was voorbij. Uit een karaf op de tafel werd wijn ingeschonken en het leek erop dat iedereen weer senang was. De hele weg door het dorp had ik zinnetjes geoefend voor wat ik wilde vertellen. In de trein had ik er zelfs een paar opgeschreven om ze uit het hoofd te leren voor het geval ik zo zenuwachtig werd dat mijn steenkolenitaliaans me in de steek liet.

Ik moest even diep ademhalen voor ik moed vatte om de piazza over te steken en naar ze toe te lopen. Ze keken op toen ze mijn voetstappen hoorden naderen.

'Ah, de signorina,' zei een van hen. 'Heb je Paola gevonden? Logeer je in haar dierenstal?'

'Ja, dank u wel,' zei ik. 'Het is heel mooi en ze is aardig.'

'Paola is een goede vrouw,' stemde een van de mannen in. 'Ze zal je goed eten voorzetten. Je mag wel wat bij-eten. Er zit geen vet op je botten.'

Ik verstond dit niet helemaal, maar ik zag dat ze me kritisch opnamen. Voor een Italiaans meisje was ik niet mollig genoeg.

'Ik ben hier om iets over mijn vader te weten te komen,' zei ik. 'Hij was een Brits piloot. Zijn vliegtuig is in de oorlog vlak bij dit dorp neergestort. Ik vroeg me af of iemand van u van hem afwist of hem heeft ontmoet.'

Ze waren allemaal van middelbare leeftijd, of zelfs bejaard. Enkelen van hen moesten rond die tijd in het dorp zijn geweest. Maar ik zag alleen maar nietszeggende blikken.

Toen zei een oudere verweerde man: 'Er was inderdaad een vliegtuig op Paola's akkers neergestort, weten jullie nog? De Duitsers zijn hier toen geweest en hebben ons erover ondervraagd, maar we wisten van niets.'

'Ik weet nog dat Marco boos was, omdat door dat vliegtuig twee goede olijfbomen in vlammen op zijn gegaan,' zei een andere man. 'Maar er waren geen overlevenden, dat weet ik zeker. Het is compleet uitgebrand.'

Het kwam me voor dat ze het niet over mijn vaders vliegtuig hadden. Misschien was zijn vliegtuig niet precies in dit gebied neergestort en was hij naar het zuiden gegaan om uit Duits bezet gebied weg te vluchten, waarna hij in San Salvatore terechtkwam. Het was duidelijk dat geen van deze mannen iets wist van een Britse piloot in hun dorp. Ik besloot het over een andere boeg te gooien. 'Herinnert een van u zich misschien een vrouw die Sofia Bartoli heette?'

Dat leverde prompt een reactie op. Ze keken me met vijandige blik aan. Een van de mannen draaide zich om en spuugde op de grond.

'Heeft deze vrouw iets ergs gedaan?' vroeg ik.

'Ze is met een Duitser meegegaan,' zei een van de mannen ten slotte. 'Vlak voordat de geallieerden de smerige moffen naar het noorden terugdreven. Ze hebben gezien dat ze midden in de nacht met hem wegging, gevlucht in een legervoertuig.'

'Is ze vrijwillig met hem meegegaan?' vroeg ik. 'Weet u dat zeker?'

'Natuurlijk. Met de man die in haar huis verbleef. Een knappe kerel. Een officier. Sofia's grootmoeder heeft mijn vrouw verteld dat ze wist dat ze op een man viel. Nou, als een vrouw iets voor een man voelt, dan zie je dat, hè?'

'Ze dacht duidelijk dat ze in Duitsland een beter leven zou krijgen dan hier, waar ze dag in, dag uit op de akkers moest werken,' mompelde een man aan het einde van de tafel. 'Vooral omdat haar man al dood was.' Er ging meer instemmend gemompel op.

'En ze heeft een kind achtergelaten?' vroeg ik. 'Een klein jongetje?'

Rondom de tafel werd er geknikt. 'Ja, Renzo. Haar zoon. Ze heeft hem in de steek gelaten.'

'En Renzo woont nog steeds in dit dorp?'

Een van hen keek op. 'Daar komt hij net aan, met zijn vader.'

# 15

# Joanna

*Juni 1973*

Twee mannen liepen samen de piazza op. Een van hen was een beer van een vent van middelbare leeftijd, krachtig gebouwd en met het grijze krulhaar en profiel van een Romeinse keizer. Maar ondanks zijn machtige verschijning liep hij met een stok. De ander was lang, gespierd en ongelooflijk knap. Hij had dezelfde sterke kin, donkere ogen en een massa weerbarstige donkere krullen. Hij droeg een wit overhemd, waarvan een paar knopen openstonden waardoor een gebruinde borst werd onthuld, en een donkere, nauwsluitende broek. Daardoor zag hij eruit als een romantisch dichter, hoewel hij er een stuk gezonder uitzag. Even schoot het door me heen dat het bar oneerlijk zou zijn als de knapste man die ik ooit had gezien mijn broer zou blijken te zijn… totdat ik mezelf eraan herinnerde dat ik niets meer van mannen moest hebben.

Ik bleef hem aanstaren, probeerde iets van mijn vader in hem te zien. Maar hij leek in niets op mijn magere en blonde vader.

Ik stond me net af te vragen wat ik tegen ze moest zeggen toen een van de mannen riep: 'Deze jonge Engelse dame vraagt naar Sofia Bartoli's zoon.'

De jongere man, Renzo, nam ik aan, keek me met een kille blik aan. 'Ik ben de ongelukkige zoon van die vrouw,' zei hij in opmerkelijk goed Engels. 'Maar ik kan me haar niet meer herinneren. Wat wil je weten?'

'Spreek je Engels?' Ik was verbaasd en onder de indruk.

De man knikte. 'Ik heb een jaar in Londen gewerkt. In een restaurant.'

'Was je daar ober?' Ik hoopte de overduidelijke vijandigheid die ik bij hem voelde te doorbreken.

'Ik was daar in opleiding voor chef-kok,' zei hij. 'Maar toen kreeg mijn vader een beroerte. Ik moest naar huis terug om hem te helpen bij zijn landerijen en zijn zaken te behartigen.' Hij draaide zich naar de oudere man toe en knikte respectvol naar hem.

Een van de mannen was opgestaan en had er een stoel bij getrokken. 'Hier, Cosimo. Ga jij hier maar zitten.' zei hij.

'Hoeft niet, hoor,' zei de oudere man. 'We gaan binnen eten. Onze tafel wacht op ons.' Dus dat was Cosimo, de rijkste man van het dorp, degene die alle olijfgaarden bezat behalve de bomen van Paola.

Hij raakte Renzo's arm aan en ratelde een spervuur van Italiaans.

Renzo wendde zich weer tot mij. 'Mijn vader wil weten waarom u geïnteresseerd bent in Sofia Bartoli.'

Ik aarzelde. 'Ik denk dat mijn vader haar ooit heeft gekend.'

Opnieuw zei de man iets in rap Italiaans en de mannen grinnikten. Renzo keek nogal ongemakkelijk toen hij zei: 'Mijn vader denkt dat misschien heel wat mannen haar kenden.'

De oudere man bleef me maar aanstaren. 'Jij bent zeker Duits,' zei hij in het Engels met een sterk accent.

'Nee, ik ben Engels.'

'Ik denk Duits,' herhaalde hij. 'Ik denk dat je Sofia Bartoli's kind van die Duitse smeerlap bent en dat je haar land en olijfgaard komt opeisen.'

'Zeer beslist niet,' zei ik boos. 'Mijn vader was een Britse piloot. Zijn vliegtuig is neergeschoten. Hij was zwaargewond.'

Ik keek nog altijd naar Renzo, vroeg me af of hij het mooie jongetje was dat was verstopt op een plek waar alleen Sofia en mijn vader hem konden vinden. Maar mijn vader had 'óns prachtige jongetje' geschreven, niet 'jouw'. Dat impliceerde dat het hun kind was en niet dat van haar. Misschien was hij echt aan het jongetje gehecht geraakt. 'Zeg eens,' zei ik, 'hebben ze je tijdens de oorlog ooit ergens verstopt?'

'Verstopt? Wat bedoel je?'

'Verstopt waar niemand je kon vinden, uit veiligheid?'

'Voor de Duitsers?' Hij fronste zijn wenkbrauwen en schudde zijn hoofd. 'Niet dat ik me kan herinneren. Sterker nog, dat kan helemaal niet. Ik weet nog dat er een Duitse officier in ons huis verbleef. Hij was aardig voor me, ik heb geen slechte herinneringen aan hem. Hij gaf me snoepjes.'

'Hoe oud ben je?' vroeg ik, me realiserend dat dat waarschijnlijk heel onbeleefd klonk.

'Je stelt een hoop vragen voor een vrouw en voor een vreemdeling in het dorp,' zei Renzo. 'Ik zie niet wat jij daarmee te maken hebt, maar ik ben tweeëndertig. En voor het geval je het weten wilt, ik ben niet getrouwd. Jij?'

Ik merkte dat ik bloosde. 'Ik ben ook niet getrouwd.' Dus hij was te oud om mijn vaders kind te kunnen zijn. Ik wist dat mijn vader tegen het einde van de oorlog was neergestort en gewond was geraakt, en deze man was in 1940 of '41 geboren.

'En heb je ooit een jonger broertje gehad?' vroeg ik.

'Dat kon helemaal niet.' Hij keek me vernietigend aan. 'Mijn echte vader was al voor mijn geboorte naar Afrika gestuurd en is nooit teruggekeerd. Als Cosimo er niet was geweest, was ik een arme wees geweest. Ik heb alles aan hem te danken.' Hij legde een hand op Cosimo's arm. 'Nou, als je me wilt verontschuldigen, mijn vader wil nu wat gaan drinken aan zijn favoriete tafeltje.'

En ze liepen samen het eethuisje binnen. Toen ze eenmaal binnen waren, zei de man die het dichtst bij me zat zachtjes tegen me: 'Dat is Cosimo. Die kun je maar beter niet tegen de haren in strijken. Hij is machtig. Hij bezit hier veel land, en ook de olijvenpers.'

Een jongere man stond op en wenkte dat ik aan tafel moest gaan zitten. 'Kom. Drink wat met ons,' zei hij. 'Ga zitten. Haal een glas voor haar, Massimo. En proef wat van de olijven uit onze streek. De beste die er zijn.'

Ik aarzelde, vroeg me af hoe ik kon weigeren en of ik wellicht van hen meer te weten kon komen. De man drong aan en ik ging zitten. Er werd een glas voor mijn neus gezet waar donkerrode wijn in werd geschonken. Er werd een kom olijven doorgeschoven, evenals grof brood en een kannetje olijfolie. De man die me had uitgenodigd, een magere man met glad naar achteren gekamd haar en een enigszins markant voorkomen, brak wat brood voor me af en schonk een beetje olie op mijn bordje.

'Deze olie komt van onze olijfbomen,' zei hij. 'Goede Toscaanse olie. Extra virgin, hè? Extra virgin is goed.'

De manier waarop hij het woord 'virgin' uitsprak en naar me keek, gaf me een onbehaaglijk gevoel, maar toen lachte hij en ik besloot dat hij alleen maar wat plaagde.

'Zie je de kleur van onze olijfolie?' vroeg een breedgeschouderde man tegenover me. 'Heldergroen. Het groen van de lente. Dat is de kleur van Toscaanse olijfolie. De beste. Natuurlijk moet die wel van mijn bomen komen.'

'Jouw bomen?' vroeg een van de mannen aan het uiteinde van de tafel op hoge toon. 'Je hebt de meeste van je bomen aan Cosimo verkocht. Nu zijn het zijn bomen.'

'Niet waar. Ik heb de beste bomen zelf gehouden.'

'Ik hoorde dat hij je een aanbod heeft gedaan dat je niet kunt weigeren. Of hij heeft je ergens mee gechanteerd.'

'Niet waar. Je liegt!'

Stemmen klonken weer luider op en ik dacht dat ze elk moment met elkaar op de vuist zouden gaan. Maar toen zei een oudere man: 'De signorina denkt nog dat ze tussen een horde wilde dieren is beland. Gedraag je. Nou, eet, signorina. Eet. Drink. Geniet.'

Ze keken allemaal toe toen ik het brood in de olie doopte en met een tevreden uitdrukking op mijn gezicht ervan at.

'Lekker, no?' vroegen ze. 'De beste olijven van de streek.'

'En ze zouden zelfs nog beter kunnen zijn,' zei de jonge markante man, die me aankeek met een blik die ik niet kon thuisbrengen.

Een van de mannen legde een vinger op zijn lippen. 'Het is niet verstandig om zulke dingen te zeggen, Gianni. Vooral niet als iemand ons misschien kan afluisteren. Let op je woorden, anders zal het je nog berouwen.'

De gedistingeerde oude heer met een bos wit haar nam het gesprek over. 'Zo, vertel eens, signorina. Je vader, de Britse piloot, leeft hij nog? Heeft hij je gestuurd om Sofia Bartoli te vinden?'

'Nee, signor,' zei ik. 'Hij is vorige maand overleden. Ik ben hier omdat ik tussen zijn bezittingen haar naam tegenkwam. Hij heeft nooit met een woord over haar gerept, noch tegen mij, noch tegen mijn moeder, maar ik was nieuwsgierig. Nu begrijp ik dat het verkeerd was om het verleden op te rakelen. Mijn vader zou niet blij zijn geweest te horen wat ze heeft gedaan. Maar in elk geval heb ik deze prachtige streek gezien en ik ben blij dat ik gekomen ben.'

'Ga je nu terug naar Engeland?' vroeg de oudere man.

'Ik blijf misschien nog een paar dagen. Ik heb het naar mijn zin in de kleine kamer bij signora Rossini's huis. Ik ga wandelen en van het prachtige landschap genieten.'

Dit kon ieders goedkeuring wegdragen. 'Dan moet ik je mijn schapen laten zien,' zei de flirtende man. 'Ik hou ze op de bergtop waar het gras het malst is. En ik maak daar mijn eigen pecorino. Ik zal je ook laten zien hoe ik mijn kaas maak.'

'Pas voor hem maar op, signorina,' zei de gedistingeerde man. 'Hij is een rokkenjager. Vertrouw hem niet verder dan je neus lang is.'

'Hoezo, ík?' vroeg de man, van wie ik me nu herinnerde dat hij Gianni werd genoemd, en hij legde zijn hand op zijn hart. 'Ik bied slechts gastvrijheid aan een jonge vreemdelinge. Ik ben een veilig getrouwde man.'

'Getrouwd ja, veilig nee,' merkte een man aan het uiteinde van de tafel op, en iedereen barstte in luid gelach uit.

Gianni keek schaapachtig. 'We zouden de jongedame iets te eten moeten aanbieden. Brood en olijven is niet genoeg. Laten we bruschetta bestellen.'

'O nee, dat hoeft niet, hoor.' Ik stak mijn hand op. 'Ik eet straks bij signora Rossini.'

'Het duurt nog uren voordat zij het eten klaar heeft,' zei Gianni. 'Niet voordat de zon helemaal onder is. Voor die tijd val je nog flauw van de honger.' Hij stond op en verdween in de duisternis van het eethuisje. Toen kwam hij zelfvoldaan terug. 'Ze brengen ons een plateau. Dat is hier heel goed, je zult 't zien.'

Ik had geen idee wat bruschetta was. Mijn kennis van Italiaans eten was beperkt tot spaghetti bolognese of ravioli, of wat je in blik kon kopen. Algauw werd er door een magere jongeman met een schort voor een platte schaal naar onze tafel gebracht. Daarop lagen dikke sneden geroosterd brood met allerlei toppings. Gianni keek me met intense belangstelling aan en zei iets binnensmonds tegen een van de mannen. De man antwoordde. Ze wisselden een glimlach uit. Het werd niet voor me vertaald.

'Probeer de bruschetta maar eens,' zei de gedistingeerde oudere man. 'Ze zijn allemaal belegd met verschillende smaken, waar we in deze streek zo van houden. Die daar is met een mix van kippenlever en ansjovis, deze is met tapenade, en dit zijn schijfjes venkel met geitenkaas. Eet. Het is allemaal even lekker.'

Ik wist maar al te goed dat ik bij Paola ongetwijfeld een uitgebreide maaltijd voorgeschoteld zou krijgen, maar ik kon niet echt weigeren. Ze stonden erop dat ik elke smaak proefde, keken me met verwachtingsvolle blikken aan, zodat ik na elke hap breed moest glimlachen en tevreden moest knikken. Dat kostte me geen moeite, want alles was even verrukkelijk. Ik was opgegroeid met de simpele Engelse keuken – rundvlees met niertjespastei, shepherd's pie, fish-and-chips, lamskoteletjes – en vervolgens werden mijn vermetele culinaire experimenten in de kiem gesmoord doordat ik weinig geld had en ik het moest doen met Chinees en Indiaas (of eigenlijk de Engelse versie van Chinees en Indiaas). Dus wat wist ik nou van knoflook, basilicum of welke smaak ook die me hier voorgeschoteld werd. Uiteindelijk, volgestopt met eten en wijn, kon ik ze smekend zeggen dat Paola op me wachtte en dat het heel onbeleefd was als ik te laat was voor het eten.

Gianni, die had aangeboden om me zijn schapenboerderij te laten zien en me de bruschetta had opgedrongen, stond onmiddellijk op. 'Aan mij de eer om de jongedame naar huis te begeleiden,' zei hij.

'O nee, dank je wel. Het is niet ver en ik weet de weg, en het is nog niet helemaal donker,' zei ik. Ik had zoveel wijn op dat ik moeite had om op de Italiaanse woorden te komen.

'Geen enkele moeite,' zei Gianni. 'Ik moet ook via de tunnel naar huis. Kom.'

Hij legde een hand op mijn elleboog en hielp me opstaan. Ik was er niet echt op gebrand om met hem door een lange donkere tunnel te moeten lopen, ook al dacht ik niet dat hij binnen gilafstand van de mannen aan de tafel iets zou proberen. Gelukkig werd er voordat ik een manier kon vinden om hem af te poeieren al voor me besloten.

'Laat maar, Gianni,' zei een stem aan het uiteinde van de tafel. Het was een grote man in een versleten hemd. 'Ik kom toch langs Paola's huis en als ik geen scheldkanonnade van mijn vrouw over me heen wil krijgen moet ik nu naar huis. Kom, signorina, bij mij ben je veilig. Ik heb tien kinderen en een afschrikwekkende vrouw die me in het gareel houdt.'

Om de tafel werd goedmoedig gelachen, maar de witharige man zei: 'Ja, signorina, bij Alberto ben je veilig.'

Ik bedankte hen omstandig voor hun gastvrijheid en was zo attent om nog iets te zeggen over hun verrukkelijke olijfolie. Dat ontlokte bij iedereen een brede glimlach op het gezicht. Had ik in elk geval iets goed gedaan.

'Dus morgen, signorina.' Gianni draalde nog naast me. 'Maakt niet uit wanneer je mijn schapen en kaasmakerij wilt zien, kom naar me toe en ik ben er, oké? Ik kan je een hoop interessante dingen vertellen, ook over de oorlogstijd.'

'Wat weet jij nou van de oorlog?' bulderde een van hen. 'Je was nog maar een kind. Wij hebben meegevochten. Wij kunnen haar vertellen hoe het in de oorlog was.'

'Ik was een kind, ja, maar ik was loopjongen. Ik bracht berichten rond voor de partizanen. Ik heb veel gezien,' zei Gianni. 'Ik denk dat je het wel interessant zult vinden, signorina.'

'Jij en je verzinsels ook.' Alberto schoof hem opzij, nam me bij de arm en leidde me van de groep weg.

'Die Gianni zit vol gebakken lucht,' zei Alberto tegen me. 'Je moet alles wat hij zegt met een korrel zout nemen, signorina. In de oorlog was hij een loopjongen, maar waarschijnlijk eerder voor zwartemarkthandelaars dan voor de partizanen. Geen enkele partizaan zou hem een belangrijk bericht toevertrouwen. Hij zou tegen de verkeerde mensen zijn mond voorbijpraten en het aan de Duitsers verklappen als ze hem hadden ondervraagd.'

Daarna liepen we in stilte de piazza over en de tunnel door. Ik vermoedde dat hij nu niets meer wist te zeggen en zich misschien al aan het afvragen was wat zijn feeksachtige vrouw ervan vond dat hij met een jonge vrouw was gezien. Aan de andere kant van de tunnel kwamen we in de laatste fase van de roze schemering tevoorschijn. Vleermuizen schoten en scheerden geruisloos voor ons langs, vielen de muggen aan die nu om ons heen zoemden. We kwamen bij het pad naar Paola's voordeur.

'We zijn er, signorina,' zei Alberto. 'Smakelijk eten en voor straks: slaap lekker.' Hij maakte een merkwaardig ouderwetse buiging en beende toen verder het pad af het dal in.

# 16

## Hugo

*December 1944*

Midden in de nacht werd Hugo klappertandend wakker. Zijn hele lichaam trilde en schokte. Hij ging rechtop zitten en tastte naar Guido's shirt, dat hij in de parachutezak onder zijn hoofd had gestopt. Het duurde even voordat hij het had bevrijd, zijn pilotenjack had uitgedaan en het shirt had aangetrokken. Het rook naar vochtig schaap, maar het was toch lekker droog. Tegen de tijd dat hij zijn jack weer aanhad, kon hij het trillen niet meer bedwingen. Hij probeerde zich tot een bal op te rollen, maar met zijn gespalkte been was dat onmogelijk.

Uiteindelijk nam het trillen af, waarna hij uitgeput en badend in het zweet bleef liggen. Met de grootste moeite wist hij zich ervan te weerhouden zijn leren jack uit te rukken. Hij zonk weg in boze dromen. Hij was aan het vliegen en omgeven door muggen die hem probeerden te steken. Toen veranderden de muggen in Duitse vliegtuigen, kleine gemene vliegtuigjes die om zijn hoofd zoemden en waar hij vergeefs naar sloeg.

'Ga weg!' schreeuwde hij in het donker. 'Laat me met rust.'

Toen veranderden de vliegtuigen in vloeistofachtige, vliegende schepsels en ze lieten hem daar liggen, terwijl ze langs een rode hemel scheerden naar Sofia die door de olijfgaarden liep. En ze stortten zich op haar, grepen haar bij haar omslagdoek en jurk, probeerden haar op te tillen.

'Nee! Niet Sofia!' Nu schreeuwde hij het uit en worstelde om op te staan en naar haar toe te rennen. Maar zijn knieën knikten en zijn benen begaven het. Hulpeloos keek hij toe terwijl ze haar optilden en wegdroegen, de duisternis in.

'Sofia!' schreeuwde hij wanhopig. 'Ga niet weg. Laat me niet in de steek.'

'*Sono qui.* Ik ben hier,' zei een zachte stem naast hem. Iemand streelde zijn haar.

Moeizaam opende hij zijn ogen. Het was dag en een waterig zonnetje piepte boven de gekartelde rand van de kapelmuur uit. Zijn hoofd bonsde nog steeds en hij zag wazig, maar gaandeweg onderscheidde hij Sofia's lieve elfachtige gezichtje dat bezorgd op hem neerkeek.

'Je lag te schreeuwen,' zei ze.

'O ja? Ik denk dat ik droomde.'

Ze knielde naast hem neer. 'En je voorhoofd is zo heet. Je hebt een akelige koorts. Ik ben bang dat je wond ontstoken is. Laat me eens kijken.'

Hij was te zwak om tegen te stribbelen toen ze zijn riem losmaakte en zijn broek omlaagtrok.

'Je kleren zijn kletsnat van het zweet,' zei ze hoofdschuddend. Voorzichtig trok ze zijn geïmproviseerde verband los en schudde opnieuw haar hoofd. 'Je hebt een dokter nodig. Dit ziet er akelig uit.' Ze staarde naar zijn been, kauwde op haar lip als een zenuwachtig kind, probeerde een besluit te nemen.

'Ik denk dat we hier dokter Martini voor moeten hebben... Hij was goed voor Renzo toen die de mazelen kreeg.'

'Geen dokter,' zei Hugo. 'Dat risico moeten we niet nemen. mensen zullen op zijn minst hem hiernaartoe zien gaan.'

'Dat is zo.' Ze knikte. 'Maar als we er geen dokter bij halen, denk ik dat je doodgaat.'

'Dat is dan maar zo,' zei hij. 'Ik ga liever dood dan dat jij je leven nog langer in de waagschaal stelt.'

Ze pakte zijn hand. 'Je bent een dappere man, Ugo. Ik hoop dat je vrouw inziet dat je zo'n goede en vriendelijke man bent.'

Zelfs met koorts en al moest hij hierom lachen. Hij dacht niet dat Brenda hem ooit zou beschrijven als dapper, goed of vriendelijk. Maar thuis was hij dan ook iemand anders geweest: arrogant en zelfzuchtig, iemand die de lord van de manor speelde.

'Ik zal mijn best voor je doen,' zei ze. 'Laten we eerst proberen of ik de wond kan desinfecteren.' Ze pakte het flesje grappa. 'Gelukkig. Je hebt nog niet alles opgedronken.'

Ze scheurde een reep af van het oude laken en doordrenkte dat met de grappa. Hij schreeuwde het uit van de pijn toen ze de wond schoonmaakte, schaamde zich toen en beet op zijn lip om te voorkomen dat hij weer ging schreeuwen.

'Ik heb het zo goed gedaan als ik kon,' zei ze. 'Hij lijkt schoon. Natuurlijk weet ik niet hoe het er vanbinnen uitziet of dat de kogel een bloedvat heeft beschadigd. We kunnen er alleen maar het beste van hopen.'

Hij keek toe terwijl ze van schoon linnen een prop maakte om zijn been te verbinden.

'Heb je geen morfine meer?' vroeg ze.

'Ik ben bang van niet. Er was maar één spuit en die heb ik gebruikt.'

'Verder geen medicijnen?'

Hij zocht in de eerstehulpdoos. Er zaten een paar smalle pleisters in, groot genoeg voor een snee in de vinger, en een stripje aspirine.

'Ik heb deze.'

'Aspirine. Die werkt koortsverlagend. Mooi. Maar je moet het niet te koud krijgen.' Ze voelde binnen in zijn jack. 'Je shirt is ook nat, maar ik denk niet dat je dat uit moet doen. Laten we vlug je broek ophijsen, dan wikkel ik je in je deken en de parachute.'

Ze trok uiterst voorzichtig zijn broek over de wond, en daarna efficiënt over zijn heupen. Toen ging ze water halen en hield zijn hoofd vast terwijl hij ervan dronk en vier aspirines doorslikte.

'Ik heb ook nog meer bonensoep meegenomen,' zei ze. 'Je moet echt wat eten. Gaat dat lukken, denk je?'

Ze haalde het deksel van de kom en liet hem tegen zich aan leunen terwijl zij hem voerde. Hij probeerde een paar happen, en viel toen uitgeput achterover tegen haar aan.

'Je moet eten. Je moet sterk blijven,' zei ze.

'Het gaat niet. Sorry.'

Daarop stond ze op en liet hem zachtjes op zijn kussen terugzakken. 'Ik ga terug naar het dorp om te kijken welke medicijnen ze in de apotheek hebben en waar ik om kan vragen zonder wantrouwen te wekken. Alcohol voor je wond zal geen probleem zijn. Ik heb alle grappa opgebruikt. Ik denk niet dat ze me zonder recept een antibioticum meegeven, maar ik kan het proberen. Ik zal ze zeggen dat Renzo keelpijn heeft. En het is nog waar ook, maar alleen omdat hij verkouden is. Niets ernstigs. Dan probeer ik vanavond terug te komen.'

'Je bent zo goed voor me,' zei hij. 'Als deze stomme oorlog ooit voorbij is en ik thuis weet te komen, zal ik mijn best doen om het goed te maken. Ik zal je zoon naar een goede school sturen. Meer geiten voor je kopen. Wat je maar wilt.'

'Laten we het maar niet over de toekomst hebben,' zei ze en ze schonk hem een triest glimlachje. 'Wie weet wat die zal brengen. We zijn allen in de handen van God en de goede heiligen.'

Toen stopte ze hem in alsof hij een klein kind was en wikkelde de parachute om hem heen. 'Rust nu maar uit.' Ze stond op. 'Luister.

Ik zet wat drinkwater bij je neer en de rest van de soep; als je kunt, probeer er dan wat van te eten. Ik denk dat je je best moet doen.' Ze wiebelde met haar vinger naar hem waardoor hij moest lachen.

'Goed dan. Ik zal het proberen.'

Toen ze wegliep, vroeg hij zich af of dit de laatste keer was dat hij haar zag.

# 17

# Joanna

*Juni 1973*

Paola had duidelijk op me zitten wachten. Ze keek opgelucht toen ik de voordeur opendeed. 'O, signorina Langley, *mia cara*. Daar ben je. Ik was al bang dat je iets was overkomen. Ik zei tegen Angelina dat je je toch zeker niet alleen in het donker buiten zou wagen. Wat heb je gedaan?'

'Het spijt me zo, signora,' zei ik. 'Ik heb met de mannen op de piazza gepraat en ze stonden erop dat ik een glas wijn met ze dronk. Toen bestelden ze bruschetta, en het zou grof zijn geweest om dat te weigeren. Ik zei nog tegen ze dat ik bij u thuis zou eten, maar ze zeiden dat u pas heel laat het eten klaar had.'

Paola lachte. 'Geen probleem, kleintje van me. Ik was alleen maar bezorgd om je veiligheid. Niet dat ik denk dat je in dit dorp niet veilig zou zijn, maar er zijn donkere steegjes waar je kunt struikelen en je bezeren. Nou kom, ga zitten. Het eten staat op ons te wachten.'

Ik volgde haar door de gang naar een eetkamer, deze keer met een tafel die elegant gedekt was, met kaarsen en al. Angelina was er al. De baby sliep in haar wiegje aan haar voeten.

'Zie je wel, mama, ik zei toch dat er niks aan de hand was,' zei Angelina. 'Ze komt uit Londen, uit een grote stad. Ze kan best op zichzelf passen en weet dat ze op haar tellen moet passen.'

Ik lachte. 'Toen de man die Gianni heette aanbood me naar huis te brengen, moest ik wel weigeren,' zei ik. 'Ik vond hem wat al te vriendelijk.'

Paola haalde haar schouders op. 'Hij heeft alleen maar een mooie babbel. Hij heeft geen kwaad in de zin, althans niet bij de dames. Als jij met hem was gaan flirten, zou hij hard zijn weggelopen.'

Angelina lachte ook. 'Maar als het om zijn zakendeals gaat, nou, dan mag hij soms graag met vuur spelen,' zei ze.

'Dat weten we niet,' zei Paola. 'Dat zijn enkel geruchten.'

'Dat zeggen ze anders wel in het dorp,' antwoordde Angelina. 'Ze zeggen dat hij misschien wel vriendschappelijk omgaat met mensen van de maffia. Ze zeggen dat hij in gestolen goed handelt. En dan is er die olijvenpers nog...'

'Olijvenpers?' vroeg ik.

Angelina knikte. 'Cosimo bezit de enige olijvenpers in het hele dorp en omstreken. Heb je Cosimo ontmoet?'

'Ja. Hij zag er nogal...' Ik kende het woord voor 'indrukwekkend' niet.

'Hij is machtig,' zei Paola. 'Rijk en machtig. Een gevaarlijk man, die wil je niet tegen de haren in strijken. Hij bezit de enige olijvenpers en degenen die hij graag mag of aan wie hij iets verschuldigd is mogen op de beste tijd van de dag hun olijven persen. Als hij je niet mag – als je zoals ik je bomen niet aan hem wilt verkopen – dan ontdek je dat jij om twee uur 's ochtends je olijven mag persen.'

'Draait de pers dan dag en nacht?'

'Ja. Hoe eerder de olijven in het plukseizoen worden geperst, hoe beter. Dus iedereen wil gebruikmaken van Cosimo's pers.'

'Waarom is Cosimo dan boos op Gianni?' vroeg ik.

'Hij heeft nog steeds zelf olijfbomen, voorbij het oude klooster. Cosimo heeft hem nooit gemogen en hij geeft Gianni altijd de slechtste perstijden. Soms laat hij hem dagen wachten. Dus Gianni heeft geprobeerd om samen met een paar boeren uit de buurt een coöperatie op te richten om hun eigen olijvenpers te bouwen. Ik weet niet hoever hij met dit idee is gekomen, maar natuurlijk wordt Cosimo kwaad als iemand het tegen hem probeert op te nemen.'

'Gianni is een dwaas,' zei Angelina. 'Hij heeft mooie praatjes. Maar als het aankomt op een confrontatie met Cosimo, rent hij met de staart tussen de benen weg.'

Onder het praten bracht Paola schalen naar binnen en zette die voor ons neer. 'Asperges uit de tuin,' zei ze. 'Het is aspergetijd. Die duurt maar zo kort dat we er zo veel mogelijk van willen profiteren en bij bijna elke maaltijd asperges eten.'

Ze zette een schaal witte stengels voor me neer, besprenkelde die met olijfolie en raspte er van een groot blok Parmezaanse kaas over. Ik had wel eerder asperges gegeten – maar beslist niet vaak, in Engeland was het een delicatesse – maar daar smaakten ze heel anders. Hier was elk hapje hemels, waarbij de pittige kaas contrasteerde met de fijne smaak van de groente.

Na deze gang ruimde Angelina de borden af en ze kwam terug met een grote terrine. Toen Paola het deksel optilde, vulde de kamer zich met een kruidig aroma. Ze schepte me een royale portie op, veel groter dan me lief was, maar het zou onbeleefd zijn om te weigeren. 'Kijk eens, dit zijn de pici die jij en ik vanmiddag hebben gemaakt, en de konijnenragù. Eet smakelijk.'

En ik at smakelijk. Op de een of andere manier vond ik nog een plekje om mijn bord leeg te eten. Er was net genoeg konijn in de saus om er smaak aan te geven, maar het was vooral verrukkelijk door de kruiden en tomaten. Ik besloot dat ik voor ik hier wegging meer over kruiden wilde leren van Paola, en als ik dan ooit een tuin zou hebben, zou ik ze zelf gaan kweken.

Nadat het hoofdgerecht was afgeruimd werden er biscotti op de tafel gezet, vergezeld van kleine glazen met een donkere amberkleurige vloeistof. 'Dit is de Vin Santo waarover ik je heb verteld,' zei Paola. 'De heilige wijn.'

Ik keek verbaasd. 'Is dit echt heilige wijn uit de kerk?'

Ze lachte. 'Zo noemen we het. Nee, dit komt nu niet uit de kerk. Er doen veel verhalen over de naam de ronde. Sommigen zeggen dat voor de mis wijn van gedroogde druiven de voorkeur genoot. Maar anderen zeggen dat er een heilige monnik was die met de restjes wijn van de eucharistie rondging en de zieken genas. Tegenwoordig is het een lekkere dessertwijn. Zo hoor je de biscotti te eten. Je doopt ze erin en eet ze op.'

Angelina stond op. 'Ik ga naar bed, mama. Ik ben moe. De kleine heeft me gister bijna de hele nacht wakker gehouden. Laten we hopen dat ze nu een poosje doorslaapt.'

Paola gaf haar een dikke knuffel en kuste haar op beide wangen. Angelina gaf me verlegen glimlachend een hand. 'Morgen moet je me over je leven in Londen vertellen,' zei ze, 'over de mode, muziek en filmsterren. Ik wil alles weten.'

'Is goed, hoor,' zei ik, naar haar terug lachend.

Ze pakte het wiegje op en nam het mee de kamer uit. Toen ze weg was, boog Paola zich dichter naar me toe. 'Gelukkig wordt ze weer wat vrolijker,' zei ze. 'Na de geboorte van de baby had ze een poosje nergens belangstelling voor. Ze is heel ziek geweest, weet je. Ze hebben de baby te vroeg moeten halen, anders zou ze het niet overleefd hebben. Ik dacht dat ik haar zou kwijtraken, mijn enige kind. Maar nu is ze dankzij God en de Gezegende Maagd aan de betere hand.'

Ze legde een hand op mijn schouder. 'Jij hebt je arme mama verloren, dus je weet hoe het is om een dierbare te verliezen. Na de dood van mijn arme man zou ik het niet hebben kunnen verdragen. Echt, het ergste wat een moeder in de wereld kan overkomen is haar kind verliezen.'

Ik voelde tranen in mijn ogen prikken en probeerde een snik in te slikken. De wijn had mijn weerstand aangetast. Ik wilde het haar vertellen. Ik wilde het aan iemand vertellen die haar armen om me heen sloeg, die zachtjes zei dat ze het begreep. Maar ik hield me op het laatste moment in. Zelfs aan deze lieve en vriendelijke vrouw kon ik niet vertellen hoe het was om mijn baby te verliezen.

'Kijk niet zo verdrietig,' zei ze en ze raakte mijn wang aan. 'Alles is goed. We worden op de proef gesteld en we overleven, maar daarna is het leven weer goed.'

Na die troostende woorden wenste ik haar welterusten en ging naar bed.

Pas toen ik opgekruld in mijn bed lag, met de zachte lakens tegen mijn wang, liet ik de tranen de vrije loop. Tot nu toe had ik ze weliswaar kunnen wegslikken, maar nu was de grens wel bereikt. Ik beleefde elk moment opnieuw. Ik weet nog hoe verbaasd ik was toen de dokter me vertelde dat ik zwanger was. Eerst was ik bang, maar daarna werd ik kalm. De zwangerschap was niet gepland en kwam eerder dan we hadden gehoopt, maar Adrian zou met me trouwen, zoals het hoorde. Ik zou mijn griffiersbaan bij het advocatenkantoor in de wacht zetten, dat was alles. Maar zo was het niet gegaan. Adrian had angstig gekeken, en werd toen boos. 'Weet je het zeker? Het komt uitgerekend nu wel verdomd slecht uit, hè? We zitten allebei vlak voor ons advocaatexamen. Absoluut geen situatie om te settelen en een gezin te beginnen.' Hij zweeg even, een gefronst voorhoofd ontsierde dat gladde, knappe gezicht van hem. Toen ontspande hij weer en glimlachte even naar me. 'Geen zorgen,' zei hij. 'Het komt goed. Ik ken iemand die het kan regelen.'

Het duurde even voor ik besefte dat hij een abortus bedoelde. Schok, afgrijzen, afkeer.

'Heb je het soms over abortus?'

Adrian bleef uiterst kalm. 'Het is een beste kerel. Weet wat hij doet.'

'Adrian, het is ons kindje. Hoe kún je?'

'O, kom op, Joanna. Dit zijn de jaren zeventig. Vrouwen laten aan de lopende band abortus plegen. Zo'n toestand is dat niet meer.'

'Wel voor de baby,' zei ik. 'En voor mij ook. Als mijn vader erachter komt, vergeeft hij het me nooit.'

'Je vader is nou niet bepaald de meest behulpzame man van de wereld geweest, hè?' zei Adrian op hoge toon. 'En hopeloos ouderwets. Hij kan niet eens accepteren dat we samenwonen, in godsnaam, zeg.'

'Oké,' zei ik en ik haalde diep adem. 'Ik zou het mezelf nooit kunnen vergeven. Zo. Nou heb ik het gezegd. En als je weinig om me geeft...'

'Natuurlijk geef ik om je,' zei Adrian. 'Alleen ben ik niet bereid om twee levens de vernieling in te helpen omwille van een baby die we allebei niet willen.' Toen legde hij een hand op mijn schouder. 'Je bent nog in shock. Denk erover na, ik weet zeker dat je inziet dat mijn manier het beste is.'

En ik dacht erover na. Ik maakte mezelf wijs dat er feitelijk geen andere oplossing was. Als ik bij hem bleef zou hij me voortdurend onder druk zetten. En hij zou beslist niet zijn flat willen delen met een ongewenste baby, iets wat wellicht zijn kostbare reputatie zou kunnen schaden. En als ik zou verhuizen? Ik wist absoluut niet zeker of mijn vader me in huis zou nemen, en verder had ik niemand. Ik denk dat nog de grootste schok was dat Adrian, mijn Adrian, van wie ik had gedacht dat hij mijn soulmate was, mijn lief, mijn beste vriend, dat alles totaal niet bleek te zijn. Ik kon niet meer op hem vertrouwen. Ik zei tegen mezelf dat hij gelijk had. We waren niet in een situatie om een gezin te stichten. En nu waren het nog maar een paar celletjes, het was nog geen baby. Maar ik kon het gewoonweg niet.

Vreemd genoeg was het Scarlet, met haar liberale vrije geest, die mijn kant koos. 'Als het niet goed voelt, moet je het niet doen,' zei ze. 'En blijf niet bij die engerd van een Adrian als hij je zo behandelt. Je hebt mij. Ik help je erdoorheen. En ik durf te wedden je vader ook, als hij er eenmaal aan gewend is. Ga naar hem toe en vertel het hem. Hij zal een beetje schelden en tekeergaan, maar dat trekt wel weer bij.'

'Ik weet het niet,' zei ik. 'Je weet wat een toestand hij maakte toen ik bij Adrian ging wonen.'

'Maar nu is zijn enige dochter in de problemen. Ik wed dat hij je niet in de steek laat. Hij zal voor je willen zorgen.'

Ik brak me er het hoofd over. Zelfs als mijn vader me zou vergeven, dan kon ik nooit bij hem gaan wonen. Ik stelde me juffrouw Honeywells blikken van afgrijzen voor en het gegiechel van de schoolmeiden. Er leek geen uitweg te zijn. Ik liet me bijna vermurwen om Adrian te vertellen dat hij gelijk had. Alleen kon ik het niet.

Ik dwaalde doelloos door Londen, overwoog of ik naar Surrey zou gaan om met mijn vader te praten, probeerde een soort oplossing te verzinnen... En zag de taxi niet die de hoek om kwam zeilen toen ik in Chelsea King's Road wilde oversteken. Ik weet nog dat ik het gevoel had te vliegen, vervolgens op straat lag terwijl allemaal gezichten naar me omlaag staarden en een aardige man zijn jas over me heen legde, en uiteindelijk een ambulance. Toen gebeurde er een paar dagen niet veel. Scarlet kwam me in het ziekenhuis opzoeken. Ze vroeg of ik mijn vader moest bellen, maar dat wilde ik niet. Ik voelde me te zwak om hem onder ogen te komen. Pas na een paar dagen kwam ik te weten dat ik, afgezien van mijn andere verwondingen – gebroken ribben, gebroken sleutelbeen, een zware hersenschudding – een miskraam had gehad. Ik had opgelucht moeten zijn, maar in plaats daarvan huilde ik.

Adrian kwam me ook opzoeken, zat naast mijn bed, hield onbeholpen mijn hand vast en mompelde grapjes dat het zo maar het beste was, toch? En dat ik in no time weer zo goed als nieuw was. Maar feitelijk duurde het een hele tijd voor ik genas. Ik had duizelingen. Verschrikkelijke hoofdpijn. Ademen deed me pijn. In het begin kwam Adrian elke dag, daarna minder vaak. Toen ik bijna naar huis mocht, kwam hij naar me toe, ging naast het bed zitten en zei dat hij dacht dat het misschien beter was als ik bij mijn vader thuis verder zou herstellen. Hij had me al een poosje iets willen vertellen, maar had gewacht tot ik sterk genoeg was. Hij was op iemand anders verliefd geworden. Hij ging trouwen... Met de dochter van de seniorpartner van zijn advocatenkantoor.

En dat was dat. Ik pakte mijn spullen en vluchtte naar de enige veilige haven die ik kon bedenken: Scarlets flat. Zij ontving me met open armen, de schat. Ik mocht me op haar bank opkrullen en herstellen. Maar ik was nog te zwak om aan het werk te gaan. Mijn firma was in het begin heel begripvol geweest. Ze beseften dat het een akelig ongeluk was geweest en wensten me het beste toe. Maar onlangs hadden ze duidelijk gemaakt dat ze niet eeuwig zouden wachten.

De lichamelijke wonden waren genezen, maar binnen in me was er nog altijd een grote leegte. Ik had het gevoel alsof ik als een schaduw van mijn vroegere zelf had rondgelopen, als een hol persoon zonder duidelijk doel, en eerlijk gezegd ook zonder veel hoop. Ik wilde dat mijn moeder er was. Toen ze overleed, had ik van mijn vader nooit fatsoenlijk om haar dood mogen rouwen, denk ik. We moesten er het beste van zien te maken en doorzetten, een sieraad zijn voor de familie. Dat was wat mij werd gezegd, en nu pas rouwde ik om haar. Ik wilde dat iemand als Paola van me hield.

Uiteindelijk huilde ik mezelf in slaap. De volgende ochtend werd ik wakker van de geluiden van het platteland: een kraaiende haan, een koor van vogelgeluiden bij het ochtendgloren. Zonlicht stroomde door de jaloezieën. Ik stond op en voelde me merkwaardig energiek en verfrist, bekeek mezelf in de badkamerspiegel en zag tot mijn afgrijzen het opgezwollen, misvormde gezicht dat naar me terugstaarde. Ik moest beslist onder de douche voordat ik Paola onder ogen kon komen.

Ik trok aan de douchehendel. Er kwam een klein straaltje water uit en toen hield het op. Ik dacht dat er iets mis was met het mechaniek en probeerde de andere kant. Wat ik ook deed, er kwam geen water uit.

Gefrustreerd trok ik de kleren van gisteren aan, borstelde mijn haar, probeerde mijn vlekkerige gezicht met poeder te maskeren en ging bij de bron kijken. Had de pomp het op de een of andere manier begeven? Er zat een houten bekisting om de bron en het deksel werd met een grote steen op zijn plek gehouden. Ik haalde de steen weg en probeerde toen het deksel op te tillen. Dat was te zwaar voor één persoon, of in elk geval voor mij. Ik probeerde het een paar keer, gaf het op, gaf mijn nederlaag toe en liep naar de boerenhoeve. Ik vroeg me af of Paola al zo vroeg wakker was, maar toen ik in de buurt van de keuken kwam, hoorde ik haar zingen. Door het open raam zag ik dat ze bij de tafel deeg aan het kneden was. Zo'n warm en troostend tafereel. Ik tikte op de achterdeur zodat ze niet schrok en ging toen naar binnen. Ze draaide zich met een grote, brede, verwelkomende glimlach naar me toe. 'Ah, kleintje van me, je bent tegelijk met de zon wakker. Heb je goed geslapen vannacht?'

Als ze al zag dat mijn gezicht er niet op zijn best uitzag, dan liet ze dat niet merken.

'Sorry dat ik je lastigval,' zei ik, 'maar de douche... er komt geen water uit. Ik heb de hendel alle kanten op gedraaid en toch komt er niets uit. Ik ben bij de bron gaan kijken of daar iets mis was, maar in mijn eentje krijg ik het deksel er niet af.'

Ze keek verbaasd. 'Wat raar. Misschien mankeert er iets aan de pomp in de bron, maar toen ik die een paar dagen geleden controleerde deed alles het nog. Kom mee, we gaan kijken.'

Ik volgde haar door de tuin naar het kleine bouwwerk achter mijn huisje. 'Kom, dan tillen we het deksel samen op,' zei ze.

Ik nam de ene kant en zij de andere en we tilden het op.

'Nou, eens kijken wat er aan de hand is,' zei ze.

We gluurden naar binnen. Ik weet niet zeker wie van ons het op een gillen zette. Ik hoorde het geluid door mijn hoofd gieren en ik weet dat mijn mond openstond. Boven in de bron was het lichaam van een man gepropt.

# 18

# Hugo

*December 1944*

Wonder boven wonder zakte Hugo's koorts een beetje door de aspirine. Hij voelde zich als een verlamde dweil, maar met Sofia's strenge vermaning in gedachten dwong hij zichzelf om wat van de soep te eten. Toen ging hij naar adem happend achterover liggen, terwijl het zweet op zijn voorhoofd parelde. Wat gaat er nu gebeuren? vroeg hij zich bezorgd af. Stel dat hij gangreen had gekregen en dat zijn been geamputeerd moest worden? Het was duidelijk dat het hem nooit zou lukken om langs de Duitsers bij de geallieerden te komen, en Sofia had gelijk gehad: als de Duitsers hem in deze toestand aantroffen, zouden ze hem als een obstakel en een blok aan het been beschouwen en hem ter plekke afmaken. Hij realiseerde zich dat er bijna geen hoop was op overleven. Hij vroeg zich af of hij het juiste moest doen en moest proberen om naar de weg beneden te komen en daar zijn lot af te wachten, in plaats van nog meer bezoekjes van Sofia te riskeren.

Toen hij overeind wilde komen, werd hij hondsberoerd en duizelig. Hij besefte dat hij in deze toestand helemaal nergens naartoe kon. Op dat moment haalde hij zijn dienstwapen tevoorschijn en draaide dat onderzoekend in zijn hand om. Hij kon nu een einde aan zijn leven maken. Dat zou het beste zijn, de eervolle uitweg. Hij voelde hoe zwaar het pistool was, stelde zich voor hoe hij het tegen zijn slaap zou zetten, het stevig op zijn plek zou houden, en klik. Alles voorbij. Maar hij aarzelde. Niet uit angst om een eind aan zijn leven te maken, maar omdat hij niet wilde dat Sofia hem met weggeblazen hoofd en al zou vinden. Hij wilde niet weggaan zonder afscheid te nemen.

'Als het been slechter wordt,' zei hij tegen zichzelf, 'als zich echt gangreen gaat ontwikkelen, dan doe ik het. Maar ik zal haar vertellen wat ik van plan ben en waarom het de enige oplossing is.'

Toen ging hij liggen en viel in een rusteloze, koortsachtige slaap.

Hij wist niet precies hoeveel dagen er zo waren verstreken. Hij was zich er vaag van bewust dat ze weer kwam, dat ze zijn wond had schoongemaakt met iets wat zo scherp stak dat hij het had uitgeschreeuwd. Hij herinnerde zich dat ze zijn hoofd had vastgehouden, hem een of ander medicijn had laten slikken, het zweet van zijn voorhoofd had geveegd en had geprobeerd om wat soep bij hem naar binnen te krijgen. Maar dit alles herinnerde hij zich als een onderdeel van onrustige dromen, niet zeker wetend of ze ook echt waren gebeurd.

Dus toen hij op een heldere ochtend zijn ogen opende, was hij verbaasd te merken dat hij het heerlijk warm had en dat de koorts was geweken. Naarmate hij bij zijn volle bewustzijn kwam, besefte hij dat er een kussen onder zijn hoofd lag, een schapenvacht over hem heen was gelegd en dat er iets aan zijn pols was vastgebonden. Hij stak zijn arm omhoog en zag dat het een medaillon was. Een religieus medaillon met een heilige erop. Wie het ook is, het heeft beslist gewerkt, dacht hij.

Hij probeerde zich los te werken uit de cocon die om hem heen was gewikkeld. Zelfs dat kleine karweitje was hem te veel, dus voordat hij weer een nieuwe poging waagde, ging hij liggen. Deze keer lukte het hem wel. Hij bevrijdde zichzelf, wriggelde uit zijn schuilplaats en voelde de koude stenen vloer tegen zijn lijf. Hij probeerde op te staan, maar gaf het op toen de ruimte om hem heen begon te draaien en hij verschrikkelijk misselijk werd. Hij nam een slokje water en een paar hapjes van het brood dat op de bank naast hem was achtergelaten. Toen hij de moed had opgebracht om zijn wond te bekijken, wilde hij zijn broek omlaagtrekken en zag tot zijn verbijstering dat het niet zijn eigen broek was. Deze was gemaakt van ruwe zwarte wol. En hij had ook een andere onderbroek aan. Ze had hem schone kleren aangetrokken terwijl hij als een baby lag te slapen. Hij draaide zijn gezicht naar de muur, zijn wangen brandden, hij voelde zich verschrikkelijk gegeneerd en beschaamd, ook al had hij er part noch deel aan gehad.

Voorzichtig trok hij de broekspijp omhoog tot hij bij het verband was. Dat was niet langer bloeddoorweekt, wat een goed teken was. En de wond stonk ook niet, wat zelfs nog beter was. Hij wikkelde het verband af en trok het wondlapje van de wond los. Het was geen aangenaam gezicht, want een deel van zijn vlees was weggeschoten, maar heel erg was het ook weer niet. Het was duidelijk aan het genezen. Hij waste de wond met het laatste restje water, deed er toen een nieuw wondlapje op en bracht het verband weer aan.

Toen nestelde hij zich in zijn schuilplaats en wachtte tot Sofia zou komen. Hij keek op zijn horloge, maar dat was ermee opgehouden. Natuurlijk, hij had het in geen dagen opgewonden. Maar uit de schaduwen op de muur maakte hij op dat het nog vroeg in de ochtend was.

In de verte hoorde hij de kerkklok luiden, bijna onmiddellijk gevolgd door eentje dichterbij. Deze keer langer dan om de tijd aan te geven. De klokken gingen maar door, tot de lucht weergalmde van het geluid. Zondag, dacht hij, het was zondag, en hij voelde zich getroost dat er overal om hem heen mensen waren die naar de kerk gingen om te bidden. Zelf had hij nooit veel opgehad met God. Leden van de Britse aristocratie gingen naar de kerk uit solidariteit met de lagere klassen om hen heen, maar geloven deden ze niet echt. Zijn vader in elk geval niet. Ooit had hij tegen Hugo gezegd: 'Als je in de loopgraven hebt gezeten en mannen hebt zien ontploffen of in de modder hebt zien verdrinken, kun je niet geloven dat welke god ook dat soort dingen laat gebeuren zonder in te grijpen.'

En toch had Sofia de heiligenmedaillon om zijn pols gebonden en het leek erop dat het had gewerkt. Hij probeerde een aarzelend gebed. 'Lieve God, als U er bent en U kunt me horen, zorg dan dat ze in veiligheid blijft. Laat mij op de een of andere manier naar huis gaan. Bescherm Langley Hall en zijn bewoners. En, lieve God, bescherm Sofia en haar familie.' Hij wilde er nog aan toevoegen: 'Laat haar man nog in leven zijn en naar haar terugkeren,' maar die woorden kon hij niet over zijn lippen krijgen.

Het klokgelui stierf weg en het werd stil. Hij haalde zijn pakje sigaretten tevoorschijn. Van de twintig waren er nog twaalf over. Hij stak er een op, ging liggen en rookte hem op, terwijl hij naar de damp keek die in de koude lucht hing. Het was stil vandaag. Geen vogelgeluiden, geen blaffende honden. Volkomen stilte. Hij kreeg het gevoel dat hij de enige mens op aarde was.

Hij vroeg zich af wanneer ze zou komen. Hij vermoedde dat ze er op zondag niet opuit ging om paddenstoelen te plukken. Hij herinnerde zich uit zijn tijd in Italië dat de zondag bestemd was voor de kerk en dat er uitgebreid werd gegeten met het hele gezin. Niet dat ze veel te eten of een groot gezin had, maar ze was verplicht om bij ze te blijven. Hij voelde zich leeg en hongerig, dus hij at het brood op dat al oud begon te worden. Een duif fladderde en klapperde over de bovenkant van de muur en hij wenste dat hij de kracht had om op te staan en een val te zetten. Maar die had hij niet.

Een waterig zonnetje steeg hoger en hoger aan de hemel. De dag verstreek. De zon ging weer onder en ze was er nog steeds niet. Natuurlijk kwam ze niet op zondag. Daar was hij inmiddels wel achter. Misschien zou ze bij donker wegglippen, hoewel het idee dat ze alleen door de olijfgaarden liep terwijl er misschien Duitsers, partizanen of zwarthandelaren rondzwierven hem niet aanstond. Hij stak zijn kaars aan, maar blies die uiteindelijk weer uit omdat hij hem niet wilde verspillen. Hij lag wakker, luisterde naar de nachtelijke geluiden, het krassen van een uil, de zucht van de wind. Nu zal ze wel niet meer komen, zei hij bij zichzelf. En toen begon hij zich ongerust te maken. Was haar soms iets overkomen? Had iemand haar door de olijfgaarden zien lopen en haar verraden… Hij probeerde de sombere gedachten buiten te sluiten, maar die lieten zich niet verjagen.

Hij was waarschijnlijk weggedoezeld want hij schrok wakker van een hard geluid vlak bij hem in de buurt en hij reikte naar zijn wapen.

'Ik ben het maar, Ugo,' zei een vriendelijke stem. 'Wees niet bang.' En hij zag haar lantaarn over de vloer naar hem toe deinen.

Ze zette de lantaarn op de bank en liet zich naast hem op haar knieën vallen, terwijl haar gezicht blij glansde in het kaarslicht. 'Je bent wakker en zit rechtop. Wat ben ik daar blij om. Ik was zo ongerust. Elke keer dat ik terugkwam verwachtte ik dat je dood was. Maar ik heb je toevertrouwd aan de zorg van Sint-Rita.'

'Sint-Rita? Wie is dat?'

'De beschermheilige van de wonden.'

'Is dat het medaillon dat je om mijn pols hebt gebonden?'

'Natuurlijk,' zei ze. 'Ze heeft het goed gedaan, vind je niet?'

'Ik voel me een stuk beter,' zei hij. 'De koorts is weg en de wond is aan het genezen. Ik kan je niet genoeg bedanken, Sofia. Je hebt zo goed voor me gezorgd. Je hebt zelfs mijn kleren verschoond, alsof ik een kind ben.'

Ze glimlachte. 'Ik kon je niet in die toestand laten liggen. Ik heb je kleren meegenomen en gewassen. De volgende keer zal ik ze weer meebrengen.'

'En dit zijn de kleren van Guido?'

'Natuurlijk. Hij is er niet, dus hij heeft ze niet nodig. Liever jij dan de motten.'

Hij pakte haar hand. 'Ik zal het allemaal vergoeden, dat beloof ik. Als ik thuis ben, stuur ik je geld voor nieuwe kleren, goede kleren. Mooie, zachte wol.'

'Laten we het daar maar niet over hebben,' zei ze. 'Wie weet wat de toekomst brengt? Niet veel goeds, denk ik zo. Maar eet wat. Ik heb soep voor je. Je zult wel honger hebben.'

Ze pakte de kom uit en hij at er gretig van. Het was een soep van niks, eigenlijk. Wat kool- en wortelbladeren en een paar bonen. Alsof ze zijn gedachten las, zei ze: 'Ik weet dat het niet veel voorstelt. We hebben al dagen geen vlees gehad. Maar het is tenminste warm.'

'Ongelooflijk dat je het weinige dat je hebt met me wilt delen,' zei hij.

Ze wendde zich af. 'Ik weet niet hoe lang ik nog naar je toe kan blijven komen,' zei ze. 'De Duitsers waren vandaag in mijn dorp. Heb je de kerkklokken gehoord?'

'Ik dacht dat het zondag was.'

'Nee. Elk dorp luidt de klok als er Duitsers naderen. Op die manier weten de jongemannen in het dorp dat ze zich in het bos moeten verstoppen, en de jonge vrouwen waar ze maar kunnen. Ik heb me de hele dag op zolder verstopt, in een oude klerenkast.' Ze wachtte even, hield zijn blik vast, smeekte hem haar te begrijpen. 'Die kerels zijn beesten, Ugo,' zei ze. 'De oorlog heeft ze in beesten veranderd. Elke keer dat ze in de buurt zijn, vrezen wij vrouwen voor onze eer. Ze hebben de bakkersdochter een keer te grazen genomen – een jong ding van vijftien – en haar verkracht, de een na de ander. Ze is er nooit overheen gekomen. Haar geest is geknakt door die verschrikking.'

'Wat afschuwelijk. Wat erg vind ik dat. Ik verzeker je dat Britse soldaten dat soort dingen niet doen.'

Ze haalde haar schouders op, op die prachtige Italiaanse manier. 'Wie zal het zeggen? Sommigen van die mannen waren thuis ongetwijfeld brave jongens. Ze hielpen het gezin op de akkers, of ze werkten bij een bank en gingen met meisjes uit dansen. Maar de oorlog heeft ze veranderd, ze bedorven.'

'Zijn de Duitsers er nog steeds?'

Ze schudde haar hoofd. 'Nee, de heiligen zij geloofd. Ze kwamen kijken of ons dorp geschikt was om er de winter door te brengen. Hun leger heeft even ten noorden van hier een linie opgezet en ze zijn op zoek naar een plek waar ze de wegen vanuit het zuiden kunnen verdedigen, want daar komen de geallieerden vandaan. Maar gelukkig vonden ze het uitzicht vanuit ons dorp niet goed genoeg en aangezien ze ons toch niets meer konden afpakken, zijn ze vertrokken. Nee, dat is niet waar. Ze hebben de laatste kippen van de burgemeester meegenomen... dat hun zielen in de hel mogen wegrotten.'

Een vlaag wind blies naar binnen, waardoor de kaars in haar lantaarn flakkerde en de schaduwen dansten. 'Dus jullie zijn voorlopig veilig?'

'Misschien. We hopen dat ze het nieuws krijgen dat de geallieerden oprukken, dat ze naar Duitsland terugvluchten en ons met rust laten. Maar nu zeggen sommigen dat de geallieerden vóór de lente niet verder zullen optrekken. Als het gaat sneeuwen worden de bergwegen onbegaanbaar.'

'En dus zit ik hier tot de lente vast, hè?'

'Het sneeuwt hier niet vaak. Onze heuvels zijn niet zo hoog. Maar tussen hier en de kust zijn wel heel hoge bergen. Misschien kunnen we als je been sterk genoeg is een manier bedenken om je naar het zuiden te krijgen. We hebben geen motorvoertuigen en geen brandstof, maar er zijn boerenkarren en degenen die groenten te verkopen hebben, gaan ermee naar de markt.'

‘Wat verbouwen ze dan in de winter?’ vroeg hij.

‘Wortelgewassen. Rapen. Aardappels. Bloemkool. Kool, hoewel de Duitsers al onze kool hebben geroofd. Om de een of andere reden zijn ze dol op kool. Op mijn kleine stukje land staan rapen en pastinaken die bijna geoogst kunnen worden.’

‘Dat is mooi. En hoe gaat het met de paddenstoelen?’

Ze slaakte een zucht. ‘Ik ben bang dat ik die smoes niet meer kan gebruiken. Er zijn nu geen paddenstoelen meer, ik denk dat ik ze zo’n beetje wel allemaal heb gevonden. Ik zal midden in de nacht moeten wegglippen, zoals ik nu ook heb gedaan.’

‘Ik voel me nu beter. Echt, Sofia, je hoeft niet meer zo vaak te komen. Als je zo nu en dan wat eten komt brengen, dan komt het wel goed met me.’

‘Doe niet zo mal. Hoe kun je nou aansterken als je niet eet? Het wordt nieuwe maan. Binnenkort kan ik gemakkelijk zonder lantaarn lopen en ik draag donkere kleren. Er is niemand die me ziet, wees maar niet bang.’

‘Hoe laat is het trouwens?

‘Na enen. Ik kon niet weg voordat ik zeker wist dat alle Duitsers waren vertrokken. Ze hadden in de kelder van de burgemeester een paar flessen wijn gevonden en zijn tot laat gebleven, terwijl ze hun achterlijke liederen zongen.’

‘Maar nu slaap je niet. Zo word je zelf nog ziek.’

Ze gaf een klopje op zijn hand. ‘Maak je maar geen zorgen. Het grootste deel van het dorp ligt tegen negenen op één oor. En er zijn alleen vrouwen en kinderen. De mannen die er nog zijn, gaan er met de partizanen opuit om ’s nachts de Duitsers zo veel mogelijk schade toe te brengen.’

‘Zitten alle mannen in het verzet?’

‘Wie zal het zeggen? We vragen er niet naar en ze vertellen het ons niet. Beter, voor het geval de Duitsers iedereen aan de tand gaan voelen. Het enige wat ik je kan zeggen is dat de partizanen in de buurt actief zijn en dat er mannen uit ons dorp bij betrokken zijn. Niet dat er in het dorp nog veel mannen over zijn. De paar die er zijn, zaten in het zuidelijke leger, waar ze met de Duitsers meevochten, tot we naar de andere kant overliepen. Toen zijn ze weggeglipt voordat de Duitsers ze konden inlijven of ze naar een krijgsgevangenkamp konden sturen. Ik weet zeker dat het dappere kerels zijn, hoewel ik blij ben dat ze hun vernietigende praktijken ver uit onze buurt uitoefenen. Die Cosimo heeft iets te veel belangstelling voor me.'

'Cosimo?' Zijn stem klonk scherp.

Ze knikte. 'Het gerucht gaat dat hij de leider is van de partizanen. Ongetwijfeld een dappere kerel. Ziet er niet slecht uit. Een machtig man. Alleen heb ik hem gezegd dat zolang mijn man niet is doodverklaard, ik nog steeds met hem getrouwd ben. Maar de laatste tijd hangt hij evengoed bij me rond. Soms komt hij ons een ei of een kruik wijn brengen, en we vragen niet hoe hij eraan komt. Maar ik denk dat het een excuus is om me op te zoeken. Dus ik ben blij dat hij zo nu en dan dagenlang van huis is.'

'Hij probeert toch niet...' Hugo kreeg de woorden amper uit zijn strot.

'O nee. Zeker niet. Hij is een eerbaar man, dat weet ik zeker. Hij is vriendelijk voor mijn zoon. Maar ik wil niet dat hij met me flirt.'

'Als ik ontsnap, moet je met me meegaan,' zei Hugo.

Ze glimlachte verdrietig. 'Maar stel nou dat Guido thuiskomt en me daar niet aantreft? En ik kan zijn grootmoeder niet in de steek laten. Toen hij wegging, heb ik hem beloofd voor haar te zullen zorgen.'

Hij wilde nog iets zeggen, maar elke gedachte leek hopeloos. Dus vroeg hij: 'Bestaat er voor alles een heilige?'

'O ja,' zei ze simpelweg. 'Sint-Anne voor vruchtbaarheid. Sint-Blasius voor de keel. Een heilige voor reuma, winterhanden...'

Hij lachte en vroeg toen: 'En ook een die vrouwen en kinderen beschermt?'

'Dat vragen we aan la Madonna,' antwoordde ze. 'Zij heeft haar eigen zoon verloren. Ze heeft hem zien sterven. Ze weet hoe we ons voelen.'

'Draag jij een medaillon van la Madonna?'

'Ik heb dat van mij aan Guido gegeven toen hij wegging,' zei ze. 'Ik bid alleen maar dat hij daardoor in veiligheid is en dat hij nog leeft. Maar ik ben bang dat het niet zo is. Mijn hart zegt me dat hij dood is.'

Hugo pakte haar hand. Ze pakte die van hem stevig vast, en zo zaten ze dicht bij elkaar in de kleine cirkel flakkerend licht en deelden ze hun zorgen.

# 19

# Joanna

*Juni 1973*

Angelina werd wakker gemaakt om de carabinieri te halen. Er arriveerden twee mannen in indrukwekkende, militair ogende uniformen, hun gezichten rood doordat ze de heuvel af gerend waren. Het duurde even voordat ze het lichaam hadden losgewerkt, zo stevig zat het in de bron gepropt. Toen ze het op het grindpad hadden gelegd, hapte ik naar adem van afgrijzen. Het was Gianni, de man die gisteren had aangeboden om me naar huis te brengen en die was weggewuifd zodat de betrouwbaardere Alberto zijn plaats kon innemen.

De twee carabinieri-agenten herkenden hem meteen. 'Maar dat is Gianni,' zei een van hen. En ze wisselden een blik die ik niet begreep. Er werd een dokter bij gehaald en die verklaarde dat Gianni met een stomp voorwerp op het achterhoofd was geslagen. Daarna was hij met zijn hoofd onder water in de bron geduwd. Doodsoorzaak was verdrinking.

Ik merkte dat ik niet kon stoppen met rillen. Het was te verschrikkelijk om over na te denken. Paola wierp een blik op me en sloeg een arm om mijn schouder. 'De arme meid is in shock. En ze heeft nog niet eens ontbeten. Kom, liefje, laat me een kop koffie voor je inschenken, daar knap je van op.'

'En wie mag deze jongedame dan wel zijn?' vroeg een van de politiemannen.

'Ze is uit Engeland op bezoek,' zei Paola. 'Ze is er nog maar net en logeert in mijn gastenverblijf.'

'Is dit het gastenverblijf?' vroeg de agent, en hij wees naar mijn open deur.

'Inderdaad,' bevestigde Paola.

'Wel heel dicht bij de bron,' zei de agent. Een nogal onaangenaam uitziend, gedrongen manspersoon met kleine varkensoogjes staarde me aan. 'Slaapt u hier, signorina? En toch heeft u niets gehoord toen deze man werd vermoord?'

'Ik heb niets gehoord,' zei ik.

Hij stelde nog een vraag. Deze keer kon ik het Italiaans niet verstaan. 'Sorry. Ik spreek uw taal maar een beetje,' zei ik. 'Ik versta het wel als u langzaam praat.'

'Ik vroeg wie het lichaam gevonden heeft,' herhaalde hij.

Mijn hersens weigerden dienst. Ik kon in het Engels al niet helder nadenken, laat staan zinnen in het Italiaans bedenken. 'De signora en ik hebben het gevonden,' stamelde ik, terwijl ik met mijn armen zwaaide zoals mensen doen als ze een vreemde taal spreken en hun woordenschat tekortschiet. 'Ik wilde een douche nemen. Er was geen water. Ik ging naar de bron, maar...' Het duurde lang voor ik dat had weten uit te brengen en toen liet mijn Italiaans me in de steek.

'Ze was niet sterk genoeg om het deksel alleen op te tillen, dus is ze mij gaan halen en samen hebben we het deksel weggehaald,' zei Paola. 'We zagen het lichaam tegelijkertijd en ik denk dat we het allebei uitgilden. We schrokken ons allebei een ongeluk.'

'Kent u deze man?' vroeg de andere agent.

'Ik ken hem,' zei Paola, 'net zo goed als jullie. Hij heeft zijn hele leven in San Salvatore gewoond. Maar deze jongedame niet. Ik zei jullie al dat ze hier net is aangekomen.'

'En heeft u enig idee wat Gianni bezielde om 's nachts bij uw huis rond te hangen?' Er klonk een sneer in de stem van de onaangename carabinieri.

'In elk geval niet om mij het hof te maken,' zei Paola verhit. 'Natuurlijk weten we dat niet. Ik heb samen met signorina Langley en mijn dochter Angelina gegeten en daarna zijn we naar bed gegaan. Meer is er gisteravond niet gebeurd. En hoe deze man in mijn bron terechtgekomen is? Ik zou zeggen dat hij waarschijnlijk het dorp uit is gegaan en op het pad is neergeslagen. Zijn aanvallers vonden mijn bron kennelijk een geschikte verstopplaats voor zijn lijk omdat mijn huis zich het dichtst bij het pad bevond.'

'We kunnen nog geen veronderstellingen doen,' zei een van hen. 'U moet beiden naar het hoofdbureau van politie in de stad komen om een officiële verklaring af te leggen. Later volgt nader onderzoek. Het kan zijn dat de recherche uit Lucca besluit te komen, want dit is duidelijk een moordonderzoek. U mag deze plek niet zonder toestemming verlaten, is dat duidelijk?'

Ik had dit niet kunnen volgen, maar ik begreep meer toen Paola zei: 'Ik ben niet van plan ergens naartoe te gaan, maar deze jongedame moet binnenkort misschien weer naar huis. Ze mag niet worden opgehouden door een moordonderzoek waar ze niets van weet.'

'Dat zullen we wel zien als we de zaak nader onderzocht hebben,' zei de dikke. 'Voorlopig moet ze hier blijven. Begrepen?'

Ik knikte. Langzaam drong de volle omvang van dit alles tot me door. De mannen aan die tafel zouden ongetwijfeld ondervraagd worden. Ze zouden zeggen dat Gianni me naar huis wilde brengen maar dat ik dat niet wilde. Ze zouden misschien zeggen dat Gianni met me flirtte. Ik zag wel dat een verwrongen verbeelding daar verschillende scenario's in zou kunnen lezen. Misschien zouden ze allemaal maar wat graag een buitenstaander een moord in de schoenen willen schuiven. Ik werd misselijk.

Paola leek totaal niet van haar stuk gebracht. 'Jullie doen maar wat jullie hier moeten doen en zorg dat dat lichaam van die vent van mijn erf wordt weggehaald,' zei ze. 'En wat mijn bron aangaat, nou, ik veronderstel dat mijn water nu vervuild is. De arme signorina Langley zal nu zeker hier niet onder de douche willen tot het behandeld is. Kom, liefje, gebruik mijn badkamer in de boerenhoeve maar en ga lekker een poos in mijn bad liggen weken. Ons water komt van de waterleiding.'

En daarmee sloeg ze stevig een arm om mijn schouder en leidde me van de plaats delict weg.

'Laat je maar niet van de wijs brengen,' zei ze toen ze de keukendeur achter ons dichtdeed. 'Die kerels zijn bullebakken. Ze zijn niet van hier. De carabinieri zijn enkel plattelandsdienders, altijd een keus uit lompe en hufterige kandidaten. Veel van hen komen van Sicilië, en wij weten wel wat voor soort mensen daar vandaan komt, hè? Gangsters. Maffiosi. Maar wettelijk mogen ze geen grote misdaden onderzoeken. Met een beetje geluk wordt er een seniorinspecteur uit Lucca gestuurd en dan komt alles in orde. Maar eerst ga ik een kop koffie voor je inschenken, en voordat je in bad gaat, moet je goed ontbijten.'

Angelina had met de baby op de arm vlak voor de keukendeur gestaan en alles vanaf een afstand gadegeslagen. 'Zijn die verschrikkelijke mannen weg, mama?' vroeg ze. 'Klopt het dat er iemand is vermoord? Ik wilde liever niet dichterbij komen voor het geval mijn melk van schrik zou stremmen en ik de kleine niet meer zou kunnen voeden.'

'Het klopt, mia cara,' zei Paola. 'De arme man die zijn leven heeft verloren, is Gianni.'

'O, Gianni.' Angelina knikte bedachtzaam terwijl ze de baby tegen haar schouder legde en op haar rug klopte. 'Nou, dat is niet echt een complete schok, hè?'

'Het is altijd een schok wanneer iemand voor zijn tijd doodgaat,' zei Paola. 'Leg de kleine nu maar neer, dan gaan we ontbijten. Deze arme meid rilt alsof ze in de sneeuw is geweest.'

Ze plantte me aan tafel neer alsof ik een hulpeloos kind was, zette een kop melkachtige koffie voor mijn neus en zette vervolgens brood, jam en kaas op tafel. 'Eet. Dan ga je je beter voelen.'

Ik had het gevoel dat mijn maag zichzelf in de knoop had gedraaid en ik dacht niet dat ik iets door mijn keel kon krijgen. Maar Paola hing om me heen en hield me in de gaten, dus moest ik in elk geval een paar slokjes koffie nemen en wat abrikozenjam op een snee brood smeren. Het brood was vast die ochtend gebakken. Het was nog warm en de boter en verse abrikozenjam smolten samen zodat ik bijna zuchtte van genot bij de combinatie van textuur en smaak. Wie had gedacht dat brood en jam zo'n uitwerking konden hebben? Ik nam nog een snee, nu met pittige kaas, en tegen die tijd voelde ik me bijna weer mens, en sterk genoeg om zelfs de meest onbehouwen carabinieri het hoofd te bieden.

Angelina kwam bij ons zitten, sneed een flinke snee brood voor zichzelf af en besmeerde die royaal met boter.

'Waarom zei je dat je niet geschokt was dat Gianni was vermoord?' vroeg ik haar.

Ze haalde haar schouders op. 'Ze zeggen dat Gianni soms dealtjes sluit die niet helemaal door de beugel kunnen, weet je wel? Sigaretten die voor de kust van een boot zijn gevallen. Dat soort dingen.'

'Dat weten we niet,' zei Paola. 'Allemaal geruchten. Het klopt dat ze hem in het dorp niet moeten. Niet vertrouwen. En nu die toestand met de olijvenpers.'

'Hij wilde mannen verzamelen om zijn eigen olijvenpers te bouwen, klopt dat?' vroeg ik.

Ze knikte. 'En natuurlijk zou Cosimo daar niet blij mee zijn. Maar ik geloof niet dat hem dat ooit zou lukken. De andere mannen zouden niet het risico willen lopen om Cosimo te trotseren. Ik denk dat Gianni zijn nek voor niks heeft uitgestoken.'

Ik probeerde hier wijs uit te worden, niet alleen uit wat ze zeiden, maar ook wat ze er precies mee bedoelden. Gianni was betrokken bij min of meer louche zaakjes. En iemand in een bron duwen om hem te verdrinken was precies iets wat gangsters zouden doen om iemand een lesje te leren. Maar hij had het ook gewaagd om Cosimo tegen zich in het harnas te jagen. Ik haalde me het gezicht van de man voor de geest: zo machtig, en zulke kille ogen toen hij me aanstaarde en zei: 'Volgens mij ben jij Duits.' Nee, ik zou hem ook niet tegen me in het harnas willen jagen.

Maar hij had een beroerte gehad, waardoor hij duidelijk deels verlamd was geraakt, dus zeker niet in staat om dat extreem zware deksel van de bron te tillen en een lichaam erin te duwen. Maar een machtig man als Cosimo had waarschijnlijk wel handlangers die naar zijn pijpen zouden dansen. En hij had een grote en gespierde adoptiefzoon. Dat moest ik niet vergeten!

'Morgen is het zaterdag,' zei Paola. 'Marktdag in San Salvatore. Jullie gaan me beiden helpen bij het uitzoeken van de groenten en vruchten die rijp genoeg zijn om geplukt te worden en op de markt verkocht kunnen worden.'

'Moeten we dan niet naar de stad om op het politiebureau onze verklaringen af te leggen?' vroeg ik.

Paola maakte een afwerend gebaar. 'Mwah. Laat die kerels maar wachten. Wij weten niets van wat Gianni allemaal uitvoerde waardoor hij uiteindelijk voortijdig aan zijn einde kwam. Het is goed voor ons als we iets omhanden hebben en werken in Gods natuur is altijd balsem voor de ziel.' Ze legde een hand op mijn schouder. 'Laten we het maar meteen doen, wat jij? Nu is het nog niet zo heet in de zon, dan kun je daarna op je dooie gemak een bad nemen.'

Ik was liever eerst in bad gegaan, nadat ik zo haastig mijn kleren van gisteren had aangeschoten, maar ik wilde niet tegen Paola ingaan nu ze zo aardig voor me was. Ik volgde haar naar de tuin. 'Eens kijken,' zei ze. 'Deze tomaten, ja, die daar zijn rijp genoeg, maar die plukken we pas morgen op het laatste moment. En deze tuinbonen. Die moeten jong gegeten worden. De pronkbonen hebben nog een paar weken nodig.' Ze bleef staan en boog zich over een veerachtige plant. 'De asperge? Daarvan willen we genoeg voor onszelf houden, maar dit jaar hebben we een rijke oogst. Mooi.'

Ze vervolgde haar weg, bewoog zich snel en elegant voor zo'n grote vrouw. 'Ah, kijk, Angelina. De courgette bloeit. Perfect.'

Ik zag dat ze een gele bloem bekeek. 'Wat doe je daarmee?' vroeg ik. 'Kun je bloemen eten?'

'O ja! Courgettebloemen. We vullen ze. Zo heerlijk. Als je wilt, zal ik er vanavond een paar voor ons klaarmaken. En dan gaat deze plant ons een heel seizoen belonen met courgettes.'

Ik kreeg net iets anders in het oog wat ik niet had verwacht aan te treffen in deze overvloedige moestuin. Het zag eruit als een reusachtige distel. Ik wees ernaar en vroeg: 'Maar die kun je toch zeker niet eten?'

Paola keek verbaasd. 'Hebben jullie dan geen artisjokken?'

'Zoiets heb ik nog nooit gezien.'

'Dan bak ik ze vanavond als antipasto. O, ze zijn zo lekker. Je zult ervan smullen.'

We liepen verder. We zagen dat er kersen rijp waren en zelfs een paar abrikozen, maar dat de perziken nog wel even op zich zouden laten wachten. 'We plukken het fruit vanavond na zonsondergang, en de asperges kunnen afgesneden worden, maar de tomaten, de bloemen... daar wachten we tot het laatste moment mee.' Ze schonk ons een voldaan glimlachje. 'Goed zo. We hebben een aardig voorraadje om morgen naar de markt te brengen.' En we volgden haar het huis weer in.

Ik ging terug naar mijn kamer om mijn toilettas en handdoek te halen, verlangend naar een lange weekbeurt in bad. Terwijl ik in mijn tas naar schoon ondergoed rommelde, zag ik dat er tussen de latten van mijn raamluik een stukje papier was gestoken. Dat was er gisteren beslist niet geweest. Ik liep erheen en trok het met enige moeite los. Het was een envelop. Ik ging op bed zitten en maakte hem open. Ik haalde er een brief uit en er vielen drie voorwerpen op de deken. Ik bekeek ze een voor een. Een was een kleine reversspeld in de vorm van een veelpuntige ster. Een ander was een stukje bruine stof, stijf door iets als verf. En het derde was een klein bankbiljet. Er stond REICHSMARK op. Een Duits geldbiljet uit de oorlog.

Ik legde ze weer op de deken en probeerde de brief te lezen. Het handschrift was moeilijk leesbaar en ik was niet erg goed in het lezen van handgeschreven Italiaans. Ik haalde mijn woordenboek tevoorschijn en begon langzaam en omslachtig te vertalen.

*Ik wil u de waarheid over Sofia vertellen. Die weet ik. Tot nu toe heb ik mijn mond gehouden, uit angst voor mijn leven, maar u bent een buitenstaander. Ik zal u meenemen naar mijn schapen en daar zal ik het u vertellen, waar niemand ons kan horen.*

Het was niet ondertekend, maar het moest wel van Gianni komen. Gisteravond had hij me uitgenodigd om bij zijn schapen te komen kijken. Ik zag dat mijn hand die de brief vasthield trilde. Ik keek naar de voorwerpen op mijn bed. Ik had geen idee wat ze betekenden, maar ik was bang. Was Gianni vermoord omdat hij me de waarheid zou vertellen over wat er in de oorlog was gebeurd?

# 20

## Joanna

*Juni 1973*

Ik pakte de drie voorwerpen op, legde ze op mijn hand, bestudeerde ze nog eens goed en vroeg me af wat ze konden betekenen. Het Duitse bankbiljet was gemakkelijk. Duits geld. Iemand was met Duits geld betaald. Maar de andere twee voorwerpen? Ik staarde naar het stukje verstijfde stof. Dat was donkerbruin. Ik bracht het naar mijn neus en rook eraan of het verf was, maar deinsde toen terug. Het was geen verf. Het had een vaag metaalachtige geur. Dat was beslist bloed. Haastig raapte ik de drie dingen bij elkaar en duwde ze in de teen van mijn andere schoenen, waar ze veilig verstopt zouden zijn. Toen vouwde ik de brief op en stopte die weer in de envelop, die ik zorgvuldig tussen de bladzijden van mijn woordenboek schoof, voor het geval dat.

Ik kon het aan niemand vertellen, dat was wel duidelijk. Zelfs niet aan Paola. Zij mocht geen gevaar lopen. Ik realiseerde me nu dat Gianni de avond tevoren had geprobeerd om alleen met me te zijn, maar niet voor een romantisch onderonsje, maar omdat hij me iets wilde vertellen. Hij kende de waarheid over Sofia. Hij moet het van mijn vader hebben geweten. En dat was genoeg om hem te vermoorden. Ik staarde door de tralies van mijn raam naar de verblindend felle zon buiten. Was hij gisteravond hierheen gevolgd? Had iemand gezien dat hij de envelop tussen de tralies en luiken van mijn raam had geschoven en hem toen op zijn hoofd geslagen? In dat geval was ik in gevaar. Het ging door me heen dat ik de envelop had moeten laten zitten waar ik hem had gevonden zodat iemand die ernaar kwam zoeken zou weten dat ik geen idee had van wat erin zat. Maar daar was het nu te laat voor.

Het verstandigste dat ik nu kon doen was teruggaan naar Florence en de eerste de beste trein naar huis nemen. Als ik eenmaal het land uit was, was ik veilig. Maar de twee politiemannen hadden gezegd dat ik zonder toestemming de streek niet mocht verlaten. Er was nergens een bus die ik kon nemen, en iedereen die me een lift zou geven, zou in de problemen komen omdat hij me had helpen ontsnappen. Ik zat hier in de val. Ik moest dicht in de buurt van Paola blijven. Zij zou ervoor zorgen dat me niets overkwam.

Ik pakte mijn toilettas en handdoek en rende bijna naar het huis terug.

'Jij wilt echt graag in bad,' merkte Paola op, toen ze me zo zag hijgen. 'Rustig maar, kleintje van me. Vergeet wat je hebt gezien. Vergeet die kerels. Gianni en zijn fouten hebben met ons niets te maken. Moge God zijn ziel genadig zijn, en ook zijn arme vrouw, die nu alleen achterblijft. Voor haar wordt het nu net zoals het voor mij is, niet langer in staat voor de schapen te zorgen en kaas te maken. Ik moet haar gaan troosten, maar niet vandaag. Misschien weet ze nog niet eens wat er is gebeurd, de arme ziel.'

Paola nam me mee door een lange betegelde gang en liet me binnen in een reusachtige badkamer met tegen een muur een grote badkuip op klauwpoten. Ze draaide de kraan open en liet het water lopen tot het de juiste temperatuur had bereikt. Toen knikte ze tevreden. 'Goed zo,' zei ze. 'Neem alle tijd. Geniet ervan. Spoel je zorgen van je af.'

Terwijl het bad volliep, poetste ik mijn tanden. Ik was absoluut niet van plan om het water van de bron voor iets anders te gebruiken dan om het toilet door te spoelen! Ik liet mezelf in het warme water zakken, ging languit liggen en staarde naar het hoge plafond, maar ik kon me niet ontspannen. Ik was blij dat er voor dit raam ook tralies zaten. Nu was ik in elk geval een poosje veilig. Na mijn bad was ik opgelucht om te zien dat Paola en Angelina in de tuin aan het werk waren en tuinbonen plukten. Als ik ze nodig had, waren ze binnen roepafstand. Ze konden ook iedereen zien die vanuit het dorp over het pad naar beneden kwam. Ik kleedde me aan, stopte mijn woordenboek in mijn tas en ging naar buiten om te kijken of ik kon helpen plukken.

'De rest doen we vanavond, als het koeler is,' zei Paola. 'Laten we nu maar naar de stad gaan, anders komen die bullebakken nog naar ons toe. Beter om het maar achter de rug te hebben.'

Ik volgde ze het huis in. Paola trok haar schort uit en zette haar hoed op voordat we de heuvel op klommen. Toen we op de piazza kwamen, was het er een drukte van belang. Zodra de mensen ons zagen, stormden ze op ons af. Het meeste Italiaans was te snel en kon ik niet verstaan, en was bovendien in het plaatselijke Toscaanse dialect, maar ik begreep de strekking. Was het waar dat Gianni vermoord was? Gevonden in Paola's bron? En ze heeft niks gehoord? Geen hulpgeroep? Wie kon zoiets nou gedaan hebben?

Bij deze laatste vraag keken ze elkaar veelbetekenend aan. 'Nou, die Gianni,' zei een vrouw, en ze boog zich dichter naar ons toe alsof ze wilde dat alleen ons groepje haar woorden kon horen. 'Die vroeg misschien ook wel om moeilijkheden. Mijn man waarschuwde hem nog toen die vent opdook die naar hem op zoek was. Weet je nog dat ik je dat heb verteld?'

Er werd alom geknikt. 'En die keer dat hij grappa te koop had? Wie weet waar dat vandaan kwam? Zeker niet uit deze buurt.'

Ik zag allemaal opgeluchte gezichten. Zijn dood had niets te maken met iemand in San Salvatore.

'We moeten naar de carabinieri om een verklaring af te leggen,' zei Paola.

'Veel succes,' zei een van de mannen die aan de rand van ons groepje had rondgehangen. 'Als je daar naar binnen gaat, mag je van geluk spreken als je weer buiten komt.'

Ze grinnikten, maar ik zag ook dat ze even een blik wierpen op het gele gebouw.

'Zeg dat niet in het bijzijn van de Engelse signorina,' zei een van hen. 'Ze gelooft vast niet dat we een grapje maken.'

'Zeg tegen haar dat alles prima voor elkaar komt als ze maar een fiks bedrag aan smeergeld neerlegt,' zei de man.

'Doe niet zo raar.' Een vrouw in het zwart draaide zich om en gaf hem een stevige duw. 'Moet je niet naar je winkel en je neus maar eens in je eigen zaken steken?'

De man slenterde weg. Paola pakte mijn arm en beende met me naar de open deur van het politiebureau. 'Niet op letten. De man is een onruststoker,' zei ze. 'Hij is al even erg als Gianni was. Hij heeft ook van die foute grappa in zijn winkel verkocht, ja? Beweerde dat hij niet wist dat er iets mee was.'

We beklommen drie stoeptreden naar de koele duisternis boven. Hier stonk het naar verschaalde rook. De ruimte die we binnengingen was enkel verlicht door een klein, hoog raam met tralies ervoor. Ik had het gevoel alsof ik een gevangeniscel binnenstapte. Ik keek zenuwachtig naar Paola. Zij leek zich nergens zorgen over te maken.

'Nou, daar zijn we dan, om onze verklaringen af te leggen. Dan hebben we het maar gehad. Ik heb een hoop te doen, morgen is het marktdag.'

Een van de agenten die we die ochtend hadden gezien zat aan een bureau.

'Ah, daar bent u. Mooi zo. U hoeft alleen maar de waarheid te vertellen, dan komt alles goed,' zei hij.

'Natuurlijk vertellen we de waarheid, want we hebben niets anders te vertellen,' zei Paola. 'Het is niet mijn schuld dat een of andere kerel het in zijn hoofd haalt om op mijn terrein het loodje te leggen. Dus waar is papier? Waar is een pen? We willen onze tijd hier niet verdoen.'

Er werd een vel papier tevoorschijn gehaald en de agent wees Paola een stoel waar ze op kon gaan zitten. Toen hij mij een vel papier wilde geven, schudde ik mijn hoofd.

'Ik kan geen Italiaans schrijven,' zei ik. 'Ik spreek het ook niet goed.' Ik vond het op dat moment beter dat ze me als een vreemdeling zagen die weinig begreep, en dat er dus om die reden geen verband was tussen mij en wat er in San Salvatore aan de hand was.

'Goed.' De agent pakte een pen en keek me aan. 'Hoe lang bent u al in San Salvatore?'

'Ik ben gisteren pas aangekomen,' zei ik tegen hem. 'Nee, ik ben hier nooit eerder geweest. Ik ben nooit eerder in Italië geweest. Ik ken niemand in het dorp. Mij was verteld dat signora Rossini een kamer te huur had. Dat is de reden dat ik hier verblijf.'

'En waarom bent u dan in San Salvatore?' vroeg hij met gefronste wenkbrauwen. 'We hebben hier geen oudheden. Geen beroemde kerk. We zijn geen Siena of Florence.'

Ik probeerde een reden te bedenken waar mijn vader of de oorlog niet in voorkwam, een onschuldige reden. Ik was een landbouwkundestudent en schreef een artikel over olijfbomen? Maar toen besefte ik dat iemand hun moest hebben verteld dat ik vragen had gesteld over Sofia Bartoli en mijn vader. Het was beter om de waarheid te vertellen. Ik had niets te verbergen, behalve een in mijn woordenboek verstopte brief.

'Mijn vader was een Britse piloot,' zei ik, en dit verhaal wist ik vloeiend te vertellen doordat ik het al vaker had verteld. 'Zijn vliegtuig is in de buurt van dit dorp neergeschoten. Ik wilde met eigen ogen zien waar, want hij is onlangs gestorven.'

'Ah.' Dat leek hem tevreden te stellen. 'Ik begrijp het. En deze vermoorde man. Die kende u niet?'

'Ik ben hier pas gisteren aangekomen,' zei ik. 'Volgens mij zat hij bij de mannen die zo vriendelijk tegen me waren toen ik naar mijn vader vroeg. Ze trakteerden me op een glas wijn hier op de piazza. Daarna ben ik naar huis gegaan om met signora Rossini te dineren en na het eten was ik heel moe. Ik ben vroeg in slaap gevallen. Vanochtend wilde ik me wassen maar er was geen water. Daarop ben ik naar de signora gegaan en samen hebben we het deksel van de bron getild en zagen we het lichaam. Meer weet ik niet.'

'Heel goed, signorina,' zei hij. Ik zag dat zijn gezicht nu ontspannen was. Ik was geen verdachte.

'Mag ik nu gaan wanneer ik wil?' vroeg ik.

Hij schudde zijn hoofd. 'We moeten dit aan de recherche in Lucca rapporteren. Zij sturen een inspecteur en hij wil bevestigd zien wat u mij hebt verteld. Een formaliteit, begrijpt u wel, maar tot hij er is moet u hier blijven.'

'En wanneer komt hij dan?' vroeg ik. 'Ik moet terug naar Engeland.'

Hij haalde theatraal zijn schouders op. 'Morgen is het zaterdag, hè? Misschien komt hij dan, misschien pas maandag. Dat zullen we moeten afwachten.'

Ik probeerde mezelf wijs te maken dat het geen kwaad kon om nog twee dagen te wachten. Ik was bij Paola. Ik was veilig. Toen omklemde ik met mijn hand de tas die ik droeg. Had iemand gezien dat Gianni de envelop tussen de tralies door schoof? Hoe ver zouden ze in dat geval gaan om die bij me terug te halen? Ik had hem weer moeten dichtplakken en in mijn kamer moeten laten liggen, dacht ik. Maar toen besloot ik dat niemand die kamer in kon, tenzij ze de zware deur wisten te forceren.

Ik liep achter Paola aan de duizelig makende zonneschijn in. 'Dat is weer gebeurd, la Madonna zij gedankt,' zei ze. 'Nu de belangrijkere dingen. Volgens mij moeten we even langs de slager om voor het avondeten wat kalfsvlees te kopen. Hou je van kalfsvlees?'

'Ik geloof niet dat ik dat ooit heb gegeten,' zei ik. Ik wist niet eens wat het woord betekende.

'Wat eten jullie in Engeland?' vroeg ze. 'Altijd rosbief?'

'Nee, we eten lamsvlees, worstjes, vis. En aardappels. Altijd aardappels, geen pasta.'

Ze keek me medelijdend aan. 'Daarom ben je zo graatmager,' zei ze. 'Je moet net zolang bij me blijven tot ik je heb vetgemest. Wie wil nou met een meisje zonder vet op de botten trouwen?'

'Ik ben niet altijd graatmager geweest,' zei ik. 'Ik ben het afgelopen jaar ziek geweest.'

'Ah. Dat verklaart waarom je eruitziet als een wandelend lijk. Als je hier blijft, liefje, zul je zien wat zonneschijn en goed eten allemaal kunnen doen.'

Het was een heel verleidelijk aanbod. Op dit moment was er geen beter vooruitzicht dan bij Paola blijven, te leren koken en door haar te worden bemoederd. Behalve dat er een man was vermoord en wel omdat ik in San Salvatore was. Hij had opgeschreven dat hij de waarheid over Sofia kende. Betekende dat dat iemand anders in het dorp de waarheid ook kende en wilde dat die niet zou uitkomen? Ik keek de piazza rond. Op dit uur van de ochtend was het terras van het eethuis leeg. De enige mensen in de buurt waren huisvrouwen met manden aan hun arm die boodschappen deden en een paar kleine kinderen die achter duiven aan zaten die cirkeltjes draaiden, opfladderden en weer landden.

In de kerktoren begon de klok te luiden. Ik dacht dat hij het uur zou slaan, maar hij bleef galmen. Paola sloeg een kruis. 'Het angelus. Het is het middaguur. Kom, we moeten opschieten, voordat de winkels sluiten voor de lunch. En die luie slager gaat op zijn vroegst pas weer om vier uur open.'

Ze begaf zich haastig op weg. Ik moest bijna rennen om haar bij te houden. We kochten een paar kleine lapjes van iets waarvan ik nu had begrepen dat het kalfsvlees was. Daarna koos ze in de delicatessenzaak ernaast enkele salamiworstjes uit de honderden die op de plank lagen, en wat witte kaas.

'Nu gaan we naar huis om te eten,' zei ze en ze knikte tevreden. 'Jij gaat me helpen met het vullen van de courgettebloemen.'

We kwamen weer thuis. 'Eerst gaan we plukken, dan vullen,' zei ze.

'Ik ga mijn tas even wegleggen,' zei ik. 'Dan kom ik je helpen.'

Ik pakte de sleutel en zocht me een weg door de moestuin naar mijn kleine huisje. De deur was nog op slot en intact. Ik slaakte een zucht van opluchting. Ik liet mezelf binnen en controleerde of de drie voorwerpen nog in mijn schoen zaten. Ik legde mijn tas neer en sloot de deur achter me. Toen ik naar het raam achteromkeek, zag ik dat er een grote laarsafdruk in de zachte aarde stond. Was die daar vanochtend ook al geweest? Volgens mij niet, maar ik was er niet zeker van of het me wel zou zijn opgevallen. Was het misschien de voetafdruk van Gianni van gisteravond? Maar ik herinnerde me dat hij heel netjes gekleed was geweest: lichtblauw overhemd met open hals en een strakke zwarte broek. Zeker geen werklaarzen van een arbeider. Dat betekende dat iemand toen ik weg was had geprobeerd door het raam te kijken.

# 21

# Hugo

*December 1944*

Hugo's been was beslist aan de beterende hand. Hij kon het nog steeds niet belasten, maar het klopte tenminste niet meer voortdurend en de koorts was weggebleven. 's Ochtends dwong hij zichzelf op te staan en te oefenen om met de stok te lopen. De zon had stralend het verwoeste klooster in geschenen, maar toen hij buiten kwam stond hij als aan de grond genageld en stokte zijn adem in zijn keel van verbazing. Onder hem lag de wereld in een zee van witte mist. Alleen het uiterste topje van de klokkentoren stak erbovenuit en in de verte waren andere bergkammen te zien. Hij wist dat hij nu van beneden af niet te zien zou zijn, dus leek dit een perfect moment om op verkenning uit te gaan. Er lag rijp op de grond en hij bewoog zich behoedzaam, hinkte om de vervallen gebouwen heen op zoek naar alles wat hij maar kon gebruiken. Hij vond een kookpot, nog een lepel en tot zijn vreugde een blikje met inhoud. Hij wist niet wat erin zat, want het etiket was vernield, maar dat spoorde hem aan om verder te zoeken. Hij stopte zijn vondsten in zijn jack en dwaalde verder rond. Hij zag een laars uitsteken onder een stuk metselwerk. Misschien lag de andere laars er vlakbij. Die konden nuttig zijn voor Sofia als ruilmiddel. Uit alle macht schoof hij het rotsblok opzij en deinsde vol afgrijzen terug toen hij zag dat er nog een been aan de laars vastzat. Hij was vergeten dat de geallieerden een Duitse geschutstelling hadden gebombardeerd. Maar nu doofde de kinderlijke opwinding die hij had gevoeld om op ontdekking uit te gaan uit.

Hij bracht zijn nieuwe schatten naar zijn schuilplek en ging een duivenval maken. Zijn plan was doodsimpel: de lade die hij uit het puin had gered legde hij ondersteboven op een staande stok; aan de stok knoopte hij een stuk parachutekoord zodat hij de stok kon wegtrekken als de duif onder de la trippelde om de kruimels die hij daar zou neerleggen, op te pikken. Hij sneed het parachutekoord af en toen, nu hij toch met het mes in de weer was, bedacht hij dat Sofia had aangegeven dat ze graag wat van de stof wilde hebben voor ondergoed. Nu ze hem beddengoed had gebracht, had hij de parachute niet meer nodig, dus die sneed hij in handzame stukken, vol verwachting glimlachend bij de gedachte aan haar gezicht als ze het zag.

Hij zette zijn val, strooide broodkruimels op de grond en trok zich toen in zijn schuilplaats terug. Nu hoefde hij alleen nog maar te wachten. De ochtend verstreek. Hij deed zijn best roerloos te blijven zitten en geen geluid te maken. Twee keer fladderde een duif rond, een keer landde hij op een balk, maar hij vloog meteen weer weg. Ten slotte landde hij dicht bij de val. Schor koerend liep hij naar voren. Even keek Hugo bewonderend naar het kleurenspel van zijn veren en wilde hij hem eigenlijk niet doden, maar die gedachten zette hij resoluut opzij. Sofia had vlees nodig. Hij kon daarvoor zorgen. De duif waggelde onder de la en begon de kruimels op te pikken. Hij trok aan het koord. De stok schoot weg. De la belandde met een klinkende klap op de grond en de duif zat in de val. Het was precies zo gegaan als hij had gehoopt.

Half kruipend, half glibberend ging hij ernaar toe, tilde de la zo ver op dat hij zijn hand eronder kon wurmen en de duif kon vastgrijpen. Die fladderde en worstelde terwijl hij hem eronder vandaan haalde, maar hij draaide hem zijn nek om en toen bleef hij roerloos liggen. Hij staarde ernaar, realiseerde zich dat dit de eerste keer was dat hij iets met blote handen had gedood. Als jongen thuis wist hij dat er op de boerderijen om hem heen varkens en kippen werden geslacht. Hij wist wel dat hij als bommenwerperpiloot mensen had gedood toen hij met zijn bommen konvooien en opstelterreinen bestookte, maar dat was van een afstand en onpersoonlijk. Dit was anders. Hij was ontsteld hoe gemakkelijk het was om een leven te nemen. Maar dat idee verdween toen hij aan Sofia's gezicht dacht als ze zag wat hij voor haar had. Het was voor het eerst dat hij haar iets kon teruggeven.

En daardoor dacht hij eraan hoe opgetogen ze was geweest over de parachutezijde. Een dubbel geschenk. Hij werd er absurd gelukkig van. Uitgeput leunde hij naar achteren en probeerde zich te herinneren welke cadeaus hij aan Brenda had gegeven. Was zij er dolblij mee geweest? In het begin, toen ze verliefd waren, had hij haar portret geschilderd. Dat had ze mooi gevonden. Maar later? En hij besefte met een knagend schaamtebesef dat zijn geschenken routinematig waren geworden, zonder er veel bij na te denken: duur parfum, zijden kousen. Als ze uit elkaar waren gegroeid, was het net zo goed zijn schuld als die van haar.

Na de oorlog ga ik het met haar goedmaken. En met de kleine Teddy, dacht hij. En Sofia? De woorden fluisterden ergens in zijn hoofd rond. Haar nooit meer zien? Onzin, zei hij tegen zichzelf. Je mag niet verliefd worden op Sofia. Ze was ongelooflijk lief geweest toen je hulp nodig had, maar je kent haar op zijn hoogst een paar weken. En je was zwak en ziek. Het is heel gebruikelijk dat mannen verliefd worden op hun verzorgster…

Hij zette de gedachte opzij tot ze die avond kwam. Toen hij haar zijn twee geschenken overhandigde, straalde Sofia's gezicht zo van blijdschap dat hij het gevoel had dat zijn hart wegsmolt, alsof het te lang in ijs bevroren was geweest en nu terugkeerde naar het hart van een jonge Hugo, die de wereld tegemoet trad, verbaasd door haar schoonheid en vol hoop voor de toekomst.

'Een duif,' zei ze. 'Hoe heb je een duif weten te vangen?'

'Eigenlijk doodsimpel. Ik heb een val gezet. De duif is erin gelopen en heeft toegehapt.' Hij grijnsde. 'Laten we nu maar hopen dat hij broertjes en zusjes heeft.'

'Ik kan hier een lekkere stoofpot van maken. Lekkere bouillon,' zei ze. 'Mijn zoon Renzo ziet er de laatste tijd zo minnetjes uit. Hij blijft maar hoesten en zijn zere keel gaat maar niet over. Dit zal hem goeddoen. En jou ook.'

'Nee,' zei hij nadrukkelijk. 'Bewaar het voor Renzo en de grootmoeder, en voor jezelf. Het is een geschenk.'

'Onzin,' zei ze. 'We krijgen allemaal een deel.'

Toen voelde ze aan de lappen van de parachute. 'Zo zacht. Zo luxe,' zei ze. 'Hiervan kan ik de mooiste petticoat en onderbroeken maken.' Ze bracht het naar haar gezicht en glimlachte naar hem. 'Jammer dat het onfatsoenlijk is om het je te laten zien als ik het ondergoed af heb.' Ze keek hem ontegenzeggelijk met een flirtende blik aan.

'En te koud, natuurlijk,' wees hij haar terecht, en ze lachte.

'Ook dat.' Toen keek ze hem nadenkend aan. 'Misschien kan ik wat van deze zijde gebruiken om te ruilen voor dingen die we nodig hebben, zoals meer olijfolie. Ik weet dat de Bernardini's kruiken olijfolie in hun kelder verbergen. En Gina Bernardini is dol op mooie dingen...' Ze zweeg even en keek naar hem op. 'Wat denk jij?'

'Ze zullen zien dat het parachutezijde is en daardoor weten dat ik hier ben.'

'Maar als ik nou zeg dat ik de parachute in het bos heb gevonden?'

'Dan weten ze dat er ergens in de streek een man is ontsnapt, wat iemand aan de Duitsers zal doorvertellen, die vervolgens naar me op zoek gaan.'

Ze zuchtte. 'Je hebt gelijk. Dat risico kan ik niet nemen.' Toen klaarde ze weer op. 'Maar als de Duitsers uiteindelijk vertrekken en de geallieerden komen, moeten we het nog steeds van ruilhandel hebben, dus ik bewaar wat van de zijde, voor het geval dat.'

Hugo at van de polenta met olijvenspread die ze voor hem had meegebracht en gaf haar de doek terug waarin die gewikkeld was geweest. Ze vouwde hem op, keek hem aan en zei: 'Denk je de hele tijd aan je vrouw, zoals ik aan mijn Guido denk?'

'Nee,' zei hij. 'Ik ben bang van niet. Niet vaak. Niet vaak genoeg.'

'Heb je geen gelukkig huwelijk?'

'Niet echt. We zijn te verschillend, vermoed ik. We hebben elkaar als studenten in Florence leren kennen. In Engeland zou ik haar waarschijnlijk nooit zijn tegengekomen. Ik kom uit een adellijke familie en zij komt uit de, nou ja, lagere middenklasse, zou je kunnen zeggen. Haar vader werkte bij een bank. Een bankklerk. Daar is niets mis mee, maar we zouden elkaar nooit ontmoet hebben. We deelden een passie voor kunst. En ze was mooi. Mooie benen. Ze was altijd op plezier uit, wilde dansen en wijn drinken. Ik veronderstel dat we eigenlijk twee vreemdelingen in het buitenland waren, die elkaar om die reden opzochten.' Hij zweeg even, keek haar aan, wilde dat ze het begreep. 'Ik ging ervan uit dat we aan het eind van ons jaar in Florence afscheid van elkaar zouden nemen en dat ieder zijn eigen weg zou gaan, maar we waren jong en onervaren. Toen Brenda aankondigde dat ze zwanger was, deed ik wat het juiste was, ik trouwde met haar. We woonden een poosje in Londen. Ik schilderde. Ik werkte in een kunstgalerie. De baby werd geboren. Alles was prima.'

'En toen?' vroeg ze. 'Ging er iets mis?'

'Toen ging de gezondheid van mijn vader achteruit. Hij was in de Eerste Wereldoorlog met gas in aanraking geweest, weet je. Hij riep me naar huis en zei dat hij me op Langley Hall nodig had, want hij kon het landgoed niet meer runnen. Dus ging ik met Brenda en het kind in een schitterend groot huis op het platteland wonen. Zij vond het maar niks. Te ver van de schitterende lichten, het stadsleven en plezier maken. En ze heeft nooit goed met mijn vader kunnen opschieten.'

'Dus wat gebeurt er als je weer thuis bent?'

'Dat weet ik niet,' zei hij. 'Dat zullen we moeten afwachten.'

'Ze houdt tenminste van kunst. Dat is al heel wat,' zei Sofia. 'Vertel me eens over jouw kunst en je studie. Ik wil er dolgraag meer over weten.'

'Niet nu. Je hebt je slaap nodig. Ga naar huis,' zei hij.

'O, maar ik vind het heerlijk als je over kunst vertelt,' zei ze. 'Je weet natuurlijk dat we in een streek wonen waar fantastische kunst vandaan komt. Michelangelo, Leonardo, Fra Angelico, Botticelli.'

Hij was verbaasd. Hij vroeg zich af welk plattelandsmeisje in Engeland de namen van Engelse schilders zo uit haar mouw zou weten te schudden.

'Weet je dan iets van kunst?'

Ze haalde haar schouders op. 'Hun schilderijen hangen in onze kerken. Vóór de oorlog ben ik op schoolreis naar Florence geweest. Ik kon niet geloven dat iemand zulke mooie dingen kon schilderen. En beeldhouwwerken? Heb je Michelangelo's *David* gezien? De nonnen zeiden dat we er niet naar mochten kijken omdat hij naakt was. Maar hij was schitterend, vind je niet?'

'Dus je hebt wel gekeken?' Hij lachte.

Ze glimlachte verlegen naar hem. 'Ik keek alleen maar naar schitterende kunst. Dat is geen zonde. Schilder jij ook naakten?'

Hij lachte weer. 'Nee, ik ben bang van niet. De mensen in mijn landschappen zijn helemaal aangekleed.'

'Ik wilde dat ik je schilderijen kon zien,' zei ze. 'Als ik aan papier en verf weet te komen, kun je dit landschap schilderen. Het is prachtig, hè?'

'Ja,' zei hij instemmend. 'Maar papier en verf zijn onze laatste zorg.' Hij pakte haar hand en ze liet hem begaan. 'Je moet echt gaan,' zei hij. 'Als je te weinig slaap krijgt, word je nog ziek.'

'Nonna zei tegen me dat ik lui werd omdat ik pas om zeven uur wakker was,' zei ze. 'Zij is altijd al om vijf uur op. Zo ging dat vroeger. Ze is eenentachtig en denkt nog steeds dat ze op het land aan het werk moet. Ze drukte me op het hart om de rapen te oogsten, zei dat ze zich nutteloos voelt nu ze aan huis gekluisterd is en niets omhanden heeft.'

'Zijn de rapen dan al rijp voor de oogst?'

'Bijna. Voor Kerstmis. Dat is fijn. Misschien kan ik ze ruilen voor spullen die we voor de feestdagen nodig hebben. Het is zo vreemd. Vroeger zouden we nu allemaal druk aan het kokkerellen zijn. Nu hebben we alleen maar kastanjecake, als we geluk hebben. Geen gedroogd fruit, geen room, geen boter. En waarschijnlijk geen vlees. Een armzalig feestmaal.'

'Laten we hopen dat dit het laatste armzalige feestmaal is voordat de Duitsers eindelijk verslagen zijn.'

Sofia sloeg een kruis. 'Laat God dat alsjeblieft horen,' zei ze.

# 22

# Joanna

*Juni 1973*

Die laarsafdruk is gemakkelijk te verklaren, dacht ik. Die twee carabinieri-agenten wilden natuurlijk sporenonderzoek doen op de plaats delict. Misschien hadden ze mijn raam gecontroleerd op vingerafdrukken. Maar als het geen officieel onderzoek was, dan had iemand mijn huis in de gaten gehouden en me weg zien gaan. Ik keek om me heen en was opgelucht toen ik hoorde dat Paola naar Angelina riep dat ze een kom moest brengen. Ik haastte me naar haar toe en algauw liet ze me zien welke courgettebloemen je moest kiezen en hoe je ze moest plukken, waarbij de steel intact moest blijven. Nadat ze een paar artisjokken had afgesneden, groef ze wat radijsjes op en koos ze een paar rijpe tomaten. Toen plukte ze uit de kruidentuin wat blaadjes die ik niet kon thuisbrengen, maar die sterk roken en ze gaf ze aan mij om vast te houden. Ten slotte liepen we naar het huis terug. Ik merkte dat ik om me heen keek om te zien of we in de gaten werden gehouden. Onder het lopen kletste Paola een eind weg en Angelina vertelde over onze ontmoeting met de carabinieri en wat de dorpelingen hadden gezegd.

'Zie je wel, ik had gelijk,' zei Angelina. 'Ik zei je toch dat Gianni er slechte vrienden op nahield. Hij mocht graag met het gevaar flirten. Daarom is hij vermoord.'

'Maar waarom hebben ze dan mijn bron gekozen? Dat zou ik wel eens willen weten,' zei Paola. 'Waarom hebben ze hem niet op zijn eigen terrein gedood? Dat ligt meer afgelegen, en door de bomen is de kans groter dat ze uit het zicht konden blijven. Waarom zijn ze hem niet daarnaartoe gevolgd?'

'Misschien had hij in de gaten dat hij werd gevolgd. Misschien heeft hij weerstand geboden en moest hij overhaast gedood worden.' Angelina haalde haar schouders op. 'Laten we maar gaan eten, mama. Ik heb honger en signorina Joanna ook, dat weet ik zeker.'

'Dek dan de tafel en snij het brood,' zei Paola, terwijl ze ons voorging de koele keuken in. 'En leg de salami en kaas klaar en was die radijsjes.' En tegen mij: 'Als je wilt zien hoe we de courgettebloemen vullen, Joanna, moet je nu opletten.'

Ze legde een stukje van de witte kaas in een kom, hakte die fijn en voegde er wat van het kruid aan toe waarvan ik nu had bedacht dat het munt moest zijn, waarna ze er citroenschil boven raspte. Toen pakte ze een lepel en vulde elke bloem voorzichtig met het mengsel.

Ze nam een lepel uit de grote kruik olijfolie, deed het gas aan en zette een pan op de vlam.

'Nu het beslag,' zei ze. Ze brak een ei in een kom bloem, mengde die, schonk er water bij en klopte alles tot een beslag. Vervolgens pakte ze een courgettebloem en haalde die erdoorheen. Toen de olie siste, legde ze de bloem erin en herhaalde het proces een voor een met de andere, draaide ze om en als ze krokant waren, nam ze ze uit de pan.

'Vanavond doen we dit ook met de artisjokken,' zei ze. 'Deze moeten we eten nu ze nog goed en heet zijn.'

We gingen aan tafel zitten. Ik kreeg brood aangereikt en plakjes tomaat besprenkeld met smaakvolle, zoete azijn. Ik nam mijn eerste hapje van de courgettebloem.

'Heerlijk,' zei ik, en ik wilde dat ik meer Italiaanse woorden kende om complimentjes te maken.

We aten een poosje in stilte tot de baby ging huilen en Angelina opsprong om haar te halen. 'Deze keer zit er al drie uur tussen de voedingen. Dat is fijn, hè mam?'

'Ja, ze wordt beslist sterker,' zei Paola. 'Ik denk dat we nu wel veilig kunnen stellen dat ze een blijvertje is.'

We aten abrikozen toe.

'Voor we de groenten gaan plukken en de kar voor morgen gaan inladen, houden we eerst een kleine siësta,' zei Paola. 'Ik denk dat jij ook wel moe bent, mia cara.'

Het idee dat Paola en Angelina gingen slapen en mij alleen lieten stond me niet aan.

'Eigenlijk niet,' zei ik. 'Ik denk dat ik in de schaduw van de voorveranda ga zitten lezen.'

'Wat je wilt. Maar ik moet wel even slapen.'

Ik liep naar de voorveranda en ging op de bank in de schaduw zitten. Het was er koel en vredig. Bijen zoemden om de jasmijn. Mussen hupten tsjirpend rond in het zand. In de verte hoorde ik een ezel balken. Maar lezen lukte niet en ik kon me ook niet ontspannen. Ik keek om de haverklap van mijn boek op, het pad af dat vanuit het dorp omlaag liep. Ik probeerde wijs te worden uit wat er was gebeurd. Niemand in San Salvatore scheen mijn vader te hebben ontmoet, of zelfs maar van hem te hebben afgeweten. En toch had Gianni uit alle macht geprobeerd om me alleen te spreken te krijgen en me iets belangrijks te vertellen, iets wat hij tot nu toe geheim had gehouden omdat hij voor zijn leven vreesde.

En dan was er nog het mooie jongetje, het jongetje dat mijn vader had verborgen op een plek waar alleen Sofia hem kon vinden. Maar de enige jongen was Renzo, en hij kon zich niet herinneren dat ze hem ooit ergens hadden verborgen, en hij kon zich ook mijn vader niet herinneren. Bovendien was hij te oud om mijn vaders kind te zijn. Ik vroeg me af of Sofia haar zwangerschap soms had verdoezeld. Zou zoiets in zo'n klein dorp vol nieuwsgierige buren kunnen? Renzo, destijds nog maar drie, zou misschien niet hebben gemerkt dat zijn moeder dikker werd. Maar andere vrouwen wel. En dan de hamvraag: als mijn vader lang genoeg in de streek was geweest om verliefd te worden en misschien een kind te verwekken, waar had hij zich dan in godsnaam verstopt? In Sofia's huis? Maar Renzo had gezegd dat er een Duitse soldaat bij hen had gebivakkeerd. En hij zou beslist door anderen zijn opgemerkt. Het sloeg nergens op. Sterker nog, het was het beste als ik hier zo snel mogelijk wegging. Als Sofia Bartoli met een Duitser was weggelopen en dus mijn vaders hart had gebroken, dan wilde ik niets meer van haar weten.

De middag verstreek zonder dat er iets gebeurde. Paola werd weer wakker en we gingen de tuin in om groenten te plukken. Tegen de tijd dat de zon onderging, hadden we een platte kar volgeladen met houten kratten, klaar om de volgende ochtend naar de markt te brengen. Ik keek naar de kar en vroeg me af of we die de heuvel op moesten duwen. Dat leek me echt een heel zware klus. Paola liet hem naast het huis in de schaduw staan. 'Morgenochtend komt Carlo hem halen,' zei ze. 'En nu gaan we eten.'

Deze avond aten we als voorafje witte, glanzende bollen van een soort kaas die mozzarella werd genoemd, samen met gesneden tomaat en verse, groene basilicum. Daarna kwamen de gebakken artisjokken. Die vond ik een beetje taai en niet zo lekker als de courgettebloemen waren geweest. Maar het hoofdgerecht van kalfslapjes in rijke wijnsaus... nou, dat was hemels.

Na afloop bleven we zitten praten tot ik de moed kon opbrengen om naar mijn kamer te gaan. Ik wilde Paola niet vragen om met me mee te lopen, maar ik zei wel: 'Je denkt toch niet dat we in gevaar zijn, hè? Ik bedoel, er is vlak naast mijn raam een man vermoord.'

Paola schudde glimlachend haar hoofd. 'Je bent niet in gevaar, kleintje van me. Jij had niets met die man te maken, en ik ook niet. Hij is treurig aan zijn einde gekomen maar heeft het er waarschijnlijk zelf naar gemaakt. Wees maar niet bang.' Toen sloeg ze een arm om mijn schouder en liep met me mee naar het kleine huisje. Ik ging naar binnen en deed de deur op slot. Maar ik kon toch niet goed slapen. Ik stelde me voor dat iemand een manier wist te vinden om de tralies voor het raam los te wrikken, of er zelfs een hand met een pistool door zou steken en me in mijn slaap zou neerschieten. Ik deed de luiken en het raam dicht, ook al was het heet en bedompt, en uiteindelijk viel ik in een benauwde kamer in slaap.

Ik werd wakker van geschreeuw en sprong met bonzend hart op. Het was nog niet helemaal licht en mijn hoofd bonkte, alsof ik te veel wijn had gedronken. Ik opende mijn deur en zag dat de herrie werd veroorzaakt door een man op een tractor die Paola's groentekar aanhaakte, terwijl zij met een hoop armgebaren instructies schreeuwde. Ik kleedde me haastig aan en ging naar hen toe.

'Hebben we je wakker gemaakt, kleintje?' zei ze. 'Wat vervelend. Ik had je willen laten slapen, zodat je later naar me toe kon komen. Ik moet nu naar het dorp om mijn kraam op te zetten, maar ik heb koffie en brood voor je op tafel klaargezet. Als je naar me toe wilt komen, doe dat dan op je dooie gemak. Gebruik gerust de badkamer en Angelina is gauw genoeg wakker voor het geval je iets nodig hebt.'

Ik realiseerde me dat ik mijn deur niet achter me op slot had gedaan, dus ik rende terug. Alles was nog zoals ik het had achtergelaten. Ik pakte mijn toilettas, handdoek en schone kleren voor die dag en deed deze keer de deur zorgvuldig op slot toen ik naar de hoeve ging, een bad nam en daarna ging ontbijten. Tijdens het eten kwam Angelina slaperig in haar ogen wrijvend binnen.

'Het is niet gemakkelijk om moeder te zijn,' zei ze. 'De baby, ze huilt en wil om de twee uur eten, de hele nacht door. Heel verstandig dat je je op je carrière concentreert en nog niet aan trouwen denkt. Ik wilde dat ik harder had gestudeerd en me niet door Mario had laten inpakken.' Ze wachtte even en er gleed een weemoedige glimlach over haar gezicht. 'Maar hij is heel knap.'

'Je mist hem zeker erg als hij weg is.'

Ze knikte. 'Zeker weten. Maar hij doet het voor ons, dan kunnen we geld sparen en misschien een eigen bedrijfje beginnen. Daar bid ik elke dag voor.'

'Je boft maar dat je moeder je kan helpen.'

'Ja, hoewel ze ook bazig kan zijn en me zegt hoe ik voor mijn kind moet zorgen. Zij houdt er maar ouderwetse ideeën op na, weet je. Maar ze wil niets horen van nieuwigheden waarover ik in boeken heb gelezen.'

'Ze is er tenminste nog,' zei ik. 'Ik mis mijn moeder nog steeds. Ze was net zo'n lieverd als jouw moeder. Ze zorgde goed voor mijn vader en mij.'

'Had je geen broer of zus?'

Ik schudde mijn hoofd. 'Mijn moeder was over de veertig toen ze mij kreeg. Mijn ouders zijn pas laat getrouwd. Ze had nooit gedacht dat ze kinderen kon krijgen en was verbaasd toen ik kwam. Ze zei tegen me dat ik haar kleine wondertje was.'

'Ik had een broertje,' zei Angelina. 'Maar hij is als baby doodgegaan. Hij kreeg die ziekte die ze polio noemen, weet je wel? Zo verdrietig. Het leven zit vol verdriet, vind je niet? Mijn moeder, ze huilt nog steeds om mijn vader.'

'Ja,' stemde ik in. 'Het leven zit vol verdriet. Maar jij hebt een kindje waar je gelukkig van wordt.'

'Als ze tenminste niet de hele nacht wil drinken,' zei Angelina, en we schoten allebei in de lach.

'Ik heb je moeder beloofd om haar te helpen op de piazza,' zei ik. Kort daarna begaf ik me op weg de heuvel op. Het was een koele ochtend en een paar witte wolken kwamen vanuit het westen aansnellen. Misschien zou het weer omslaan. Ik kwam niemand tegen op het pad en ik moet bekennen dat ik het in de tunnel bijna op een lopen zette, maar toen ik op de dorpspiazza aankwam, was het er heel druk, hoe vroeg het ook was. Paola deed al goede zaken en keek alsof ze blij was om me te zien.

'Ah, je bent er,' zei ze. 'Ik ga je aan het werk zetten. De mand abrikozen moet bijgevuld worden. En de tomaten. En zorg dat de basilicum niet in de zon staat, want dan gaat die hangen.'

Ik deed wat ze vroeg.

'En ik heb beloofd om de trattoria wat peterselie te brengen,' zei ze.

'Dat doe ik wel voor je,' bood ik aan.

Ze schudde haar hoofd. 'Nee, ik kan beter zelf gaan. Ik moet weten wat ze morgen voor het festival nodig hebben.'

'Festival?'

Ze glimlachte. 'Het is een heilige dag. Corpus Christi. We houden een grote optocht en er wordt hier op de piazza een feestmaal gehouden. Iedereen neemt eten mee. Ik weet zeker dat je het enig zult vinden.'

En weg was ze. Ik was een beetje zenuwachtig dat ik de klanten niet zou kunnen verstaan, maar een paar minuten lang kwam er niemand. Ik was net de krat tomaten uit de directe zon aan het verplaatsen toen ik iemands schaduw zag naderen. Ik keek op en het was Renzo.

'O, jij bent het,' zei hij in het Engels. 'Waarom ben je hier nog?'

'Ik mag nog niet weg,' zei ik.

'Is dit niet Paola's kraam?' vroeg hij om zich heen kijkend. 'Waar is ze?'

'Ze brengt wat peterselie naar het eethuis,' zei ik. 'Kan ik je helpen?'

'Ja, ik denk het wel. Ik wil al je tomaten hebben, en je basilicum en uien, en heb je ook knoflook? Ik heb veel knoflook nodig.'

'Je hebt zeker erge honger,' zei ik, in een poging luchtig te doen.

'Morgen is het een feestdag,' zei hij, en er kon geen glimlachje af.

'Mijn vader zet al zijn arbeiders een feestmaaltijd voor. Hij wil geroosterd lam aan het spit en ik moet de salades en pasta regelen die erbij geserveerd worden.'

'Heeft hij veel arbeiders?' vroeg ik.

'Hij heeft veel land,' zei Renzo. 'Olijfgaarden, wijngaarden, de olijvenpers. Hij is een rijk man.'

'En zul jij dat alles ooit erven?' zei ik. 'Heb je geen broers of zussen?'

'Mijn vader is nooit getrouwd,' zei hij. 'Hij vertelde me dat het meisje dat hij liefhad niet van hem hield, en hij wilde niemand anders. Prijzenswaardig, zo'n ware liefde, vind je niet?'

'Ja, dat zal wel,' zei ik aarzelend. 'Maar ik geloof niet dat ik ervoor zou kiezen om mijn hele leven alleen te zijn als ik niet degene kon krijgen die ik wilde.' Ik was zelf verbaasd toen ik mezelf dit hoorde zeggen. Betekende dat soms dat ik nu in staat was om na Adrian verder te gaan en dat er licht was aan het einde van de tunnel? Ik keek naar Renzo op. 'Dus als jij wilt trouwen, moet je een vrouw kiezen die bereid is om hier te gaan wonen, anders is Cosimo alleen.'

Er was iets in zijn gezichtsuitdrukking wat ik niet helemaal kon duiden. 'Ja,' zei hij. 'Mijn toekomstige vrouw moet bereid zijn haar leven hier met mij te delen. En dat is wellicht nog niet zo gemakkelijk. Want wie wil zichzelf nou op het platteland opsluiten?'

'Het is hier anders heel mooi,' zei ik.

'Dat zal best.'

'Maar ooit droomde jij ervan om chef-kok te worden,' zei ik. 'Dat heb je voor je adoptievader opgegeven. Dat is geweldig. Ik heb er spijt van dat ik mijn vader zoveel alleen heb gelaten.'

'Is je vader nu dood?'

'Ja. Hij is een maand geleden overleden. Daarom ben ik hier, omdat ik wilde weten wat er in de oorlog met hem is gebeurd.'

'Dan spijt het me dat ik je niet kan helpen,' zei hij op beschaafdere toon.

We onderbraken ons gesprek toen er een man naar de tafel toe kwam. 'Verontschuldig me even,' zei ik tegen Renzo. 'Ik moet deze klant voor Paola helpen. Ik hoop alleen dat ik hem kan verstaan. Ik ben niet zo goed in het dialect dat hier wordt gesproken.'

De man droeg een licht pak en had een indrukwekkende zwarte snor. 'Bent u signorina Langley?' vroeg hij.

'Si, signor.'

'Wilt u dan alstublieft met me meekomen? Ik ben inspecteur Dotelli van de afdeling Moordzaken in Lucca. Ik heb een paar vragen voor u in verband met de dood van Gianni Martinelli.'

# 23

# Joanna

*Juni 1973*

Ik probeerde niet te laten merken dat ik schrok. 'Maar ik heb al een verklaring afgelegd,' zei ik. Eigenlijk zei ik in mijn nog altijd schamele Italiaans: 'Ik heb de man verteld wat ik had gezien.'

De inspecteur spreidde zijn handen. 'Slechts een formaliteit,' zei hij. 'U moet met me meekomen naar het politiebureau.'

'Ik pas op deze kraam voor signora Rossini,' zei ik. 'Ik kan pas weg als zij terug is.'

'Deze man kan erop passen,' zei hij en hij gebaarde afwerend naar Renzo.

'Deze man is een belangrijke klant. Hij koopt hier groenten voor het festival van morgen,' zei ik en ik voelde dat mijn gezicht rood werd van schaamte. 'Ik kan niet nog langer beslag leggen op zijn tijd.' Ik struikelde nu verhit over de Italiaanse woorden. 'Ik weet niet hoe ik uw vragen moet beantwoorden,' voegde ik eraan toe. 'Ik spreek maar een beetje Italiaans. Ik ben op bezoek uit Engeland.'

'Maar u was met deze man aan het praten. Dat heb ik zelf gezien.'

De inspecteur wees met een beschuldigende vinger. Tijdens het praten gesticuleerde hij druk met zijn handen.

'Dat was in het Engels,' zei ik. 'Deze man heeft in Londen gewerkt.'

'Dan moet hij meekomen om als tolk op te treden,' zei de inspecteur.

'Ik heb zaken te regelen,' zei Renzo kil. 'Daar heb ik geen tijd voor.'

'Het is geen verzoek,' zei de inspecteur. 'Dit is een politiebevel. Het hoeft niet lang te duren.' Hij keek op. 'Ah, daar komt de dame al naar haar groenten terug. Mooi zo. Kom mee.'

Paola haastte zich naar ons toe, haar gezicht een en al strijdlust. 'Wat is dit? Wat is er aan de hand?' zei ze op hoge toon.

'De inspecteur uit Lucca,' zei ik, naar hem knikkend. 'Hij wil me vragen stellen.'

'We hebben de carabinieri alles verteld wat we weten,' zei Paola. 'Deze jongedame is niet van hier. Ze kan u niet helpen en ik wil niet dat ze van streek raakt.'

'Ze raakt niet van streek als ze mijn vragen beantwoordt en me de waarheid vertelt. Kom, ga nu mee. Het is zaterdag en ik wil deze zaak net zo snel opgelost zien als u.'

En daarmee legde hij een hand onder mijn elleboog en dirigeerde me letterlijk over de piazza naar het politiebureau. Ik keek naar Renzo achterom. Hij stond met Paola te praten, waarschijnlijk reserveerde hij de spullen die hij wilde hebben. Hij gaf haar nog altijd instructies toen hij ons naar de donkere deuropening volgde. De jonge carabinieri-agent werd met een enkel handgebaar van zijn bureau verjaagd. De inspecteur ging op zijn plaats zitten.

'Jij blijft hier en maakt aantekeningen,' zei de inspecteur tegen de agent die de kamer uit wilde glippen. 'Haal een stoel voor de jongedame en jij gaat naast me aan het bureau zitten.'

De jongen kwam terug met een stoel en ging daarna naast de inspecteur zitten; zo te zien voelde hij zich extreem ongemakkelijk. Er was geen stoel voor Renzo. Hij ging achter me staan. Nu voelde ik me niet alleen beschaamd, maar werd ik ook bang. Ik had aan Renzo's gezicht gezien dat hij me verachtte. Stel dat hij mijn antwoorden verkeerd vertaalde, zodat mij de schuld van Gianni's moord in de schoenen werd geschoven? Mijn hart bonsde in mijn keel.

'Nou,' zei de inspecteur. 'Uw naam, adres en de reden van uw bezoek.'

Ik keek naar Renzo omhoog, wilde de indruk wekken dat ik zelfs deze simpele vragen niet begreep. Langzaam gaf ik mijn naam en adres op. 'Ik ben hier omdat mijn vader een Britse piloot was. Zijn vliegtuig was in de oorlog hier in de buurt neergeschoten en ik wilde de plek met eigen ogen zien.'

Renzo vertaalde dit. De inspecteur knikte.

'Wanneer bent u in dit dorp aangekomen?'

'Nog maar twee dagen geleden.' Voor mijn gevoel was het veel langer.

'En was u degene die het lichaam van Gianni Martinelli heeft gevonden?'

'Signora Rossini en ik hebben het lichaam samen gevonden,' zei ik. 'Ik slaap in het kleine huis achter in haar tuin. Daar komt het water uit de bron achter mijn kamer. Ik wilde een douche nemen maar er was geen water. Toen ben ik naar de signora toe gegaan om haar dat te vertellen. Samen hebben we het zware deksel van de bron getild en zagen het lichaam. We gilden het beiden uit en waren compleet van slag.'

De inspecteur luisterde naar de vertaling en keek toen toe terwijl de jonge politieman aantekeningen maakte. Hij keek weer naar mij. 'Wat heeft u toen gedaan?'

'We hebben de dochter van de signora gevraagd om de carabinieri te halen. Die zijn gekomen en hebben het lichaam uit de bron weggehaald. Dat was niet eenvoudig. Iemand had hem met zijn hoofd naar voren erin geduwd, zodat dat in het water lag. Het was gruwelijk.'

'Herkende u de man nadat ze hem eruit hadden gehaald?'

'Ja,' zei ik. 'Ik had hem de avond ervoor gezien.'

'Ah. Dus u kende hem?'

'Ik kende hem niet. Hij was een van de mannen die hier aan de tafel op de piazza zaten. Ik vroeg hun of ze zich mijn vader konden herinneren, maar dat was niet het geval.'

'Is dat alles?'

'Ja,' zei ik. 'Dat was de enige keer dat ik die man ooit heb gezien.'

Er lag nu een onaangename spotgrijns op het gezicht van de inspecteur. 'Dat is niet wat ik heb gehoord,' zei hij. 'Ik heb gehoord dat Gianni u wel zag zitten. Dat hij met u flirtte. Dat hij aanbood om u zijn boerderij te laten zien.'

Toen Renzo dit vertaalde, was aan zijn gezicht te zien dat hij zich geneerde.

'Hij was alleen maar vriendelijk,' zei ik. 'Ik zei tegen de mannen dat ik de omgeving wilde bekijken, en deze man, Gianni, bood me aan om me te laten zien hoe hij kaas maakte.'

'Hoe hij kaas maakte? Noemen ze het tegenwoordig zo?' De inspecteur keek naar de jonge agent en grinnikte.

Ongemakkelijk of niet, maar nu werd ik boos. 'Inspecteur, ik zat met andere mannen aan een tafel. Ze lachten en zeiden dat ik voor Gianni moest uitkijken, dus ik had wel door dat hij misschien niet te vertrouwen was. Dus toen hij aanbood om me naar huis te brengen, heb ik dat geweigerd. En gelukkig zei een andere man, Alberto, dat hij wel met me mee wilde lopen omdat hij op weg naar zijn huis toch langs Paola's hoeve kwam.'

'Dus dat was de laatste keer dat u Gianni hebt gezien?'

'De enige keer.'

Er viel een lange stilte terwijl de inspecteur me aanstaarde. 'Vertel me eens, signorina Langley. Is het in uw land normaal dat een meisje in haar eentje op een tafel vol mannen af stapt en een glas wijn van hen aanneemt? Wordt dat gedrag geaccepteerd?'

'Om te beginnen ben ik geen meisje,' ze ik. 'Ik ben een vrouw van vijfentwintig en sta op het punt om mijn advocaatexamen te doen.' Bij het woord 'advocaat' dacht ik even een reactie te zien. 'En ten tweede,' vervolgde ik, 'wilde ik meer te weten komen over mijn vader, dus het leek me behoorlijk veilig om mensen op de dorpspiazza aan te spreken. Ik heb een glas wijn aangenomen, omdat weigeren onbeleefd zou zijn.'

'En toen?'

'Toen ben ik naar huis gewandeld. Ik zei u al dat een man die Alberto heette aanbood om me te brengen omdat hij toch langs de hoeve kwam waar ik logeerde. Omdat het donker werd, heb ik zijn aanbod aangenomen. Hij heeft me tot aan de voordeur gebracht. Ik heb hem bedankt en heb daarna met signora Rossini en haar dochter gegeten. Toen ben ik naar bed gegaan. Meer kan ik u niet vertellen.'

'Heeft u daarna niets gehoord? Er werd een man vermoord en in een bron geduwd en u heeft niets gehoord? Dat vind ik vreemd. Kan ik bijna niet geloven.'

'Ik had wijn gedronken,' zei ik. 'Daar ben ik niet aan gewend, waarschijnlijk heb ik daardoor extra diep geslapen.'

Hij maakte een geluid dat het midden hield tussen een kuch en een lach. 'Weet u wat ik denk?' zei de inspecteur. 'Ik denk dat Gianni u aantrekkelijk vond. Een jonge vrouw uit een verre stad, misschien met andere normen en waarden dan de plaatselijke meisjes hier. Hij heeft gehoord van die liederlijke Londense meisjes. Dat was wel een veroveringspoging waard. Hij is later die avond naar uw kamer gekomen. Misschien heeft hij zich met geweld aan u opgedrongen. U verzette u. U heeft hem met een steen bewusteloos geslagen en toen, bang geworden door wat u had gedaan, heeft u zijn lichaam in de bron verstopt.'

'Dat is absurd,' zei ik en ik keek naar Renzo om het voor me te vertalen. 'Om te beginnen ben ik niet sterk genoeg om een man als Gianni op het hoofd te slaan als hij me aanvalt.'

'Goed dan, laten we dan zeggen dat u hem wegduwde. Een prijzenswaardige actie voor een rechtschapen jonge vrouw. Hij struikelde, viel achterover en sloeg met zijn hoofd tegen een rots. Helemaal geen moord, maar zelfverdediging. Begrijpelijk. Elke jury zou inzien dat u uw eer verdedigde.' Hij zweeg opnieuw.

'Maar het is niet waar,' zei ik. 'Hoe kon ik zijn lichaam in de bron hebben gelegd? Ik zei u al dat ik niet eens sterk genoeg was om in mijn eentje het deksel op te tillen.'

'Dus heeft u de signora gehaald om u te helpen.' Hij wiebelde met zijn vinger naar me. 'Met zijn tweeën heeft u toen de arme man in de bron geduwd, waar hij verdronken is.'

Ik haalde diep adem, had de grootste moeite om kalm te blijven en me te beheersen terwijl Renzo het vertaalde. 'Als ik had gedaan wat u zegt en zijn lichaam in de bron had geduwd, waarom zou ik de signora dan de volgende ochtend hebben gewaarschuwd dat ik geen water voor mijn douche had? Zouden we dan het deksel hebben weggehaald, het lichaam hebben gevonden en de carabinieri hebben laten komen? Nee, dan zou ik niks gezegd hebben over het lichaam. Ik zou het dorp hebben verlaten, de eerste trein terug naar Engeland hebben genomen en tegen de tijd dat iemand het lichaam had ontdekt zou ik allang weg zijn geweest.'

De inspecteur luisterde terwijl dat in het Italiaans werd vertaald. Ik besefte dat ik onder het praten op z'n Italiaans met mijn armen had zitten gebaren. Ik zag dat er een vreemde uitdrukking over Renzo's gezicht gleed. Toen zei hij: 'Ik heb hier geen tijd meer voor, inspecteur. Ik heb dingen te doen. U moet me verontschuldigen. Het is heel duidelijk dat deze vrouw Gianni niet vermoord heeft.'

'Waarom,' zei de inspecteur, 'stonden haar vingerafdrukken dan op de grote steen naast de bron? Geef daar maar eens antwoord op.'

'Dat kan ik beantwoorden,' zei ik, niet wachtend op Renzo's vertaling. 'Die steen lag boven op het deksel. Die heb ik er eerst afgetild toen ik het deksel wilde weghalen.'

'Ah, dus u spreekt wel Italiaans,' zei de inspecteur.

'Niet goed genoeg om te zeggen wat ik wil,' antwoordde ik. 'En ik versta het niet als mensen snel praten.'

'We laten de zaak tot de komende week rusten,' zei de inspecteur. 'Ik ben er niet van overtuigd dat ze onschuldig is. Ik moet deze signora Rossini ook ondervragen. Zij is wellicht medeplichtig geweest. Maar als ze schuldig is, dan weet ik een bekentenis uit haar los te krijgen. We moeten meer tests doen, meer getuigen ondervragen. De hele plek zal op aanwijzingen en vingerafdrukken worden onderzocht. Maar ik zal het goed met u maken, signorina. U hoeft niet naar de gevangenis in Lucca. U mag hier in het dorp blijven tot we deze misdaad tot op de bodem hebben uitgezocht. U mag niet vertrekken, begrijpt u dat?'

Ik knikte.

'Uitstekend. Dan mag u voorlopig gaan.' Hij wuifde ons de kamer uit.

Toen ik uit het donker in het felle daglicht tevoorschijn kwam, werd ik bij mijn pols gegrepen. Ik hapte naar adem, worstelde, en keek naar mijn aanvaller op. Het was Renzo. Hij staarde me nijdig aan, zijn gezicht stond woedend.

'Hoe kom je aan die ring?' vroeg hij op hoge toon. 'Heb je in mijn huis ingebroken?'

Ik keek omlaag naar mijn hand. 'Dat is mijn zegelring,' zei ik. 'Mijn familiewapen. Die heb ik van mijn vader gekregen toen ik eenentwintig werd.'

'Niet waar, daar klopt niets van,' zei Renzo. 'Dat is mijn familiewapen. Mijn familie. Je vader heeft hem vast gestolen toen hij hier was.'

'Complete onzin!' Ik schreeuwde de woorden in een samenballing van angst en woede uit. 'Kijk eens naar het wapen. Dat is de griffioen. Hetzelfde wapen staat boven de hoofdingang van Langley Hall gegrift. Dat is al sinds 1600 in onze familie.'

Nu keek hij onzeker. 'Maar ik heb thuis precies zo'n ring,' zei hij. 'Het is een mannenring en hij is tussen mijn moeders bezittingen gevonden. Cosimo vertelde me dat die van de familie van mijn echte vader was. Van de Bartoli's. Hij zei dat ik trots moest zijn dat we tot de adel behoorden.'

'Dan heeft Cosimo het mis,' zei ik, en terwijl ik het zei besefte ik dat Cosimo de waarheid niet had gekend. Hij had niets van mijn vader afgeweten. Maar ik was nu wel opgewonden. Dit was het absolute bewijs dat mijn vader hier was geweest, dat hij Sofia had gekend. Ik keek Renzo aan en fronste verward mijn wenkbrauwen. 'Ik denk dat mijn vader hem aan je moeder heeft gegeven als blijk van liefde. Nu weten we dat hij hier geweest is en dat hij je moeder heeft gekend. Weet je zeker dat je je hem niet kunt herinneren? Een Engelsman met lichtbruin haar en blauwe ogen, net als ik tenger gebouwd?'

Hij schudde zijn hoofd. 'Ik heb hem nooit gezien,' zei hij. 'Waarom denk je dat hij mijn moeder heeft gekend? Waarom ben je hier?'

'Nou, de ring is het bewijs, hè? En ik heb een brief die hij aan haar heeft geschreven,' zei ik. 'Een liefdesbrief. Daarin zegt hij haar dat hij haar na de oorlog zou gaan ophalen. Hij wilde met haar trouwen.' Ik wachtte even, voelde de intense emotie bij wat ik ging zeggen. 'Maar de brief was ongeopend teruggekomen. Op de envelop was NIET BEKEND OP DIT ADRES gestempeld. Hij heeft hem al die jaren in een kleine doos bewaard.'

'Ze is met de Duitser meegegaan,' zei hij. 'Ze heeft ervoor gekozen niet op je vader te wachten.

Ik knikte, het huilen stond me nader dan het lachen. We stonden daar in het felle zonlicht elkaar aan te staren.

'Dan zijn je vader en ik allebei in de steek gelaten,' zei hij.

# 24

# Joanna

*Juni 1973*

We keken op toen we Paola hoorden roepen.

'Uw tomaten, signor Bartoli. Heeft u een kar om ze te vervoeren?'

'Ik stuur straks een van de mannen naar u toe,' zei Renzo. 'Maar ik betaal nu. Hou ze alstublieft uit de zon.'

Hij haalde een portefeuille tevoorschijn en overhandigde een aantal bankbiljetten. Paola straalde. 'U bent heel genereus.'

Ik draaide me naar Renzo. 'Dank je wel dat je als tolk wilde optreden. Zonder jou had ik het met dat verhoor niet gered.'

'Maak je maar geen zorgen,' zei hij. 'Ik weet zeker dat de inspecteur beseft dat je geen enkele schuld hebt aan deze misdaad. Dit soort mannen vindt het gewoon heerlijk om hun spierballen te laten zien. Misschien is hij gewoon lui. Gaat hij voor de meest voor de hand liggende verdachte. Maar ik zal het er met Cosimo over hebben en hij zorgt wel dat je wordt vrijgelaten. Mijn vader heeft in deze streek grote invloed.'

'Waarom is deze man vermoord, denk je?' Ik kon het niet laten te vragen.

Renzo haalde zijn schouders op. 'Ik kan wel een paar redenen bedenken. Hij ging om met de verkeerde mensen. Hij stak zijn neus in zaken waar dat niet op prijs werd gesteld. Misschien heeft hij dingen gehoord die hij niet had mogen horen. Misschien ging het zelfs om chantage. Daar zie ik hem allemaal voor aan.'

Ik zei tegen mezelf dat ik mijn mond moest houden, maar ging toch door. 'Ik heb begrepen dat hij ook zijn eigen olijvenpers wilde bouwen. Wilde iemand daar misschien een stokje voor steken?'

Renzo schudde zijn hoofd. 'Gewoon weer een van Gianni's grootse ideeën. Er zou niks van zijn gekomen. Iedereen weet dat Cosimo's olijvenpers de modernste en efficiëntste van de streek is. Waarom zou iemand dan een andere bouwen? En dan een man als Gianni, die het ongetwijfeld op z'n goedkoopst zou doen en broddelwerk zou afleveren. Dat ding zou het voortdurend laten afweten, als hij om te beginnen al het kapitaal bij elkaar zou weten te krijgen.' Hij maakte een lichte buiging naar me. 'Ik moet weer aan de slag. Ik ben al laat. Misschien zie ik je morgen op het festival? Je moet ook komen, hoor. Ik denk dat je ervan zult genieten. Heel on-Brits!' En glimlachend draaide hij zich om.

Ik keek hem na. Wat een knappe vent, dacht ik. En toen bracht ik mezelf in herinnering dat hij Cosimo's adoptiefzoon was. Het was heel goed mogelijk dat hij wist wie Gianni had vermoord. Als Cosimo wilde voorkomen dat de olijvenpers werd gebouwd, had hij meer dan genoeg mannen die deden wat hij vroeg... met inbegrip van zijn zoon. Ik mag niet vergeten dat Renzo misschien iets met de moord te maken heeft gehad, dacht ik.

Ik liep naar Paola's kraam terug toen Renzo bleef staan om met een paar mannen aan de overkant van de piazza te praten. Gianni's dood had waarschijnlijk niets te maken met de olijvenpers, zo redeneerde ik. Hij had geprobeerd om me alleen te spreken te krijgen. Hij wilde me de waarheid vertellen over de oorlog, over Sofia. Hij had de envelop door mijn raam geschoven. En iemand had hem gevolgd en hem vermoord. Tijdens de oorlog is hier iets gebeurd. Iets wat te maken heeft met bloed en Duits geld.

Ik stond de hele dag met Paola op de markt, hielp haar na afloop met het verzamelen van de kratten en de paar groenten die nog over waren. Zo te zien was ze blij. 'Dankzij Cosimo en Renzo is bijna alles verkocht. Nu hoeven we niet de hele week groentesoep te eten!'

We liepen samen naar huis. Het was vreemd, maar ik had écht het gevoel dat ik naar huis wandelde.

'Wat een stomme kerel, die inspecteur,' zei ze. 'Maar zo is de politie soms in deze contreien. Ze hebben geen zin om in iets te graven wat te duister of te ingewikkeld kan zijn, dus proberen ze degene die onschuldig is een misdaad in de schoenen te schuiven. Hij weet waarschijnlijk wel dat Gianni zich met louche zaakjes bezighield, en natuurlijk zorgt hij wel dat hij uit de buurt blijft van welke bende dan ook. Maar wees maar niet bang,' voegde ze eraan toe. 'Zover komt het niet. Je krijgt gauw genoeg te horen dat je weg mag, dat weet ik zeker. En intussen zal ik je leren om heerlijk Italiaans eten te koken en je toekomstige man tevreden te stellen.'

Ondanks alles schoot ik in de lach.

'Vertel me eens over de oorlog,' zei ik voorzichtig. 'Waren er toen ook schandalen? Mensen die heulden met de Duitsers?'

'Ik heb je al gezegd dat ik hier toen niet was,' zei ze. 'Ik ben pas teruggekomen toen de Duitsers al weg waren. Maar je hoort natuurlijk allerlei afschuwelijke verhalen. Van jonge meisjes die verkracht werden. Of hele dorpen die werden afgeslacht, omdat de Duitsers dachten dat ze de partizanen hadden geholpen.'

'Wie waren de partizanen precies?' vroeg ik.

'Een dappere groep mannen die tegen de bezetters vocht,' zei ze. 'Ze waren niet echt georganiseerd, maar opereerden in kleine, onafhankelijke groepen in de streek waar ze woonden. Sommigen waren fascisten, anderen communisten, weer anderen ex-soldaten, en sommigen waren gewoon goeie kerels die wilden helpen om de oorlog te winnen. Ze vernielden vrachtwagens en bliezen spoorwegen op. Ze hebben veel dappere dingen gedaan en velen hebben dat met de dood moeten bekopen.'

'Was er in deze streek dan ook zo'n groep?'

'Jazeker. Totdat iemand ze heeft verraden. De Duitsers hebben ze neergemaaid. Cosimo was toen nog een jongeman. Hij was een van hen. Hij had geluk. Bij hem veroorzaakte de Duitse kogel alleen een schampschot. Maar hij moest tussen de lijken blijven liggen en zich dood houden, terwijl de Duitsers met hun bajonetten op hen in staken. Halfgek van verdriet en onder het bloed wist hij de volgende dag naar huis te strompelen. De mensen van San Salvatore hadden geluk dat ze uit wraak niet allemaal zijn geëxecuteerd, zoals in andere dorpen is gebeurd.'

'Wisten de mensen van San Salvatore dan wie de partizanen waren?' vroeg ik. 'Hadden de mannen hun identiteit dan niet geheimgehouden?'

'Natuurlijk. Maar er waren altijd mensen die het wisten. Ze waren afhankelijk van de boeren bij wie ze onderdoken als er op hen gejaagd werd. Ze waren van anderen afhankelijk voor voedsel als ze van huis weg waren. En soms droegen ze een kleine ster zodat mensen wisten dat ze waren wie ze beweerden te zijn. Dus ja, mensen wisten het.'

Mensen wisten het, dacht ik. En een van die mensen had de plaatselijke jongens aan de Duitsers verraden. Waarom? Wie had daar voordeel bij? Of was er iemand die door de Duitsers was gearresteerd en werd diegene in ruil voor deze informatie door de Duitsers vrijgelaten? Ik dacht aan de mannen die om de tafel zaten en vroeg me af of ik ooit te weten zou komen wat zij wellicht wisten.

We kwamen bij de boerenhoeve en stapelden de kratten op, en Paola ging haar siësta houden. Ik had ook graag willen slapen, maar was te gespannen. Dus ging ik bij Angelina zitten terwijl die de baby verzorgde.

'Wil jij haar even vasthouden?' vroeg ze plotseling. 'Hier.'

En toen lag het kind in mijn armen. Ik voelde het kleine warme lijfje, maar toch verrassend zwaar. Zo volmaakt, dacht ik. Een volmaakt klein mensje. Kleine donkere ogen keken naar me op, staarden me belangstellend aan.

'Hallo,' zei ik. 'Je kent me niet, hè?'

En ik dacht een glimp van een glimlachje te zien.

'Ze is prachtig,' zei ik.

'Ja, hè? De volmaaktste baby ooit,' zei Angelina. 'Toen ze te vroeg werd geboren, zeiden ze dat ze het misschien niet zou overleven. Maar ik heb gebeden. Ik heb gebeden tot Sint-Anna en tot de Gezegende Moeder, en ze hebben me verhoord. En kijk haar nu eens. Dankzij mijn prima melk groeit ze elke dag een beetje. Als Mario thuiskomt, is hij vast dolblij haar te zien.'

Ik keek naar de kleine dreumes in mijn armen; haar ogen trilden alweer van de slaap. Ik had dit niet alleen gekund, dacht ik. Om een kind groot te brengen heb je een Mario nodig die thuiskomt en dolblij is. En een oma die voor moeder en kind zorgt.

Die avond zei Paola dat ze moe was en een simpele maaltijd zou klaarmaken. Ze klopte wat eieren en maakte een frittata met de paar groenten die we mee naar huis hadden teruggenomen: uien, courgette en bonen. Het was verrassend lekker.

'Ik denk dat ik vroeg naar bed ga,' zei ze na het toetje van kaas en fruit. 'Morgen is een grote dag. Eerst om acht uur de mis, dan de optocht en dan het feestmaal. Kom je ook?'

'O ja. Natuurlijk. Ik wil het graag zien.'

'Volgens mij doen ze hier in jouw geloof niet aan,' zei ze.

Ik zei liever niet dat ik eigenlijk helemaal geen geloof had. 'Ik ben met de anglicaanse kerk opgegroeid,' zei ik. 'Het lijkt wel op elkaar, geloof ik.'

'Ik heb gehoord dat ze in Engeland niet zo gelovig zijn. Jullie eren de heiligen niet, toch? Jullie bidden niet tot hen.'

'Dat klopt,' zei ik.

Ze maakte een minachtend geluid. 'Hoe kunnen je gebeden dan worden verhoord als je de heiligen niet om hulp vraagt? God heeft het duidelijk te druk om zich met iedereen bezig te houden.'

Wat lief en simpel, dacht ik. Maar toen herinnerde ik me dat lint met dat kleine medaillon dat in mijn vaders doos had gelegen. Iemand had dat aan hem gegeven, waarschijnlijk Sofia. Ik vroeg me af welke heilige daarop stond. Het leek zo helemaal niets voor mijn kille en typisch Engelse vader om een medaillon aan een lint te dragen. Hij moet heel veel van haar gehouden hebben, dacht ik. Ik dacht terug aan zijn vooroorlogse schilderijen, zo helder en vol leven. En met een schok realiseerde ik me dat zijn leven feitelijk was geëindigd toen die brief ongeopend terugkwam. Ik vroeg me af hoeveel pogingen hij daarna nog heeft ondernomen om haar op te sporen, totdat hij het ten slotte opgaf en met mijn solide en betrouwbare moeder trouwde.

# 25

# Hugo

*December 1944*

Het weer was omgeslagen en het was ijzig nat en ellendig. Een paar dagen zat Hugo ineengedoken in zijn schuilplaats, die van alle kanten werd geteisterd door regen en natte sneeuw. Sofia kwam 's avonds, haar haar tegen haar voorhoofd geplakt en haar kleren doorweekt.

'Je moet niet komen als het zo hard regent. Ik overleef het wel, echt, en met dit koude en natte weer loop je nog een longontsteking op,' smeekte hij.

'Ik ben sterk, Ugo. Ik ben gewend aan een hard leven. Maak je over mij maar geen zorgen.'

'Maar hoe verklaar je dan je natte kleren? Je grootmoeder wordt vast achterdochtig.'

'Nonna kan de trap niet meer op. Ik droog mijn spullen in de linnenkast.' Ze keek hem met een ondeugende glimlach aan. 'Wees maar niet bang.'

Maar dat was hij onwillekeurig toch. Op een avond stormde het zo hevig dat Sofia niet kwam. Boven hem rommelde onweer. Bliksem verlichtte de hemel. Hugo ging rechtop zitten, relatief droog onder het deel van de parachute dat hij had gehouden, en maakte zich zorgen om haar. Stel dat ze toch had geprobeerd te komen en door de bliksem was getroffen? Stel dat er een boomtak op haar was gevallen? Hij had ook een knagende honger. Hoe sterker hij werd, hoe meer eten hij nodig had. Hij werd geconfronteerd met de ontnuchterende werkelijkheid dat als Sofia iets overkwam, hij van honger zou omkomen, tenzij hij meer vogels wist te strikken. Maar het idee dat hij een vogel rauw moest eten was zo weerzinwekkend dat hij het opzijschoof.

Ik moet gaan oefenen met lopen, dacht hij. Ik moet eraan wennen om dit been te gebruiken. Morgen ga ik het proberen. Maar de volgende ochtend regende het aan één stuk door, totdat de grond om hem heen in een klein meer was veranderd. Hij dook ellendig in zijn hoek ineen, terwijl de regen op het altaar boven hem roffelde en zijn stemming steeds verder in mineur raakte. Laten we wel wezen, dacht hij, de kans dat ik weet te ontsnappen is nagenoeg nihil. Het wemelt hier nog steeds van de Duitsers. Vóór de lente zullen de geallieerden geen poging wagen om door de bergen noordwaarts te trekken. En ook al zou ik van de berg af weten te komen en de weg weten te bereiken, dan zou ik nooit kunnen wegvluchten en me verstoppen als de Duitsers me in de smiezen kregen.

Maar hij kon het niet zomaar opgeven en zich overgeven. Als Brits officier was het zijn plicht om alles in het werk te stellen naar zijn squadron terug te keren. En zolang er hoop was dat hij Sofia zou weerzien, zou die vonk hem op de been houden. Halverwege de middag hield het op met regenen. De zon kwam tevoorschijn en van het meertje op de vloer begon damp op te stijgen. Hugo kwam uit zijn schuilplaats tevoorschijn en spreidde de parachute uit om te laten drogen. De schapenvacht en deken waren wonder boven wonder niet al te vochtig. Toen zocht hij zich voorzichtig een weg om de plas op de vloer en ging buiten staan, waar hij genoot van het zonlicht op zijn gezicht. Aan een paar bergtoppen klampten zich nog altijd wolken vast, en hij zag nu dat er meer bergtoppen bedekt waren met sneeuw.

Eenmaal buiten op het natte voorplein probeerde hij te lopen en zijn been te belasten. Hij schreeuwde het uit van de pijn en het zou zijn dubbelgeklapt als het niet gespalkt was geweest. Weten we dat ook weer, dacht hij. Hij stopte de tak die als kruk diende onder zijn oksel en hobbelde verder naar de regenton, waar hij een flinke slok water dronk en zijn gezicht waste. Een bad, dacht hij. Een lang heet bad. En hij haalde zich de badkamer van Langley Hall voor de geest, met zijn grote badkuip met klauwpoten en het stomende water. Ik zal nooit meer iets als vanzelfsprekend aannemen, besloot hij.

Zijn mijmeringen werden onderbroken door het geluid van een motor op de weg beneden. Een paar legervoertuigen, zo klein als speelgoedautootjes, zochten zich een weg naar het noorden. Instinctief dook hij achter een stuk muur. Toen pikten zijn oren een ander geluid op, het donkere, dreunende zoemen van een vliegtuigmotor. Geen Duits vliegtuig. Maar ook niet Brits. Toen zag hij het, het kwam uit het zuiden. Een lichte, Amerikaanse bommenwerper, vermoedde hij. Die ging lager vliegen tot hij in de zon de Amerikaanse ster zag oplichten. Hij was pal boven het Duitse konvooi, en toen viel er een bom, en daarna nog een. Zelfs op zijn heuveltop voelde hij de terugslag. Toen waren er nog meer explosies doordat brandstoftanks ontploften. De rook van de vuurbal drong zijn neusgaten binnen. Het vliegtuig vloog door en het enige wat van het konvooi over was, waren likkende vlammen. Het was een ontnuchterende gedachte dat zelfs hier de oorlog nooit ver weg was, maar tegelijkertijd putte hij moed uit de wetenschap dat de geallieerden op de Duitsers joegen, ze vernietigden als ze naar het noorden vluchtten. Misschien kwam er binnenkort echt een einde aan de oorlog.

Op de weg terug naar zijn schuilplek zag hij een veer op de grond van de duif die hij had gedood. Hij bukte zich om hem op te rapen. Hij was prachtig blauwachtig grijs met iriserende randen. Opnieuw voelde hij een steek van berouw dat hij zoiets moois en onschuldigs had gedood. Hij stopte de veer in zijn borstzak en strompelde terug door de kapel.

Die avond maakte hij opnieuw zijn bed op en vroeg zich af of Sofia zou komen. Hij had nu zo'n honger dat hij aan niets anders kon denken. Hij fantaseerde over rosbief en Yorkshire pudding, lamskoteletten, pastei van biefstuk en niertjes. Hij haalde het blik dat hij tussen het puin had gevonden tevoorschijn en vroeg zich af of hij het met zijn mes open kon maken. Hij had het aan Sofia willen geven, maar ze was zo opgewonden geweest over de duif en de parachutezijde dat hij de verrassing voor later had bewaard. Hij draaide het in zijn hand om en zette het neer; hij liep slechts de kans dat hij het met zijn mes zou beschadigen. En stel dat er iets in zat wat je alleen gekookt of gebakken kon eten, tomatenpuree, bijvoorbeeld? Ze kwam vanavond vast en misschien had ze dan wat duivenstoof bij zich.

Maar ze kwam niet. Bijna de hele nacht zat hij rechtop, luisterde of hij een geluid hoorde, maar niets roerde zich, behalve de zachte zucht van de wind tussen de bomen en het gras. Twee nachten zonder haar. Er moest iets gebeurd zijn. In gedachten liep hij de scenario's door: de Duitsers waren teruggekomen en hadden haar meegenomen. Ze was in de storm door de bliksem getroffen. Ze was ziek geworden en lag doodziek in bed. En hij merkte dat hij bad zoals hij nog nooit had gebeden. 'Het kan me niet schelen wat er met mij gebeurt, God, maar zorg dat met haar alles goed is.' En toen had hij er een simpel gebed tot de maagd Maria aan toegevoegd, voor het geval dat.

Hij moest in slaap zijn gesukkeld, want het was alsof hij iemand van ver zijn naam hoorde roepen. Hij opende zijn ogen en zag haar in de deuropening staan, haar silhouet afgetekend tegen het heldere zonlicht. 'Gesù Maria!' riep ze uit. 'Kijk toch eens naar al dat water. Je hebt geluk dat je niet bent verdronken.'

En ze liep naar hem toe. 'Mijn arme, arme Ugo,' zei ze. 'Het spijt me zo dat ik je zo lang alleen heb gelaten. De avond van de storm… toen ik wilde wegglippen was het onmogelijk.'

'Dat begrijp ik best,' zei Hugo. 'Ik wilde niet dat je je in zo'n storm zou wagen.'

'Ik had willen komen,' zei ze, 'maar mijn zoon is ziek. Hij had hoge koorts. Hij wilde bij zijn mama slapen en hij is bang voor onweer. Hij was de hele nacht wakker en klampte zich aan me vast. En gisteren was de koorts nog erger. We hebben de dokter moeten bellen. De dokter zegt dat hij tonsillitis heeft en dat zijn keelamandelen eruit moeten.'

Hugo begreep niet wat ze zei, tot ze op haar keel wees.

'Ah, ja. Tonsillen.'

'Maar we kunnen natuurlijk niet naar het dichtstbijzijnde ziekenhuis. We hebben geen vervoer. Dus heeft de dokter hem als medicijn wat sulfa gegeven en hoopte maar dat hij beter werd.'

'En, gaat het beter?'

Ze knikte. 'Hij heeft de hele nacht tegen me aan gelegen, het arme kind was kletsnat van het zweet. Vanochtend was hij zwak, maar de koorts is gezakt, goddank.'

'Je hebt natuurlijk met Sint-Blasius gepraat?' zei Hugo, in een poging haar aan het lachen te maken, maar ze keek hem met gefronste wenkbrauwen aan.

'Spot nooit met de macht van de heiligen, Ugo. Zij zijn degenen die bij God een goed woordje voor ons doen. En ja, ik heb inderdaad tot Sint-Blasius gebeden.'

'Sorry. Ik wilde niet spotten. Ik wilde je alleen maar aan het lachen maken,' zei hij. 'Maar je mag niet overdag komen. Gisteren waren er Duitsers op de weg beneden.'

'Dat hebben we gezien, ja. De Amerikanen hebben ze gebombardeerd. Goed, hè? En onze partizanen hebben ook een voertuig vol Duitsers in een hinderlaag laten lopen en hun de keel doorgesneden.'

'Ben je niet bang dat de Duitsers wraak zullen nemen?' vroeg hij.

'Hoe moeten ze er nou achter komen uit welk dorp de partizanen komen? Voor zover zij weten, hadden het ook Engelse of Amerikaanse soldaten geweest kunnen zijn.'

'Maar toch, je mag je hier niet op klaarlichte dag wagen. Stel dat je gezien bent?'

'Ik ben gezien,' zei ze. 'Benito zei dat hij na de regen nieuwe paddenstoelen had gezien. Funghi di bosco, onze favoriet. Nonna past op Renzo, die nu lekker slaapt. Wat zal iedereen blij zijn als ik met nieuwe paddenstoelen aan kom zetten! Daarmee heb ik weer een goede reden om hier overdag naartoe te komen. Dat is nog een klein wonder. Normaal gesproken zijn er zo laat in december geen paddenstoelen. Maar de regens waren niet al te koud en hier heeft het nog niet gevroren. Als ik er nu een paar weet te vinden, kom ik als een heldin terug. En voordat ik de volgende keer weer kom, maak ik paddenstoelensoep voor ons. Maar eerst...' Ze reikte in de mand en zette de kom, afgedekt met een dikke doek, op de bank voor hem. 'Kijk eens wat ik vandaag voor je heb! Ik heb zulke heerlijke soep gemaakt van ons deel van de duif.'

'Deel? Heb je een duif gedeeld?' Hij staarde haar ongelovig aan, bedacht hoe licht de dode vogel in zijn handen had aangevoeld.

'Ik heb zelf genoeg gehouden om er bouillon van te maken, en ik heb signora Gucci wat gegeven in ruil voor wat olie en meel. Nu kan ik pasta maken. Zonder eieren is het geen goede pasta, maar pici met alleen meel, water en olie. Maar beter dan niets, hè? Wij Italianen houden het zonder onze pasta niet lang uit.'

Ze lachte. Hugo moest aan het blik denken.

'En ik heb nog een kleine schat voor je.' Hij haalde het blik tevoorschijn. 'Dit vond ik tussen het puin. Ik weet niet wat het is, maar er zit vast eten in.'

Ze keek er eerbiedig naar, alsof hij haar een grote eer bewees. 'Dank je wel, Ugo. Wat een verrassing zal het zijn als we het openmaken!'

'Ik zal nog verder rondkijken, misschien liggen er wel meer,' zei hij. 'Ik kan hier alleen niet zo gemakkelijk uit de voeten.'

'Natuurlijk niet. Je moet zorgen dat je niet valt en jezelf weer bezeert. Misschien ben je in het nieuwe jaar zo ver genezen dat je kunt ontsnappen en de geallieerden tegemoet kunt lopen tijdens hun opmars naar het noorden.'

'Ik hoop het maar.'

Ze keek hem met weemoedige ogen aan en hij voelde dat zij net zomin wilde dat hij bij haar wegging als dat hij haar vaarwel wilde zeggen.

'Ik zou graag je portret willen schilderen,' zei hij opeens.

Ze keek hem verlegen lachend aan. 'Van mij?'

'Ja. Helaas heb ik geen verf en geen doek. Maar ik zal een schets maken, dan kan ik me als ik thuiskom elk detail weer voor de geest halen.'

'Heb je dan papier?' vroeg ze.

'Ik heb mijn lege sigarettendoosje. Dat kan ik uitvouwen en aan de binnenkant tekenen.'

'O, ben je door je sigaretten heen? Wat jammer.'

'Ik moet ervan af zien te komen. Ze zijn niet goed voor me. Nou, kom hier zitten, op de bank.'

Ze deed wat haar was gevraagd en keek hem verlegen aan. Hij haalde zijn pen tevoorschijn en maakte een schets van haar. Ze voelde zich duidelijk ongemakkelijk, maar tegelijkertijd keek ze hem flirtend aan, blij met de aandacht die hij haar schonk en het vreemde eerbetoon doordat ze werd vereeuwigd.

'Vertel me over de grote schilders. Vertel me over kunst,' zei ze. 'Ik wil er zo graag meer over weten.'

'Vertel jij eerst maar over de schilderijen die je hebt gezien toen je die keer in Florence was.'

Ze fronste nadenkend haar voorhoofd. 'Michelangelo was er natuurlijk. De meester. Zowel vanwege zijn beeld als zijn schilderij, no? En Leonardo. Zijn *Madonna*, het licht en de schoonheid...'

'Je boft maar dat je hier woont,' zei Hugo. 'In Toscane en Umbrië tref je in doodgewone kerken schilderijen van de grootste meesters aan. In Arezzo, Cortona en Siena, en zelfs in kleine plaatsen. Werken van il Perugino en Giotto. Stuk voor stuk meesterwerken.'

Tot zijn verbazing zag hij een blik van wanhoop op haar gezicht. 'Als ze er nog zijn,' zei ze. 'We hoorden dat de Duitsers alles hebben geroofd wat ze konden. Ze zouden zelfs de fresco's meenemen als ze wisten hoe ze die van de muren konden pellen.'

'We zullen winnen en alles terugbrengen,' zei Hugo, zelfverzekerder dan hij was. Hij maakte de schets af en wilde hem in zijn borstzak stoppen.

'Ik wil hem zien,' zei ze.

'Nee, het is nog maar een ruwe schets.'

'Maar ik wil hem toch zien.' Ze graaide ernaar. Hij hield haar pols bij zich vandaan. Ze lachten allebei. 'Wat ben je toch gemeen,' zei ze. 'Zelfs dat ene kleine pleziertje gun je me niet.'

Hun kleine schermutseling had hem opgewonden. Dat ene kleine pleziertje, dacht hij, en een beeld flitste door zijn hoofd, van Sofia die in zijn armen lag. Snel schoof hij het opzij.

'O, goed dan. Als je erop staat.'

Ze pakte het sigarettendoosje van hem aan en bekeek de tekening kritisch. 'Zie ik er zo uit?' vroeg ze.

'Ja.'

'Maar je hebt me best knap gemaakt.'

'Nee,' zei hij en hij zag haar gezicht betrekken. 'Ik heb een schoonheid van je gemaakt. Want zo zie ik je.'

# 26

# Joanna

*Juni 1973*

De volgende dag werd ik wakker door het luid en aanhoudend klokgelui van de kerk vlak in de buurt, weergalmd door klingelende klokken uit andere dorpen in de omgeving. Vandaag was het feest, een van de heiligste dagen van het jaar, had Paola me verteld. Corpus Christi. Het lichaam en bloed van de Here Jezus Christus. De dag waarop kinderen hun eerste communie deden. Ik stond op en wilde naar de boerenhoeve gaan om me te wassen en mijn tanden te poetsen. Ik controleerde rondom de deur en het raam, maar er waren geen andere voetafdrukken meer. Het kon zijn dat Gianni's aanvallers niet in de gaten hadden gehad dat hij een envelop door de tralies van mijn kamer had gestoken. In het dorp zou het nu wel alom bekend zijn dat ik een vreemdelinge was die van niets wist. Zodra ik naar huis mocht, zou ik vertrekken en was alles weer in orde.

Althans, dat hoopte ik. Ik was evengoed van plan om tijdens het festival de hele dag in de buurt van Paola te blijven. Ik nam een bad, trok mijn mooiste jurk aan en bond het lint om mijn pols. Toen ik naar de keuken ging om te ontbijten, was die leeg. Geen spoor van Paola. Daar schrok ik van. Ze wist dat het een grote dag was en was vast vroeg opgestaan. Was er iets met haar gebeurd? Ik had geen idee waar haar slaapkamer was. Ik was nooit op de bovenverdieping van het huis geweest. Ik aarzelde, vroeg me af of ik op onderzoek durfde te gaan om te kijken waar ze was.

Ik was halverwege de trap toen ze tevoorschijn kwam, onmiskenbaar in haar zondagse kleren. Ze droeg een rode rok, een witte kanten blouse en om haar schouders prijkte een zwarte omslagdoek met franjes. Ze keek verschrikt toen ze me zag. 'Had je iets nodig, kleintje?'

'Ik vroeg me alleen af of alles goed was, of dat je je misschien had verslapen,' zei ik.

'Nee, natuurlijk niet. Niet op een dag als vandaag. Ik heb alleen meer tijd aan mijn uiterlijk besteed. Dit is de klederdracht uit onze streek, moet je weten. Op zo'n dag hoor je die te dragen. Deze spullen zijn nog van mijn moeder geweest.'

Ik zei tegen haar dat ze er heel mooi uitzag.

Ze glimlachte. 'Zo, klaar om naar de kerk te gaan?'

Ik kon moeilijk om een ontbijt vragen. Maar mijn maag knorde. 'Niet eerst een kop koffie?' vroeg ik.

'Voor de mis? O nee. Vóór het Heilige Sacrament moeten we vasten. Al sinds middernacht. Doen ze dat niet in jouw kerk?'

'Ik geloof het niet,' zei ik, teleurgesteld bij het vooruitzicht dat ik het nog een hele poos zonder eten zou moeten stellen.

Paola schudde afkerig haar hoofd. 'Angelina, schiet op!' riep ze naar boven. 'Ik heb geen zin om op de achterste kerkbanken terecht te komen, waar we niks kunnen zien.'

Angelina kwam tevoorschijn. Zij zag er ook heel mooi uit, in een eenvoudige bloemetjesjurk met een omslagdoek om haar schouders. Op haar ene arm droeg ze de baby, aan de andere hing een grote tas. De baby droeg een wit, met kant afgezet jurkje en had een sierlijk mutsje op haar hoofd. Ze sliep en zag eruit als een schattige porseleinen pop.

'Kom, geef die maar aan mij,' zei ik en ik nam de tas van haar over.

'Dank je wel.' Ze straalde naar me. 'Je hebt voor zo'n kleintje zoveel spullen nodig. Een sjaal voor als het koud wordt. Een reservejurkje voor het geval ze dit onderspuugt. En luiers. Stapels luiers.'

We gingen op weg, naast elkaar over het stoffige pad. Het was een winderige, frisse ochtend. Paola moest haar omslagdoek stevig om haar schouders vasthouden. 'Die lucht staat me helemaal niet aan,' zei ze. 'Ik hoop niet dat het straks gaat regenen. Volgens het weerbericht op de radio zou het vandaag pas later gaan regenen, maar wat weten zij er nou van? Zij zitten in een of ander hokje in Florence. Laten we tot Sint-Clara bidden dat het weer goed blijft. Zij helpt altijd met het weer.'

'Vertel me eens, signora Rossini,' zei ik en ik hield mijn pols omhoog. 'Wie is deze heilige op dit medaillon?'

Ze pakte mijn pols vast om het medaillon beter te bekijken. 'Volgens mij is dat Sint-Rita,' zei ze. 'Zij is goed in genezen, vooral van wonden. Hoe kom je hieraan?'

'Het zat tussen mijn vaders spullen,' zei ik.

'Was je vader dan gewond geraakt?'

'Zwaargewond,' zei ik. 'Zijn vliegtuig was neergeschoten. Hij wist met de parachute te ontkomen, maar zijn been was gewond. Hij heeft altijd een beetje mank gelopen.' Dit laatste moest ik uitbeelden, want ik wist niet hoe je dat in het Italiaans moest zeggen.

'Dan heeft deze heilige hem genezen.' Paola keek blij. 'En je vader was dan dus van het juiste geloof.'

'Ik denk eigenlijk van niet. Volgens mij heeft hij dit medaillon van iemand gekregen.'

Ze keek me lang en indringend aan. 'Geloof je dat Sofia Bartoli het aan hem heeft gegeven?'

'Ja,' zei ik. 'Dat geloof ik inderdaad.'

'Ik herinner me haar als een lieve, goede vrouw,' zei ze. 'Zo jammer dat het zo akelig eindigde... Dat ze haar dorp heeft verraden door er met een Duitser vandoor te gaan.'

Stel dat ze niet uit eigen vrije wil is meegegaan? dacht ik. Maar een van de mannen zei dat iemand had gezien dat ze midden in de nacht met een Duitser in een legervoertuig was gestapt. Alleen zij tweeën. Geen gewapende escorte om te voorkomen dat ze kon ontsnappen.

Toen we op het dorpsplein aankwamen, zag ik dat er lange schraagtafels waren neergezet. De gebouwen waren versierd met vlaggen en aan de kerk wapperde een rij kleinere exemplaren. De klokken schalden nog altijd zo luid dat praten onmogelijk was. Van alle kanten stroomden mensen naar de open kerkdeuren. De mannen zagen er ongemakkelijk uit in hun donkere pakken met gesteven witte boorden. De vrouwen waren prachtig uitgedost, sommigen in dezelfde klederdracht als Paola, maar ze waren allemaal op hun paasbest, met opgestoken donker, glanzend haar. Kinderen huppelden in hun mooiste kleren naast de volwassenen, die hun best deden ze aan de hand in toom te houden.

Toen we bij de kerkdeur aankwamen, rees er een collectief gemurmel uit de menigte op. 'Vader Filippo! Vader Filippo!'

We bleven staan en keken achterom. Een kwetsbare oude man in een zwarte priestersoutane werd door twee flinke kerels de trap op geholpen.

'Fijn om u te zien, vader. God zegene u, vader,' zo begroetten de mensen hem terwijl de menigte uiteenweek om hem te laten passeren.

Paola glimlachte en knikte. 'Onze vroegere priester,' zei ze. 'Tijdens de oorlogsjaren was hij onze steun en toeverlaat, en geestelijk leider. Ze zeggen dat hij het tegen de Duitsers opnam en het dorp heeft beschermd. Zo'n kleine man en toch zo'n spirituele reus.'

'Is hij nu met pensioen?' vroeg ik.

'O ja. Jaren gelegen kreeg hij ernstige gezondheidsproblemen en nu woont hij niet ver hier vandaan, in een huis voor priesters in ruste. Zo fijn dat hij nog steeds bij de feestdag aanwezig kan zijn. Zonder hem zou het niet hetzelfde zijn.'

We werden door de menigte meegevoerd de donkere kerk in. Toen we dichter bij de deuropening kwamen, haalde Paola een mantilla tevoorschijn en legde die op haar hoofd. Ik zag dat alle vrouwen hun hoofd hadden bedekt en voelde me afschuwelijk naakt. Gelukkig gingen we aan een zijkant zitten en zat ik achter een pilaar! Toen we allemaal zaten, kwam er een optocht binnen: kleine jongens in donker pak, en kleine meisjes in een wit jurkje en een sluier, die eruitzagen als minibruidjes.

'Die doen hun eerste communie,' fluisterde Paola. 'Zijn het niet net engeltjes? Ik kan niet wachten tot Marcella oud genoeg is om haar eerste communie te doen.'

Achter de stoet kwamen de koorknapen, daarna enkele priesters, allemaal in weelderige, brokaten misgewaden. De mis begon. Iedereen in de kerk zong mee met de gezangen en tegenzangen. De kerk was een en al gezang en geluid. Wat een groot verschil, bedacht ik, met de slecht bezochte en bloedeloze kerkdiensten thuis. Er waren gebeden, er was een preek. Toen kwam het plechtige deel van de mis. Wierook werd aangestoken en de kruidachtige rook dwarrelde boven de menigte. De priester chantte met zachte stem. Klokken werden geluid. En toen kwamen de kinderen een voor een naar voren om hun eerste communie te ontvangen. Na hen volgde de rest van de gemeente, een voor een beklom iedereen de altaartreden. Er leek geen eind aan te komen. Ik was misselijk van de honger. Deze mensen krijgen tenminste nog een hostie te eten, dacht ik.

Net toen ik begon te hopen dat het voorbij was, werden de kinderen naar het altaar teruggeroepen om aan de gemeente te worden voorgesteld. Vervolgens werd vader Filippo naar de trap geholpen om zijn zegen over de kinderen uit te spreken en daarna over de gemeente. En een volgend lied werd uit volle borst meegezongen. De priesters, koorknapen en de communicanten liepen in een stoet naar buiten en eindelijk mochten wij volgen. Ik was dolgelukkig toen ik zag dat er op de tafels naast de kerk koffie en zoete broodjes klaarstonden. Ik wachtte geduldig op mijn beurt, terwijl Paola met andere vrouwen babbelde en me aan hen voorstelde.

'Blijft vader Filippo nog of gaat hij terug naar huis?' vroeg ik.

'Hij blijft nog even, in elk geval voor de optocht,' zei ze. 'Kijk, ze komen nu een stoel voor hem brengen.'

Tijdens de lange preek in een taal die ik niet verstond was er een idee in me opgekomen. Vader Filippo was tijdens de oorlog de pastoor geweest, en de pastoor nam de biecht af. Misschien had Sofia hem over de Britse piloot verteld. Ik moest uitzoeken hoe ik met hem in gesprek kon komen.

Maar zodra we een kop koffie met een broodje hadden verorberd, arriveerde de dorpsfanfare. De leden waren gekleed in middeleeuws kostuum en marcheerden trots de piazza op, voorafgegaan door vaandeldragers die met reusachtige vlaggen zwaaiden. Eensgezind slaakte de hele menigte een 'ah'. Mensen aten haastig hun broodje op en streken hun kleren glad, popelend om zich bij de stoet aan te sluiten. De fanfare beëindigde de mars die ze speelde en bleef in de houding staan, terwijl alleen de trommels doorgingen. *Dum diddy dum diddy dum dum dum.* Het geluid weerkaatste tegen de hoge gebouwen. De kinderen die hun eerste communie hadden gedaan liepen bij hun familie weg en werden in twee rijen gezet, jongens en meisjes naast elkaar, duidelijk tegen de zin van een paar kleine jongens. Ze bleven geduldig achter de band staan wachten.

Nu zinderde de lucht van verwachting. De hoornblazers zetten hun instrument aan de lippen. Er ontstond een explosie van geluid, waarop de koorknapen in hun rood met witte soutanes uit de kerk tevoorschijn kwamen; twee van hen zwaaiden met koperen ballen aan lange kettingen, waaruit de geur van wierook zweefde. Achter hen werd vader Filippo in een soort draagstoel getild en vier mannen hielden een groot brokaten baldakijn boven de priester, die nu een sierlijk gouden voorwerp omhooghield. Ik kon niet goed zien wat het was, maar Paola sloeg een kruis, dus het moest een soort religieus relikwie zijn.

Ze namen achter de koorknapen plaats. Toen zetten de trompetten weer in, de fanfare volgde en de processie begon zich naar voren te bewegen. Er bevonden zich in de wachtende menigte maar weinig mannen. En toen zag ik waarom: een groep mannen met opgeheven oude strijdbijlen en kruisbogen kwam aanmarcheren. Ze waren in witte gewaden gekleed en droegen punthoeden over hun gezicht. Het resultaat was beslist alarmerend. Ik besefte dat ik zulke kleding alleen bij de Ku Klux Klan had gezien. Ik wierp een blik op Paola.

'Het Genootschap van San Giorgio,' zei ze. 'Een gewijd genootschap van de mannen in dit dorp. Het is een eer als je wordt gevraagd om lid te worden.'

Ik zag dat er op de borst van hun witte tunieken een ster prijkte. Een veelpuntige ster.

Terwijl de stoet zich plechtig op het trage trommelritme in beweging zette, sloten de dorpelingen zich aan. We namen onze plaats tussen de andere vrouwen in. We werden in een slakkengang door het dorp geleid. Onder het lopen had ik tijd om na te denken. De veelpuntige ster leek op de kleine replica die Gianni me had gegeven. Bedoelde hij soms te zeggen dat een belangrijk man uit het dorp op de een of andere manier betrokken was geweest? Ik keek achterom naar de mannen met hun punthoed. Wie van hen had iets te verbergen?

We liepen door het hele dorp tot aan de door cipressen geflankeerde weg, daarna over een pad tussen de akkers en langs verschillende boerenhoeves, waarna we een bocht maakten en naar het dorp terugkeerden. Het weer, dat koel en helder was begonnen, betrok nu. De wind was opgestoken waardoor het een hele toer was om het baldakijn op zijn plaats te houden. De priester had moeite om zijn gewaden in het gareel te houden.

'Laten we bidden dat het niet gaat regenen,' zei Paola. 'We hebben twee weken alleen maar zon gehad, dan zal God toch zeker vandaag geen regenbui over ons uitstorten.'

We liepen door de wijngaarden weer terug naar de weg en uiteindelijk weer naar de piazza. Het baldakijn werd naar de kerktrappen gedragen. De priester sprak gebeden en een zegen uit. De fanfare zette een muziekstuk in dat klaarblijkelijk een gezang was, want iedereen begon te zingen. Terwijl de mensen zongen, sloeg ik de verrukte gezichten gade. Dit waren eenvoudige mensen die intens geloofden. Ik voelde een steek van jaloezie dat ik nooit had ervaren hoe het is om ergens bij te horen.

Het gezang was afgelopen. De mensen verspreidden zich. Toen ik zag dat vader Filippo alleen was achtergelaten op zijn stoel, nam ik mijn kans waar en liep naar hem toe. 'Vader, ik ben een Engelse,' zei ik. 'Ik ben hier om meer over mijn vader te weten te komen, een Britse piloot die in de oorlog was neergeschoten. Hij schreef een brief aan Sofia Bartoli, maar niemand in dit dorp weet iets van hem af. Ik vroeg me af of u me iets meer zou kunnen vertellen.'

Hij keek glimlachend naar me op. 'De oorlog. Zo'n tragische periode. Zoveel lijden. Zoveel onnodig verlies van mensenlevens.'

'Kunt u zich Sofia Bartoli herinneren?'

Hij glimlachte nog steeds. 'Sofia? Zo'n lieve jonge vrouw. Zo verdrietig toen haar man... hoe heette hij ook alweer? Laat me nadenken... Giovanni? Nee, het was Guido. Zo was het... toen Guido niet terugkeerde en ze besefte dat hij dood was.'

'Maar mijn vader,' zei ik. 'De Britse vliegenier. Heeft ze het met u ooit over hem gehad? Wist u iets van hem af?'

Hij fronste zijn wenkbrauwen, probeerde zich te concentreren. 'Ben je niet van hier?' vroeg hij.

'Nee, vader. Ik kom uit Engeland.'

'Engeland. Dat is een heel eind weg. Een heidens land waar ze het ware geloof niet belijden.'

Toen besefte ik dat hij ze niet allemaal meer op een rij had. Hij herinnerde zich Sofia, maar als ze hem iets over mijn vader had verteld, was die herinnering al lang geleden vervlogen.

Ik probeerde te bedenken wat ik hem kon vragen om zijn geheugen op te frissen, maar op dat moment kwam een van de mannen naar hem toe. 'Kom, vader. We brengen u naar uw plaats aan de tafel. Ik weet zeker dat u honger hebt.'

Vader Filippo glimlachte. 'Eten is het enige plezier dat een oude man nog heeft,' zei hij terwijl ze hem overeind hielpen. Hij keek naar me achterom. 'Het was zo lang geleden,' zei hij. 'Oude herinneringen kunnen alleen oude wonden openrijten. Soms ben ik dankbaar dat mijn herinneringen zijn vervaagd.'

# 27

# Hugo

*December 1944*

Het was bijna Kerstmis. Sofia vertelde dat Cosimo in het bos een wild zwijn had geschoten. 'We moeten het geheim houden,' zei ze, 'want we mogen zelf geen wapens bezitten, en als de Duitsers het zwijn vinden, pakken ze hem van ons af. Ze zijn dol op zwijnenvlees. Maar onze mannen slachten hem in het bos en geven elke familie in San Salvatore een deel zodat we tijdens de feestdagen allemaal vlees hebben. En raad eens wat ik ga maken? Everzwijnragù. In het blik dat je me gaf zaten tomaten! Ik ben zo opgewonden. En ik ga een kastanjetaart bakken. Een echt feestmaal.'

Nadat ze weg was gegaan, haalde Hugo zich haar gezicht voor de geest, haar blijdschap. Ze is met de kleinste dingen al blij, dacht hij. Hij merkte dat hij haar met Brenda vergeleek, die tegenwoordig nooit meer ergens opgewonden van werd. Hij wist dat ze het leven op Langley Hall doodsaai vond. En dat ze het platteland doodsaai vond. Maar ze zaten ook weer niet midden in de Sahara. Vanaf Godalming ging er een sneltrein naar Londen en ze ging zeker vaak genoeg naar de stad, uit winkelen en zelfs naar clubs. Ze dronk veel, cocktails, maakte niet uit welke, en hij wist wel zeker dat ze cocaïne had gebruikt. Hij zag haar als een in een gouden kooi gevangen dier.

Hij zette haar beeltenis uit zijn hoofd en dacht in plaats daarvan over Sofia na. Hij wilde haar een kerstcadeau geven. Het was hem niet gelukt nog een duif te vangen. Sterker nog, bij deze kou had hij amper nog vogels gezien en 's nachts vroor het. Hij had moeite om warm te blijven, zelfs als hij met zijn eigen en Guido's kleren aan op de schapenvacht lag. Overdag probeerde hij te bewegen, hinkte uren rond, prikte in het puin. Het was een trefzeker bombardement geweest. Afgezien van de muren van de kapel had het meeste het niet overleefd. Hij vond een paar losse boekpagina's, nu zo door de regen aangetast dat ze amper leesbaar waren. Hij vond een bijna compleet misboek met een gehavend leren omslag. Hij wilde het laten liggen, maar bedacht zich toen. Het leek niet goed om zo'n oud en heilig voorwerp als speelbal van de elementen achter te laten. Hij raapte het op en stopte het in de binnenzak van zijn pilotenjack. Hij vroeg zich af welke andere waardevolle en zeldzame voorwerpen door de monniken waren achtergelaten toen ze door de Duitsers waren verjaagd. Sofia had gezegd dat de Duitsers schilderijen uit de kapel hadden meegenomen. Hij hoopte dat de monniken in staat waren geweest om hun bokalen en andere kostbare voorwerpen mee te nemen, want het was wel zeker dat er hier tussen het puin niets van waarde meer lag. Waarschijnlijk alleen maar lijken, dacht hij.

Hij was op de terugweg toen hij het zag, de zon fonkelde op iets wat op een munt leek. Hij bukte zich moeizaam en raapte het op. Het was een heilig medaillon, een vrouw die haar handen uitstrekte, met rondom haar kleine, geschreven woorden. La Madonna, dacht hij, en hij besefte dat hij zijn kerstcadeau voor Sofia had gevonden. Hij keerde naar zijn schuilplek terug, ging zitten en poetste met zijn shirt het medaillon tot het zo goed als nieuw leek. Toen bladerde hij door het misboek. De eindvellen waren gemarmerd. Hij scheurde er voorzichtig een uit en tekende een kleine kerststal voor Sofia: het heilige gezin, de herders en hun schapen, de os en de ezel. Daarna tekende hij op de achtergrond een heuvelrug met San Salvatore. Hij was heel tevreden met het resultaat. Hij legde het medaillon op de tekening en vouwde die op. Daarna stopte hij het in de leren omslag van het misboek.

'Het spijt me dat ik eerste kerstdag niet kan komen,' zei Sofia de keer daarop dat ze bij hem was. 'Maar het gaat echt niet. Op kerstavond gaan we naar de nachtmis, en het grootste deel van de avond vieren we feest met de buren. De dag daarna loopt het hele dorp uit. Er is overal feest, hoewel God mag weten hoe weinig we te vieren hebben op dit moment. Ik moet wachten tot iedereen 's avonds vol wijn en eten gelukzalig in slaap is gevallen. Ik vind het vreselijk dat ik je op zo'n bijzondere dag alleen moet laten, en ik kom echt zo gauw mogelijk. Dan breng ik je wat van de everzwijnragù, maar ik denk niet dat de pasta nog lekker is als die eenmaal koud is. Maar ik heb genoeg bij me om ervoor te zorgen dat je geen honger krijgt.' Ze vouwde de doek open en hij zag wat ze had meegenomen: een groot stuk polenta, wat olijventapenade, een stukje geitenkaas en een gedroogd appeltje. 'Deze blijven wel goed,' zei ze. 'En voor nu is er wat soep.'

Hij at ervan, geroerd door haar bezorgde gezicht bij elke hap die hij doorslikte. 'Heb je ooit geprobeerd te schilderen of te tekenen, Sofia?' vroeg hij opeens.

'Ik? Als kind wel. Een van de nonnen vond dat ik een mooie tekening van een aap had gemaakt en prikte die op de muur. Maar verder ging mijn artistieke carrière niet.' Ze lachte.

Hij had een absurd verlangen om haar mee te nemen naar Engeland, haar in zijn studio in Langley te installeren en haar te leren schilderen, maar hij weerhield zich ervan om dat belachelijke idee uit te spreken. Waarom haar iets aanbieden wat onhaalbaar is? Waarom valse hoop geven? Om deze donkere tijden door te komen, was het antwoord.

'Als de oorlog voorbij is, kom ik terug naar San Salvatore,' zei hij, 'en dan neem ik mijn ezel en verf mee en mag je alles schilderen wat je wilt. En dat hang ik dan bij mij thuis aan de muur.'

Ze giechelde. 'Dat zal dan weer een aap zijn. Iets anders kan ik niet.'

'Maar het kan een blauwe aap zijn. Of een gestippelde aap. Een vliegende aap. Of heel veel vliegende apen.'

'Je bent gek, Ugo.' Ze lachte en sloeg speels op zijn hand. Toen vertrok haar gezicht in een schuldige uitdrukking. 'Sorry. Dat had ik niet mogen doen.'

'Je hoeft je niet te verontschuldigen. Ik vind het fijn als je lacht. Dan krijg ik het gevoel dat ik nog leef, en dat er nog hoop is.'

'Ik ook,' zei ze. 'Als ik eraan denk dat ik je gauw weer zal zien, heb ik ook het gevoel dat ik nog leef.'

Instinctief pakte hij haar hand. 'Jij bent de enige reden dat ik nog leef, Sofia,' zei hij. 'Je bent de enige reden waarom ik nog wil blijven leven.'

'Nee, zeg dat niet. Je vrouw, Je zoon. Je familie. Reden genoeg.'

Hij schudde zijn hoofd. 'Nee. Als ik niet terugkeer, zullen ze een beetje huilen, zeggen dat ik zo'n dappere kerel was omdat ik mijn leven heb gegeven voor mijn land, en vervolgens gaan ze verder met hun leven alsof er niets is gebeurd. Ik denk niet dat er thuis iemand is die werkelijk om me zal treuren.'

'Ik anders wel,' zei ze. 'Als jij dood zou gaan, zou ik echt heel verdrietig zijn.'

En het viel hem op dat ze haar hand niet had weggetrokken. Sterker nog, ze hield zijn hand net zo stevig vast als hij de hare.

Hij werd wakker door het geluid van klokken. Het was nog behoorlijk donker en hij had geen idee hoe laat het was, maar het klokgelui bleef over het bevroren landschap galmen. De Duitsers, dacht hij. De Duitsers zijn naar het dorp teruggekeerd. Maar toen dacht hij:

nee, de klokken luiden voor de nachtmis. Het is Kerstmis. En hij ging weer liggen, glimlachte bij zichzelf, haalde herinneringen op aan het verre verleden: de vijf- of zesjarige Hugo die op een koude, grijze vroege ochtend wakker werd om te zien dat de kous aan zijn voeteneind uitpuilde van de cadeautjes. En Nanny die haar hoofd om de deur stak. 'Vadertje Kerstmis is dus geweest?'

'Ja.' Hij kon het woord amper uitbrengen, zo opgewonden was hij. 'Kijk eens wat hij allemaal heeft meegebracht.'

'Nou, bof jij even! En volgens mij is er beneden nog iets anders. Laten we je maar gauw gaan wassen en aankleden.'

En daar stond hij: een dikke crèmekleurige pony. Gelukkige tijden, dacht hij. Toen moeder nog leefde en vader niet naar de oorlog was vertrokken, en mij een broertje of zusje was beloofd. Alleen was er iets misgegaan en waren moeder en kind in het kraambed overleden. Plotseling waren alleen vader en Nanny er nog. En het jaar daarop werd hij naar kostschool gestuurd en vertrok vader naar de oorlog, en had hij zich nooit meer echt veilig gevoeld.

Hij lag te luisteren tot het laatste klokgelui in de stille nachtelijke lucht wegstierf.

'Gelukkig kerstfeest,' zei hij hardop, en toen viel hij in slaap.

Toen hij weer wakker werd, hoorde hij geluiden in de verte: trommels en daarna trompetten. Hij moest onmiddellijk denken aan een invasieleger, Romeins of middeleeuws. Maar Sofia had hem verteld dat iedereen buiten aan het feestvieren was. Misschien waren de dorpsfanfare en een optocht deel van de feestelijkheden.

Hij waste zich bij de regenton en wilde dat hij een kam bij zich had om zijn haar te fatsoeneren. Hij maakte het nat en harkte er met zijn vingers doorheen om de krullen glad te strijken. Het was een uitzonderlijk heldere en mooie dag. En stil, zo stil dat zijn ademhaling het enige geluid in de wereld leek te zijn. De trommels en trompetten waren opgehouden en hij stelde zich voor dat iedereen in het dorp aan lange gemeenschappelijke tafels zat, grote schalen voedsel aan elkaar doorgaf en lachte alsof er geen vuiltje aan de lucht was.

Ze zullen wel tot laat in de avond doorfeesten, dacht hij. Misschien komt Sofia wel helemaal niet meer. Dat moest hij accepteren en hij hoopte dat ze het er niet op zou wagen als mensen na de feestelijkheden naar huis gingen.

De duisternis viel in. Hij nestelde zich in zijn bed en ging liggen, terwijl hij verlangde naar een sigaret, een glas scotch, een varkenspastei, een worstenbroodje, een chocoladereep, al die kleine dingen die hij zijn hele leven vanzelfsprekend had gevonden.

Hij dacht dat hij engelen hoorde zingen en opende ongelovig zijn ogen. 'En er waren herders in diezelfde landstreek die zich ophielden in het veld en des nachts de wacht hielden over hun kudde,' mompelde hij toen de woorden van de gospel door zijn hoofd sijpelden. Hij keek op en zag een engel naar hem toe komen, die met een hoge, heldere, lieve stem zong. Ze hield een lantaarn omhoog die haar gezicht verlichtte.

'*Mille cherubini in coro ti sorridono dal ciel,*' zong ze. Duizend cherubijnen brengen je een serenade uit de lucht. Toen plofte ze op de vloer naast hem neer.

'O, je bent wakker. Wat fijn. Kijk, ik breng je allemaal lekkers voor Kerstmis. Kom tevoorschijn en geniet van je feestmaal.'

Hij sleurde zich uit zijn bed en ging op de bank naast haar zitten. Ze haalde de dikke doek om de schalen weg.

'Everzwijnragù en pasta,' zei ze. 'En schapenmelk met honing en peper. En kastanjecake. En een flesje grappa. Eet, eet.'

Hij moest grinniken omdat ze zo aandrong. De typische Italiaanse moeder, dacht hij, ook al is ze nog zo jong. Hij had geen aansporing nodig. Het eten was nog warm. Hij at en met het laatste restje polenta veegde hij de borden schoon. Toen hij een slok nam van de grappa, was die rauw en brandde in zijn keel, maar hij verspreidde een warmte door zijn lichaam.

'Lekker?' vroeg ze verlegen.

'Verrukkelijk. Een echt feestmaal,' zei hij en ze lachte opgetogen.

'Het was vandaag zo fijn in het dorp. Eerst een prachtige nachtmis. Iedereen zong mee en vader Filippo sprak zulke troostende woorden. En daarna hebben we samen met andere families feestgevierd. Er was genoeg te eten en iedereen was blij. Net als vroeger.' Toen werd haar gezicht weer ernstig. 'Cosimo heeft me iets gegeven, een fles limoncello, die had hij in zijn kelder bewaard. Ik wilde hem niet aannemen, maar we waren niet alleen en ik wilde hem niet in het bijzijn van andere mensen voor schut zetten. Dus maakte ik hem meteen open en bracht een toost uit op onze afwezige geliefden, degenen die nog niet naar huis waren teruggekeerd.'

Ze keek weemoedig. Toen glimlachte ze weer. 'En ik heb een klein cadeautje voor jou meegenomen, omdat je met Kerstmis nu eenmaal cadeautjes hoort te geven.'

Ze gaf hem een klein, uit hout gesneden engeltje. 'Dat hoorde bij onze kerststal,' zei ze.

'Je had het daar moeten laten, Sofia, daar hoort het thuis,' zei hij toen ze het in zijn hand legde.

'Maar er zijn nog andere engelen, en ik wilde dat er een engel over je waakte. De kribbe is heel oud. Vele generaties, en elk daarvan heeft er een aan toegevoegd, tot nu toe.' Ze krulde zijn vingers eromheen. 'Hou het en weet dat ik altijd zal bidden dat je beschermengel over je waakt.'

Hugo voelde tranen opkomen en knipperde ze weg.

'Ik heb ook een geschenk voor jou,' zei hij.

'Een geschenk? Voor mij?'

'Natuurlijk. Het is Kerstmis. Dan hoor je cadeautjes te geven. Dat zei je net zelf.'

'Weer een duif? Een blik?'

'Het is niet iets nuttigs, ben ik bang. Hier.' Hij gaf haar het misboek.

'Het is een oud boek.' Ze keek er met verwondering naar.

'Ik vond het tussen de rommel,' zei hij. 'Het lijkt bijna intact. Maak het maar open.'

Dat deed ze en ze vond het opgevouwen papier.

'Voorzichtig,' zei hij.

Ze vouwde het open en haar adem stokte van opwinding. 'Het is een Wonderdadige Medaille, net zo een als ik in Guido's jas heb gestopt toen hij naar de oorlog vertrok. Hoe wist je dat?'

'Ik heb hem tussen het puin gevonden,' zei hij. 'Ik heb hem wat opgepoetst. Ik herinnerde me dat je had gezegd dat je geen medaillon voor la Madonna had. En ik heb een tekening voor je gemaakt.' Terwijl hij het zei, besefte hij dat hij klonk als een hoopvol klein jongetje.

Sofia spreidde het opgevouwen vel papier uit en hield het in het lantaarnlicht omhoog. 'Het is de geboorte van Jezus,' riep ze uit. 'De maagd en Sint-Jozef en het kindje Jezus. En de herders en schapen. O, en dat is mijn huis. Kijk de kerktoren eens. Het is een wonder. Je bent een echte kunstenaar, Ugo. Dit zal ik voor altijd koesteren.'

Hij voelde zich absurd gelukkig. Ze ging naast hem op de bank zitten en streelde zachtjes zijn hand. 'Je bent een goede, lieve man. Ik hoop dat je vrouw je op waarde leert schatten.'

Ze keken allebei omhoog toen ze de lage brom van een naderend vliegtuig hoorden.

'De geallieerden. Ze komen de Duitse winterlinie weer bombarderen.' Ze keek opgetogen.

Het geluid werd intenser, tot er losse stenen begonnen te ratelen. Toen klonk er een plotseling jankend geluid, gevolgd door een lage, donderende inslag.

'Ze gooien bommen,' zei ze. 'Er is vast een konvooi op de weg.' Ze schrok bang op toen een volgende inslag weerklonk, waardoor de hele heuvelrug schokte.

'Te dichtbij,' riep ze uit. 'Hou me vast, Ugo. Ik ben bang.'

Ze leunde tegen hem aan en hij sloeg zijn armen om haar heen, voelde haar zachte haren tegen zijn wang.

'Wees maar niet bang. Bij mij ben je veilig,' zei hij.

Ik zou zo wel eeuwig kunnen blijven zitten, dacht hij. Die gedachte was nog niet in zijn hoofd opgekomen of er klonk nog dichterbij een krijsend gejank. De doffe klap van de explosie deed de grond trillen. Sofia schreeuwde het uit en klampte zich aan Hugo vast, begroef haar gezicht in de kraag van zijn jack toen ze de klap voelden. Het regende stenen van de beschadigde muren, ze stuiterden en sloegen om hen heen in. Hugo wierp zichzelf boven op haar om haar af te schermen. Toen werd de vloer opgetild. De lamp viel met een klap om en toen was het volkomen donker. Hij hoorde en voelde het puin langs hen heen glijden. Het was alsof de hele kapel implodeerde. Ze gleden weg, werden met de stenenstroom meegevoerd. Sofia gilde het uit. Hugo greep zich aan de zijkant van het altaar vast en klampte zich eraan vast alsof zijn leven ervan afhing terwijl de wereld om hem heen afbrokkelde.

# 28

# Joanna

*Juni 1973*

Op de piazza ging de stoet uiteen en we bleven staan kijken terwijl mensen zich alle kanten op haastten. Ik keek naar Paola en vroeg me af of wij ook naar huis zouden gaan.

'Ze gaan het feestmaal halen,' zei ze. 'Wij eten dit jaar met de familie Donatelli. Maria Donatelli was zo vriendelijk om ons uit te nodigen omdat ik zo'n eind naar huis moet om het eten te halen en er weer mee naar de piazza terug moet lopen. We gaan aan hun tafel op hen wachten.'

Ik liep achter haar aan over de piazza naar een tafel met een wit kleed. FAMIGLIA DONATELLI stond er op een kaartje. Ik zag nu dat elke familie een tafel had gereserveerd. Ik keek om me heen om te kijken waar Cosimo en Renzo zouden zitten. Mannen kwamen langs met dienbladen vol plakken lamsvlees. Ik zag dat ze de bladen op tafels voor het gemeentehuis zetten. Er was nog geen spoor van Cosimo of Renzo te bekennen. Ik realiseerde me dat ze een van de mannen in de witte gewaden en punthoeden waren geweest. Mensen kwamen nu naar onze tafel toe, ze hadden enorme hoeveelheden pasta, risotto, salades, brood en grote hammen bij zich. Ik werd aan iedereen voorgesteld en zag dat ik me tussen een luidruchtige menigte van vele generaties bevond. De jongste was Angelina's dochter en de oudste een verschrompelde oude man zonder tanden, voor wie het eten fijngesneden werd. Iedereen lachte en schreeuwde, wat aan alle andere tafels werd overgenomen. Het lawaai op de piazza was oorverdovend. Ik keek rond en vroeg me af of er in Engeland een gebeurtenis was waarbij er zo overtuigend en met zo'n blijdschap met de hele familie feest werd gevierd. Ik voelde me hier slecht op mijn gemak, hoewel ze heel vriendelijk waren en me erbij betrokken, me voortdurend iets te eten aanboden en zorgden dat mijn wijnglas gevuld bleef.

Opeens had ik het gevoel dat ik weg moest. Ik verontschuldigde me met de smoes dat ik naar het toilet moest. Toen ik aan de rand van de piazza de schaduw in stapte, zag ik dat er iemand achter me aan kwam. Ik ging opzij om hem te laten passeren, maar in plaats daarvan bleef hij staan en keek me aan. Het was Renzo. Hij pakte me weer bij de pols, hield mijn hand omhoog en vergeleek die met die van hemzelf, waar nu een ring aan prijkte.

'Ja, ze zijn hetzelfde,' zei hij. 'Ongelooflijk.' We staarden naar de ringen, vergeleken ze. Hij fronste nog altijd zijn wenkbrauwen, alsof hij zijn ogen niet kon geloven.

'In die van mij zit een inscriptie,' vervolgde hij. 'Die zag ik gisteren pas. HRL. Weet jij wat dat betekent?'

'Ja, dat weet ik. Hugo Roderick Langley. Mijn vaders initialen,' zei ik.

Hij schudde zijn hoofd. 'Dus moet ik wel toegeven dat deze ring van je vader is geweest. Moeilijk te geloven dat hij hier was en mijn moeder heeft gekend, maar nu we bewijs hebben dat wat je zegt wel waar moet zijn, moet ik je mijn excuus aanbieden omdat ik eerder zo grof tegen je was.'

'Dat hoeft niet, hoor. Ik ben alleen blij dat er nu tenminste iemand is die me gelooft.'

Renzo keek me knikkend aan. Hij lachte even. 'Te bedenken dat we geen idee hadden. Als mijn vader het te horen krijgt, is hij stomverbaasd.'

'Vertel het hem maar niet,' zei ik vlug.

Hij keek me vragend aan. 'Waarom niet? Waarom zouden we het hem niet vertellen?'

'Omdat...' Ik aarzelde. 'Omdat we niet weten wat er echt is gebeurd en tot die tijd wil ik het graag onder ons houden.'

Ik wist nog altijd niet goed wat ik moest doen en of ik Renzo kon vertrouwen. Ik had door schade en schande geleerd dat niet alle mannen te vertrouwen waren. Toen ging het door me heen dat ik op geen enkele manier meer over mijn vader en Sofia te weten zou komen als ik niet vertelde wat ik wist.

'Ik wil je graag iets laten zien,' zei ik. Ik stak mijn pols omhoog. 'Dit medaillon met lint zat tussen mijn vaders spullen. Ik weet zeker dat hij het van je moeder heeft gekregen. Hij was niet religieus en het zou nooit in hem zijn opgekomen om zoiets te dragen.'

Renzo pakte nogmaals mijn pols, hield hem omhoog en keek ernaar. Ik was me afschuwelijk bewust van zijn aanraking, maar hij leek het niet te merken dat hij zo dicht bij me stond. 'Interessant,' zei hij. 'Ik weet eigenlijk niet welke heilige dit is.'

'Paola zei dat het Sint-Rita is,' zei ik.

Hij haalde zijn schouders op. 'Ik ben niet bepaald een heiligenkenner. De oudere generatie gelooft dat er voor elk probleem een heilige is. Eerlijk gezegd heb ik ze voor het oplossen van mijn problemen nooit erg effectief gevonden.'

'Heb je die dan gehad?' vroeg ik.

Renzo haalde zijn schouders op. 'Ik heb mijn portie wel gehad. Slechts kleine tegenslagen in vergelijking met het lijden in de wereld, vermoed ik. Voornamelijk liefdesproblemen.' Hij zweeg, fronste opnieuw zijn wenkbrauwen. 'Ik zou je hier niet mee moeten lastigvallen, signorina Langley.'

'Nee, alsjeblieft. Ga door. En noem me Joanna.'

'Goed dan, Joanna.' Hij schokschouderde. 'Er was een meisje toen ik achttien was. Ik werd naar school in Florence gestuurd, moet je weten, en toen ik thuiskwam vertelde ik mijn vader dat ik chef-kok wilde worden. Hij vond het een idioot idee. Ik zou al dit land erven, met zijn vruchtbare wijngaarden. Hij wilde dat ik me in de landbouw ging verdiepen, dus moest ik daar wel mee instemmen en ik volgde een cursus wijncultuur op de universiteit. Toen kwam ik thuis en werd verliefd. Ik dacht dat Cosimo blij zou zijn, maar hij mocht haar niet. Ze wilde modeontwerpster worden en kreeg wonder boven wonder een plek op een modeacademie in Milaan. Ze ging ernaartoe en is natuurlijk nooit meer teruggekomen. Ik heb gehoord dat ze nu heel beroemd is.'

Hij onderbrak zichzelf en keek me aan. 'Ik weet niet waarom ik je mijn levensverhaal vertel.'

'Misschien omdat je merkt dat ik net zulke ervaringen heb doorgemaakt.'

'O ja?'

'Ja. De man met wie ik dacht te gaan trouwen dumpte me voor iemand anders, iemand die zijn carrière verder kon helpen.'

'Mij is altijd verteld dat Engelsen kil en correct waren,' zei hij. Toen corrigeerde hij zichzelf. 'Maar niet alle Engelsen, moet ik toegeven. Toen ik daar werkte, heb ik een Engels meisje ontmoet. Ze was heel leuk, grappig, hartelijk en niet zo bekrompen als de Engelsen schijnen te zijn. Ik dacht erover in Londen te blijven en met haar te trouwen. Maar toen kreeg Cosimo een beroerte en moest ik haar achterlaten en halsoverkop naar huis komen. Ik heb het gevoel dat elke keer dat ik verliefd word dat tot mislukken gedoemd is.'

'Je hebt nog tijd genoeg,' zei ik.

'Jij, misschien. Maar ik ben al in de dertig. In onze cultuur is dat hopeloos. Een ouwe vrijgezel, net als mijn vader.'

We hadden in de schaduw van de smalle straat gelopen en ik zag verderop het kleine parkje. 'Er is nog iets wat ik je wil laten zien,' zei ik. 'Kunnen we in het park gaan zitten zodat ik het je kan laten zien? Misschien kun je me verder helpen.'

We lieten de huizen achter ons. Renzo volgde me over het zandpad naar de bank in de schaduw van de plataan, waar het oude echtpaar had gezeten. Hij ging naast me zitten en ik opende mijn tas. Ik haalde het sigarettendoosje tevoorschijn met mijn vaders schets van de vrouw.

Hij hapte naar adem toen ik het aan hem gaf. 'Ja, dat is ze. Mijn moeder. Precies zoals ze was. Die glimlach. Heeft je vader dit getekend?'

'Dat moet wel.'

'Wat heeft hij haar goed weten uit te beelden.'

Er klonk geen geluid, behalve het koeren van een duif in de boom boven ons en de tsjirpende mussen die in het zand pikten. Ik had het gevoel alsof we alleen aan de rand van het universum waren.

'Ik begrijp het niet,' zei hij. 'Je vader heeft mijn moeder zijn ring gegeven, wat een kostbaar bezit moet zijn geweest. Hij nam de moeite om haar te tekenen. Dus het is duidelijk dat hij gevoelens voor haar had. En zij heeft hem een medaillon gegeven. Dat moet hebben betekend dat zij ook gevoelens voor hem had. Dus wat is er gebeurd? Wat is er verkeerd gegaan? Heeft hij haar in de steek gelaten en is hij naar Engeland teruggegaan, zodat ze in plaats daarvan de zekerheid van een Duitser koos?'

'Er is nog iets wat ik je wil laten zien, de brief waarover ik je heb verteld.' Ik haalde de brief die mijn vader had geschreven tevoorschijn.

Renzo bestudeerde de envelop. 'Ja, het adres klopt,' zei hij. 'In dat huis ben ik geboren. En hij is... na haar vertrek gepost. Niet op dit adres.' Hij zuchtte.

'Lees nu wat mijn vader heeft geschreven.'

Hij opende de brief. Hij begon en keek weer op. 'Hij schreef goed Italiaans.'

'Voor de oorlog heeft hij aan de kunstacademie van Florence gestudeerd,' zei ik.

'Was hij schilder?'

'Niet toen ik hem kende. Hij gaf tekenles op school, maar ik wist pas na zijn dood dat hij had geschilderd, toen ik een paar echt heel mooie schilderijen vond.'

Hij keerde weer naar de brief terug. Ik hoorde dat zijn adem even stokte toen hij bij het laatste deel kwam. 'Ons prachtige jongetje?' vroeg hij en hij keek me aan.

'Ik vroeg me af of hij jou daarmee bedoelde, of ze jou in tijden van gevaar hadden verborgen.'

Hij schudde zijn hoofd. 'Dat heb ik al eerder gezegd. Ik heb nooit ondergedoken gezeten. Ik woonde bij mijn moeder en mijn overgrootmoeder totdat mijn moeder bij ons wegging. Daarna bleef ik bij Nonna wonen tot ze vlak na het einde van de oorlog doodging. En toen ontfermde Cosimo zich over me. Hij nam mijn moeders land over en wist het land te verwerven van de mannen die in de oorlog waren gesneuveld. Dus werd hij rijk genoeg om me een goede opleiding te geven.'

'Kan het zijn dat je moeder nog een kind had? Een kind van mijn vader?'

'Hoe zou dat nou kunnen?' Hij schudde zijn hoofd. 'Dat hadden we geweten.'

'Hoe oud was je? Drie? Vier? Misschien merkt een kind van die leeftijd het niet als een volwassene dikker wordt.'

'Maar Nonna had het gemerkt. Iedere vrouw in het dorp zou het gezien hebben. Niets ontgaat de vrouwen van San Salvatore, dat kan ik je verzekeren. Ze weten alles. En waar had ze moeten bevallen?'

'Dan kom ik weer terug bij de vraag hoe het kan dat mijn vader hier was en dat toch niemand er iets van wist. Zou het kunnen dat ze hem in jullie huis verborgen heeft gehouden?'

Renzo fronste zijn voorhoofd en dacht erover na. 'Het zou misschien gekund hebben. We hadden een grote zolder, waar je alleen via een ladder kon komen. Mijn moeder ging daar soms naartoe om er spullen weg te halen die ons misschien van pas konden komen. Er was ook een kelder. Daar kwam ik niet graag want er zaten ratten en het was er donker. Maar daar werden de wijn en olijfolie bewaard.'

Ik keek hem hoopvol aan. 'Dus zou iemand zich in jullie kelder verstopt kunnen hebben?'

'Alleen, hoe was je vader er dan gekomen? De enige toegangsdeur van het huis komt op de straat uit.'

'En wat is er aan de achterkant?'

'Ramen en beneden de stadsmuur. Bovendien zou Nonna ervan geweten moeten hebben en ik herinner me haar als een strikte, onberispelijke en veeleisende vrouw. Ik geloof niet dat ze had toegestaan dat een vreemdeling in het huis van haar familie werd verborgen. Ze zou regelrecht naar de priester zijn gegaan en het hebben gebiecht.'

'Zou je moeder niet hetzelfde hebben gedaan?' vroeg ik. 'Ze was vast godsdienstig, anders had ze mijn vader dit medaillon niet gegeven.'

'Nee, inderdaad. En de priester is gebonden aan het biechtgeheim.'

'Ik heb met vader Filippo gepraat,' zei ik, 'voor het geval je moeder hem iets belangrijks had verteld. Hij sprak vol genegenheid over haar, maar was vaag over de details.'

'Ja, ik hoorde dat zijn geest achteruitgaat. Zo jammer. Zo'n hoogstaande oude man.'

'Ze zou een verschrikkelijk risico hebben genomen om een vijandelijke piloot in huis op te nemen, en daardoor het leven van haar zoon en dat van haar grootmoeder te riskeren.'

'En dat niet alleen, maar de Duitser was er ook nog, weet je nog? De Duitser met wie ze ervandoor ging? Maar misschien kwam hij in huis nadat je vader weg was. Hoe is je vader gered? Misschien hebben de geallieerden hem gevonden en hebben zij hem meegenomen, en mijn moeder achtergelaten.'

'Ja, dat zou wel kunnen, vermoed ik.'

We keken elkaar aan; ieder voor zich probeerden we er wijs uit te worden.

'Sorry dat ik je niet kan helpen,' zei Renzo ten slotte. 'Eerlijk gezegd weet ik niet meer zoveel uit die tijd. Ik weet dat ik een poosje ziek was en dat mijn moeder voor me zorgde. Ik herinner me de Duitser die bij ons in huis was, met wie ze ervandoor is gegaan. Ik herinner me dat we konijn en kastanjes aten, en wat ze verder ook maar voor ons wist te vinden. Dan ging ze er met haar mand opuit om in de bossen naar eten te zoeken, want de Duitsers hadden alles wat we hadden van ons afgepakt. En ik moet nu wel geloven dat zij en je vader elkaar hebben ontmoet en dat ze verliefd zijn geworden. Maar het mooie jongetje... Ik heb geen idee wat hij daarmee bedoelde. En nu ben ik bang dat we het nooit te weten komen.' Hij keek me aan alsof hij dit tot zich door liet dringen. 'Als er al een kind was verborgen, dan is dat nu wel zeker dood. Er kan niets goeds komen van deze zoektocht. Je zou naar huis moeten gaan. Weg hiervandaan. Ik heb het gevoel dat het hier niet veilig voor je is.'

Er stak een koude wind op, die aan de brief in mijn handen trok. Wolken pakten zich boven de heuvels samen. Plotseling voelde ik me ongemakkelijk hier met hem, twee mensen samen op een bank zonder iemand in de buurt. Ik wilde hem vragen wat hij bedoelde met 'niet veilig'. Wist hij iets of bedoelde hij te zeggen dat de politie mij misschien de moord in de schoenen wilde schuiven?

Ik stond op. 'Ik moet terug. Paola maakt zich vast zorgen om me.'

'Ja.' Hij stond ook op. 'En ik moet Cosimo helpen. Hij zal niet blij zijn dat ik met je praat. Hij denkt dat je ons problemen bezorgt.'

'Ik wil niemand problemen bezorgen,' zei ik. 'Ik wil alleen maar de waarheid weten. Maar dat zit er kennelijk nu niet meer in.'

We gingen samen op pad. 'Denk je dat de politie me nu vlug laat gaan?' vroeg ik.

Hij haalde zijn schouders op. 'Wie weet? Volgens mij is het voor iedereen, behalve voor een idioot, glashelder dat jij geen reden had om Gianni te doden en dat je zeker niet sterk genoeg was om hem in de bron te duwen. Alleen zijn sommigen van onze politiemensen helaas achterlijk. Maar wees niet bang. Ik beloof je dat we ons uiterste best voor je zullen doen. Een vreemdeling hoort niet zo behandeld te worden.'

Onze voetstappen weerkaatsten tegen de muren aan weerskanten van de smalle straat. In de verte hoorden we gelach en iemand speelde op een accordeon. Er werd een lied aangeheven.

'Zo te horen hebben ze een hoop plezier,' zei ik.

Hij knikte. 'In een plaatsje als dit verwachten mensen weinig en zijn ze al blij met kleine dingen. Niet zoals in Londen, waar je geld nodig hebt om plezier te kunnen maken en waar niemand ooit lacht. In het restaurant waar ik werkte was het doodstil. Mensen fluisterden. Niemand lachte.'

Daar dacht ik over na. 'Dat klopt,' zei ik. 'Als iemand hardop praatte of lachte zou iedereen hem aanstaren.'

'En toch woon je er.'

'Ik moet mijn examen voor de balie nog halen,' zei ik.

'Balie? Wil je dan in een hotel gaan werken?'

Daar moest ik om lachen. 'Nee, ik bedoel het advocaatexamen. Dan word je naar de balie geroepen. Mal, hè?'

'Er zijn zoveel rare Engelse uitdrukkingen,' zei hij. 'Ik was voortdurend in de war over wat mensen bedoelden. Dus je doet examen om advocaat te worden?'

Ik knikte. 'En wanneer ik geslaagd ben... Als ik slaag, kan ik waar ik maar wil me als advocaat vestigen. Maar ik heb nog geen plek gevonden waar ik me thuis voel.'

'Ook niet waar je bent opgegroeid?'

Ik schudde mijn hoofd. 'Daar heb ik me nooit thuis gevoeld,' zei ik. 'Mijn vader kwam uit een adellijke familie. Hij was Sir Hugo Langley. Voor ik werd geboren bezaten we een schitterend huis, Langley Hall, en heel veel land, maar mijn vader moest alles verkopen vanwege de successierechten. Dus woonden we in de portierswoning en werd hij tekenleraar op de school die ons huis overnam.'

'Dat moet zwaar voor hem zijn geweest,' zei Renzo, 'om elke dag eraan te worden herinnerd wat hij is kwijtgeraakt.'

'Ja, dat weet ik wel zeker. Mijn moeder had geen adellijke achtergrond en was er heel tevreden mee om voor ons te zorgen. Maar ze stierf toen ik elf was, en daarna was het leven nogal somber. Ik heb op die school gezeten, maar de andere meisjes waren rijk. En zij hadden helemaal geen zin in leren. Ze pestten of verachtten me. Dus ik denk niet dat ik daarnaartoe terug wil.'

'Dan zijn we allebei zonder moeder opgegroeid. Dat is nooit makkelijk. Er ontbreekt altijd iets,' zei hij. 'Vroeger werd ik soms wakker uit een droom waarin mijn moeder me op mijn wang kuste, zoals ze dat altijd deed als ik sliep.'

'Je moeder hield duidelijk veel van je,' zei ik. 'Geloof je nou echt dat ze je zomaar onnodig in de steek zou laten?'

Hij bleef staan en staarde voor zich uit naar het gelach en het zingen op de piazza. 'Dat is wat mij is verteld. Dat is wat iedereen gelooft,' zei hij. 'Nu ben ik daar niet meer zo zeker van.'

# 29

# Joanna

*Juni 1973*

We waren bij de steeg aangekomen waar Renzo's geboortehuis stond. Renzo merkte dat ik ernaar keek. 'Denk je dat we even in mijn huis moeten gaan kijken om te zien of je daar iemand had kunnen verstoppen, waar dan ook?'

'Maar zijn de bewoners dan niet allemaal bij het feest op de piazza?'

Hij keek me met een samenzweerderige grijns aan. 'Inderdaad. Geen beter moment om rond te kijken, toch?'

'Maar we kunnen toch niet zomaar naar binnen gaan? Is de deur dan niet op slot?'

'Dat betwijfel ik,' zei hij. 'Niemand in San Salvatore doet zijn deur op slot. Iedere vreemdeling komt via deze straat het dorp in en zou worden opgemerkt. En hier steelt niemand van zijn buren. Zo gaan we niet met elkaar om. Kom op. We wagen het erop. Als we worden betrapt, zeg ik dat ik de jongedame uit Engeland laat zien waar ik vroeger heb gewoond. Daar steekt toch geen kwaad in?'

We haastten ons de steeg door en Renzo probeerde de kruk van de voordeur. Die was van bewerkt hout en zag er heel oud uit. De deur zwaaide gemakkelijk open.

'Hallo? Is er iemand?' riep Renzo. Zijn stem echode door een trappenhuis. Er kwam geen antwoord. Hij knikte naar me. 'Kom mee.'

Eerst leidde hij me rond op de begane grond. Een deftige woonkamer aan de voorkant, die op de steeg uitkeek. Die stond vol donkere meubels waar ik somber van werd. Aan de achterkant was een eetkamer met een prachtig uitzicht over de wijngaarden die heuvelafwaarts naar een kleine vallei glooiden, en de olijfgaarden die op de heuvel erachter omhoogklommen. Ik liep naar het raam en keek naar buiten. Ja, hij had gelijk. Het raam opende naar een steil ravijn naast de stadsmuur, daar kon niemand naar binnen klimmen. Ernaast bevond zich een heel ouderwetse keuken met een groot gietijzeren fornuis en er hing een rij koperen pannen. Aan de andere kant van de keuken was een kamer waar nu gemakkelijke stoelen en een tv-meubel stonden. Dus San Salvatore was het moderne tijdperk binnengegaan!

'Dit was vroeger mijn moeders slaapkamer,' zei hij. 'Althans in de tijd dat ik me dat kan herinneren. We sliepen hier omdat het warmer was en we boven dan niet hoefden te stoken. Mijn kleine slaapkamertje was erachter.' En hij liet me een kleine bergruimte zien die op de steeg uitkeek. Hij ging er snel doorheen, waarschijnlijk omdat hij zich ongemakkelijk begon te voelen doordat hij in andermans huis rondsnuffelde. Ik had echter een blik uit het raam van het kamertje geworpen dat vroeger zijn slaapkamer was geweest. Dit raam kwam ook uit op de muur, maar hier was de muur wat uitgebouwd, zodat iemand erop kon stappen. Niet dat het wat uitmaakte, want het was nog steeds heel steil.

We gingen naar boven en bekeken drie slaapkamers. Renzo wees naar een vierkant op het plafond waarboven volgens hem de zolder was. Zou het kunnen dat iemand zich daar kon verstoppen? Maar

Sofia zou met een paar goede smoezen moeten komen om te verklaren waarom ze steeds naar boven moest. En zou de oude grootmoeder het niet hebben gemerkt als ze mijn vader eten bracht?

We gingen weer naar beneden en Renzo opende een kleine deur die uitkwam op een trap die in het donker afdaalde. Ik aarzelde. 'Ik geloof niet dat ik daarheen wil,' zei ik. 'Het ziet er afschuwelijk uit. Is er geen licht?'

'Dat weet ik eigenlijk niet. Volgens mij ben ik nooit beneden geweest.'

Een kille vlaag vochtigheid en schimmel dreef naar ons omhoog. Renzo keek naar me en knikte. 'Ik moet toegeven dat het helemaal niet fijn is. En hetzelfde zal wel voor de zolder gelden; mijn oma zou het hebben gezien als mijn moeder eten naar beneden bracht. Ik denk dat we maar beter terug kunnen gaan, voordat we betrapt worden.'

Hij had de woorden nog niet uitgesproken of er klonk een geluid alsof er een truck tegen de zijkant van het huis botste, gevolgd door een gerommel. Alles leek te schudden. Ik hoorde dingen vallen en stukslaan. Even voelde het alsof de muren op ons neerstortten. Ik greep me aan Renzo vast. 'Wat gebeurt er?'

'Het is maar een aardbeving,' zei hij.

De beving ebde weg en ik besefte dat hij zijn arm om me heen had geslagen.

'"Maar" een aardbeving?' zei ik op hoge toon. 'Máár?'

Hij lachte en liet me los. 'Die komen in dit deel van Italië redelijk vaak voor,' zei hij. 'Nou. Ze is alweer voorbij. Alles in orde. Laten we naar de anderen teruggaan.'

Toen we op de piazza terugkwamen, heerste daar chaos. Kruiken wijn waren op de witte tafelkleden omgevallen. Baby's huilden. Oude vrouwen baden en jammerden. Anderen waren vlug de rommel aan het opruimen.

'Het is voorbij,' zei de man met het witte haar, die de avond tevoren met me had gepraat, tegen de menigte. 'Alweer vergeten. Laten we doorgaan met het feest.'

'De burgemeester,' zei Renzo tegen me. 'De belangrijkste man in deze plaats. Hij wordt hier zeer gerespecteerd. Hij heeft ons door de oorlog geloodst en was zo verstandig om te doen alsof hij het met de Duitsers goed kon vinden. Ik denk dat hij ons nog meer verdriet heeft bespaard.'

Ik bekeek de oude man belangstellend. Iemand die het met de Duitsers kon vinden? Had hij soms zijn eigen mensen verraden om er zelf heelhuids vanaf te komen? Ik ging zelfs nog verder. Had hij Sofia soms verraden, wetende dat zij een Britse piloot verborg?

Ik had geen tijd om daar verder over na te denken, want Paola kwam naar me toe. 'Waar zat je? Ik was zo ongerust. En dan die aardbeving...'

'Sorry,' zei ik. 'Renzo heeft me het huis laten zien waar hij in de oorlog met zijn moeder heeft gewoond.'

Paola staarde Renzo aan. 'Ik begrijp het,' zei ze. 'O, nou ja. Er is niks gebeurd.'

Op dat moment hoorden we dat er naar Renzo werd geroepen – of liever gezegd: gebruld. Cosimo gebaarde naar hem. 'Waar zat je, jongen?' riep hij. 'Zomaar verdwijnen en je oude vader aan zijn lot overlaten?'

'Vader, er zitten honderd mensen om je heen. Iedereen had je kunnen helpen,' zei Renzo.

'En tijdens de aardbeving? Als ik had moeten maken dat ik wegkwam? Wat dan?'

'Ik denk dat de piazza ongeveer de veiligste plek van het dorp is,' zei Renzo.

'O, dus drijf je de spot met je vader en behandel je hem respectloos, hè?' Cosimo kwam naar hem toe en keek hem nijdig aan. 'Komt het soms door dat Duitse meisje? Zodra ze in ons dorp opdook, wist ik dat ze problemen zou geven.'

'Ze is niet Duits, vader. Ze is Engels. En ik was niet respectloos. Ik zei alleen maar de waarheid. En hoe dan ook, de aardbeving is voorbij en jij bent ongedeerd, dus alles is in orde. Zullen we verdergaan met het feest?'

Hij nam de oudere man bij de arm en keek enigszins grijnzend naar me achterom. Terwijl ze wegliepen hoorde ik Cosimo zeggen: 'Hoe eerder ze weg is, hoe beter.'

Ik voegde me weer bij Paola's gezelschap. De vrouwen hadden het nog steeds over de aardbeving, praatten over vroegere aardbevingen, dorpen die verwoest waren, mensen die levend waren begraven. Ze spraken snel en in hun sterke dialect, dus het meeste ontging me, maar ik knikte instemmend alsof ik het begreep. Ik vroeg me af hoe lang het feest meestal duurde, maar die kwestie werd voor me opgelost door Angelina's baby, die begon te huilen.

'Mama, ik denk dat ik haar mee naar huis neem,' zei Angelina. 'Het wordt hier koud en volgens mij gaat het regenen.'

'Goed.' Paola stond op. 'Wij gaan met je mee. Ik zal zorgen dat je veilig thuiskomt en dan ga ik daarna even langs Francesca, denk ik. Volgens mij is ze er vandaag niet. Ik snap wel dat ze wegblijft, het is voor haar nu zo'n verdrietige tijd. Maar ik zal haar wat groenten en misschien wat biscotti brengen, om haar op te vrolijken, de arme ziel.'

'Wie is Francesca?' vroeg ik.

'Gianni's weduwe. Het arme ding heeft tijdens haar huwelijk al zoveel te verduren gehad. Misschien is ze wel blij dat ze van hem af is, maar waar moet ze nu van leven? Wie zorgt voor de schapen en maakt de kaas, hè? Het is te veel voor een vrouw alleen en ik denk niet dat ze iemand kan betalen om het werk voor haar te doen, zelfs als ze hier al iemand kan vinden die niet voor Cosimo werkt.'

We namen afscheid van de mensen aan onze tafel. Ik was nooit eerder door vreemden omhelsd en gekust. Het was een merkwaardige ervaring, maar niet onaangenaam, om het gevoel te hebben dat ik bij een grote, hartelijke groep hoorde.

Samen liepen we het pad af en lieten Angelina bij de boerenhoeve achter om haar baby te verzorgen.

'Ik ga nu naar Francesca,' zei Paola. 'Jij zou wat moeten slapen. We hebben een lange dag gehad.'

'O nee,' zei ik. 'Ik ben niet moe. Zal ik anders met je meegaan?'

Er trok een brede glimlach over haar gezicht. 'O ja. Dat vind ik fijn. Ik hou van gezelschap en als Francesca een jong, fris gezicht als dat van jou ziet, helpt dat vast om haar verdrietige stemming een beetje op te beuren.'

Eerlijk gezegd was mijn aanbod om met haar mee te gaan niet helemaal zonder eigenbelang. Ik wilde een kans krijgen om met Gianni's weduwe te praten. Misschien had hij haar dingen verteld die hij aan mij had willen vertellen. Paola maakte een grote mand eten klaar: fruit en groenten uit de tuin, bakwaren en wat van de overgebleven ragù.

'Ze heeft vast geen zin om te koken, de arme ziel,' zei ze.

We namen het pad dat van het dorp af liep, daarna sloegen we rechts af en liepen we heuvelopwaarts verder. Het was een steile klim. Ik had aangeboden om de mand te dragen en had daar nu spijt van. Ik besefte dat ik nog steeds niet fit was. Ik besloot dat als ik hier voorlopig bleef, ik veel lange wandelingen moest maken. Toen schoot het door me heen dat ik eigenlijk niet weg wilde, ondanks de vervelende toestand met de politie. Ik vond het hier heerlijk, ook al schoot ik met de waarheid geen steek op. Ik was graag bij Paola en had het gevoel dat ik deel was van een familie.

Gianni's huis stond aan de rand van het bos dat zich over de heuveltoppen uitstrekte. Het was een armoedig onderkomen, gebouwd van oude stenen met een leien dak, en het zag eruit alsof het elk moment kon instorten. Om het huis zwierven kippen rond. Een hond lag aan een ketting op het erf. Die stond op en gromde toen we dichterbij kwamen.

'Francesca,' riep Paola met haar luide stem. 'Ik ben het, Paola Rossini, ik kom kijken hoe het met je gaat.'

De voordeur ging open en een magere vrouw in zwarte kleding kwam naar buiten. Zo te zien had ze een hele tijd aan één stuk door gehuild. Maar er kon toch nog een flauw glimlachje van af. 'Paola. Wat fijn dat je er bent.'

'Ik maakte me zorgen toen ik zag dat je vandaag niet bij het feest was.'

'Hoe kan ik nu feestvieren terwijl een van de mensen die daar zitten te eten en drinken mijn man heeft vermoord?' zei ze verontwaardigd.

'Dat weet je niet, Francesca. Het kan heel goed een buitenstaander zijn geweest.'

'Welke buitenstaander dan? Welke buitenstaander weet nou dat jij een waterbron hebt? Ze zeggen dat hij daar met zijn hoofd in was gepropt en dat hij verdronken is. Welk monster doet nou zoiets?'

'Misschien had Gianni vijanden,' zei Paola. 'Hij koos zijn vrienden niet altijd verstandig uit.'

'Gianni was altijd op zoek naar een dealtje, dat klopt,' stemde ze in. 'Maar hij bleef uit de buurt van criminelen, van de maffia en bendes. Er deden geruchten over hem de ronde die gewoon niet klopten. Hij had een grote mond, weet je. Hij hield ervan dat de mensen dachten dat hij een gevaarlijk leven vol intriges leidde. Maar dat was gewoon niet zo. Hij was eigenlijk een verlegen man. Maar erover praten heeft geen zin, hè? Ik denk niet dat ze de moord tot op de bodem zullen uitzoeken. En waar blijf ik dan? Zonder man die de schapen hoedt en de zware vaten optilt waarin de kaas wordt gemaakt? Ik zal moeten verkopen, als iemand al wil kopen. Dan moet ik het zien te redden met mijn kippen en een paar olijfbomen.'

Toen ze klaar was met haar tirade leek ze voor het eerst mij op te merken, omdat ik een beetje achteraf in de schaduw van een kersenboom stond. 'Wie is dat?' vroeg ze.

'Dit is de Engelse jonge vrouw die bij me logeert,' zei Paola. 'Ze was zo lief om de mand voor me de heuvel op te dragen.'

Ik voelde hoe die donkere ogen me kritisch opnamen. 'Degene die...?' begon ze.

'Inderdaad,' zei Paola. 'Degene die samen met mij het lichaam van je man heeft gevonden.'

'Dan zal ze wel behoorlijk geschrokken zijn,' zei Francesca.

'We waren allebei verschrikkelijk geschrokken,' zei Paola. 'Ik dacht dat mijn hart er ter plekke mee zou ophouden. De arme man. Wat een einde.'

'Wat je zegt, wat een einde. Wie dat heeft gedaan moet wel een beestachtige, gemene kerel zijn geweest. En waarom? Omdat Gianni niet altijd verstandige dingen zei?' Ze zweeg terwijl ze met haar handen aan het schort frummelde dat ze over haar jurk droeg. 'Komen jullie maar binnen, dan drinken we samen een glas wijn.'

'Natuurlijk,' zei Paola. Ze gebaarde dat ik haar moest volgen en we betraden het donkere huis. Binnen was het klein en eenvoudig, maar smetteloos schoon, en we gingen op een houten bank zitten. Francesca pakte een aardewerken kruik van een plank en schonk ons een glas rode wijn in. Toen zette ze een schaaltje olijven en wat grof brood op de tafel. 'Op uw gezondheid, signorina,' zei ze, terwijl ze me nog steeds opnam alsof ik een marsmannetje was.

Misschien ben ik wel de eerste buitenlander die ze ooit heeft ontmoet, dacht ik, maar toen bracht ik mezelf in herinnering dat ze tijdens de oorlog meer dan genoeg Duitsers moest hebben gezien. Daardoor wantrouwde ze misschien alle buitenlanders.

De twee vrouwen praatten. Ze spraken zo snel in hun Toscaanse dialect dat ik het meeste niet kon verstaan. Ik merkte dat mijn gedachten afdwaalden. Ik staarde langs hen uit het raam. Vanaf hier had je een mooi uitzicht op San Salvatore. Ik herkende Sofia's vroegere huis met de afbladderende gele verf. Toen keek ik er nauwkeuriger naar. De ramen aan de achterkant kwamen beslist uit op de borstwering. Maar vanaf hier leek het alsof er rechts van haar huis een trap omlaag liep. Dus als ze iemand wilde verbergen, was er wel een manier om hem boven te krijgen. Ik kon niet wachten om het aan Renzo te vertellen.

Tot mijn opluchting stond Paola eindelijk op. 'Ik moet weer naar mijn dochter en kleinkind,' zei ze.

'Gaan jullie vanavond naar het dansfeest op de piazza?' vroeg Francesca, en ze keek zowel naar mij als naar Paola.

Paola grinnikte. 'Ik geloof dat mijn danstijd voorbij is. Maar als de jongedame erheen wil, heb ik geen bezwaar.'

'O, ik denk niet dat het passend is als ik er alleen naartoe ga en met vreemden ga dansen,' zei ik. 'De politie-inspecteur denkt nu al dat ik verdorven ben omdat ik in mijn eentje een glas wijn met de mannen uit het dorp heb gedronken.'

'Waarom heeft een politie-inspecteur met je gepraat?' vroeg Francesca. 'Wat kan het hem schelen wat je wel of niet bent?'

Ik besefte meteen dat ik een pijnlijk onderwerp had aangesneden. Ik kon moeilijk zeggen dat hij zijn best deed om mij de moord op haar man in de schoenen te schuiven, omdat hij dacht dat Gianni zich aan me had opgedrongen en ik hem uit zelfverdediging had gedood. Ik probeerde iets redelijks te bedenken. 'Hij was tegen iedereen onhebbelijk,' zei ik. 'Hij probeerde een bekentenis uit me te krijgen dat ik je man heb vermoord, omdat ik het lichaam heb gevonden.'

'Belachelijk,' zei ze. 'Het zijn idioten daar bij de politie. Waarom zou je een man willen vermoorden die je nog nooit hebt ontmoet?'

'Omdat hij bij de andere mannen aan tafel zat, vermoed ik. Ik heb een paar woorden met hem gewisseld. Ik zei dat ik het landschap zo mooi vond en hij bood aan om me zijn schapen te laten zien en hoe hij kaas maakt.'

'Ik begrijp het.' Met nog altijd gefronste wenkbrauwen zei ze: 'En waarom bent u naar San Salvatore gekomen, signorina?'

'Mijn vader was een Britse piloot wiens vliegtuig hier in de buurt is neergeschoten. Ik vroeg me af of iemand iets over hem wist.'

'In de oorlog?'

'Ja. Ik weet geen bijzonderheden. Daarom ben ik hier, om die te achterhalen.'

Ze maakte een afwerend handgebaar. 'In de oorlog waren we nog kinderen. We leerden te overleven en ons te verstoppen.'

'Ja. Klaarblijkelijk heeft nooit iemand iets geweten van een Britse piloot die een vliegtuigcrash heeft overleefd.'

'Was hij door de Duitsers meegenomen?'

'Waarom zegt u dat?' Ik voelde mijn hart sneller slaan. 'Denkt u dan dat dat is gebeurd?'

'Ik geloof dat Gianni het een keer liet vallen. Ze kwamen voor hem, daar ben ik heel zeker van.'

'Was hij alleen?'

'Ik heb geen idee. In die tijd verbleef ik op de boerderij van mijn oom. Maar door wat u net zei schoot me iets te binnen over wat Gianni liet vallen. Hij was toen zelf nog een jonge knul, maar hij was loopjongen en zag een hoop dingen die andere mensen niet zagen. Hij hield er altijd van om mensen te bespioneren en te kijken of hij er een slaatje uit kon slaan.'

Ze sloeg een hand over haar mond en snikte. Paola liep naar haar toe om haar te troosten. 'Geen zorgen, Francesca. Hier heb je vrienden. Wij zorgen ervoor dat alles goed komt,' zei ze. 'We gaan nu weg. Maar je bent altijd welkom in mijn huis.'

'Je bent een goede vrouw, Paola. Dat de heiligen over je mogen waken.'

We lieten haar achter in de deuropening, waar ze ons nakeek terwijl wij de heuvel weer af liepen.

# 30

# Hugo

*December 1944*

Ze bleven een hele tijd in volslagen duisternis tegen elkaar aan liggen tot de commotie om hen heen ophield.

'Alles goed?' fluisterde hij tegen haar.

'Ik geloof het wel. Alleen heel erg bang. Je hebt ons gered. Wat gebeurde er? Het was alsof het hele gebouw naar de hel ging.'

'De bom heeft waarschijnlijk de funderingen ontwricht.'

Hun stemmen leken in de duisternis te weergalmen.

'Denk je dat het nu veilig is?' fluisterde ze. 'Zijn ze weg?'

'Ja, ze zijn weg.' Hij streelde haar haar en ze nestelde zich tegen hem aan.

'Hoe kom ik nou thuis als ik mijn lantaarn niet kan terugvinden?' zei ze.

'We vinden hem wel. Wees maar niet bang.' Hij kwam overeind, reikte naar zijn aansteker, stak hem aan en hield het vlammetje vóór zich om rond te kijken. De lantaarn was op zijn kant gevallen en anderhalve meter bij hen vandaan gerold. Hij raapte hem op om de kaars weer aan te steken.

'Waarom hebben ze een bom op ons gegooid?' vroeg ze terwijl hij de kaars rechtop hield en zijn aanstekervlam erbij hield. 'Hoe konden ze zoiets doen?'

'Ik vermoed dat de piloot misschien je lantaarnlicht heeft gezien en dacht dat dit nog steeds een vijandelijke post was,' zei Hugo.

'Mijn kleine lantaarn? Hoe kan een piloot dat nou gevaarlijk vinden?' Ze glimlachte.

'Je zult verbaasd staan dat je zelfs het kleinste lichtje toch vanuit een vliegtuig kunt zien,' zei hij. En toen voegde hij eraan toe: 'Soms wil een vliegenier gewoon terug naar huis, dus laat hij de laatste bom vallen waar hij denkt dat hij weinig schade aanricht, in het bos of op een akker.'

'Heb jij dat ooit gedaan?'

'Ik ben een piloot. Het is mijn taak om een vliegtuig te besturen, niet om bommen te gooien,' zei hij. 'En ik heb alleen in lichte bommenwerpers gevlogen met maar heel weinig bommen. We hebben geprobeerd ons steentje bij te dragen.'

Hij zette de brandende kaars weer in de lantaarn en hield die toen omhoog om de schade op te nemen. Het kleine licht wierp lange schaduwen op pas ingestort metselwerk. De muren stonden nog overeind, hoewel er nu gapende gaten in zaten. Het puin op de vloer was verschoven en de hele vloer hing nu in een scheve hoek.

Sofia stond op. 'Ik hoop dat het nog stevig genoeg is om erop te lopen.' Ze deed een paar stappen en bleef toen staan. 'Gesù Maria!' riep ze uit.

'Wat is er?' Hij hees zichzelf overeind.

'Moet je kijken.'

Hij zocht zich een weg naar waar ze naartoe wees. Op de vloer, tegen de zijmuur van de kapel had zich nu een gapend gat geopend en er liep een trap omlaag de duisternis in.

'Dat is vast een of andere crypte,' zei Hugo. 'Ben je daar ooit in geweest?'

'Nee. Ik ben hier maar één keer geweest, voor een feestdag,' zei ze. 'We hadden niet veel met de monniken te maken. Ze waren hierboven afgesloten van het echte leven.'

'Tot de Duitsers ze wegjoegen en ze ontdekten waar het in het echte leven werkelijk om draait,' voegde hij eraan toe.

'Zullen we beneden de boel gaan verkennen?' vroeg ze. 'Kun je je daar droog en behaaglijk verschuilen.'

Hugo had er niet veel trek in om naar die pikdonkere rechthoek af te dalen. Er kroop een kille, dikke lucht uit en hij rook schimmelige vochtigheid. 'Ik denk dat we tot morgen moeten wachten,' zei hij. 'We weten niet hoe stabiel het daar beneden is. Misschien staat het hele plafond wel op instorten.'

'Als ik weg kan, kom ik morgen terug,' zei ze. 'Ik zal ze zeggen dat ik mijn rapen moet controleren. Misschien kan ik deze week oogsten. En bovendien is het de dag na kerst. Iedereen slaapt uit.'

'Oké.' Hij merkte dat hij blij werd van het idee dat hij haar zo gauw weer zou zien, hoewel hij minder enthousiast was dan zij om een of andere oude kelder te gaan verkennen. 'Ga nu naar huis en probeer wat te slapen. Wees heel voorzichtig als je naar de deur loopt. Misschien is de vloer niet meer zo stevig.'

'Ik doe heel voorzichtig,' zei ze. 'En ik kan niet wachten om terug te komen om te zien wat zich hieronder bevindt. Denk je dat het een schatkamer is?'

'Dat betwijfel ik. Ik vermoed dat jouw monniken simpele zielen waren. Toen ik het puin buiten doorzocht heb ik zeker geen gouden voorwerpen of robijnen ringen gevonden. En hun kommen en borden waren van ruw aardewerk.'

'Maar toch,' zei Sofia, 'het is opwindend, vind je niet?'

'Ja,' stemde hij in, want uiteindelijk wilde hij dat ze zich ergens op kon verheugen. 'Het is opwindend.'

De rest van de nacht kon Hugo amper slapen. Hij wist maar al te goed dat hij op een onstabiele plek lag die elk moment kon instorten, en hij vroeg zich af of hij niet beter naar buiten kon gaan. Maar er sloeg een bitterkoude wind om de ruïnes, dus dat was geen aanlokkelijk vooruitzicht. Hij ging rechtop zitten en verlangde wanhopig naar een sigaret. In plaats daarvan vond hij de flacon en nam een slok grappa. Die bood hem enige warmte, maar zijn sombere stemming bleef. Daarna vocht hij tegen de slaap en was blij toen de eerste ochtendstrepen zich boven de oostelijke muur aandienden.

Hugo wachtte tot het helemaal licht was, strompelde toen om de buitenmuur heen en wist veilig bij de ingang aan de voorkant te komen. Toen zag hij dat de bom niet pal op het beschadigde gebouw was gevallen. Hij was op de heuvelrug terechtgekomen, waardoor er een brok aarde en rots was weggeslagen zodat het klooster nu aan de rand van een afgrond stond. In elk geval kunnen Duitse vrachtwagens nu niet meer vanaf de weg hier komen, dacht hij. De trap was niet beschadigd.

Hij waste zich, dronk heel veel water en keerde toen naar de kapel terug. Hij bleef een hele poos bij de ingang van de crypte staan. Sofia had gelijk, het was verleidelijk, maar tegelijkertijd angstaanjagend. En er kroop een koude tocht uit naar boven, hoewel Hugo zich niet kon voorstellen hoe er diep in de aarde tocht zou kunnen ontstaan.

Hij stond daar nog steeds te staren toen Sofia arriveerde, buiten adem en met gloeiende wangen. 'Er staat vandaag een fikse wind,' zei ze. 'Het was lastig om de heuvel op te komen. En moet je zien, ik heb een raap geplukt. We gaan hem wassen, dan kun je hem opeten.'

'Rauwe raap?' Hij trok een gezicht.

'O, zeker wel. Hij is echt lekker. Knapperig en verfrissend.' Ze legde hem op een omgevallen balk. 'Ben je al beneden geweest?'

'Nee, ik heb op jou gewacht. Ik wilde de ontdekking samen met jou doen.'

'Ik heb nog een kaars bij me,' zei ze. 'Het zal daar wel pikdonker zijn.' Ze grijnsde opgewonden naar hem. 'Ben je zover? Ik ben zo nieuwsgierig naar wat we zullen aantreffen.'

'Waarschijnlijk een kelder waar de monniken hun oude gebedenboeken en habijten bewaarden, en overtollig meubilair,' zei Hugo.

'Nee hoor. Het is onder een kapel. Misschien is daar wel de tombe van een heilige. Of liggen er heilige relikwieën. Ik heb in de kathedraal van Siena het hoofd van Sint-Catharina gezien.'

'Alleen haar hoofd? Wat is er met de rest van haar gebeurd? Was ze onthoofd?'

'Nee, haar hoofd is na haar dood pas weggenomen en in een gouden kist met kristallen gelegd. Het is nog altijd wonderbaarlijk goed bewaard gebleven zodat iedereen het kan zien. Het doet wonderen.'

'Arme Sint-Catharina,' zei hij. 'Ik ben blij dat ik nooit een heilige zal worden. Ik zou niet willen dat mijn hoofd na mijn dood wordt afgehakt.'

Daar moest ze om lachen. Ze wilde hem een klap geven, maar bedacht zich, dacht niet aan de intieme momenten van de vorige nacht. 'Mag ik je aansteker?' Ze stak de kaars aan. 'Ik ga eerst, om te kijken of de trap veilig is.'

'Wees voorzichtig,' riep hij, maar ze was al op weg naar de duisternis.

'Het is oké,' zei ze. 'De treden zijn niet te hoog en redelijk schoon. Als je de trap af gaat, kun je je aan de muur vasthouden. Langzaamaan.'

Hij volgde haar, nam een tree tegelijk, voelde de stevige, koude muur tegen zijn handpalm. Hij hoorde dat haar adem stokte, maar hij moest zich zo concentreren om niet te vallen en te zorgen dat zijn gespalkte been het volhield dat hij pas keek toen hij beneden was. Hij slaakte een zucht van verlichting en keek op. Toen zag hij waardoor ze naar adem hapte.

Het was een volmaakte kleine kapel met een gewelfd gepleisterd plafond. Langs de muren leken zich tomben te bevinden, waarschijnlijk van lang geleden overleden monniken. Aan de voet van de trap lagen een paar dikke cementplaten. Sofia hield de kaars omhoog in een poging de verste hoeken te verlichten. Aan de overkant stond een altaar met een hoog en heel realistisch crucifix. In de nissen stonden heiligen en aan de muren hingen verschillende grote schilderijen.

'Dus daarom hebben de Duitsers deze kapel nooit leeggeroofd,' zei Sofia, terwijl ze met het kaarslicht de dikke stenen platen rondom de trap bescheen. 'Kijk. Deze hebben de trap vanboven geblokkeerd en zijn nu omlaag gevallen. Misschien is deze kapel wel in geen eeuwen gebruikt, of hadden de monniken een geheime ingang vanuit hun andere gebouwen.' Ze ging hem voor en staarde langs de muren omhoog. 'Moet je dat zien!' Sofia hield de kaars bij een van de schilderijen omhoog. 'Is het niet prachtig? Het zijn de drie Wijzen die het kindje Jezus komen opzoeken.' Ze liep verder. 'En hier is Sint-Sebastiaan, de arme man.'

Hugo wendde zich van de laatste af. Hij zag dat het door een meester was geschilderd, maar de afbeelding van het lijk dat aan een paal was vastgebonden en vol pijlen zat was gewoon te levensecht.

'Ze zijn vast heel oud,' zei Sofia.

'Ja. Renaissance,' zei Hugo. 'Ik vraag me af of ze gesigneerd zijn. Zo te zien is het werk van de drie Wijzen van il Perugino.'

'Dat is toch ongelooflijk? Er hangen hier werken van de meesters en wij zijn de enigen die het weten.'

'Ja,' beaamde hij. 'Ongelooflijk.'

Instinctief legde ze haar hand op zijn arm, keek naar hem op en glimlachte. 'Ik ben zo blij dat we dit moment samen beleven.'

Hij wilde haar wanhopig graag in zijn armen nemen en kussen, maar hij glimlachte alleen maar terug. Ze liepen verder langs de muur. Sofia bestudeerde elke tombe en las hardop het Latijn voor dat hij vervolgens vertaalde. 'Albertus Maximum, prior van 1681 tot 1696,' zei hij over een van de inscripties.

'Je bent zo'n ontwikkeld man,' zei ze. 'Dat je Latijn hebt geleerd.'

'Dat hebben we op school zeven jaar door onze strot geduwd gekregen,' zei hij. 'Maar jullie mis wordt in het Latijn opgedragen. En je spreekt Italiaans, dat lijkt er erg op.'

Ze haalde haar schouders op. 'Ik luister niet naar wat de priester zegt,' zei ze. 'Als vader Filippo me na de biecht absolutie geeft, heb ik geen idee of ik ben vergeven of dat ik naar de hel ga.'

'Heb je hem verteld over je bezoekjes aan mij?'

Ze aarzelde. 'Niet echt. Alleen dat ik je heb gevonden en een keer heb geholpen. Niet dat ik hier elke dag kom en je eten breng. Want dat is geen zonde, wel? Jezus zei dat je de hongerige moest voeden en de vreemdeling onderdak moest bieden, en dat doe ik allebei.'

'Klopt helemaal.' Hij liep weer verder.

'Moet je dit zien,' riep hij naar Sofia, en hij bleef staan bij een smalle, in de muur terugwijkende deur. 'Je had gelijk. Er is nog een ingang. Die trap is waarschijnlijk eeuwenlang geblokkeerd geweest.'

'Probeer hem eens. Kijken waar hij uitkomt.' Ze reikte al naar de deurkruk voordat hij de kans kreeg. Ze wrikte eraan, maar er zat geen beweging in. 'Hij is op slot,' zei ze teleurgesteld. 'Wie weet waar hij naartoe leidt?'

'Waar hij ook op uitkwam, nu is daar alleen nog puin,' zei hij en hij begon weg te lopen. Sofia staarde naar de deur alsof ze hem wilde dwingen open te gaan, zuchtte toen en liep naar Hugo toe. Achter in de kapel was een prachtig ingegraveerd stenen scherm met daarachter een kleine zijkapel met altaar, waar nog altijd een altaarkleed op lag, en ervoor stond een knielbank. Boven het altaar hing nog een schilderij. Sofia hield de kaars omhoog en deze keer hapten ze beiden naar adem. Het was een klein schilderij in een vergulde lijst. Het onderwerp was geen verrassing: het kindje Jezus in de armen van zijn moeder. Maar het leek totaal niet op andere renaissanceschilderijen die Hugo ooit had gezien. In plaats van het gestileerde kind, vaak met de proporties van een volwassene en een uitdrukkingsloos, nogal ouwelijk gezicht, was dit een echte baby. Hij had een rond gezicht, omlijst door een massa gouden krullen. Zijn kleine gezichtje straalde van vreugde terwijl hij zijn mollige handjes uitstrekte naar twee aanbiddelijke cherubijnen, die net buiten zijn bereik fladderden, bijna alsof ze hem plaagden.

Sofia was de eerste die iets zei. 'O, wat een mooi jongetje,' zei ze. 'Is hij niet het mooiste jongetje dat je ooit hebt gezien?'

'Ja.' Hugo kreeg het woord bijna niet uit zijn keel, die zich van emotie dichtkneep. 'Dit is de verbluffendste verbeelding van de Madonna met kind die ik ooit heb gezien. In sommige opzichten is het zo modern, door het gebruik van licht en door de realistische weergave. Maar weet je, volgens mij zou dit wel eens een Leonardo kunnen zijn. Het gezicht van de maagd heeft die prachtige sereniteit van de *Maagd op de rotsen*.'

'Leonardo da Vinci?' Sofia fluisterde ook.

'Het zou kunnen.'

'Dan moeten we er goed op passen. Ervoor zorgen dat de Duitsers het nooit vinden.'

'Inderdaad,' stemde hij in. 'Kun jij het misschien meenemen naar je huis en het op zolder verstoppen?'

Ze keek hem vol afgrijzen aan. 'Dat mag ik niet. En stel dat de Duitsers besluiten om het dorp te doorzoeken en ze het alsnog vinden? Dan is het voor eeuwig verloren. Nee, we kunnen het beter hier verstoppen. Dit is een ruïne, wie komt hier nou ooit nog?'

'Maar toch,' zei hij, terwijl hij peinzend naar het schilderij staarde. 'Misschien moeten we de trap weer afsluiten en verbergen.'

'Maar jij zou hier je schuilplek van moeten maken. Hier is het droog en warmer dan boven, en als je slaapt waakt het prachtige gezicht van het jongetje over je. De waarschuwingen zijn niet van de lucht als de Duitsers in aantocht zouden zijn, en jij kunt een goede verstopplek bedenken voor het schilderij. Sint-Sebastiaan, die mogen ze hebben!'

Daar moest hij om lachen. 'Ja, hem vind ik behoorlijk gruwelijk.'

'Dus je verhuist naar hierbeneden, ja?' vroeg ze. 'Dan heb je het warmer en ben je gezegend door al die heiligen en het kindje Jezus.'

'Ik zal proberen om hierbeneden te gaan slapen,' zei hij. 'De laatste tijd was de wind wel erg koud.'

'Ik haal je spullen wel even.'

'Dat hoeft niet, hoor. Ik ga zelf naar boven en neem ze een voor een mee terug. De deken kan ik omlaag gooien.'

'Straks val je nog, en dat wil ik niet. Blijf nou beneden en vang alles op.'

Ze zette de kaars op een van de monnikentombes, tilde haar lange rok op en rende lenig de trap op.

# 31

## Joanna

*Juni 1973*

Onder het lopen keek ik aandachtig naar het dorp op de heuvel. Ja, het leek erop dat er wel een manier was om vanaf de muur naast Sofia's huis omlaag te komen. Een lenig iemand kon uit een raam over de muur klimmen om in de wijngaarden eronder uit te komen, met weinig kans dat hij werd gezien. Ik herinnerde me dat Renzo had gezegd dat zijn moeder met haar mand eropuit ging om in het bos voedsel te zoeken. Ik liet mijn blik door de wijngaarden dwalen en daarna door de olijfgaarden erboven, naar de bossen die de heuveltop bedekten. Erachter rees een rotsachtige top op met daarop een oude ruïne die boven de bomen uitstak. Ik bleef staan om ernaar te kijken. Het was weinig meer dan een berg puin en het was onduidelijk wat ooit van het gebouw was geweest en welk deel bij de rots zelf hoorde.

Ik dacht aan Sofia en haar mand. Was het mogelijk dat er iemand daarboven ondergedoken had gezeten?

'Die oude ruïne,' zei ik. 'Is dat ooit een kasteel geweest?'

'Een klooster,' zei Paola. 'Ik weet nog dat daar monniken woonden toen ik nog een kind was. Het had zo'n schitterende kapel.'

'Toen je nog een kind was?' Ik flapte de woorden eruit. 'Was het dan nog steeds een klooster toen jij klein was?'

'O ja. Totdat het in de oorlog werd gebombardeerd.'

'Hebben de Duitsers een klooster gebombardeerd?' vroeg ik vol afgrijzen.

'Nee, niet de Duitsers. De geallieerden. Ik denk de Amerikanen.'

'Hebben die een klooster gebombardeerd? Wat verschrikkelijk. Per ongeluk?'

'O nee. De Duitsers hadden de monniken verjaagd en op die plek zwaar geschut neergezet. Van daaruit kon je prima de weg door de vallei in de gaten houden, en zien of er vliegtuigen aankwamen. Dus natuurlijk moesten de geallieerden dat uitschakelen. Verschrikkelijk dat ze zo'n heilige plek moesten verwoesten, maar ze hadden geen keus. In die tijd was het doden of gedood worden.'

Ik staarde er nog steeds naar, probeerde me de resten voor te stellen van muren die nog overeind stonden en ooit een prachtig klooster vormden. Het was vast niet moeilijk geweest om daarboven iemand te verbergen, maar tussen de rotsen hadden de elementen beslist vrij spel gehad. En toch moest ik de plek met eigen ogen zien. Maar niet vandaag!

Paola bleef staan en snoof de lucht op. 'We moeten opschieten. Er zit onweer in de lucht,' zei ze en ze versnelde haar pas. We moesten nog een heel eind naar Paola's huis toen we in de verte de eerste donderklap hoorden. De wind, die plotseling koud en fel was, wervelde om ons heen. En toen gingen de hemelsluizen open. Binnen een minuut waren we doorweekt en we kwamen als een stel verzopen katten thuis.

'O, mama,' riep Angelina uit toen ze ons in de gang tegemoetkwam. 'Kijk nou toch! Ik maakte me zorgen toen ik het onweer hoorde.'

'We zijn alleen maar een beetje nat, liefje, niet iets wat een paar droge kleren en een goed glas grappa niet kan verhelpen.' Ze legde een troostende hand op mijn schouder. 'Ga droge kleren halen, Joanna, dan hangen we je jurk in de badkamer, daar is hij zo droog.'

'Oké,' zei ik. Het was een ontmoedigend vooruitzicht. Het regende zo hard dat de druppels luid op de dakpannen roffelden en van de grond opstuiterden. Ik sprintte de tuin door over een pad dat nu vol plassen lag. Ik kwam bij mijn huisje, tilde de grendel op en liet mezelf met een zucht van verlichting binnen. Toen ik de deur achter me dichtdeed, verstarde ik... Ik wist toch zeker dat ik mijn deur op slot had gedaan toen we die ochtend vroeg waren vertrokken. Ik was toch niet zo onvoorzichtig geweest... en ja, de sleutel zat nog in mijn tas. Toen herinnerde ik me dat Renzo zei dat in San Salvatore niemand zijn voordeur op slot deed. Er had vast een extra sleutel in Paola's huis gehangen... zo voor het grijpen.

Misschien maak ik me zorgen om niks, dacht ik. Misschien moest Angelina iets uit het kleine huisje hebben... In de grote klerenkast lag extra linnengoed. Maar het kon ook zijn dat iemand zijn kans schoon had gezien om mijn kamer te doorzoeken; we waren immers allemaal op het festival. Misschien waren het wel de carabinieri geweest. Of niet. Ik opende voorzichtig een la. Ja, mijn kleren waren van hun plaats geweest. Ik pakte mijn tweede paar schoenen en zag dat de voorwerpen die Gianni me had gegeven nog steeds in de teen verstopt zaten. Dus de zoeker was bepaald niet grondig te werk gegaan. Of hij had ze wel gevonden en ze met rust gelaten zodat ik zou denken dat ik nog veilig was? Een alarmerende gedachte. Ik controleerde mijn andere spullen, maar er was niets weg. En de belastende brief zat samen met mijn paspoort en portefeuille natuurlijk veilig in mijn handtas. Dus misschien wist iemand waarover Gianni me wilde spreken. Maar hij zou ook weten dat dat niet was gelukt en dat ik waarschijnlijk niet wist wat die drie voorwerpen te betekenen hadden.

Ik pakte wat droge kleren, wikkelde ze in een handdoek en rende terug naar de hoeve.

Warm en droog, en na een glas grappa, voelde ik me beter. Na het feestmaal hadden we geen honger en we namen een eenvoudige maaltijd van een restje soep met brood. Toen ik naar bed ging, keek ik twee keer of mijn deur wel op slot zat. En vervolgens lag ik naar de wegtrekkende storm te luisteren tot het gerommel van de donder zich in de verte terugtrok.

De volgende ochtend werd ik wakker en was de vertrouwde helderblauwe hemel weer terug. De lucht rook fris en na de regen waren de kleuren zo fel dat ik mijn ogen moest afschermen toen ik over het landschap uitkeek. Paola kondigde bij het ontbijt aan dat ze in haar moestuin aan het werk moest. Ze had gezien dat de insecten een feestmaal hadden gehad. Als de aubergines rijp waren, zou ze vanavond aubergine met Parmezaanse kaas op tafel zetten.

'Ik denk dat ik maar eens naar de inspecteur van Lucca stap om te vragen of ik weg mag,' zei ik.

'O.' Paola's gezicht betrok. 'Zo gauw al? Wil je nu al weg? Net nu ik nog een dochter heb gevonden?'

'Ik heb het hier echt heerlijk,' zei ik. 'Maar ik moet weten of de politie me nog langer van Gianni's moord verdenkt. En ik moet binnenkort weer naar huis. Ik moet nodig aan de studie.'

'Maar je blijft minstens een week,' zei ze.

Ik was stomverbaasd. Was ik hier dan nog geen week geweest? Ik had het gevoel alsof ik hier al heel lang was.

'O, natuurlijk. Minstens een week,' zei ik.

'Als je al zo snel de benen neemt, kan ik je toch zeker niet Toscaans leren koken?' Ze sloeg een arm om mijn schouders en kneep er even in. 'En je moet vetgemest worden. Je moet vlees op die botten krijgen, anders vind je nooit een man.'

'Misschien heeft ze al een man in gedachten, mama,' zei Angelina, die opkeek van de baby die ze de borst gaf.

'O ja? Wacht er een jongeman op je?' vroeg Paola.

Ik schudde mijn hoofd. 'Geen wachtende jongeman.'

'Natuurlijk. Je moet eerst je examen halen. Als je een rijke advocaat bent, staan de mannen in de rij om met je te trouwen,' zei Paola.

'Ze wil geen man die haar om haar geld trouwt, mama,' zei Angelina. 'Ze wil uit liefde trouwen. Je ziet zo dat ze romantisch is, niet praktisch.'

'Geld is anders ook niet verkeerd,' zei Paola. 'Misschien kom je uit een rijke familie, dan is er geen probleem.'

Ik schudde weer mijn hoofd. 'Geen familiekapitaal, ben ik bang. Mijn vader is nagenoeg platzak gestorven. Ik zal mijn eigen weg in de wereld moeten vinden, of een rijke man trouwen.'

'Cosimo is dan misschien een idee,' zei Angelina grinnikend. 'Vijfenvijftig, niet getrouwd en in het bezit van heel veel land!'

'Cosimo? Ze zou voor Renzo moeten gaan, de erfgenaam. Veel aangenamer om naar te kijken, wat jij, Joanna?'

Ik merkte dat ik bloosde. Ze giechelde. 'Ik zie het heus wel, hoor. Ik zie hoe je naar hem kijkt als hij met je praat. En tijdens de *festa* zijn jullie er even samen tussenuit geknepen?'

'We hebben het alleen over zijn moeder gehad en of hij zich herinnert of hij ooit mijn vader heeft ontmoet.'

'En herinnerde hij zich dat?'

Ik schudde mijn hoofd. 'Nee. Maar we weten nu wel zeker dat ze elkaar hebben gekend. En nu zegt Gianni's weduwe dat mijn vader is meegenomen. Misschien was dat het. Hij is door de vijand weggevoerd, waarna zij het uit wanhoop opgaf en voor de bescherming van een Duitser koos. Of... of ze is verraden en ook meegenomen. Ik vermoed dat we het nooit te weten zullen komen.'

'Heb je je vader er nooit naar gevraagd? Heeft hij er nooit iets over gezegd?'

'Nee, nooit,' zei ik. 'Mijn moeder heeft me verteld dat hij in de oorlog was neergeschoten en zwaargewond was geraakt, het was kantje boord, maar het is nooit in me opgekomen haar te vragen er meer over te vertellen. En ik weet zeker dat mijn vader tegen mijn moeder niets over Sofia heeft verteld.' De reden waarom hij zijn herinneringen in een kleine doos op zolder had weggestopt, dacht ik.

We waren klaar met het ontbijt. Paola zette haar zonnehoed op en deed haar schort voor, en ging in de tuin werken. Ik bood aan om haar te helpen, maar dat wees ze van de hand. 'Jij bent hier op vakantie. Geniet ervan. Ga jij maar.'

Ik liet het opbinden van de bonen aan haar over en liep de heuvel op. Het zou een hete dag worden. Nu al voelde ik de hitte van de zon in mijn nek. Ik ga kijken of ik Renzo kan vinden, dacht ik, en hem voorstellen om samen met me naar het klooster te gaan. Bij die gedachte ging er een steek van plezier door me heen. Ik schudde mijn hoofd. Leerde ik het dan nooit? Renzo was de zoon van een man die als gevaarlijk te boek stond, een man die misschien opdracht had gegeven om iemand anders om te brengen die hem voor de voeten liep. En hij woonde toevallig ook in een dorp in Italië. Bepaald niet geschikt als vriendje, zelfs nu was gebleken dat hij niet mijn broer was. Bovendien leek hij het amper te hebben gemerkt dat ik me tijdens de aardbeving aan hem had vastgeklampt.

Ik kwam bij de dorpspiazza. De gevolgen van het feest van gisteren waren nog altijd overal zichtbaar. Na de regen hingen de banieren en vlaggen er zieltogend bij en dropen nu van de daken of lagen over tafels die nog niet waren weggehaald. Ik liep naar het kantoor van de carabinieri en ontdekte dat de inspecteur er nog niet was, en niemand wist wanneer hij werd verwacht. Toen ik weer naar buiten liep, zag ik dat het gele gebouw aan de rand van de piazza het postkantoor was. Het kwam in me op om Scarlet te bellen en haar te laten weten dat me nog steeds een arrestatie boven het hoofd hing. Voor het geval dat...

Ik liep naar binnen, betaalde en kreeg uitleg hoe ik de telefoon moest gebruiken. De postkantoorbeambte was heel opgewonden dat hij een telefoontje helemaal naar Engeland moest doorverbinden. Hij stond erop om alles zelf te doen en het duurde even voor ik ten slotte de telefoon in mijn hand gedrukt kreeg. Ik hoorde hem aan de andere kant overgaan. Ik wachtte een hele tijd en wilde net ophangen toen een stem zei: 'Weet je verdomme wel hoe laat het is?' En natuurlijk realiseerde ik me dat het in Italië een uur later was dan in Engeland. Hier was het tien uur, maar daar nog maar negen uur, voor Scarlet dus midden in de nacht.

'Met mij, Joanna. Sorry. Ik heb je zeker wakker gemaakt,' zei ik. 'Ik was het tijdsverschil vergeten.'

'Jo? Is er wat aan de hand?' vroeg ze. 'Het is niks voor jou om geld te verspillen aan een telefoontje. Zit je nog in Italië?'

'Ja.'

'Heb je je verloren gewaande broer en je vaders vroegere liefde gevonden?'

'Nee, maar het schiet op,' zei ik. 'En of er iets aan de hand is: ik wil zeker weten dat je het weet, voor het geval ik in het gevang word gegooid.'

'Geváng? Heb je een bank beroofd?'

'Nee, ik word van moord verdacht.'

'God-zal-me-liefhebben,' zei ze. 'Waar gaat dit over?'

'In de bron naast mijn kamer is het lichaam gevonden van een man,' zei ik. 'Ik denk dat de politie het mij in de schoenen wil schuiven omdat dat hun beter uitkomt dan de waarheid achterhalen.'

'Maffia, natuurlijk. Zo gaat het daar toch altijd?'

'Het zou zoiets kunnen zijn. De man hield zich met schimmige dealtjes bezig, is me verteld.' Ik vertelde niets over de brief. 'Vandaag zie ik de inspecteur weer en dan beslist hij of ik wel of niet mag vertrekken.'

'Arme ziel. Kun je niet gewoon de trein pakken zodat je veilig in Zwitserland zit voordat ze in de gaten hebben dat je weg bent?'

'Zo gemakkelijk gaat dat niet,' zei ik. 'Ik zit op een plek waar twee keer per week een bus komt. En het dorp ligt niet aan een fatsoenlijke weg, dus ik zit hier vast. Maar als je een cryptisch bericht van me krijgt waarin ik je vraag of je de hamster of zo wilt voeren, ga dan op zoek naar Nigel Barton en zeg tegen hem dat ik in de problemen zit.'

'Dat is ook grappig,' zei Scarlet.

'Dat ik op het punt sta van moord te worden beschuldigd?'

'Nee, Nigel Barton. Ik denk dat hij op je valt. Hij dook vorige week op, had nieuws voor je over die schilderijen die je hem had meegegeven, iets over dat het gelukt was om ze schoon te maken. Ik zei hem waar je was en dat ik niet wist hoe lang je wegbleef.' Ze wachtte even. 'Ik denk dat de schilderijen een smoes waren.'

'O, joepie,' zei ik. 'Dat is wel het laatste wat ik kan gebruiken, een hartstochtelijke advocaat.'

'Je kunt het erger treffen. Zijn pa en opa zijn eigenaar van de zaak.'

'Waarom wil iedereen toch zo graag dat ik met een rijke erfgenaam trouw?' snauwde ik.

'Wauw, wat krijgen we nou?' vroeg ze. 'Gewoon een grapje, meid. Hoe dan ook, heb je het een beetje naar je zin, los van dat je van moord wordt beschuldigd?'

'Vreemd genoeg wel,' zei ik. 'Ik heb het hartstikke naar mijn zin. Ik leer Italiaans koken. En gisteren was er een groot festival. Ik vind het hier heerlijk.'

'Een paar dagen in Toscane en ze is al een Italiaanse huisvrouw,' plaagde Scarlet. 'Maar luister, pas goed op jezelf, oké? Als er iemand is vermoord, loopt er nog steeds een moordenaar rond. Het is waarschijnlijk een plaatselijke vendetta waar jij niets mee te maken hebt, maar misschien is er iemand die denkt dat je meer weet dan het geval is.'

'Ja, ik zal uitkijken,' zei ik, en ik bedacht hoe dicht ze bij de waarheid zat. Dat wilde ik haar net vertellen, maar ik wierp een blik vanuit mijn kleine cel en zag dat de postkantoorbeambte in de buurt rondhing, evenals een oude vrouw die haar armen ongeduldig over elkaar had geslagen. Voorlopig moest ik het hier maar bij laten.

'Bel me als je meer nieuws hebt,' zei ze. 'En de volgende keer niet zo vroeg in de ochtend. We zijn tot twee uur 's nachts in touw.'

'Sorry. En ik bel je zeker weer, hoewel de enige telefoon in dit dorp deze wel heel erg openbare telefooncel is.'

'Ik stuur Nigel Barton wel om je te redden.' Scarlet giechelde. 'Ik zie hem al op zijn witte paard aan komen rijden.'

'Ha ha. Heel grappig. Zie je gauw.'

'Ja. Zie je gauw.'

Nadat ik had opgehangen bleef ik naar de telefoon staan staren. Ze was mijn enige, ragdunne verbinding met thuis geweest, en nu was ik weer op mezelf aangewezen in een wereld waar ik niets van wist. Ik had wel gehoord van de omkopingen, corruptie en intimidatie in Italië. Plekken waar de maffia de dienst uitmaakte. Stel dat de inspecteur werd betaald door de echte moordenaar en hem te verstaan was gegeven dat hij mij de moord in de schoenen moest schuiven? Dat was helemaal niet ondenkbaar. Paola was mijn bondgenote, maar hoeveel invloed had zij in het dorp? En de enige andere persoon aan wie ik hulp kon vragen was de geadopteerde zoon van een man die heel goed zelf de opdracht tot moord gegeven had kunnen hebben.

Ik liep het postkantoor uit en zag dat een van de carabinieri-agenten me wenkte. 'De inspecteur is gearriveerd,' riep hij. 'Hij vraagt naar u.'

Ik haalde diep adem en liep achter hem aan. De inspecteur zat weer achter het bureau.

'Signorina Langley,' zei hij in het Italiaans. 'Heeft u een fijn weekend gehad?' Hij glimlachte een paar gouden tanden bloot.

'Ja, dank u,' antwoordde ik. 'Ik ben naar het festival in het dorp geweest. Het was heel mooi.' Ik stamelde de woorden zo langzaam als ik durfde, met een verschrikkelijk Engels accent. Ik wilde dat hij dacht dat als hij meer vragen wilde stellen, hij Renzo er weer bij zou moeten halen.

'Mag ik nu naar huis?' voegde ik eraan toe.

Hij spreidde zijn handen. 'Ik ben er nog niet van overtuigd dat u geen aandeel hebt in deze moord. Waarom bent u naar San Salvatore gekomen? vraag ik me af. Het is geen mooi toeristenplaatsje. Bent u hier misschien naartoe gestuurd om de arme signor Martinelli de dood in te jagen? Bent u daar misschien voor betaald?'

Ik nam de tijd om dit te begrijpen. 'Ik heb u al eerder gezegd dat ik niemand in dit stadje ken. Ik ben hier om het oorlogsverhaal van mijn vader te achterhalen. Maar hier weet niemand iets van mijn vader. Dat is alles. En nu wil ik graag weer naar mijn eigen land terugkeren.'

'Ik moet vandaag nog meer mensen ondervragen. Het schijnt dat deze man veel te maken had met buitenstaanders die het allemaal niet erg nauw namen met de wet. Maar wees maar niet bang. Ik ga dit tot op de bodem uitzoeken. Misschien zitten er nog andere vingerafdrukken op die bron. Misschien ook niet. Maar als u zo onschuldig bent als u zegt, dan mag u over een paar dagen naar huis.'

Hij wilde me net wegsturen toen er buiten in de gang luide stemmen klonken. De jonge carabinieri-agent stak zijn hoofd om de deur en keek uitermate ongemakkelijk. 'Inspecteur, er is hier een heer die zegt...'

'Hij zegt dat hij onmiddellijk met de inspecteur moet praten,' zei een donkere, donderende stem, en Cosimo kwam hoogstpersoonlijk de kamer binnen. Ondanks zijn stok bewoog hij zich opmerkelijk snel.

'Signor di Georgio, geloof ik?' De inspecteur was bepaald wit weggetrokken.

'Natuurlijk,' zei Cosimo. 'Ik ken uw superieuren in Lucca goed. Ik ben hier voor deze onfortuinlijke jonge vrouw. Mijn zoon heeft me verteld dat hij met haar gepraat heeft en hij is er zeker van dat ze niets te maken heeft met deze misdaad. We willen toch niet dat ze een slecht boekje over Toscane open zal doen, hè? We willen niet dat ze thuis rondbazuint dat de politieagenten in Toscane een stelletje idioten zijn, dat ze niet weten hoe ze een misdaad à la Sherlock Holmes moeten oplossen. Dus ik ben hier om te zeggen dat als ze weg wil, u haar moet laten gaan. Misschien komen we ooit achter de waarheid over Gianni Martinelli. Misschien ook niet. Het soort mannen dat zulke misdaden pleegt is niet altijd zo gemakkelijk op te sporen, zoals u wel weet.'

Er viel een lange stilte. De inspecteur was slecht op zijn gemak. Hij wilde geen bakzeil halen, maar hij wilde ook niet tegen de haren van Cosimo in strijken.

'Geef me nog een paar dagen, smeek ik u,' zei hij. 'De jongedame is hier heel veilig. Ze kan van de Italiaanse zon genieten.'

'Mijn zoon moet morgen in Florence zijn,' zei Cosimo. 'Hij is bereid om de jonge vrouw naar de trein te brengen.'

'Ik zal de zaak in overweging nemen,' zei de inspecteur. 'Meer kan ik u niet beloven.'

Cosimo legde een hand op mijn rug en dirigeerde me de kamer uit. 'Geen zorgen, beste meid,' zei hij. 'Ik beloof je dat je morgen met mijn zoon kunt vertrekken. Geniet maar van je laatste dag in San Salvatore.'

Die laatste zin vond ik nogal onheilspellend, hoewel ik zeker wist dat ik er meer achter zocht dan hij bedoelde. Ik liep het verblindende zonlicht buiten in en vroeg me af waar ik nu naartoe zou gaan. Toen kwam ik tot een besluit. Ik moest met Gianni's weduwe praten. Ze was de enige die daadwerkelijk over mijn vader had gehoord. Misschien wist zij meer. Misschien wist zij zelfs waarom Gianni me die avond was komen opzoeken en zo zijn einde tegemoet was gegaan.

# 32

# Joanna

*Juni 1973*

De hond stond blaffend op toen ik Francesca's huis naderde. Hij zag er zo dreigend uit dat ik aarzelde om dichterbij te komen. Ik wist niet precies hoe lang die ketting was. Ik hoopte dat ze het lawaai zou horen en kwam kijken wat er aan de hand was. Ten slotte werd er een gordijn opzijgeschoven en gluurde er een gezicht naar buiten, en toen ging de voordeur open.

'Het is de Engelse signorina,' zei ze. 'U komt natuurlijk voor Paola's mand. Die heeft ze nodig. En ook haar kom. De ragù was heerlijk. Bedank haar alstublieft voor haar goedheid.'

Ze had zo'n sterk accent dat ik moeite had om haar te verstaan.

'Kom alstublieft binnen.' Ze wenkte me naar de deur. De hond wendde zijn blik geen moment van me af toen ik het huis binnenging.

'Zullen we een kop koffie drinken?' vroeg ze.

Ik was geen grote liefhebber van de dikke zwarte espresso die hier werd gedronken. Kennelijk dronken ze die hier alleen tijdens het ontbijt met melk. Maar daarna was het een teken van zwakte als je de koffie aanlengde. 'Graag.' In elk geval had ik nu een excuus om te blijven en wat te praten.

Ze bracht me naar de bank bij de tafel. Ik ging zitten en keek toe terwijl ze de vloeistof in een kopje schonk. 'Signora,' begon ik aarzelend. 'Ik wilde met u praten over mijn vader en de oorlog. Ik denk dat u meer weet dan wat u gisteren in het bijzijn van signora Rossini hebt gezegd.'

Ze keek ongemakkelijk. 'Ik weet alleen wat mijn man me heeft verteld: dat hij had gezien dat de Duitsers met een gevangene wegreden. Hij dacht dat de gevangene een geallieerde piloot was. Hij droeg net zo'n leren jack als degenen die vliegtuigen besturen.'

'Heeft uw man iets over Sofia Bartoli gezegd?' vroeg ik.

Nu keek ze echt verbaasd. 'Sofia Bartoli? Degene die er met de Duitse officier vandoor is gegaan? Wat heeft zij hiermee te maken?'

Toen ik over het pad de heuvel op liep, had ik overwogen of ik haar in gevaar bracht als ik haar de inhoud van de envelop liet zien. Ik besloot het erop te wagen.

'Op de avond van zijn dood heeft uw man een brief tussen de tralies van mijn raam geschoven,' zei ik. 'Het kan niet anders dan dat die voor mij bestemd was.'

Ik gaf haar het briefje. Ze las het en schudde half lachend haar hoofd. 'Stomme vent. Ik zei nog zo dat hij het met rust moest laten.'

'U weet dus wat hij ermee bedoelde?'

'Ik weet maar heel weinig,' zei ze. 'Ik weet dat hij als loopjongen fungeerde voor de plaatselijke partizanen. Daar was hij trots op. Hij was nog maar een jongen maar droeg toen al zijn steentje bij om de oorlog te winnen. Een keer zei hij tegen me – hij was dronken, en dat was hij vaak, God hebbe zijn ziel – dat als de inwoners van San Salvatore de waarheid kenden, de zaken heel anders zouden liggen. "Welke waarheid?" vroeg ik hem dan. "Over de oorlog," zei hij. Hij zei dat hij ooit een manier zou weten te vinden om de waarheid bekend te maken, en dat alles dan anders zou worden.'

Ze prutste met de voorwerpen op de tafel, schoof onder het praten de suikerpot en een lepel heen en weer en keek me niet aan. Ze vond het duidelijk ongemakkelijk om hierover te praten, maar ik moest doorzetten.

'Weet u ook wat hij daarmee bedoelde?'

'Niet precies. Als hij dronken was, praatte hij van de hak op de tak. En als hij de volgende dag nuchter was en ik hem vroeg wat hij de vorige avond had bedoeld, sloeg hij me in het gezicht en zei dat ik mijn neus niet moest steken in zaken die me niet aangingen.' Ze wachtte even en keek op. 'Hij sloeg me regelmatig. Hij was een gewelddadige en domme man.'

'Wat akelig. In zekere zin moet het een opluchting voor u zijn dat hij er niet meer is.'

'Een opluchting?' Ze keek me nijdig aan. 'Een opluchting? Om in armoede te worden achtergelaten? Hoe moet ik in mijn eentje de boerderij runnen? In sommige opzichten maakte hij zich tenminste nog nuttig. Zijn kaas was goed.'

Dit was zo absurd dat ik bijna moest grinniken. Ik onderdrukte een glimlach. 'Dus Gianni was in de oorlog loopjongen geweest en had iets belangrijks gezien, iets waar andere mensen niets van wisten.'

'Dat denk ik, ja,' zei ze.

Ik opende mijn tas en haalde er de drie voorwerpen uit. Ik legde ze op de tafel. 'Heeft hij u deze ooit laten zien? Weet u misschien wat ze betekenen?'

Ze staarde ernaar. 'Nou, dat is de ster van het Genootschap van San Giorgio. Dat is de orde waar de voorname mannen van het dorp lid van zijn.'

'En was het tijdens de oorlog een geheim teken van de partizanen?' vroeg ik.

'Misschien. Ik was nog maar een klein meisje. Ik wist niets van dat soort dingen. Maar dit' – ze pakte het bankbiljet op – 'dit is beslist Duits geld. En het stukje stof? Een smerig oud stukje stof? Wat moet dat voorstellen?'

'Ik denk dat het stijf staat van het bloed,' zei ik en ik zag dat ze het vlug liet vallen. 'Misschien probeerde Gianni mij te vertellen dat iemand fatale informatie heeft doorgespeeld en dat hij met Duits geld is betaald.'

'O.' Ze keek me aan en liet dat op zich inwerken. 'Dus daar doelde hij op, dat iemand niet de held was die hij beweerde te zijn en dat Gianni er ooit voor zou zorgen dat hij goed betaald werd, omdat hij zijn mond had gehouden.'

'Cosimo?' vroeg ik. 'Denkt u dat hij Cosimo bedoelde?'

'Zou kunnen.' Ze keek zenuwachtig om zich heen voor het geval er iemand bij het raam stond te luisteren. 'We hebben allemaal gehoord dat hij in de oorlog zo onverschrokken was. En daarna heeft hij er beslist van geprofiteerd. Maar als mijn man zo stom was om hem te chanteren, dan heeft hij dat met de dood moeten bekopen.' Ze zuchtte. 'Ik heb hem nog zo gezegd dat hij het moest laten rusten. Hij luisterde nooit naar me.'

Wat dat betrof had ik mijn conclusies al getrokken. Ik had gehoord hoe Cosimo de slachting van de partizanen had overleefd. Stel dat hij die niet had overleefd maar juist in gang had gezet, en dat hij er goed voor was betaald? Gianni dacht misschien dat dit een geschikt moment was om me erover te vertellen, zodat iemand van buiten het dorp het wist. Als ik dan weer ver weg was, zou hij Cosimo chanteren. Zoals Francesca al had gezegd: een domme man.

'Wilt u deze dingen soms houden?' vroeg ik.

'Nee. Neem maar mee.' Ze duwde ze naar me terug. 'Als u verstandig bent, vernietigt u ze. Ze kunnen alleen maar nog meer ellende veroorzaken. Het verleden is geweest. Mijn man is geweest. En ik wil nu graag dat u gaat. Ga naar uw land terug en vergeet dat u hier ooit bent geweest.'

Er viel niets meer te zeggen. Ik stond op, bedankte haar voor de koffie en liep naar buiten. De hond stond op, zijn nekharen nog overeind, maar hij gromde niet toen ik langs hem liep. Ik wilde de heuvel af lopen, maar draaide me om en begaf me naar het bos. Ik wist niet wat ik hoopte te vinden. Als mijn vader al een kleine schuilplek had gemaakt, dan was die al lang geleden gevonden of ingestort. En plaatselijke bewoners zouden erover hebben gepraat. Tenzij... Ik bleef aan de rand van het bos staan. Tenzij ze allemaal wisten wat er met mijn vader gebeurd was. Tenzij ze allemaal een geheim bewaarden en hadden afgesproken erover te zwijgen. In dat geval zou ik naar huis gaan zonder het ooit te weten te komen.

Ik betrad de lommerrijke koelte van de open plek. Het was heel aangenaam onder de bomen; brede eiken en kastanjebomen stonden nog in bloei. Overal om me heen zongen vogels. Een duif koerde melancholiek op een tak boven mijn hoofd. Ik volgde iets wat vaag op een pad tussen de bomen leek, terwijl ik nog altijd mijn gedachten probeerde te ordenen. Cosimo was na de oorlog de rijkste man van het dorp geworden. Gianni was misschien zo stom geweest om mijn komst aan te grijpen en had gedreigd hem te chanteren, de reden waarom Cosimo er zo op gebrand was dat ik vertrok voordat ik nog meer vragen kon stellen. En Renzo... Renzo was Cosimo's zoon en erfgenaam. Hij zou toch zeker wel weten wat er in de oorlog was gebeurd en ook wat er met Gianni was gebeurd? Ik zag dat hij alles deed wat zijn vader vroeg, dat hij zijn studie in Londen aan de wilgen had gehangen en halsoverkop naar huis was gegaan om hem te helpen.

Ik kon maar het beste Cosimo's aanbod aannemen en me zo gauw mogelijk door Renzo naar het station laten brengen. Wat er ook met mijn vader was gebeurd, er was niemand die me daar iets over zou vertellen. Plotseling kreeg ik het gevoel alsof het bos op zijn hoede was, alsof alle levende wezens op hun qui-vive waren. Ik was bang. Stel dat ik al die tijd was geschaduwd? Stel dat iemand mijn gesprek met Francesca Martinelli had afgeluisterd en me naar het bos was gevolgd? Wat zou het goed uitkomen als mijn lichaam dagenlang zoek zou blijven…

Ik drong me blindelings door het struikgewas. Twijgen schramden mijn wang en doornstruiken grepen mijn rok vast, maar ik ging door tot ik zwaar hijgend bij de olijfgaarden uit het bos tevoorschijn kwam en blij was om op de helling tegenover me Paola's boerenhoeve te zien. Ik geloof dat ik de hele weg naar huis heb gerend.

# 33

# Hugo

*December 1944*

Hugo bracht de nacht door in de crypte. Hij vond het maar niks zo tussen de dode monniken, een crucifix en allerlei heiligen, maar het was fijn om uit de wind te zijn. Hij maakte zijn bed op aan de andere kant van het ingegraveerde scherm, in de wetenschap dat hij het kindje Jezus door de gaten van het scherm kon zien. Hij ging liggen en had niet meer zo lekker geslapen sinds zijn vertrek van de basis nabij Rome.

Hij was blij met zijn beschutte plek toen midden in de nacht de volgende hevige storm losbarstte. De wind huilde langs de trap omlaag en hij hoorde gekraak en gebons toen boven nog meer brokken metselwerk van de muren werden gerukt. Die avond kwam Sofia niet. Hij at de raap (die verrassend lekker smaakte) en de restjes van het kerstmaal.

Toen het de volgende dag licht werd, beklom hij de trap om te kijken hoe de situatie nu was. De felle regen had nog meer van de heuvelrug weggespoeld en nu klampten de treden zich vast aan een indrukwekkend ravijn. Hij moest Sofia waarschuwen dat ze die met harde wind niet mocht beklimmen. Ze was zo licht en tenger dat ze misschien werd weggeblazen. Hij wachtte de hele ochtend op haar, maar ze kwam niet. Hij hield de weg in de gaten of er misschien geallieerde troepen waren die zich vanuit het zuiden verplaatsten, maar de hoge bergen in het noorden lagen nu onder een dik pak sneeuw en hij besefte dat Sofia misschien gelijk had, dat de geallieerden het pas weer waagden verder te trekken als het zachter voorjaarsweer werd.

Hij trok zich weer in de beschutting van de crypte terug. De duisternis viel in toen hij op de vloer boven hem voetstappen hoorde. Hij stond op om Sofia te begroeten. Ze haastte zich de trap af en legde een vinger op haar lippen.

'Je mes en je pistool,' fluisterde ze. 'Hou ze bij de hand. Ik geloof dat ik gevolgd ben.'

Hij pakte ze en controleerde of het pistool geladen was.

'Misschien is het mes beter,' fluisterde ze. 'Een pistoolschot kan tot in de wijde omtrek gehoord worden.'

Hij bekeek het mes in zijn hand. Hij had van zijn leven nog nooit iemand neergestoken en hij kon zich niet voorstellen dat hij dat nu wél zou doen. Hij probeerde zich voor te stellen dat hij een Duitse soldaat van achteren vastgreep, zijn hoofd vasthield en bedaard zijn keel doorsneed. Kon hij dat?

Sofia besefte zeker wat hij dacht, want ze zei: 'Geef het aan mij. Op de boerderij heb ik varkens gedood. Ik ben niet bang om een Duitser te kelen.'

Ze griste het van hem weg en liep de trap weer op. Hugo vond zichzelf een lafaard en ging zo snel hij kon achter haar aan. De zon was net ondergegaan en trok bloedrode strepen langs de hemel. Met het mes in haar hand en de roze glanzende muren vormde ze een ongelooflijk dramatisch beeld.

Ze draaide zich naar hem om. 'Blijf uit het zicht. Misschien moet ik me hieruit bluffen. We zien zo wie het is.'

Ze posteerde zich bij de deuropening. Hij hoorde voeten op het voorplein en toen stapte Sofia naar buiten. 'Gianni!' hoorde hij haar met verbaasde stem zeggen. 'Wat doe jij hier?'

'Gaat u niks aan, signora Bartoli. Wat doet u hier?'

Hugo gluurde naar boven en zag een mager joch van een jaar of elf, twaalf. Hij had de baard nog niet in de keel en hij keek uitdagend en angstig tegelijk.

'Als je het dan weten wilt, ik ben hier om te kijken of de laatste bom misschien meer van de kloosterkeuken heeft blootgelegd. Ik ben hier een paar keer eerder geweest en heb toen blikken met voedsel en ingemaakt fruit gevonden. Ik dacht dat er nu weer iets te vinden was.'

'Ik help u zoeken,' zei hij. 'Mijn moeder zal blij zijn met een pot ingemaakt fruit.'

'Dat is heel lief van je, maar ik weet zeker dat je moeder niet wil dat je hier bent en daardoor je leven riskeert. Moet je kijken, de laatste bom heeft nog een stuk van de helling weggeslagen. Je bent zo licht dat je zomaar kunt worden weggeblazen.'

'Ik ben taai,' zei hij. 'Ik kan het wel aan.'

'Wat doe je hier eigenlijk?' vroeg ze. 'Een weddenschap, of zo?'

'Nee,' zei hij. 'Ik dacht dat ik de jongens hier zou aantreffen.'

'De jongens?'

'Ja, u weet wel, de partizanen. Ik hoorde iemand zeggen dat ze iets groots van plan zijn. U weet wel, misschien een aanval op de weg, en ik dacht dat ze misschien hier bij elkaar kwamen. Ik wil met ze meedoen.'

'Jij? Meedoen met de partizanen? Je bent nog maar een jongen. Dat willen ze vast niet.'

'Maar ik kan me nuttig maken. Loopjongen voor ze zijn. Plekken bespioneren.'

'Gianni.' Sofia legde een hand op zijn schouder. 'Ik heb gehoord dat ze meedogenloze mannen zijn die grote risico's nemen. Ze doden je nog liever dan bang te moeten zijn dat je ze verraadt.'

'Het zijn onze mannen, onze buren, ze staan aan onze kant.'

'Zo zou ik het niet willen noemen. Sommige partizanengroepen zijn communistisch. Ze willen de Duitsers verdrijven, maar ze willen ook onze regering omverwerpen, dat we communistisch worden en door het volk geregeerd worden.'

'Maar ik heb het over degenen die van hier zijn. Die kennen we.'

'Ik denk dat je ver bij ze uit de buurt moet blijven. Er komt niets goeds van luistervink spelen,' zei Sofia. 'Maar nu je hier toch bent, kun je me helpen zoeken of er nog meer bruikbare spullen liggen...' Haar stem stierf langzaam weg, terwijl ze met de jongen wegliep. Hugo wachtte ongeduldig, en net toen de laatste restjes daglicht wegstierven, hoorde hij hun voetstappen opnieuw, en Sofia die zei: 'Ga nou naar huis, voordat het helemaal donker is. Jammer dat we geen eten voor je moeder hebben gevonden. Zeg haar dat zodra ik mijn rapen heb geoogst ze daar wat van krijgt.'

'Gaat u dan niet met me mee?' vroeg hij, en zijn stem klonk nu jong en onzeker.

'Natuurlijk wel. Loop jij nu voorzichtig de trap af, dan kom ik er zo aan. Ik heb mijn mand in de oude kapel laten staan, daar was ik aan het bidden toen jij kwam. Het is nog altijd een huis van God, moet je weten, ook al zijn de muren beschadigd. Nou, wees voorzichtig.'

Sofia haastte zich terug naar Hugo in de kapel. 'Ik moet met hem mee. Er zit eten in de mand. En misschien ben je in groot gevaar. De partizanen...'

'Ik heb het gehoord,' zei hij. 'Ze zijn van plan hier bij elkaar te komen.'

'Ik zal mijn oren openhouden,' zei ze, 'en proberen om je te komen waarschuwen. Maar jij moet ook op je hoede zijn, en als het nodig is paraat staan om je te verstoppen. Als je die deur open zou kunnen krijgen, heb je daar misschien een ontsnappingsroute.'

'Heb ik al geprobeerd,' zei hij. 'Geen beweging in te krijgen.'

'Dan moet je misschien niet langer daarbeneden blijven. Dan zit je in de val. Op je plekje onder het altaar lag je tenminste nog uit het zicht.'

'Ja,' zei hij instemmend. 'Ga nou maar, voordat dat kind terugkomt om te kijken waar je blijft.'

'Wees voorzichtig, Ugo.' Ze strekte zich uit en kuste hem op de wang. Toen rende ze naar buiten.

'Sorry, Gianni,' hoorde hij haar roepen. 'In het donker kon ik mijn mand niet vinden. Daar ligt nu alleen nog maar puin. En het is er heel gammel. Ik vind hem morgen wel weer.'

Het was nu helemaal donker. Hugo haalde zijn aansteker tevoorschijn en liep de trap af om zijn kaars aan te steken. Hij voelde zich afschuwelijk kwetsbaar, in de val. Als hij hierbeneden bleef, zou hij als hij werd gevonden geen kant op kunnen. Hij stak zijn kaars aan en droeg zijn spullen naar boven, terug naar zijn vorige schuilplek. Daar was het koud en vochtig en niet uitnodigend. Overdag zou hij iets beters moeten verzinnen en de crypte misschien weer afsluiten. Bij de gedachte dat de partizanen het schilderij zouden vinden en het misschien zelfs zouden weghalen om het te verkopen, wilde hij onmiddellijk weer naar beneden gaan en het van de muur halen. Maar zijn kaars had nog maar een klein vlammetje en wie wist hoe vol zijn aansteker nog was? Hij kon niet het risico nemen om hierbeneden in het pikkedonker vast te komen zitten. Hij haalde de mand en at de soep op die Sofia voor hem had meegebracht. Er viel hem nog een sombere gedachte in. Als de partizanen dit werkelijk als ontmoetingsplek gingen gebruiken, dan kon Sofia het niet langer riskeren om hierheen te komen. Dan zou hij snel een besluit moeten nemen over wat hij in dat geval moest doen. Hij kon zijn gewonde been nu wel iets belasten. Misschien was het tijd om zijn geluk te gaan beproeven.

Hij wurmde zich in de smalle ruimte en bracht een ellendige

nacht door, gespitst op het zachtste geluidje. Ergens tijdens de lange, donkere uren dacht hij geweerschoten te horen, maar het kon ook onweer geweest zijn. De nacht sleepte zich eindeloos voort en hij was opgelucht toen de eerste strepen van het koude daglicht zich aandienden. Hij wist zeker dat ze niet overdag zouden komen. Daarvoor was de plek te open en bloot. Daardoor had hij tijd om na te denken en plannen te maken. Hij ging de trap af en bleef voor het schilderij van het kindje Jezus staan. Zelfs in de halfschemer leek het met een innerlijk licht te glanzen. Het benam hem nog steeds de adem. Ik moet er een veilige verstopplek voor vinden, dacht hij. Hij bewoog zich door de kleine crypte. Achter sommige tombes was ruimte, maar een grondige zoektocht zou het schilderij al snel aan het licht brengen. Er was ook een gat achter het altaar. Een mogelijkheid, dacht hij.

Hij was nog steeds beneden toen hij boven voetstappen hoorde. Hij vloekte binnensmonds en besefte dat hij zijn pistool en mes tussen zijn spullen had laten liggen. Hij keek om zich heen en zag niets waar hij zich kon verbergen, behalve dan achter het ingegraveerde scherm, bepaald geen veilige plek om zich te verstoppen. 'Gevangen als een rat in de val,' mompelde hij.

Hij hoorde de voeten naar de bovenkant van de trap lopen en zag dat een schaduw het daglicht blokkeerde. Een stem riep zachtjes: 'Ugo? Ben je daarbeneden?'

'Sofia?' Hij slaakte een enorme zucht van opluchting en haastte zich naar haar toe. 'Ik had je niet zo vroeg verwacht, en ook nog overdag. Neem alsjeblieft dit soort risico's niet.'

'Slecht nieuws,' zei ze, en ze hijgde alsof ze de hele weg had gerend. 'Afschuwelijk nieuws, Ugo. Gianni had gelijk dat onze partizanen van plan waren een overval te doen. Maar iemand moet de Duitsers hebben getipt. Ze werden opgewacht en zijn allemaal afgeslacht, op Cosimo na.'

'Hoe heeft hij weg weten te komen?' Hugo, die al een hekel aan

Cosimo had gekregen zonder hem ooit ontmoet te hebben, was onmiddellijk achterdochtig.

'Het was een wonder. De eerste kogel heeft zijn schouder enkel geschampt. Hij gooide zichzelf op de grond en het lichaam van een van zijn kameraden viel boven op hem. Hij zei dat hij daar is blijven liggen, terwijl de soldaten rondgingen en overal hun bajonet in de lichamen staken om er zeker van te zijn dat ze allemaal dood waren. Hij heeft zich urenlang niet durven bewegen. Toen het dag werd, is hij ertussenuit gekropen en naar huis gegaan. Ik heb nooit een man gezien die er zo uitgeput en radeloos uitzag.'

'Dus iemand heeft de Duitsers getipt. Dat betekent dat er bij jullie een spion rondloopt.'

'Misschien niet in San Salvatore. Er zitten ook mannen uit andere dorpen bij. Sommigen komen hier niet eens vandaan, dat zijn soldaten die uit hun regiment zijn gevlucht, liever dan door de Duitsers krijgsgevangen te worden genomen. Een van hen kon als spion zijn neergezet.'

'Al te gemakkelijk,' zei hij instemmend. 'Maar voor mij, voor ons, is dat toch goed nieuws? Dan gaan ze dit niet als ontmoetingsplek gebruiken.'

Ze schudde haar hoofd, huilde nu. 'Maar het is erger dan je denkt. Vanochtend vroeg zijn er Duitse vrachtwagens het dorp binnengereden. Ze hebben iedereen over de partizanen ondervraagd, zeiden dat ze de lijken gingen onderzoeken en dat als ze ontdekten dat een van hen uit dit dorp kwam, we allemaal worden neergeschoten.'

'En Cosimo? Hebben ze hem gevonden?'

'Nee. Hij is over de akkers weggevlucht toen iemand de vrachtwagens zag komen. Ik denk dat hij zich gedeisd moet houden.'

'Wat verschrikkelijk,' zei Hugo.

Ze knikte. 'En het is nog erger dan dat. De bevelvoerend majoor vroeg ons ook naar een Engelse piloot. Ze zeiden dat ze je vliegtuig hadden ontdekt en dat er maar twee lichamen in zaten, en dat er niemand op de plaats van de piloot zat. Ze vroegen of iemand iets had gezien of gehoord over een Engelsman die zich schuilhield. Niemand had iets gezien. Niemand zei iets. Toen zei die Duitser dat als ze merkten dat een van ons een vijand had geholpen, het hele dorp daarvoor moest boeten. Je had zijn gezicht moeten zien. Ik weet zeker dat hij letterlijk popelde om ons allemaal af te slachten.'

Ze staarde hem met doffe en hopeloze ogen aan.

'Dan moet ik nu maken dat ik wegkom,' zei Hugo. 'En jij moet met me meegaan, Sofia.' Hij pakte haar hand.

Ze wendde zich af. 'Ik kan mijn zoon niet in de steek laten, en de oma van mijn man ook niet.'

'Neem Renzo mee. Je wilt je zoon toch redden? De buren zorgen wel voor de oude vrouw, en het is niet voor heel lang. We gaan naar het zuiden. We vinden er wel iets op.'

'Maar je kunt niet lopen. Je been is nog niet sterk genoeg.'

Dat was maar al te waar.

'Waar is het dichtstbijzijnde vervoermiddel? Zijn er geen bussen, treinen?'

'Er loopt een spoorrails door het dal van de Serchio, zo'n vijftien kilometer hiervandaan. De trein gaat naar Lucca. Ik weet niet of dat gebied nog altijd in handen is van de Duitsers. En ik weet niet eens of de treinen wel rijden. En om te reizen heb je documenten nodig. Ze zullen je vinden.'

'Dan moeten we een Duitse auto of vrachtwagen zien te stelen.'

'Hoe kan dat nou minder gevaarlijk zijn dan blijven waar ik ben en bidden dat niemand me heeft gezien?' Haar stem sloeg nu over.

'En als ze besluiten om het hele dorp dood te schieten?' Hij sprak nu ook met stemverheffing en het weerkaatste tegen de muren. 'Ik wil je redden, Sofia. Ik wil je beschermen. Ik zal mezelf aangeven. Ik zal zeggen dat ik me in de omgeving heb schuilgehouden en dat niemand me heeft geholpen.'

'Nee.' Ze greep hem bij de arm. 'Nee. Dat mag je niet doen. Dat sta ik niet toe.'

'Maar ik ben een krijgsgevangene. En een officier. Officieel moeten ze me fatsoenlijk behandelen en me naar een gevangenkamp voor officieren sturen.'

Ze schudde zo heftig haar hoofd dat haar omslagdoek op haar schouders viel. 'Ze zullen je ter plekke doden. Dat weet ik zeker. Ze zijn zich aan het terugtrekken en ze zijn bang. Ze willen onderweg geen gevangenen meenemen. Ik wil je niet kwijt, Ugo.'

'Ik wil jou ook niet kwijt.' Hij sloeg zijn armen om haar heen. Ze begroef haar hoofd in zijn jack, net zoals ze had gedaan toen ze werden gebombardeerd. Zo bleven ze zwijgend staan. Hij streek zachtjes over haar haar alsof ze een kind was.

'Er moet een manier zijn,' zei hij boos. Ze keek naar hem op. 'Is er hier helemaal niemand die een auto of vrachtwagen heeft?' vroeg hij.

Ze haalde haar schouders op. 'Allemaal meegenomen. Bovendien is er geen benzine. Sommige boeren hebben nog een paard of een ezel. Ik ken een boer die een kar heeft waarmee hij zijn producten naar de markt in Ponte a Moriano brengt. Ik heb gehoord dat hij wel eens spullen van de zwarte markt meeneemt. Maar hij vraagt een hoop geld en dat heb ik niet, en ik heb ook niets te verkopen.'

Hugo fronste zijn wenkbrauwen, dacht koortsachtig na. Toen trok hij zijn zegelring van zijn pink. 'Neem deze mee. Hij is van goud.' Hij legde hem in haar hand en sloot haar vingers eromheen. 'Ik weet niet of het genoeg is, maar zeg tegen hem dat we de kar alleen maar willen lenen. Die laten we ergens achter waar hij kan worden teruggevonden zodat hij hem kan ophalen.'

Ze knikte ernstig. 'Ik weet niet precies waar hij woont, maar in het dorp is er wel iemand die het weet. Jammer dat Cosimo zich nu schuilhoudt, want hij had het geweten. Ik weet zeker dat hij weet van de handel op de zwarte markt.'

'Cosimo mag helemaal niets weten,' zei Hugo scherp. 'Helemaal niemand mag iets weten. We kunnen het niet riskeren dat ze naar de Duitsers gaan.'

'Misschien heb je gelijk,' stemde ze in. 'Goed dan, ik zal het proberen. Ik zal mijn best doen. Maar het zal niet eenvoudig zijn. Ik denk niet dat de Duitsers ons nu met rust laten. En als ze ontdekken dat een van die mannen uit ons dorp komt, dan is alles voorbij. Dan worden we als beesten afgeslacht.'

'Dat menen ze toch zeker niet?' zei hij. 'Toch niet ook de vrouwen en kinderen?'

'O ja. Ze hebben dit ook in andere plaatsen gedaan. De hele bevolking afgemaakt omdat die mensen de vijand hebben geholpen. Ik weet zeker dat ze het zullen doen.'

'Zorg dan in hemelsnaam dat je die man vandaag nog vindt. Ik zal zorgen dat ik klaarsta om te vertrekken. En ik zal de wacht houden. Van hieraf kan ik de weg zien. Als de Duitse voertuigen komen, zal ik in het bos op je wachten.'

Ze knikte, probeerde duidelijk de plotselinge last van zoveel zorgen te aanvaarden.

Hugo greep haar bij de arm. 'En Sofia, als het niet veilig is om terug te komen, red jezelf dan. Red Renzo. Dat is het enige wat ertoe doet. Ik hou van je. Ik weet dat het niet mag, want we zijn allebei getrouwd, maar het is wel zo. Ik zou er alles voor overhebben om je te beschermen.'

'Ik hou ook van jou, Ugo,' zei ze met een klein stemmetje.

Hij nam haar gezicht in zijn handen en kuste haar teder op de lippen. Hij voelde hoezeer hij naar haar verlangde maar liet haar haastig los. 'Ga, nu is er nog tijd.'

Tranen stroomden over haar wangen. 'Moge God je beschermen, Ugo,' zei ze.

'En jou,' riep hij haar na toen ze de nacht in rende.

# 34

# Hugo

*December 1944*

Nadat ze weg was, bleef hij waar hij was en deed zijn best helder na te denken. Hij was een Brits officier, getraind voor het gevecht. Hij zou in staat moeten zijn een goed plan te bedenken. Hij had zes kogels in zijn revolver. Bij een verrassingsaanval kon hij in elk geval de eerste zes Duitsers te grazen nemen. Maar dan zouden ze wraak nemen op het dorp. Sofia moest de man met de kar vinden en zorgen dat ze die kon lenen. De ring was een goeie zet. Zwaar tweeëntwintig karaats goud. Een hoop waard. Een simpele boer zou zeker in de verleiding komen.

Toen dwaalde zijn blik naar het schilderij van het kindje Jezus. Dat moest hij ook beschermen. Dat mocht door geen enkele Duitser geroofd worden! Het kostte hem moeite om het van de muur te tillen en hij was verbaasd dat het zo zwaar was. Hij vroeg zich af of de lijst van echt goud was en geen bladgoud. Zo vlak voor zijn neus leek het kind bijna een onderonsje met hem uit te wisselen. Hij had een overweldigend verlangen om het doek uit de lijst te halen, het op te rollen en het in zijn jack of parachutezak te stoppen. Maar zijn artistieke opleiding stond hem dat niet toe. De oude verf zou breken en het schilderij zou verwoest zijn. En het was beslist te groot en te zwaar om zo mee te nemen. Het moest verstopt worden tot de Duitsers zich ten slotte in het noorden hadden teruggetrokken.

Hij ging terug naar de kleine deur in de muur. Die was van massief eiken, met panelen van houtsnijwerk en een sleutelgat dat zo groot was dat er een oude sleutel in moest passen. Hij haalde zijn mes en probeerde het slot open te poeren, daarna een stuk uit de deur weg te snijden, maar zijn pogingen liepen op niets uit. Het hout was te dik en de deur was precies passend in de rots ingebouwd. Hij wilde het schilderij niet naar boven tillen, waar weer en wind vrij spel hadden. Uiteindelijk stopte hij het achter het altaar. Daar zou tenminste niemand het vinden, tenzij ze echt goed zochten. Daarna ging hij terug naar boven om op de uitkijk te staan.

Het was een stormachtige dag, vanuit het westen repten zich wolken langs de hemel, die nog meer regen voorspelden. Hugo zocht alle windstreken af, maar er was geen beweging op de weg en de omliggende akkers waren leeg en kaal. Een desolaat landschap, dacht hij. Het gaf zijn stemming goed weer. Hij keek over de recente landverschuiving langs het spoor omlaag. Zou ik het tot de weg redden als Sofia van die kant moet komen met de kar? vroeg hij zich af. Een klein stemmetje in zijn hoofd fluisterde dat hij nu gewoon moest wegvluchten en Sofia niet langer in gevaar moest brengen.

Hij keerde terug naar het puin naast de kapel om te kijken of hij nog iets bruikbaars kon redden: iets wat hij misschien als wapen kon gebruiken. Maar tijdens het eerste bombardement waren de muren al ingestort. Toen de laatste bom viel, was er niet veel meer ontwricht. Feitelijk viel er gewoon niets meer te vernielen. Hij bukte zich moeizaam, draaide afwezig de kleinere stukken metselwerk om, niet wetend wat hij hoopte te vinden. Toen zag hij opeens een grote ijzeren ring vanonder de stenen uitsteken. Geïntrigeerd schoof hij meer stukken metselwerk opzij en haalde er een sleutelring met een paar grote sleutels uit tevoorschijn. Hij hield hem in zijn hand, staarde er een poos naar en zijn hart ging sneller slaan. Hij had toch zeker niet zoveel geluk dat hij de sleutel van de deur had gevonden?

Zo snel hij kon ging hij weer naar binnen; hij merkte zelfs de pijn in zijn gewonde been niet. Hij kwam weer bij zinnen toen hij op de trap bijna struikelde en in de crypte dreigde te vallen. Hij moest steun zoeken bij de muur en nam de laatste treden voorzichtiger. Een voor een probeerde hij de sleutels in het slot en uiteindelijk paste de grootste. Hij draaide hem om en hoorde het slot klikken. Hij duwde, maar de deur gaf geen krimp. Hij was zeker klem komen te zitten toen het gebouw tijdens de instorting was ontwricht. Hij gooide zijn schouder ertegen en voelde beweging, maar hij ging nog steeds niet open. Knarsetandend van frustratie probeerde hij het nogmaals. Uiteindelijk lukte het hem, de deur schraapte luid knarsend over de stenen vloer, wat alarmerend door de crypte echode. Haastig haalde hij zijn aansteker tevoorschijn en stak zijn hoofd om de deur. Toen klapte hij de aansteker dicht en zuchtte. Er was ooit een doorgang geweest, maar die was tot op een meter achter de deur door puin geblokkeerd. Zelfs voor een slank iemand was er amper ruimte om zich erin te wurmen. Een deur naar nergens.

Hugo slikte zijn teleurstelling in, maar toen kreeg hij een idee. Een deur naar nergens. Hij wurmde zich om de halfopen deur heen en controleerde het puin erachter. De doorgang was echt helemaal geblokkeerd. Hij bekeek de achterkant van de deur en knikte toen. Het zou kunnen lukken, voorlopig de beste oplossing. Hij wrong zich weer naar buiten en liep naar boven, hoewel zijn been al aangaf dat hij genoeg had gedaan en moest uitrusten. Er lag meer dan genoeg hout. Verspreid liggende kerk- en knielbanken, kapotte altaartafels en stukken houtsnijwerk die ooit deel van het hoge altaar waren geweest. Hij koos vier relatief rechte en stevige stukken en wurmde toen de spijkers uit het versplinterde hout. Het was een langdurig en saai karweitje. Daarna bracht hij zijn spullen naar beneden, evenals een mooi rond stuk marmer dat waarschijnlijk een stuk van een heiligenbeeld was. Hij wurmde zich weer om de deur heen, merkte droogjes op hoe blij hij was dat hij al een maand lang zo weinig te eten had gehad en dat hij afschuwelijk dun was. Toen toog hij aan het werk om aan de achterkant van de deur een ruw frame te bouwen waarin het schilderij zou passen. Timmeren was nooit zijn sterkste kant geweest – dat was nooit nodig geweest met meer dan genoeg bedienden die het handwerk deden – en het gevloek was niet van de lucht toen hij de roestige spijkers door het gelakte hout heen in een massief houten deur probeerde te slaan. Maar uiteindelijk kreeg hij voor elkaar wat hij voor ogen had gehad. Hij tilde het schilderij op en duwde het in de omlijsting van het houten frame. '*Va bene,*' zei hij hardop in het Italiaans. Nu hamerde hij schuin over de hoeken korte plankjes om het schilderij op zijn plaats te houden. Als iemand de deur dan zou weten open te wrikken, zou hij alleen een geblokkeerde doorgang zien. Het schilderij zou veilig zijn tot de Duitsers weg waren en Sofia kon terugkeren.

Terwijl hij vermoeid de trap op liep, was Hugo heel tevreden over zichzelf. Als hij nou maar de rest van de kunstwerken ook in de kleine crypte kon opbergen. Hij stelde zich voor dat de Duitsers opgetogen de andere grote schilderijen omlaaghaalden, de crucifix loshaalden, zelfs de heiligen en marmeren figuren op de tomben zouden stukslaan. Toen kreeg hij opnieuw een idee. De vroegere deur van de kapel die bij de laatste bom was omgevallen paste misschien precies op het trapgat van de crypte. Hij zocht zich een weg tussen het hachelijke puin waar de deur lag en probeerde hem over de vloer te slepen. Hij was groot en ongelooflijk zwaar. Elke keer dat hij zich bukte en aan de deur trok, ging er een pijnscheut door zijn been. Algauw parelden zweetdruppels op zijn voorhoofd en werd hij misselijk. Hij moest zijn nederlaag toegeven en besefte dat hij op

Sofia moest wachten. Maar hij had geen idee wanneer ze zou komen of hoe vlug hij zou moeten vertrekken als ze hier eenmaal was.

Hij ging liggen, de revolver en het mes voor het grijpen bij zijn rechterhand. De rest van de dag verstreek en Sofia kwam niet. Hij brak zich het hoofd over wat dat misschien kon betekenen. Ze had de boer van de kar niet gevonden, of de Duitsers waren nog in de buurt en hielden haar in de gaten. Of het was iets simpels, zoals haar zoon die bang was en niet van haar zijde wilde wijken. Dit stelde hem een beetje gerust. Hij moest gewoon geduld hebben en bidden dat de Duitsers hadden geconstateerd dat geen van de dode partizanen uit San Salvatore kwam.

De nacht viel in. Hugo had nu een razende honger. Hij propte de parachuteresten in zijn zak. Gezien Sofia's enthousiasme kon de zijde wel eens een goed ruilmiddel zijn. Morgenvroeg zou hij de spullen die hij vanuit de puinhopen had verzameld verspreiden zodat er geen spoor meer over was van het feit dat hij zich daar had schuilgehouden. Hij dommelde wat weg, om vervolgens van het minste of geringste geluid weer wakker te schrikken. Maar uiteindelijk moest hij toch in slaap zijn gevallen, want plotseling was Sofia naast hem. Hij voelde hoe haar zachte haar zijn wang aanraakte. Hij opende zijn ogen, wist niet of dit echt was of slechts een van zijn dromen over haar.

'Ugo, *mio caro,*' fluisterde ze; haar gezicht was maar een paar centimeter van het zijne.

Instinctief nam hij haar in zijn armen en hij voelde haar warme lichaam tegen het zijne. Toen kuste hij haar hongerig, het opgekropte verlangen vermengd met zijn angst, en zij ging erin mee, drukte haar tengere lichaam tegen hem aan. Hij klungelde met haar rokken, voelde het vlees van de bovenkant van haar dij, trok aan haar onderbroek. En hij merkte dat zij zijn broek losknoopte. Toen rolde hij zich op haar, dacht niet meer aan de pijn in zijn been, aan de Duitsers, aan de oorlog.

Na afloop bleven ze in stilte liggen, ademden gelijk op.

'Ugo, ik moet even gaan verliggen,' zei ze ten slotte. 'De rotsen graven zich in mijn rug.'

'De volgende keer dat we dit doen, is dat in een groot, prachtig bed met een veren matras,' fluisterde hij in haar oor, terwijl hij haar hielp om overeind te komen. 'Veel comfortabeler.'

'Geloof je dan dat er een volgende keer is?' vroeg ze.

'Ja. We zullen wegkomen, Sofia. Jij en ik. En als jouw Guido echt dood is...'

Ze legde haar vingers op zijn lippen. 'Niet verdergaan. Wie kan nu aan de toekomst denken?'

'Hoe zit het met de kar? Heb je de boer gevonden?'

'Nog niet. Ik kon het dorp niet uit. Het is zo erg, Ugo. De Duitsers gaan maar niet weg. Een van hen zit zelfs in mijn huis. Hij heeft de beste slaapkamer boven genomen.'

'In je huis? O, wat verschrikkelijk, Sofia. In godsnaam, neem Renzo mee, zoek de kar, dan vertrekken we meteen.'

'Ik wilde gisteren al gaan, maar die Duitser vroeg me waar ik naartoe ging. Ik zei hem dat mijn rapen bijna geoogst kunnen worden. Dat ik bij mijn akker ging kijken en als ze klaar waren dat ik dan een kar moest regelen om ze naar de markt te brengen.'

'Dat was slim.'

Ze schudde haar hoofd. 'Hij zei dat hij een van zijn mannen zou meesturen om me te helpen de rapen uit te graven.' Ze wachtte even en zuchtte. 'Ik zei tegen hem dat dat niet nodig was, dat ik sterk ben, dat ik gewend ben aan zwaar werk. Maar hij zei dat hij wilde helpen in ruil voor het feit ik hem onderdak bood.'

'Zo te horen een fatsoenlijke man dus.'

Ze wendde zich af. 'Wie weet? Misschien hebben ze opdracht gekregen om niemand van ons uit het oog te verliezen. En de manier waarop hij naar me kijkt staat me niet aan. Hij kijkt me na als ik naar boven ga. Ik voel zijn blik op me.'

'Dan heb je een enorm risico genomen door hier te komen,' zei hij. 'Stel dat hij controleert of je er 's avonds wel bent?'

'Ik doe mijn slaapkamerdeur op slot,' zei ze. 'Renzo slaapt nu bij mij. Ik bid alleen dat die niet wakker wordt voor ik terug ben.'

Hugo voelde een machteloze woede in zich oplaaien.

'Dan moet je nu teruggaan.'

'Ik ben bang dat ik alleen maar een beetje polenta en een paar koude bonen voor je heb,' zei ze. 'De Duitser heeft twee borden genomen van de stoofpot die ik had gemaakt. Ik zei tegen hem dat we bijna niets te eten hadden en hij zei dat ik me geen zorgen hoefde te maken, dat hij voor meer zou zorgen. Hij zei dat zijn mannen iedereen die meewerkte goed zullen behandelen. Ik zei tegen hem dat ik geen keus had. Dat ik mijn zoon en de oude vrouw moest beschermen. Toen glimlachte hij en zei: "Je hoeft echt niet bang voor me te zijn." Ik wou dat ik hem kon geloven.'

'Denk je dat hij de hele dag in je huis is?'

'Hij weet dat ik naar mijn akker moet. Als hij iemand met me meestuurt, zeg ik tegen die man dat hij moet doorgraven terwijl ik de kar voor de markt ga regelen. En ook al staat hij erop om met me mee te gaan naar de oude boer, dan spreekt hij onze taal niet en zeker niet mijn Toscaanse dialect. Ik kan de kar nog onder zijn neus regelen.'

Hugo sloeg een arm om haar heen. 'Je bent heel dapper, Sofia. Ik voel me hier zo hulpeloos en waardeloos. Ik zou jou moeten beschermen. In plaats daarvan riskeer jij alles voor mij.'

'En nu ook voor mezelf. Ik besef dat ik mijn zoon in veiligheid moet brengen. En mezelf.' Ze stond op, trok haar rokken recht en wikkelde haar omslagdoek om zich heen. 'Laten we hopen dat ik de kar morgen kan ophalen. Dan laad ik hem vol rapen, dan kun jij je ertussen verstoppen en zijn we vrij.'

'Zoals jij het zegt, klinkt het zo simpel.'

'We moeten op God vertrouwen. Meer kunnen we niet doen,' zei ze.

Hugo hees zichzelf overeind. 'Voordat je gaat, moet je me nog met één ding helpen. Die oude deur, daarmee kunnen we het trapgat naar de crypte afsluiten en verbergen.'

'En het schilderij?'

'Dat heb ik verstopt, Sofia. Een perfecte verstopplek. Achter de geheime deur.'

'De deur in de muur?'

'Ja, ik heb de sleutel. Die neem ik met ons mee en geef hem aan jou, voor wanneer je veilig kunt terugkeren.'

'Je bent zo slim, Ugo. Daarbeneden is onze prachtige jongen veilig en droog.'

'Ja,' stemde hij in. Hij liep naar de grote deur. Ze bukte zich naast hem en samen sleepten ze hem over het puin tot hij op zijn plaats over de opening lag. Hij paste precies. Ze keken elkaar aan en grijnsden naar elkaar als een stel samenzweerders.

'Ga nou,' zei hij. 'Ik bedek hem met stenen en hout, dan weet niemand dat hij er zelfs maar was.'

'Ja,' zei ze. Ze liep naar hem toe en kuste hem vol en hard op de mond. 'Tot morgen, *amore mio*.'

# 35

# Joanna

*Juni 1973*

'O, daar ben je,' zei Paola terwijl ze opkeek van de bonen die ze had opgebonden. 'Ik begon me al ongerust te maken. Ik dacht dat je naar het dorp was, maar toen kwam Renzo hier om naar je te vragen, en hij zei dat je daar niet was.'

'Was Renzo hier?' Ik flapte de woorden eruit.

'Ja. Hij was naar je op zoek.' Ze begreep mijn schrik verkeerd. 'Volgens mij heb je een verovering op je naam staan, mia cara.' Ze keek me met een veelbetekenend glimlachje aan.

'Zei hij ook wat hij wilde?'

'Nee. Misschien wilde hij gewoon van je gezelschap genieten, je beter leren kennen.'

'O nee. Zo is het niet,' zei ik. 'Hij wilde vast een tijd afspreken voor als hij me morgen naar het station brengt.'

'Morgen? Ga je echt al zo vlug weg?'

'Ik denk dat het wel zo verstandig is,' zei ik. 'Als ik langer blijf, ben ik bang dat de inspecteur me toch de moord op Gianni in de schoenen wil schuiven. En misschien gaat hij ook nog beweren dat jij me hebt geholpen. Het is voor iedereen beter dat ik ga nu het nog kan. En Cosimo zei tegen me dat zijn zoon morgen toch naar Florence moet en mij een lift naar het station kan geven.'

'Zo gauw al.' Ze liep om de tafel heen en omhelsde me. 'Ik zal je missen, kleintje. Je bent een tweede dochter voor me geworden. En Angelina vond het ook heerlijk dat je er was. Ze zegt dat ik oud en saai ben en dat het fijn is om met iemand van haar leeftijd te praten.'

'Ik weet het. Ik heb genoten van elke minuut dat ik hier was, vooral van je kookkunsten. En ik vind het jammer dat ik nu nooit een Italiaanse kok kan worden.'

'Als je hier vanavond voor het laatst mee-eet, maak ik echt iets lekkers,' zei ze. 'Een paddenstoelenrisotto, misschien, vóór de aubergine met Parmezaanse kaas, en natuurlijk panna cotta. Je mag me helpen met de voorbereidingen, als je dat wilt. We beginnen met crostini. Misschien wil signor Renzo ons wel helpen?'

'Renzo?' vroeg ik.

'Ja, nodig hem uit voor het eten, ik weet dat hij het heerlijk vindt om te koken.'

Ik zag aan haar gezicht wat ze dacht: ze wilde Renzo en mij aan elkaar koppelen. Bij elke andere gelegenheid zou ik haar graag van dienst zijn geweest, maar met wat ik nu wist, wilde ik niets meer met hem te maken hebben. Onze gesprekjes, het feit dat hij me had meegenomen naar zijn vroegere huis... Waarschijnlijk wilde hij daardoor ontdekken wat ik wel en niet wist. Hij deed alleen maar wat Cosimo hem opdroeg. Ik ging zelfs nog een stapje verder: was hij er ook getuige van geweest dat Gianni de envelop in mijn kamer schoof en wilde hij de inhoud ervan terughalen of ontdekken wat erin stond?

Ik kon niet voorkomen dat hij die avond kwam, maar ik zou uiterst voorzichtig moeten zijn. Ik legde mijn tas terug in mijn kamer, deed de deur weer op slot en ging Paola in de tuin helpen. Later ging ik een tukje doen, sloot mezelf in, maar ik sliep zonder gestoord te worden en werd verfrist wakker. Toen ik naar de boerenhoeve wilde gaan om te kijken of ze al waren begonnen met de voorbereidingen voor het diner, schrok ik toen ik vlak bij mijn deur Renzo zag staan.

'O,' hijgde ik en ik deed onwillekeurig een stap achteruit.

'Sorry dat ik je laat schrikken, Joanna,' zei hij. 'Paola wilde dat ik nog wat asperges plukte en ging kijken of er nog meer tomaten rijp waren. Ik ben vroeg gekomen om haar met het eten te helpen. Ze maakt een waar feestmaal voor je.'

'Ik weet het. Dat zei ze tegen me. Ze is zo lief.'

'Ze is echt dol op je geworden,' zei hij. 'Ze vindt het heel jammer dat je al zo snel weg moet.'

'Ik ook, maar het is wel beter, hè?' zei ik. 'Ik kan maar beter ver uit de buurt van die inspecteur zijn. Hij denkt nog steeds dat ik op de een of andere manier iets te maken heb met de moord op Gianni, wat belachelijk is. Ik heb misschien een stuk of tien woorden met hem gewisseld aan een tafel vol andere mannen.'

'Heel belachelijk,' zei hij. 'Maar ik vind het ook jammer dat je weggaat. Ik had graag de waarheid over jouw vader en mijn moeder ontdekt. En het mooie jongetje. Ik moet er steeds aan denken. Als je vader lang genoeg in de omgeving was om mijn moeder zwanger te maken, hoe konden ze dat dan geheimhouden? En zou hij een kind hebben verborgen op een plek waar niemand hem kon vinden om haar daar maanden later pas over te schrijven?'

'Misschien was het kind ondergebracht bij familie in de heuvels?' opperde ik. 'Zodat ze hem later zou ophalen, wat ze alleen nooit heeft gedaan?'

'Waarom weet dan niemand daar iets van? De familie zou het toch tegen iemand gezegd moeten hebben? Die zou hebben gezegd: "Een Britse piloot heeft een baby bij ons achtergelaten. Nu moeten we zijn moeder zien te vinden." Er zou over gepraat worden. Oude herinneringen zouden worden opgerakeld.'

'Ja,' zei ik. 'En toch schijnt niemand in San Salvatore iets te weten over een Britse piloot. En iedereen gelooft dat je moeder er met een Duitser vandoor is gegaan.'

'Het is vreemd,' zei hij en hij richtte zich op van de struik waarvan hij net een grote rijpe tomaat had geplukt, 'maar oude herinneringen beginnen terug te komen. Ik weet nog dat ik een poosje ziek was. Ik weet eigenlijk niet meer wat het was. De mazelen? Zoiets. Hoe dan ook, ik kon het huis niet uit en mijn moeder ging er elke dag opuit om eten voor ons te zoeken. Paddenstoelen, kastanjes, een keer was er een duif, dat herinner ik me nog. Ik wilde met haar mee, maar ze zei dat ik binnen moest blijven vanwege mijn borst. Ik zag haar met haar mand de heuvel op gaan. Ze maakte zich zorgen om me en vond het vreselijk om me achter te laten. Maar we moesten nou eenmaal eten, hè?'

'Maakte ze zich zorgen om je?' Ik staarde hem aan. 'Renzo, uit alles wat je zegt blijkt dat je moeder zielsveel van je hield. Ze zou je nooit in de steek hebben gelaten, dat weet ik zeker. Ze zou er niet vandoor zijn gegaan en jou achter hebben gelaten. Ik weet zeker dat ze is gedwongen om weg te gaan, tegen haar wil.'

'Maar iedereen zei...' begon hij aarzelend. 'Mij is altijd verteld...'

'Weet je wat ik denk?' zei ik. 'Ik denk dat iemand jouw moeder en mijn vader heeft verraden, misschien voor geld, misschien uit jaloezie, of misschien om het vege lijf te redden. En de Duitsers hebben haar meegenomen.' Terwijl ik dat zei, besefte ik dat ik hem misschien alleen maar meer verdriet deed. Stel dat Cosimo degene was die haar had verraden? Toen herinnerde ik me dat Gianni had gezien dat de Britse vliegenier was meegenomen, en hij was een opportunist en een gluiperd. Misschien had hij de Duitsers getipt dat een Britse piloot zich schuilhield. 'Heb je haar zien weggaan, of was ze gewoon weg toen je 's ochtends wakker werd?'

Hij fronste zijn wenkbrauwen, probeerde het terug te halen. 'Nee, ik was erbij, dat weet ik heel zeker. Ja, ze kwam naar me toe, kuste me en zei dat ik een brave jongen moest zijn, en dat ze gauw weer terug was. Ze huilde. Er lagen tranen op haar wangen. En toen wilde ze nog meer zeggen, gaf me opnieuw een kus maar de soldaat schreeuwde naar haar en…' Hij onderbrak zichzelf en keek me verwonderd aan. 'Dat was niet de soldaat die bij ons in huis was, de aardige man. Het was een andere soldaat. Een grote kerel. Ik weet nog dat hij de hele deuropening leek te vullen. En hij schreeuwde met een wrede stem.'

'Zie je wel?' Ik glimlachte triomfantelijk naar hem. 'Je moeder en mijn vader waren onschuldig. Ze hielden van elkaar en ze zijn verraden.'

'Ja,' zei hij zachtjes. 'Ik moet je wel geloven.'

'Krijg ik voor het avondeten die tomaten nog of hoe zit het?' Paola's luide stem schalde door de moestuin.

Renzo grijnsde naar me. 'De slavendrijver roept. Kom ook helpen met eten klaarmaken.'

Ik liep achter hem aan het smalle pad af, nu nog verwarder dan ooit. Had Cosimo Renzo's moeder verraden en zich toen zo schuldig gevoeld dat hij hem had geadopteerd? Misschien wist Renzo net zo weinig als ik.

Renzo hield zijn pas in om op me te wachten. 'Ik heb zitten denken,' zei hij. 'Mijn moeder ging altijd met haar mand de heuvel op. Het kan zijn dat je vader ergens in het bos verborgen zat of zelfs in het oude klooster. We moeten daar morgen gaan kijken, voordat je vertrekt.'

'Ik vroeg me ook al af of er iets bij het oude klooster was,' zei ik. 'Maar schijnbaar liggen er alleen maar rotsachtige puinhopen. Kon iemand zich daar werkelijk schuilhouden?'

'Als jongen ben ik daar wel een paar keer geweest,' zei Renzo. 'Het is nu helemaal afgezet en niemand mag er meer komen, omdat de helling dreigt in te storten. Maar uiteraard moesten we als jongens de gok wel wagen. Er was echt niet veel te zien. De muren van de oude kapel stonden er nog, maar het dak was weg. En op de vloer lagen bergen puin. De kloostervertrekken waren met de grond gelijk gemaakt. Als je vader zich daar heeft schuilgehouden, dan heeft hij er een ellendige tijd gehad.'

'Hij heeft op een Britse kostschool gezeten,' zei ik. 'Waarschijnlijk was hij wel gewend aan ellendige tijden.'

Renzo gooide lachend zijn hoofd achterover. 'Jullie Engelsen met je kostscholen,' zei hij. 'Was jouw school ook zo?'

'Ik was niet intern, dat heb ik je al verteld, maar het was absoluut geen pretje. Ik kon niet wachten om er weg te gaan.'

'Dus jij hebt jouw portie ellendige tijd ook wel gehad?'

'Dat kun je wel zeggen, ja.'

Hij legde een hand op mijn schouder. 'Misschien wordt het tijd om het verleden achter je te laten en je op de toekomst te richten. Je wordt een rijk en beroemd advocaat. Je zult gaan reizen en een even rijke man trouwen, je krijgt de perfecte twee kinderen en wordt gelukkig in een van die grote, tochtige Engelse huizen.'

Ik keek naar hem op, me gruwelijk bewust van zijn hand die warm en troostend op mijn schouder lag. 'Ik weet eigenlijk niet of ik dat allemaal wel wil,' zei ik.

'Wat wil je dan wel?'

'Dat weet ik niet. Dat weet ik pas als ik het tegenkom.'

Bij het huis liet Renzo me los en deed een stap opzij om me voor te laten gaan.

'*Allora*. Aan het werk,' zei Paola. 'We moeten heel veel gangen voorbereiden, dus ik heb veel hulp nodig. Eerst maken we de toppings voor de crostini.'

'Wat is crostini?' vroeg ik.

'Ongeveer hetzelfde als bruschetta, maar bij crostini wordt het brood geroosterd in plaats van gegrild,' zei Renzo. 'Steviger en minder knapperig.' Hij wendde zich tot Paola. 'En welke toppings had je in gedachten?'

'De verse asperges, natuurlijk...'

'Gewikkeld in prosciutto crudo, uiteraard?' zei hij. 'En venkel? Ik zie dat je venkel in je tuin hebt. Zal ik een knol opgraven en die met wat pecorino in dunne plakjes snijden?'

'Een schitterend idee,' zei ze. 'En ik heb hier een lekkere tapenade.'

'En zal ik dan de risotto maken?' vroeg hij. 'Als souschef in het restaurant in Soho was dat een van mijn specialiteiten.'

'Graag,' zei Paola. 'Maar je moet de signorina laten zien hoe je het klaarmaakt. Ze wil Italiaans leren koken, moet je weten.'

Hij keek me belangstellend aan. 'Wil je leren koken? Advocaten hoeven dat helemaal niet te kunnen. Ze kunnen toch zeker een kok inhuren.'

'Deze advocaat niet,' zei ik. 'Op dit moment ben ik nog steeds een arme stagiaire op een advocatenkantoor, waar ik tot na mijn examen amper iets verdien. En zelfs als ik een goede baan krijg, denk ik dat het heel ontspannend is om als ik thuis ben lekker te gaan koken.'

'Je hebt gelijk,' zei hij. 'Als ik kook, denk ik nergens anders aan. Dan is het alsof alle problemen van de wereld worden buitengesloten en ik alleen ben met het eten.'

Paola fronste haar wenkbrauwen en Renzo vertaalde het voor haar.

'Je moet Italiaans met haar praten,' zei ze. 'Anders leert ze het nooit. En ze kan het al heel goed verstaan.'

'Prima. Voortaan alleen Italiaans, Joanna, *capisci*?' zei hij en hij keek me uitdagend aan.

Ik moest de kruiden fijnhakken voor de saus bij de aubergine – oregano en Italiaanse peterselie – en daarna een massa knoflook. Ik deed heel erg mijn best toen Renzo achter me kwam staan. 'Nee, zo moet je het mes niet vasthouden,' zei hij. Hij legde zijn vingers over die van mij. 'Recht. Op en neer. Snelle bewegingen, zo doe je dat. Zie je wel?'

'Renzo, als je zo met het meisje flirt, raakt ze afgeleid van haar werk,' zei Paola.

'Wat betekent dat woord?' vroeg ik. Toen Renzo het vertaalde, moest ik blozen.

'Flirten? Wie was er aan het flirten?' zei hij dwingend. 'Ik wil haar alleen maar laten zien hoe ze peterselie moet hakken. Als ze goed wil koken, moet ze de juiste vaardigheden ontwikkelen.'

'Ja ja, dat zeg jij,' zei Paola grinnikend. 'Ik zeg wat ik zie. Kijk nou, ze bloost er helemaal van.'

'Maar ze heeft me niet afgewimpeld, dus ze vond het vast niet erg,' kaatste hij terug. 'Nou, laat me je snijkunsten eens zien, Jo.'

Het viel me op dat hij me bij mijn verkorte naam noemde; er waren maar een paar mensen in mijn leven die dat deden. Scarlet was een van hen, en Adrian. Maar zoals Renzo het zei, klopte het precies. Ik begon te snijden, maakte soepele en gelijkmatige hakbewegingen. Hij keek knikkend toe. 'Je leert snel.'

'Zo jammer dat ze niet langer blijft. Jij en ik zouden haar veel kunnen leren,' zei Paola. 'In plaats daarvan gaat ze terug naar Londen en eet ze weer alleen maar rosbief en worstjes.'

'Ja, doodzonde,' zei Renzo.

Ik moest het wel met hen eens zijn. En ik ging verder met kruiden hakken.

# 36

# Joanna

*Juni 1973*

Om acht uur was het eten klaar.

'Zullen we buiten eten?' zei Paola. 'Het is zo'n mooie avond.'

Dus werd er onder de kersenboom in de tuin een tafel gedekt met een wit tafelkleed. Deze keer waren er geen gewone keramische bekers, maar zilverwerk en kristal. Ik zocht een plekje waar ik vanaf de boerenhoeve uitzicht had. De zon ging boven de westelijke heuvels onder en vleermuizen scheerden door de roze schemering. De lucht geurde naar kamperfoelie en jasmijn. Het leek wel een droom.

Angelina kwam ook bij ons zitten, zij bracht olijfolie en een schaal olijven mee. En het bleek dat Renzo wijn van zijn vaders wijngaarden had meegenomen. We begonnen met een frisse witte wijn terwijl Paola de schaal met crostini neerzette. Ik moest alle toppings proeven, zoals ook op mijn eerste avond op de piazza van San Salvatore. De in plakjes rauwe ham gewikkelde asperges besprenkeld met truffelolie; de dunne plakjes venkel, die ik nog nooit had geproefd; de pittige schapenkaas met vijgenjam. Alles smaakte als een klein wondertje en eerlijk gezegd zou dat alleen al genoeg zijn geweest voor een goddelijke avondmaaltijd.

Maar toen kregen we Renzo's risotto voorgezet: in volle bouillon gekookte romige rijst met paddenstoelen. Toen Renzo zag dat ik zat te smullen, zei hij: 'In Londen maakte ik dit altijd met zeevruchten. Dat zou je eens moeten proberen. De visbouillon en de mosselen en garnalen zijn gewoon verrukkelijk. Het is jammer dat ik niet even naar de kust kan om alles wat ik nodig heb voor je te halen en het klaar te maken.'

'Ik kan me niet voorstellen dat dat veel lekkerder is dan dit,' zei ik. 'Toen ik opgroeide kreeg ik op school rijstpudding door mijn strot geduwd en sindsdien heb ik een hekel aan rijst.'

Hij lachte. 'De Engelsen weten helaas niet welke boeiende gerechten je kunt maken met simpele ingrediënten. Geef ze kool of spruitjes en ze koken ze tot moes.'

'Misschien moet je ooit naar Engeland teruggaan, je eigen restaurant openen en de mensen daar opvoeden,' zei ik.

Zijn opgetogen gezicht betrok. 'Misschien,' zei hij. 'Maar dat zie ik nog niet gebeuren. Mijn vaders gezondheid wordt er niet beter op en eerlijk gezegd heeft hij me hier nodig. Familie komt op de eerste plaats, vind je niet?'

Daar dacht ik over na, voor mij was het een vreemd idee. Mijn vader is bij geen van mijn beslissingen ooit van belang geweest. Misschien had ik hem tekortgedaan. Ik dacht er niet graag aan, maar ik stelde me zijn koude lichaam voor, dat in het gras lag. En nu was het te laat om te zeggen dat het me speet.

'Maar we kunnen die sombere gedachten verhelpen,' zei Renzo, 'met nog een glas goede wijn. Dit is de trots van onze wijngaard. In Engeland is de enige bekende Italiaanse wijn de grove chianti uit een mandfles. Maar deze komt van onze beste druiven, perfect gerijpt in eiken fusten. Je proeft het verschil.'

Inmiddels miste de witte wijn zijn uitwerking niet en ik aarzelde toen ik een slokje van de rode nam. Het is maar een klein stukje lopen naar huis, zei ik tegen mezelf. De eerste slok was soepel en vol, alsof je rood fluweel dronk. 'O,' zei ik en Renzo glimlachte.

'Nu ga je als een wijnsnob naar huis en zeg je tegen je vrienden: "Dit is niets vergeleken bij die goedkope chianti, de wijn uit de mandfles,"' zei hij.

'Ik betwijfel of ik me deze in Engeland kan veroorloven,' zei ik. 'Wijn is daar heel duur.'

'Je hebt gelijk, deze is in Engeland ook niet te krijgen,' zei hij. 'We produceren maar een paar kisten van deze wijn en die gaan regelrecht naar onze speciale klanten in Rome en Milaan. Filmsterren, autocoureurs en miljonairs.'

'Dan voel ik helemaal vereerd.' We keken elkaar aan en ik voelde een rilling langs mijn rug gaan. Ik probeerde er luchtig over te doen. 'Maar één glas is genoeg, hoor, anders vind ik de weg naar huis niet terug.'

'Maakt niet uit, Renzo brengt je wel,' zei Paola.

Dat bracht me terug bij de werkelijkheid. Renzo die me naar het kleine huis terugbracht, langs de bron waar Gianni met zijn hoofd omlaag in gepropt was, en dat het heel waarschijnlijk was dat Renzo daar iets van wist. Was hij soms gestuurd om me dronken te voeren? Om mijn kamer binnen te komen en de envelop te vinden die Gianni door mijn raam had geschoven?

'Wat is er?' vroeg Renzo, alsof hij mijn gedachten las.

'Alleen dat ik het zo jammer vind dat ik morgen al dit moois hier moet achterlaten.'

'En ik vind het jammer dat je gaat,' zei hij. 'Misschien kun je in zorgelozer tijden terugkomen.'

'Dat betwijfel ik,' zei ik. 'Als ik terugkom, verzint de inspecteur vast nieuwe beschuldigingen tegen me.'

Hij lachte, maar ik voelde dat ik er niet ver naast zat.

Ik stond op om Paola te helpen bij het afruimen van de borden, maar ze gebaarde me dat ik moest blijven zitten. 'Waar heb ik anders een dochter voor?' zei ze. 'Jij bent de gast. Ga zitten. Praat met Renzo.'

Toen ze in het huis verdween, grinnikte ik. 'Ik ben bang dat Paola ons wil koppelen.'

'Ze heeft een goed hart,' antwoordde hij. 'En haar oordeel is ook niet verkeerd.'

Ik giechelde zenuwachtig omdat ik me zo scherp bewust was van het feit dat hij tegenover me zat, zijn gesteven witte overhemd bij de hals open, zijn weerbarstige zwarte krullen en zijn ogen die fonkelden alsof ze in vuur en vlam stonden. Het kwam vast door de wijn, maar ik wilde dat hij me in zijn armen nam en kuste.

Die belachelijke gedachte werd uitgebannen toen Paola terugkwam met de grote schaal aubergines met Parmezaanse kaas. Ik dacht niet dat ik nog een plekje overhad, maar toen ik mijn eerste hap nam, moest ik mijn bord wel leegeten. Zo vol van smaak, zo romig. En de aubergine smaakte als een echt lekker stuk vlees.

We besloten de maaltijd met de kleine schaaltjes panna cotta: glad en wit en gemakkelijk door de keel glijdend, vergezeld van een glas limoncello, de plaatselijke likeur. Er was een zachte, fluweelachtige duisternis over het land neergedaald. De nachtelijke lucht was vol geluiden van krekels en kikkers. Renzo stond op. 'Ik ga maar eens op huis aan,' zei hij. 'Mijn vader zal zich afvragen waar ik blijf.' Hij keek naar mij. 'Mag ik je eerst naar je kamer begeleiden?'

'O nee,' zei ik lachend. 'Ik moet Paola en Angelina helpen met de afwas. We hebben een hoop borden vuil gemaakt.'

'Natuurlijk niet,' zei Paola. 'Laat hij je toch brengen als hij dat wil. Ik weet wel dat ík geen nee zou zeggen als een knappe man me aanbood om me naar mijn kamer te brengen. Helaas krijg ik dat soort aanbiedingen niet meer.' En ze lachte.

Ik had geen keus. Renzo bood me zijn arm aan. Ik accepteerde die met een zenuwachtig lachje. 'Echt, Renzo, ik vind de weg naar mijn kamer heus wel alleen, hoor,' zei ik. 'En ik weet zeker dat Cosimo loopt te ijsberen tot je thuiskomt.'

'Laat lekker ijsberen,' zei Renzo. 'Is het niet in je opgekomen dat ik misschien even alleen met je wil zijn?'

Toen keek ik hem aan. Hij schonk me een half glimlachje. 'Ik weet niet hoe het met jou zit,' zei hij. 'Maar ik voel me merkwaardig tot je aangetrokken. Misschien doe je me denken aan het meisje dat ik ooit in Londen kende, met wie ik zou zijn getrouwd als de zaken anders gelopen waren.' Hij draaide zijn gezicht naar me toe. 'Vergis ik me als ik denk dat dat gevoel wederzijds is?'

'Zou zomaar kunnen,' zei ik en ik probeerde gehoor te geven aan het waarschuwingsalarm dat in mijn hoofd afging. Cosimo's zoon, weet je nog.

'Dan komt het misschien door onze gemeenschappelijke geschiedenis,' zei Renzo. 'Misschien komt het verhaal van mijn moeder en jouw vader eindelijk tot een eind. Het is het lot. Geen ontkomen aan.'

'Denk je dat?' vroeg ik.

'Hoe ik dat weet?' zei hij naar me glimlachend. 'Op dit moment weet ik alleen dat ik je wil kussen. Vind je dat goed?'

Hij wachtte niet op een antwoord. Hij nam me in zijn armen en bracht zijn lippen naar die van mij. Ik voelde mijn hart tekeergaan, de kleine rilling van gevaar sloeg om in verlangen naar hem. Ik weet niet wat hier misschien van was gekomen, maar plotseling bewoog de grond onder onze voeten. Het duurde maar een paar seconden, maar Renzo hield me stevig vast tot het voorbij was.

'Was dat weer een aardbeving?' vroeg ik.

'Alleen een naschok,' zei hij. 'Wees maar niet bang.'

'Is er niet een liedje dat hierover gaat, iets als: "Ik voel de aarde onder mijn voeten bewegen"?' Ik lachte, een beetje bibberig.

'Nu weet je dat dat ook echt gebeurt,' zei hij.

'Joanna? Renzo? Alles goed met jullie? Het was maar een lichte aardbeving,' riep Paola vanuit de deuropening.

'Alles in orde,' antwoordde Renzo en hij liet me los. 'Beter dat ik ga,' zei hij, 'voordat de aarde opnieuw onder je voeten gaat bewegen.' Hij raakte mijn wang aan. 'Ik zie je morgen. Slaap lekker.'

En toen was hij weg. Ik liet mezelf binnen in de kleine kamer, deed mijn deur op slot, kleedde me uit en ging op mijn bed naar het plafond liggen staren. Was het mogelijk, simpelweg mogelijk, dat Renzo werkelijk iets voor me voelde?

# 37

# Hugo

*December 1944*

Zodra Sofia weg was, begon Hugo stukken metselwerk te verplaatsen, zo groot en zwaar als hij kon tillen, om ze op de oude deur te stapelen. Hij was daar nog steeds mee bezig toen de zon opkwam. Hij bewonderde zijn prestatie: alles leek nu precies als de rest van het puin op de vloer. Niemand zou ook maar vermoeden dat daaronder een ingang was van de crypte. Het mooie jongetje was veilig.

Toen pakte hij de volgende fase aan: alle sporen uitwissen dat hij in de kapel was geweest. Vanwege de kou droeg hij al alle extra kleren die hij had, dus nu begon hij zijn schuilplek te ontmantelen en hij gooide de stukken hout kriskras door de kapel. Hij pakte de deken, de schapenvacht, kom en lepel en verspreidde ze over het puin, en voor de zekerheid gooide hij er nog een paar stenen op. Toen hij klaar was, keek hij tevreden rond. Niemand zou ooit te weten komen dat hij hier was geweest.

Nu hoefde hij alleen nog maar te wachten. Het leek hem niet waarschijnlijk dat Sofia die dag al met de kar zou komen. Hij dacht ook niet dat ze het zou riskeren om 's avonds naar buiten te gaan.

Dat zou te verdacht zijn, en hoe kon ze zonder lantaarns in het donker met de wagen rijden? Maar morgen, bij het ochtendgloren, dan zou het logisch zijn dat ze met een lading rapen naar de markt ging. Hij at de laatste broodkruimels, dronk wat water en fantaseerde erover dat ze een stad in het zuiden zouden bereiken, een kamp van de geallieerden, met warm eten, een echt bed, veiligheid voor hem en voor Sofia en haar zoon. Toen de duisternis inviel haalde hij de schapenvacht terug om erop te zitten en doezelde rechtop zittend weg. De nacht leek een eeuwigheid te duren. Toen de glimp van de dageraad in het oosten daagde, stond hij op en vroeg zich toen af of hij de trap af zou lopen om in het bos op Sofia te wachten. Hij besloot het niet te doen voor het geval ze via de andere kant van de rots zou komen, over het pad langs de steile afgrond, en dat hij haar dan op de een of andere manier tegemoet moest zien te klauteren. Hij wist niet zeker of hij dat staaltje wel aankon en besloot rond te lopen om te kijken wat de beste manier was om beneden te komen, gewoon voor het geval dat.

Toen hij uit de kapel kwam en met knipperende ogen in het heldere daglicht stond, zag hij beweging tussen de bomen. Zijn hart sprong op en hij zwaaide. Het volgende dat hij wist was dat twee Duitse soldaten met geweren in de aanslag tevoorschijn kwamen. Een van hen beklom behendig de trap.

'Ben jij de Engelsman?' vroeg hij.

Hugo dacht erover om te liegen. Hij sprak nu vloeiend Italiaans en hij had zich zelfs Sofia's dialect eigen gemaakt. Maar ze zouden zijn papieren willen zien. Ze zouden hem fouilleren en zijn logboek en identiteitsplaatjes vinden.

'Ja,' zei hij. 'Engelse piloot. Officier.'

'Geef me je wapen en handen omhoog.'

Hij kon niet anders dan gehoorzamen. Hij gaf de revolver. De Duitser vroeg niet naar zijn mes. 'Je komt nu met ons mee. *Schnell.* Rennen.'

'Ik heb een gebroken been,' zei hij, hij tilde zijn broekspijp op om zijn spalk te laten zien. 'Been *kaputt*. Kan niet snel lopen.'

De twee mannen overlegden snel met elkaar. Zelfs met zijn summiere kennis van het Duits, opgedaan tijdens een paar skivakanties, voelde Hugo dat een van hen hem ter plekke wilde neerschieten. De ander was het daar niet mee eens en Hugo dacht te begrijpen dat hun kolonel hem eerst wilde ondervragen.

De Duitser die voor hem stond gebaarde met zijn wapen dat hij in beweging moest komen. Hugo ging zo langzaam als hij durfde de trap af, terwijl hij aan de leuning hing en zich tree voor tree liet zakken. Hij had het mes in zijn zak. Er was een kleine kans dat hij dat kon gebruiken. Onder aan de trap praatten de twee mannen weer zachtjes met elkaar en hij zag dat ze het ergens over oneens waren. Maar degene die onder aan de trap was gebleven kreeg de overhand.

'Handen op je hoofd. Lopen,' blafte de senior soldaat hem toe.

Ze dwongen hem tussen de bomen door naar voren, terwijl een van hen de loop van zijn wapen in zijn rug groef. Hugo's been begon pijn te doen en hij struikelde een paar keer.

'Speel geen spelletje met ons, anders schieten we je neer,' zei een van hen.

Aan de andere kant van de bomen stond een open militair voertuig te wachten. De soldaten snauwden dat hij op de achterbank moest gaan zitten. 'Hou je handen op je hoofd. Probeer niet te ontsnappen, anders zal Heinrich je met alle liefde doodschieten,' zei degene die Engels sprak. Hij stapte achter het stuur in en de andere soldaat schoof achterin naast Hugo; zijn wapen prikte in Hugo's zij. Ze reden weg, hotsend door de kuilen tussen de olijfbomen door.

Voor het eerst sinds de shock dat hij was gepakt begonnen Hugo's hersenen weer te werken. Hij tuurde over de akkers om te zien of hij een spoor van een kar zag. Hadden ze Sofia te pakken gekregen en haar ontfutseld waar hij zich schuilhield? Had haar zoon haar per ongeluk verraden? Zijn hart bonsde zo hard in zijn borst dat hij moeite had met ademen. Als zij maar in veiligheid was, verder deed niets ertoe. Ze sloegen niet af naar de weg in de vallei. In plaats daarvan reden ze heuvelopwaarts tussen de wijngaarden door naar de weg die hij op de heuveltop had gezien toen hij daar net was aangekomen, de smalle zandweg met aan weerskanten cipressen die naar het dorp leidde. Hugo bad dat hij niet naar het dorp werd gebracht om daar te kijk gezet te worden totdat iemand bekende hem geholpen te hebben, of dat hij, voor hijzelf om zeep werd gebracht, moest toekijken hoe het hele dorp werd afgeslacht.

Hij slaakte een kleine zucht van opluchting toen ze van het dorp wegdraaiden en noordwaarts langs de richel reden. Hij zocht het landschap aan beide kanten af. Geen spoor van een paard-en-wagen. Geen spoor van enige beweging op de velden. Als hij een vriendelijke officier trof, een soldaat van de oude stempel, dan bestond er een kans om als medeofficier en krijgsgevangene te worden behandeld, slechts de kleinste kans om het te overleven. Hij probeerde aan Langley Hall te denken, zijn vader, zijn vrouw en kind. In plaats daarvan zag hij enkel Sofia's gezicht – zo mooi, zo lief – en zijn hart bloedde bij de gedachte dat hij haar nooit meer zou zien.

Na een paar kilometer kwamen ze op een bredere weg; deze was geplaveid en werd niet langer geflankeerd door bomen. Er stond een hevige noordenwind. Op de heuveltop vóór hen zag Hugo de contouren van een stad. Een paar Duitse militaire voertuigen stonden langs de kant van de weg. Hugo's auto stopte en er was een korte uitwisseling. Terwijl ze praatten, viel het Hugo op dat ze zenuwachtig omhoogkeken. Hij kon zich niet omdraaien, maar kon horen waarom ze zo ongerust waren: het zware gedreun van een naderend vliegtuig.

Algauw ging de dreun over in gebrul. De Duitse soldaten die daar hadden rondgehangen haastten zich naar hun voertuigen of vluchtten over de velden weg om zich tussen de wijngaarden te verstoppen. De eerste golf vloog over hen heen, hun schaduwen wierpen zwarte kruisen op de velden. Grote Amerikaanse bommenwerpers. Er klonk een fluitend geluid en vlak bij de kop van het konvooi Duitse voertuigen sloeg een bom in. Een benzinetank explodeerde, en Hugo voelde hoe de lucht uit zijn longen werd gezogen. Een tweede bom landde vlak voor hen. De bestuurder van zijn voertuig vloekte en zette de auto abrupt in zijn achteruit, waardoor Hugo en de soldaat die hem bewaakte uit balans raakten. Het was slechts een fractie van een seconde, maar Hugo zag zijn kans schoon om te ontsnappen.

Terwijl hij uit het voertuig probeerde te klauteren, weerklonk er boven hen een oorverdovend gebrul van een vliegtuig. Een van de achterste gevechtsvliegtuigen had de formatie verbroken en kwam nu laag over de weg aan vliegen. Een machinegeweer spuugde kogels uit. Hugo's bestuurder stuiterde omhoog toen hij werd geraakt en viel voorover. De wagen zwenkte wild over de weg. Een tweede kogel raakte de man naast Hugo. De wagen botste tegen een brandende vrachtwagen en rolde door. Hugo werd naar buiten geslingerd. Hij was nog bij bewustzijn en probeerde weg te kruipen toen de benzinetank explodeerde, en toen wist hij niets meer.

# 38

## Joanna

*Juni 1973*

Zodra ik de volgende ochtend wakker werd, was het eerste wat in me opkwam dat ik vandaag uit San Salvatore zou vertrekken. Renzo zou me naar het station brengen en dan zou ik hem nooit meer zien. En ik bedacht dat ik me had vergist in de reden waarom Cosimo zo haastig van me af wilde. Misschien was het niet uit angst dat ik iets gevaarlijks wist, misschien was het omdat hij wel in de gaten had dat Renzo me aantrekkelijk vond. Het was nogal toevallig dat iedereen op wie Renzo verliefd werd op de een of andere manier bij hem werd weggebonjourd. Had Cosimo daar soms de hand in gehad, vroeg ik me af. Had hij ervoor gezorgd dat het dorpsmeisje naar een modeacademie kon die ze zich onmogelijk kon veroorloven? En ze kon best begrijpen dat hij hem na zijn beroerte uit Engeland had laten terugkomen, maar was het nou echt nodig om hem hier te houden om voortdurend op zijn hulp te kunnen rekenen? Cosimo was duidelijk een van die mensen die vinden dat ze het middelpunt van het universum zijn en anderen alleen maar zien staan als ze iets opleveren.

Die gedachte leidde naar een volgende: Renzo had het erover gehad dat Cosimo verliefd was geweest, maar dat het meisje hem had afgewezen. Zou dat meisje soms Sofia zijn geweest en wilde hij wraak nemen door de Duitsers over haar en mijn vader te vertellen? Daarmee was beslist verklaard waarom Cosimo haar reputatie had besmeurd en waarom hij zo snel van mij af wilde.

Ik probeerde daar nog steeds wijs uit te worden, terwijl ik naar de hoeve liep om een bad te nemen en daarna met Paola en Angelina te ontbijten. Het werd een sombere maaltijd. Paola keek alsof ze elk moment in huilen kon uitbarsten. 'En ik heb je nog niets over paddenstoelen geleerd,' zei ze. 'De kleine bospaddenstoelen, zo verrukkelijk. En ravioli... We hebben je nog niet geleerd hoe je ravioli moet maken.' Ze reikte over de tafel en pakte mijn hand. 'Beloof me dat je terugkomt, *cara* Joanna. Dan hebben we het vast zo fijn samen, no?'

'Ik hoop het,' zei ik. 'Ik hoop dat het kan wanneer deze trieste tijd met Gianni achter de rug is.'

'Jammer dat je geen advocaat in Italië bent,' zei ze. 'Dan zou je weten wat je tegen die politie-inspecteur moest zeggen, zodat hij luistert en de waarheid inziet.'

'Helaas weten we de waarheid niet,' zei ik.

'Wat die ook is, het kan niets met jou te maken hebben,' zei ze resoluut.

En daar vergis je je in, dacht ik, maar ik zei het niet. We beëindigden de maaltijd. 'Ik moet gaan pakken,' zei ik. Ik keerde terug naar mijn kamer en vouwde mijn kleren netjes in mijn koffer. Algauw zou ik terug zijn in het grijze en regenachtige Londen, waar ik bij Sainsbury mijn avondeten zou kopen – een kant-en-klare vleespastei met niertjes – en ik me zou afvragen wat de toekomst voor me in petto had.

Ik was nog niet helemaal klaar toen er op mijn deur werd geklopt.

'Binnen,' riep ik en ik schrok toen Renzo binnenkwam en niet Paola.

'Klaar?' zei hij. 'We moeten opschieten, als we voor we naar Florence gaan het klooster nog willen zien. Mijn vader staat erop dat ik iemand over onze druiven spreek voordat de man zich terugtrekt voor zijn siësta.'

'Ik moet nog een paar dingen inpakken,' zei ik. 'Zal ik dat dan maar doen als we terug zijn?'

'Doe het nu maar. Maakt niet uit,' zei hij en hij ging op het bed zitten. Het was al verontrustend genoeg dat Renzo op mijn bed ging zitten en me gadesloeg terwijl ik mijn ondergoed in een koffer propte. Maar nu, met wat ik wist en de angst die ik had, hield ik het bijna niet uit. Ik pakte het reservepaar schoenen, waar in de tenen de spullen van Gianni zaten, en stopte er ondergoed en sokken in. Renzo zei niets toen ik ze in mijn koffer legde. Toen ik klaar was, keek ik de kamer rond en deed de koffer dicht.

'Zo,' zei ik. 'Klaar om te gaan.'

'*Bene*,' zei hij. 'Mooi zo. Dan gaan we nu op avontuur.'

We liepen tussen de wijnranken van de wijngaard door en namen een pad dat door de olijfgaarden heuvelopwaarts leidde. In de verte hoorden we een kreet en we zagen op een ander pad een kar de heuvel op rijden, terwijl de man zijn paard aanspoorde sneller te lopen. Renzo staarde er met gefronste wenkbrauwen naar.

'Een kar,' zei hij. 'Iets met een kar.'

'Wat is daarmee?'

'Er schiet me een herinnering te binnen. Iets met een kar. Een man die bij ons aan de deur kwam en zei dat hij de kar bij zich had, maar dat er eerst betaald moest worden. Maar mijn moeder was al weg en hij vertrok weer.'

'Denk je dat ze van plan was om met die kar te ontsnappen?' vroeg ik en ik keek hem hoopvol aan. 'Misschien wilden zij en mijn vader samen ontsnappen, of misschien had ze de kar geregeld om mijn vader in veiligheid te brengen.'

Hij haalde zijn schouders op. 'Wie weet? Er is niemand meer in leven die het ons nu kan vertellen. Dat is nou juist zo frustrerend, te beseffen dat we het nooit te weten zullen komen.'

Ik knikte instemmend. We liepen in stilte verder. 'Heb je vannacht goed geslapen?' vroeg hij.

'Heel goed.' Ik keek hem glimlachend aan.

Hij glimlachte ook. 'Jammer dat de aardbeving ertussen kwam. En nu is er geen tijd meer.' Hij zweeg even. 'Ik vroeg me af, mocht ik ooit een keer toevallig in Londen zijn, kan ik je dan weer zien?'

'Als Cosimo het goed vindt dat je hem zo lang alleen laat,' zei ik zonder nadenken.

Hij fronste zijn wenkbrauwen. 'Ik ben geen gevangene van mijn vader, weet je. Hij is alleen niet zo mobiel, waardoor ik de dingen moet doen die hij anders zelf had gedaan. Maar zo nu en dan ga ik naar Florence. En naar Rome. Dus waarom niet naar Londen? Ik weet zeker dat ze bij Harrods niet veel van zijn wijnen in de schappen hebben staan.'

'Waarom niet?' zei ik lachend. 'En ja, ik zou het fijn vinden als je me kwam opzoeken.'

'Je moet me je adres geven.'

'Ik weet niet waar ik dan ben,' zei ik. 'Ik slaap op de bank van een vriendin, al sinds' – ik wilde bijna zeggen: sinds ik uit het ziekenhuis kwam en mijn vriend ervandoor ging om met iemand anders te trouwen – 'sinds ik uit mijn vorige flat weg moest,' zei ik ten slotte. 'Maar ik heb net een beetje geld van mijn vader geërfd. Ik hoop dat dat genoeg is voor een aanbetaling voor een flatje.'

'In Londen?'

'Ja.'

'Maar je hebt een hekel aan de stad,' zei hij. 'Ik weet dat je een hekel hebt aan de stad.'

'Ik moet werken, en op het platteland is het maar eenzaam.'

'Ik begrijp het.' Hij keek naar me en ik dacht even dat hij iets wilde zeggen, maar toen wendde hij zijn blik af en beende de heuvel op. 'Het is nog een behoorlijk eind,' zei hij. 'Ongelooflijk dat mijn moeder hier elke dag met haar mand naar het bos ging. Sterke mensen, haar generatie.'

Hij had gelijk. Ik zweette door de steile klim en ik vond het lastiger om tegelijk te kletsen. Ik was blij toen het pad bij het bos boven op de heuvel uitkwam. Hier was het koel en stil, de ondergrond was zacht en het rook er heerlijk. Maar de bomenzoom was niet heel breed, en toen we aan de andere kant tevoorschijn kwamen, zagen we de rotsachtige top voor ons oprijzen. Eromheen stond een hek met om de paar meter borden waarop stond: GEVAAR. NIET BETREDEN. ONSTABIELE ROTSEN.

Ik keek naar Renzo. 'Doen we hier wel goed aan?'

'Dat merken we vanzelf, denk je niet?' zei hij. 'Kom op, hier is een plek waar we door het hek kunnen.' Hij bracht me naar een gedeelte waar je je door het hek kon wurmen. Verderop was een trap. Er bloeide een weelde aan papavers en andere wilde bloemen. Samen met de boven ons uittorenende rotsmassa was het een schitterend schouwspel en het schoot door me heen dat mijn vader dit vast dolgraag had willen schilderen.

De eerste trap ging heel gemakkelijk. Daarna liep een tweede trap bijna verticaal langs de rotswand omhoog. Hiervan waren de treden hier en daar afgebrokkeld en de rots naast de trap was weggeslagen, zodat ze boven een steile afgrond hingen. Ik slikte hevig maar was niet van plan Renzo te laten merken dat ik bang was.

'Jij gaat eerst, dan blijf ik vlak achter je om je op te vangen,' zei hij.

Daardoor schalde er een alarmbel door mijn hoofd. Was dit al die tijd al het plan geweest? Neem het Engelse meisje mee naar een afgelegen plek en gooi haar van een klif?

'Nee, ga jij maar eerst,' zei ik. 'Ik wil zien welke treden wel of niet stevig zijn.'

'O, je wilt me de dood in storten, hè?' Hij draaide zich lachend naar me om.

'Liever jij dan ik,' antwoordde ik.

'Is dat nou ware liefde?' vroeg hij. 'Hoe zit het dan met Romeo en Julia?'

'Die waren te jong om beter te weten,' zei ik.

'Goed dan. Ik ga eerst. Maar blijf aan de goede kant van de treden,' zei hij en hij begon te klimmen.

Vanaf de bergen in de verte stak er een straffe wind op. Diep onder ons zag ik links de resten van een oud karrenspoor dat naar een weg in de vallei leidde. Piepkleine vrachtwagens en auto's zo groot als dinky toys reden over de weg. Nadat Renzo drie of vier treden op weg was, volgde ik hem, terwijl ik me stevig vasthield aan de ijzeren leuning rechts van me. We bereikte allebei veilig de top en bleven op een voormalig voorplein staan om het uitzicht te bewonderen. Overal om ons heen waren rijen beboste heuvels. Op sommige ervan klemden bergdorpjes zoals San Salvatore zich hachelijk vast. Oude vestingen rezen uit het bos op. Ik had het gevoel alsof je tot het einde van de wereld kon kijken.

'Mooi, hè?' zei hij en hij sloeg een arm om mijn schouder.

Het had een magisch moment moeten zijn, zo dicht bij hem te zijn en dit uitzicht met hem te delen, maar ik kon de spanning niet van me afschudden.

'We moeten niet te lang blijven,' zei ik. 'Als we gezien worden, komen we misschien in de problemen.'

'En een boete van een paar honderd lires krijgen, omdat we op verboden terrein zijn? En wat dan nog?' Hij lachte. 'Ontspan een beetje, Joanna, geniet ervan nu het nog kan.'

Opnieuw was het de woordkeus waardoor ik naar hem opkeek, maar hij staarde met een blik van pure verrukking om zich heen.

'In Londen zou je niet gelukkig zijn geweest, als je er was gebleven,' zei ik. 'Je vindt het hier heerlijk.'

'Ja,' zei hij. 'Dat is zo. Maar ik wil ook verder met mijn carrière. Als ik als volleerd chef-kok thuis had kunnen komen, had ik mijn eigen restaurant geopend. Dan had ik van ons kleine plaatsje een toeristische bestemming kunnen maken.'

'Dat kan nog steeds,' zei ik. 'Je kookt heerlijk. Jullie hebben zulk lekker eten.'

'Maar ik heb niet dat diploma waarop staat dat ik aan de koksschool ben afgestudeerd, hè? Dat papiertje heb je nodig.'

Ik dacht aan mijn advocaatexamen. Je hebt dat papiertje nodig. Natuurlijk.

'Laten we wat rond gaan kijken,' zei ik.

'Wees voorzichtig,' waarschuwde Renzo. 'Die plaveistenen zijn ongelijk en sommige liggen los. Hier, geef me een hand.' Zijn hand voelde warm en stevig om de mijne. Ik begon de spanning een beetje los te laten. We zochten ons een weg naar de gebouwen. Kleine bomen en struikgewas groeiden tussen de gebarsten stenen, en op een berg puin links van ons stonden nu grotere bomen. Een groot deel van het puin werd bedekt door een bodemkruiper met lichtblauwe bloemen. We bleven staan en keken om ons heen.

'Hier zou niemand zich kunnen schuilhouden,' zei Renzo. 'Het moet de kapel zijn geweest.'

Rechts van ons rees iets op wat vier muren moesten zijn geweest. Een ronde marmeren trap voerde naar een gapend gat waar ooit voordeuren hadden gezeten. We liepen naar binnen. Waar wij stonden was het overschaduwd en koel, maar het zonlicht scheen op de tegenoverliggende muur, waar de resten van een muurschildering nog zichtbaar waren. Een lief glimlachende vrouw met een kroon op haar hoofd. Wolken. Engelen. Ik keek omlaag, van plan om verder te lopen, maar de vloer was bezaaid met rommel. Grote balken lagen kriskras over dakpannen en stenen.

'Ik geloof niet dat mijn vader hier veel beschutting heeft gevonden, wat jij?' zei ik.

'Hij zat er in elk geval wel uit de wind,' zei Renzo. 'Misschien heeft hij met behulp van al die stenen een kleine schuilplaats gebouwd.'

'Waar is die dan?' vroeg ik.

Hij keek rond en haalde zijn schouders op. 'Sinds zijn verblijf hier zijn er aardbevingen geweest. Alles is nu wel ingestort. Kom. Laten we gaan kijken.'

Opnieuw nam hij me bij de hand en we klauterden over hopen puin. Maar er was niets. Geen weggegooide blikjes of sigarettendoosjes die erop wezen dat hier wellicht ooit een Engelsman was geweest.

Ik zuchtte. 'Ik geloof niet dat het zin heeft hier nog langer te blijven. Als hij zich hier al had verborgen, dan is hij door de Duitsers ontdekt. Hij is ontsnapt en heeft zijn weg terug naar Engeland gevonden. Maar er is ook geen bewijs dat je moeder hier ooit is geweest.'

'Misschien zitten we er wel helemaal naast,' zei Renzo. 'Misschien heeft hij zich wel in de bossen verborgen gehouden, heeft hij van takken een schuilplek voor zichzelf gebouwd. Of heeft ze zelfs misschien het risico genomen om hem in onze kelder te verstoppen.'

Ik schudde mijn hoofd. 'Dan hadden de mensen van San Salvatore gezien dat de Duitsers hem meenamen. En jullie zouden waarschijnlijk allemaal de kogel hebben gekregen vanwege het verborgen houden van een Engelsman.'

'Klopt. Nou, we zijn gekomen. We hebben het gezien. En nu is het tijd om naar Florence te rijden, ben ik bang. Het allerminste wat ik kan doen is je trakteren op een lunch in een goed restaurant voordat ik je op de trein naar huis zet.'

'Dank je.' Ik aarzelde, nog altijd onwillig om in beweging te komen. Voelde ik mijn vaders aanwezigheid hier? Misschien als we closer waren geweest...

Toen ik een stap naar voren wilde doen, stond ik opeens te tollen op mijn benen. Mijn eerste gedachte was dat een van de grote balken onder het puin was verschoven. Maar toen ik me op handen en knieën liet zakken, voelde ik de hele vloer schudden.

'Weer een aardbeving!' schreeuwde Renzo. 'Weet je de deur te bereiken? We willen niet geraakt worden door rondvliegend puin.'

Maar het was onmogelijk om te gaan staan. De vloer danste alsof hij leefde. Om me heen hoorde ik stenen van de muren omlaag stuiteren. Ik dook ineen, bedekte mijn hoofd en wachtte tot het overging. Toen was er een diep gerommel en een schok. En wonder boven wonder hield het beven op. Ik keek op en zag Renzo overeind krabbelen.

'Wauw, dat was een zware,' zei hij. 'Met jou alles goed?'

'Ik geloof het wel. Het was onmogelijk om van je plaats te komen, hè?'

Hij knikte. 'Ik hoop dat het dorp niet beschadigd is.' Toen voegde hij eraan toe: 'Ik hoop dat de trap niet is ingestort en we hierboven in de val zitten.'

'Opgewekte gedachte,' zei ik en hij lachte.

Ik stond op en probeerde naar hem toe te komen. Stenen rolden weg als ik erop stapte. Toen bleef ik staan en staarde. 'Renzo. Moet je hier kijken.'

Hij kwam naar me toe en keek naar waar ik naar wees. In de vloer naast de rechtermuur was nu een gapend gat. Bovendien leidde er een trap naar beneden.

'Dat moet de oude crypte zijn,' zei Renzo.

'Je denkt zeker niet dat mijn vader zich hier verborgen heeft gehouden, hè?'

'Waarom was alles dan weer dichtgemaakt?'

'Een aardbeving nadat hij weg was?'

'Kan. Wil je beneden gaan kijken? De vloer is hier misschien heel onstabiel. Als er nog een naschok komt, kunnen we ingesloten raken.'

'Een klein stukje om te kijken wat er is,' zei ik. 'Jij rookt, hè? Heb je lucifers?'

'Ja, in mijn zak. Als je zover bent, gaan we.'

Hij zocht zich een weg naar de opening en begon de trap af te lopen. Die lag nu bezaaid met de rommel van de vanboven ingestorte vloer. Renzo schopte er wat van opzij om een weg voor me te banen. Ik liep tree voor tree achter hem aan. Toen het om ons heen bijna volslagen donker was, streek Renzo een lucifer af. Ik dacht dat ik hem in het Italiaans hoorde vloeken.

Ik zag wat hij bedoelde. Het was een volmaakt kapelletje met aan een kant een altaar van houtsnijwerk, heiligenbeelden in nissen en verschillende grote schilderijen aan de muren.

'Moet je dat eens zien,' zei Renzo terwijl hij de lucifer bij het dichtstbijzijnde schilderij hield. 'Ze zijn schitterend. Wat een geluk dat de Duitse soldaten ze niet hebben gevonden. Ze roofden alle kunst waar ze de hand op konden leggen.'

De lucifer ging uit. Ik wachtte halverwege de trap tot hij een volgende had aangestoken en liep toen naar hem toe. Het rook er vochtig. Een kille tocht dwarrelde om onze voeten, waardoor het er vreemd en spookachtig aandeed. Ik ging naast Renzo staan. 'Enig spoor van mijn vader?'

Hij was de kamer rondgelopen. 'Er is hier een deur. Misschien leidt die ergens heen waar je vader zich verborgen kon hebben gehouden.'

Hij worstelde met de grendel en opende die. Hij ging maar een kleine halve meter open.

'De doorgang erachter is vast geblokkeerd,' zei hij.

'Laat eens kijken of ik me erdoorheen kan persen. Ik ben dunner dan jij,' zei ik.

'Voorzichtig.'

Ik wurmde me om de deur heen. 'Je had gelijk,' zei ik. 'De doorgang erachter is geblokkeerd, maar er is iets waardoor de deur niet verder opengaat. Wacht even. Steek nog een lucifer voor me aan.'

Dat deed Renzo. Ik bukte me om het voorwerp op te rapen dat bij mijn voeten lag. 'Het lijkt wel een schilderij,' zei ik. Ik worstelde om het op te tillen, maar het zat volkomen klem tussen de deur en de reusachtige berg puin. 'Ik krijg er geen beweging in,' riep ik terug. 'Eens kijken of ik deze stenen kan verplaatsen.'

Terwijl ik de rotsen probeerde weg te halen, vielen er alleen maar meer bij. Ik liep het gevaar dat ik een kleine lawine zou veroorzaken en mezelf achter die deur klem zou zetten. 'Hij wil niet...' begon ik, en ik gaf een wilde ruk aan het schilderij. Ik viel bijna om toen het in mijn handen losschoot. 'Ik heb het,' riep ik triomfantelijk.

'Geef het maar aan mij,' zei Renzo.

Dat wilde ik bijna doen, maar plotseling stak de angst weer de kop op. Was dit allemaal onderdeel van een plan? Hij zou het schilderij aanpakken en mij opsluiten, en dan zou niemand me zelfs maar kunnen vinden. Belachelijk, zei ik tegen mezelf. Een keer moest ik weer iemand gaan vertrouwen. Ik moest geloven, een beetje vertrouwen hebben. Ik gaf hem het schilderij. Terwijl ik mezelf weer om de deur heen perste, hoorde ik hem naar adem happen.

'We hebben hem gevonden, Joanna. Het is hun mooie jongetje.'

# 39

## Joanna

*Juni 1973*

We namen het schilderij mee naar waar het zonlicht in het trapgat viel.

'O.' Meer kon ik niet uitbrengen. Het stralende kind dat lachend zijn mollige handjes uitstak naar de fladderende cherubijnen, nooit eerder had ik zoiets prachtigs gezien.

'Dus ze zijn hier beneden geweest,' zei ik. 'En ik wed dat zij dat schilderij hebben verstopt, zodat niemand het voor het einde van de oorlog kon stelen, en ze terug konden komen om het te redden.'

'Ja,' zei Renzo. 'Zo is het vast gegaan. Achter de deur van een doorgang die nergens naartoe ging. En alleen iemand die zo dun is als jij kon zich eromheen wurmen. Heel veilig, waar niemand het ooit zou vinden.'

'Wat je zegt, heel veilig,' zei een stem boven hen. Cosimo stond boven aan de trap, zijn grote gedaante blokkeerde het zonlicht.

'Vader, hoe ben jij hierboven gekomen?' vroeg Renzo.

'Met moeite, maar ik heb het gered. Ik ben met de Land Rover hierheen gereden en heb mezelf de trappen op gehesen. Ik wilde zeker weten dat je na de aardbeving veilig was.' Hij sprak kalm, op effen toon, maar ik kon amper ademhalen. 'Geef het schilderij aan mij, jongen.'

'Het is schitterend, vader. Er zijn hier nog andere schilderijen, maar dit... Dit is het mooiste dat ik ooit heb gezien.' Renzo begon met het schilderij de trap op te lopen. 'Kijk. Is het niet schitterend?' Hij hield het naar Cosimo omhoog.

'Inderdaad. We moeten besluiten wat we ermee gaan doen. Nou, kom maar vlug naar boven.'

Ik keek op en zag nu dat hij een pistool vasthield. 'De jonge vrouw krijgt een onfortuinlijk ongeluk. Ze was gewaarschuwd voordat ze hierheen ging. Zo gevaarlijk.'

'Waar heb je het over, vader? Doe dat ding weg,' riep Renzo uit. Ik hoorde aan zijn stem dat hij was geschrokken. 'Waarom doe je zo?'

'Ze heeft te veel vragen gesteld,' zei Cosimo. 'Ze wil de waarheid weten over wat er in de oorlog is gebeurd. Waarom stelt ze die vragen?'

'Dat heb ik al verteld. Ik wilde weten wat er met mijn vader is gebeurd,' riep ik naar hem.

'Nee, ik geloof je niet. Er was geen Engelse piloot. Sofia is er met een Duitser vandoor gegaan.'

'Nee, ze is meegenomen omdat jij haar hebt verraden!' schreeuwde ik langs de trap omhoog. Renzo stond nog altijd halverwege de trap, tussen mij en Cosimo in.

'Dat is niet waar. Ik hield van haar. Ze wees me af, maar uit liefde voor haar heb ik haar zoon aangenomen.'

'Ik denk dat je haar land wilde,' zei ik. 'Je voelde je schuldig, dus nam je Renzo in huis.'

'Dat is onzin,' zei Cosimo. 'Kom nu naar boven, jongen.'

'Nee, vader. Doe dat pistool weg. Joanna weet niks wat jou schade kan toebrengen.'

'Vraag hem wie Gianni Martinelli heeft vermoord!' schreeuwde ik voordat ik besefte dat het verstandiger was geweest mijn mond te houden. Mijn stem echode door de crypte. 'Gianni wist als enige wat er precies is gebeurd.'

'Wat is er dan gebeurd?' zei Renzo op hoge toon.

Ik keek naar Renzo, probeerde in te schatten of ik beter niets kon zeggen of dat ik erop kon vertrouwen dat hij me tegen zijn vader zou beschermen.

'Gianni vond het heerlijk om loopjongen te zijn en mocht graag mensen bespioneren,' vervolgde ik snel, en in het Engels. 'Hij heeft de slachting gezien. Hij heeft gezien dat Cosimo de partizanen aan de Duitsers heeft verraden.'

'Nee, dat kan niet waar zijn. Dat kan niet,' zei Renzo.

'Kom onmiddellijk boven, jongen!' bulderde Cosimo. Hij zwaaide met het pistool.

'Ik laat je niet iemand neerschieten, vader. Ben je gek geworden?'

'En ik sta niet toe dat ik alles verlies waar ik al die jaren voor heb gewerkt.' Ik hoorde de klik toen het wapen werd ontgrendeld.

'Nee,' zei Renzo. 'Ik heb me dingen over je afgevraagd, maar heb uit loyaliteit mijn mond gehouden. Maar hierover niet. Je gaat haar geen kwaad doen.' Hij liet het schilderij vallen en spurtte de rest van de trap omhoog. Ik ving het over de trap naar me toe stuiterende schilderij op. Het mooie jongetje glimlachte naar me. Ik klemde het tegen me aan, terwijl ik de trap op liep. Boven me hoorde ik gegrom en een dierlijke grauw. Renzo en Cosimo waren aan het vechten. Renzo was langer, maar Cosimo was een boom van een kerel en ondanks zijn beroerte nog oersterk. Renzo omklemde Cosimo's pols, probeerde ervoor te zorgen dat hij het pistool liet vallen. Het ging af, het geluid van de kogel ricocheerde tegen de muren. Duiven fladderden verschrikt op. Renzo en Cosimo struikelden over de ongelijke vloer, glibberden over rotsen en balken. Cosimo probeerde Renzo tegen de muur te pinnen. Er klonk gegrom en een kreet van pijn, maar Renzo wist van geen wijken.

Ik was boven aan de trap aangekomen en begon om de buitenste muur heen naar de voordeur te kruipen. Ik was er zo dichtbij dat ik even verderop de vrijheid kon zien toen ik een kreet hoorde.

'Hallo daarboven? Is daar iemand? Joanna?'

Cosimo aarzelde een seconde. Ik vloog de deur door en zag Nigel Barton onder aan de trap staan. Zijn gezicht lichtte op en hij zwaaide toen hij me zag.

'Hallo Joanna. Ze zeiden dat je hierboven was, dus ik dacht: ik ga naar je toe om je met goed nieuws te verrassen. Maar is alles wel in orde? Ik dacht dat ik iets hoorde wat op een pistoolschot leek. Maar dat kan natuurlijk ook...'

'Nigel,' onderbrak ik hem, terwijl ik zo snel ik durfde de trap af klom. 'Ren terug naar het dorp en ga hulp halen. Er is hier een man met een pistool. Ga nu.'

Nigel deed verbaasd zijn mond open. 'Weet je het zeker? Is daar echt een man met een pistool? Kom dan beneden, dan haal ik je weg van deze afschuwelijke plek.'

'Nigel, verdwijn!' schreeuwde ik. 'Wacht niet op mij.'

Op dat moment wankelde Cosimo de deur uit. Hij hield het pistool nog steeds in zijn hand. Ik zocht naar Renzo, maar zag hem niet. Mijn hart bonsde zo hard dat mijn adem stokte. Cosimo richtte en schoot op Nigel maar miste. De kogel stuitte af op de rotsen. Nigel slaakte een kreetje van afschuw, vluchtte de laatste trap af en het bos in. Nu richtte Cosimo het pistool op mij. 'Deze keer mis ik niet,' zei hij.

Diep in de aarde klonk een geluid. Kiezels stuiterden de trap af. De rots waar Cosimo op stond begon te kantelen. Cosimo draaide zich om om een goed heenkomen te zoeken, maar zijn slechte been knakte onder hem. 'Renzo, help me!' riep hij.

Bijna als in slow motion brak het rotsblok van de helling af. Cosimo maaide wild in de lucht. Hij schreeuwde toen hij van het klif viel, zijn lichaam stuiterend tussen stenen en kiezels. Renzo verscheen in de deuropening. Bloed stroomde over zijn slaap. Hij strompelde naar me toe. 'Hij heeft me neergeslagen,' zei hij. 'Zijn eigen zoon. Met jou alles goed?'

Ik knikte, wist niets uit te brengen. 'Hij viel,' zei ik ten slotte. 'De rots stortte in en hij ging...'

Renzo schuifelde voorzichtig naar de rand van de borstwering. Cosimo's lichaam lag ver beneden, half bedekt door rotsen en graszoden. Renzo sloeg een kruis. 'Hij was een akelige man. Dat weet ik nu wel,' zei hij. 'Maar voor mij is hij altijd goed geweest. Een prima vader. Dat hij in vrede mag rusten.'

'Je hebt voor me gevochten,' zei ik. 'Je liet niet toe dat hij me vermoordde. Je was heel dapper.'

'Ik kon niet geloven dat hij het zou doen,' zei hij. 'Ik wist dat hij niet altijd zuiver op de graat was. Maar ik had geen idee... Nee, dat klopt niet. Toen ik van de moord op Gianni hoorde, voelde ik op de een of andere manier dat hij daar verantwoordelijk voor was. Maar de partizanen in de oorlog... Hij was echt een schurk, hè?'

Ik legde zachtjes een hand op zijn arm. 'Maar hij was je vader en je hield van hem. Ik vind het zo erg dat je dit moest meemaken. Kom. Laten we naar het dorp teruggaan en die snee laten hechten.'

'Vergeet ons mooie jongetje niet,' zei Renzo.

'Waar zie je me voor aan?' Ik besefte dat ik het schilderij nog altijd tegen me aan klemde. Renzo hielp me de trappen af, en we zochten ons een weg naar de vallei waar een paar mannen ons tegemoet kwamen rennen.

'Er was een gestoorde Engelsman,' zei een van hen. 'We begrepen niet wat hij schreeuwde, maar hij zei iets over Joanna en een pistool dus zijn we hier en...' Hij zweeg toen hij Renzo en zijn bloedende gezicht zag. 'Waar is die idioot met een pistool?'

'Het was Cosimo,' zei Renzo. 'Hij probeerde signorina Joanna te vermoorden. We hebben gevochten. Hij heeft me met het pistool bewusteloos geslagen.'

'Waar is hij? Hij moet worden tegengehouden,' zei een van de mannen.

'Hij is dood. Hij is van de heuveltop gevallen. De helling is ingestort en hij werd meegesleurd.'

De mannen sloegen een kruis. Ik merkte dat geen van hen zei: 'Dat hij in vrede mag rusten.'

Toen keken ze naar wat Renzo droeg.

'Dit hebben we in de crypte onder het klooster gevonden.' Renzo hield het voor hen omhoog en ze hapten naar adem.

'Schitterend. Een werk van een oude meester,' mompelde een van hen.

'Ik herinner me dat er voor de oorlog mooie schilderijen in het klooster hingen,' zei de oudste man. 'We dachten dat de nazi's alles hadden meegenomen.'

'Er zijn er meer in de crypte,' zei Renzo, 'maar geen ervan is zo mooi als dit.'

'Denk je dat San Salvatore daar rijk van wordt?' vroeg een van hen.

'Hoe kun je dat nou zeggen?' snauwde een andere man. 'Dit maakt deel uit van ons erfgoed. Het hoort in een museum in Florence.'

'Florence? Waarom niet in Lucca? Is Lucca niet net zo goed als Florence?'

En zo liepen ze druk kibbelend weg. Renzo grijnsde naar me. We liepen de heuvel op naar het dorp. De dokter maakte Renzo's wond schoon en naaide die met drie hechtingen dicht. 'Je hebt geluk gehad dat je je oog niet kwijt bent,' zei hij. 'Of niet bent doodgebloed door de ader in de slaap.'

'Ja, ik heb geluk gehad,' zei Renzo. Er klonk een bittere ondertoon in zijn stem.

Op dat moment klonken er luide stemmen buiten de deur en de doktersvrouw kwam met een bezorgde blik binnen. 'Er staat een geschifte buitenlander voor de deur,' zei ze. 'Hij beweert dat hij de advocaat is van de signorina en...'

Ze kreeg niet de kans om uit te praten want Nigel stormde naar binnen. 'O, daar ben je, Joanna. Goddank ben je veilig. Wat was daar in hemelsnaam aan de hand? Welke idioot stond daar te schieten? Hebben ze hem al gepakt? Vast de maffia. Ze zeggen dat het hier wemelt van de gangsters. Kom, we gaan je spullen halen. Ik heb een auto. Ik breng je naar Florence en dan kunnen we terug naar huis.'

'Dat is fijn, Nigel,' zei ik, 'maar zoals je ziet ben ik ongedeerd. En wat de man met het pistool aangaat, die is dood.'

'Goddank,' zei hij. 'Kunnen we nu gaan? Dan kunnen we de nachttrein naar huis nemen.'

Ik wierp een blik op Renzo, die er nogal pips uitzag; de rij hechtingen vormde een zwarte streep boven zijn oog. 'Ik denk dat ik nog niet meteen weg mag,' zei ik. 'Er komt vast een onderzoek en dan zal ik moeten getuigen.'

'Niet als je voordat de politie er is het land uit bent,' zei Nigel.

'Maar ik wíl getuigen,' zei ik. 'Ik denk dat het belangrijk is dat deze zaak wordt opgelost. Het heeft namelijk met mijn vader te maken, weet je.'

'O, ik begrijp het.' Zijn gezicht betrok. 'Nou, dan is het maar beter dat ik ook blijf, voor het geval je voor een rechter verdedigd moet worden.'

Ik keek naar zijn ernstige gezicht en moest lachen. 'Nigel, ben je soms gekwalificeerd als internationaal jurist? Ik weet zeker dat ik niemand nodig heb om me te verdedigen, want ik was slachtoffer, geen verdachte. En signor Bartoli hier kan voor me tolken.'

Nigel keek naar Renzo en toen weer naar mij.

'Dus je wilt niet dat ik blijf, voor de zekerheid?'

'Het is heel vriendelijk van je en ik waardeer je aanbod,' zei ik, 'maar voordat ik naar huis ga, wil ik hier alles opgelost hebben en ik weet zeker dat jij liever naar Engeland teruggaat.'

'Nou, als je echt niet wilt... O, goed dan.' Hij keek teleurgesteld.

'Het was geweldig dat je zo snel na mijn telefoontje met Scarlet hierheen bent gekomen,' zei ik. 'Ze was zeker ongerust dat ik overhoop lag met de wet.'

Nu keek hij verward. 'Ik weet niets van een telefoontje. Vorige week ben ik bij Scarlets flat langs geweest om je op te zoeken, en toen ik hoorde dat je in Italië was, heb ik een paar dagen vrij genomen om je persoonlijk het goede nieuws te komen brengen.'

'Het goede nieuws?'

Nu glimlachte hij. 'Ja. Je schilderijen.'

'Mijn vaders schilderijen? Zijn ze dan toch wat waard?'

Hij schudde zijn hoofd. 'Nee, helaas niet je vaders schilderijen. Ik heb het over de familieportretten. We hebben ze laten reinigen en een ervan was de moeite waard om door experts te laten onderzoeken, het portret van je voorouderlijke naamgenoot, Joanna Langley. Het bleek dat dat was geschilderd door Thomas Gainsborough. Een tot nu toe onbekend portret van hem.'

'Gainsborough? Weet je het zeker?'

Hij knikte opgewonden. 'Na reiniging van het schilderij was in de onderste hoek de signatuur heel duidelijk zichtbaar. En er is een verwijzing in zijn dagboek dat ene J.L. voor hem heeft geposeerd en dat ze zo'n mooie botstructuur bezat.'

'Gossiemijne,' zei ik.

'Inderdaad, gossiemijne. Het is een reuzenvondst. Op een veiling kan het echt veel opbrengen. Minstens een paar honderdduizend pond.'

'Een paar honderd…' Ik kon de woorden niet eens uitbrengen.

Hij knikte. 'Minstens.'

Ik wilde bijna weer 'gossiemijne' zeggen, maar slikte het in.

'Dus mag ik het bij Christie's aanbieden om het te laten veilen?' vroeg Nigel. 'Zolang de ontdekking nog actueel is, vind ik dat we het ijzer moeten smeden als het heet is.'

Even kwam ik in de verleiding om het te houden, dat mijn dubbelgangster vanaf de muur naar me omlaag zou kijken. Maar toen kreeg mijn verstandige kant de overhand. 'O ja. Absoluut.'

'Hartstikke goed. Nou, dat is het dan wel, vermoed ik. Ik zie je wel weer in Engeland,' zei Nigel onbeholpen. 'En als je iets nodig hebt, hier is mijn kaartje. Aarzel niet om me te bellen.'

'Dank je wel,' zei ik. 'En bedankt voor alles wat je hebt gedaan.'

Hij bloosde als een schooljongen.

Toen hij weg was en Renzo en ik de dokterspraktijk uit liepen, keek Renzo me vragend aan. 'De Engelsman, is hij je vriend?'

'O jeetje, nee. Hij is mijn vaders juridisch adviseur. Hij handelt de erfenis af. En daar zit een waardevol schilderij tussen. Ongelooflijk, hè?'

'Volgens mij mag hij je graag,' zei Renzo. 'Mag jij hem ook graag?'

'Hij is vast heel aardig,' zei ik, 'maar hij is niet mijn type.'

'Gelukkig,' zei Renzo. Hij tilde het schilderij van een zijtafel. 'Ik denk dat we dit maar bij de burgemeester moeten afleveren. Die kan dan besluiten wat ermee moet gebeuren.'

Ik staarde er verlangend naar. Ik wist dat ik er afstand van moest doen, maar nog niet zo vlug. 'Kunnen we het niet houden, in elk geval totdat de zaken opgelost zijn?'

Renzo staarde er ook bewonderend naar. 'Ik denk van wel. We zullen er goed voor zorgen, toch? Ik weet alleen niet of we het ministerie van Kunst en Oudheden moeten bellen. Tenslotte was dit eigendom van de monniken.'

'Denk je dat er nog een monnik in leven is?'

'Ik weet dat er een paar zijn gedood toen ze zich tegen de bezetters verweerden,' zei hij, 'en de anderen zijn inmiddels wel oud. Maar ze waren franciscanen. In dit deel van Italië wemelt het van de franciscanen. Het is aan hen of ze het schilderij aan de staat willen schenken en het in een kunstmuseum zoals het Uffizi willen hangen.'

Ik knikte en probeerde die beroemde schilderijen een plekje te geven, zowel die van hier als die in Engeland. Het was bijna te veel om te bevatten, gezien de schok waarin ik nog altijd verkeerde.

'Ben je nog steeds van plan naar Florence te gaan?' vroeg ik.

'O, Florence. Helemaal vergeten,' zei hij. 'Nee, ik zal de wijnhandelaar bellen en zeggen dat hij zal moeten wachten.'

Ik besefte dat de wijnen, olijven en al Cosimo's bedrijven nu van Renzo waren. Ik vroeg me af of hij het ook besefte.

'Ga je mee naar mijn huis?' vroeg hij. 'We zijn allebei wel toe aan een glas wijn, denk ik.'

'Ja, graag.'

We liepen het dorp door. Renzo wimpelde de vragen af, die al door de dorpstamtam de ronde deden. Hij zei tegen iedereen dat hij van streek was, dat hij alleen wilde zijn, dat de arme Joanna in shock was en niet kon praten. We lieten de dorpsstraat achter ons en liepen een recht grindpad op met aan weerskanten cipressen. Achter smeedijzeren hekken, die wel aan die van Langley Hall deden denken, stond een imposante Venetiaanse villa. Op de binnenplaats klaterde een fontein te midden van sinaasappel- en citroenbomen. Duiven fladderden op de rand van de fontein. We gingen een marmeren hal binnen. Er verscheen een dienstmeisje en Renzo gaf haar een opdracht die ik niet goed kon verstaan. Toen leidde hij me door een weelderige salon naar een terras buiten dat werd overschaduwd door een met een wijnrank begroeide pergola. Renzo bood me een rieten schommelstoel aan. Onder ons ontvouwde zich zo ver het oog reikte een panoramisch landschap.

Renzo ging naast me zitten. Een poosje zeiden we geen van beiden iets.

'Je hebt vandaag mijn leven gered,' zei ik. 'Dank je wel. En ondanks alles vind ik het heel erg van je vader.'

Hij knikte, slikte de emotie in. 'Wat voor soort man hij ook was, hij was ook mijn vader en hij is goed voor me geweest. Natuurlijk zal ik hem missen, maar ik had geen idee, geen enkel idee. Ik wist dat zijn deals niet altijd door de beugel konden. Ik wist dat hij een bullebak was en zorgde dat hij zijn zin kreeg. Maar dat hij een verrader en moordenaar was? Nee. Nooit.' Hij veegde een traan weg die over zijn wang sijpelde. Toen haalde hij diep adem. 'Ik verdacht hem er trouwens wel van dat hij een rol in Gianni's dood gespeeld heeft. Ik weet niet of hij de moord zelf heeft gepleegd of dat hij het door een van zijn mannen heeft laten doen. Maar toen ik hem de volgende ochtend bij het ontbijt zag, leek hij erg met zichzelf ingenomen. Alsof er een last van zijn schouders was gevallen.'

Ik legde mijn hand op de zijne. 'Je weet niet hoe opgelucht ik ben dat jij er niets mee te maken hebt gehad. De hele tijd was ik bang dat jij misschien iets met de moord van doen had, of er in elk geval van wist.'

'Zag je me daar echt voor aan?'

'Totdat de waarheid tot me doordrong,' zei ik. 'Toen je je vader tackelde en het pistool uit zijn hand probeerde te wringen wist ik dat ik me had vergist.'

We keken op toen we achter ons voetstappen over het terras hoorden naderen. Het dienstmeisje kwam naar buiten met een dienblad met een fles witte wijn, glazen en het obligate schaaltje olijven. Ze zette het op het tafeltje voor ons en trok zich zonder iets te zeggen terug.

'Zij weet het nog niet,' zei Renzo. 'Ik had de moed niet om het haar te vertellen. Ze aanbad mijn vader.' Hij zweeg even. 'Hij was altijd goed voor zijn werknemers. Ze zullen in alle staten zijn als ze dit te horen krijgen.' Hij schonk een glas wijn voor me in. 'Ik denk dat we onze zenuwen de baas moeten worden, wat jij?' zei hij.

Eerlijk gezegd had ik helemaal geen trek in eten of drinken. Mijn maag zat nog steeds in de knoop. Na een poosje zei ik tegen Renzo: 'Als ze de zaak gaan onderzoeken, wat ga je ze dan vertellen?'

'Bedoel je of de waarheid over mijn vader bekend moet worden?'

'Dat is precies wat ik bedoel. Ga je ze vertellen dat hij verantwoordelijk was voor de dood van vele mannen, voor de dood van Gianni en dat hij mij ook bijna had gedood?'

Renzo zuchtte. 'Dat zal wel moeten, denk ik.'

'Gianni's dood wordt in verband gebracht met zijn onderwereld-dealtjes, toch? En niemand weet ervan dat de partizanen die door de Duitsers zijn afgeslacht waren verraden.'

Renzo keek behoedzaam. 'Bedoel je soms dat ik niets moet zeggen?'

'Dat is aan jou. Je zegt dat je vaders werknemers hem op handen droegen, dat hij in het dorp gerespecteerd werd. Misschien wil je liever dat die herinnering voortleeft.'

'Daar zal ik over moeten nadenken,' zei hij. 'Natuurlijk kunnen we zeggen dat hij achter ons aan is gekomen en dat de heuvel instortte. Maar je Engelsman liep te schreeuwen dat er een man met een pistool was.'

'Mijn Engelsman kan in paniek zijn geweest en het verkeerd begrepen hebben.'

Renzo zuchtte. 'Ik denk dat de waarheid bekend moet worden, hoe pijnlijk het ook voor me is. Er zijn te veel mensen die onder mijn vader hebben geleden.'

'Je bent een goed mens, Renzo. Ik ben blij dat ik je heb ontmoet,' zei ik.

Er verscheen een bezorgde frons op zijn gezicht. 'Je gaat toch nog niet weg, hè?'

Ik glimlachte naar hem. 'Zoals ik al tegen Nigel heb gezegd, zal ik bij een onderzoek moeten getuigen, en wie weet hoe lang dat gaat duren? In elk geval lang genoeg om te leren hoe ik Paola's ragù moet maken.'

Renzo lachte terug. Toen schoot hem iets te binnen. 'In elk geval weten we nu wel dat Cosimo niet mijn moeder heeft verraden. Hij hield van haar. Dus misschien is ze toch niet door een van ons verraden. Misschien was het zo simpel dat de Duitser die in ons huis zat haar de heuvel op zag gaan en haar op een dag is gevolgd.'

'Ja,' zei ik. 'Waarschijnlijk is het zo gegaan. Dus de Duitsers kwamen voor hen allebei. Mijn vader wist te ontsnappen, maar wie weet wat er van je moeder is geworden? Denk je dat er een manier is om haar na al die tijd terug te vinden? Oude gegevens?'

'Ik vermoed dat ze haar hebben doodgeschoten,' zei hij. 'Ik heb al die tijd in mijn hart geweten dat ze dood was.' Hij slaakte een diepe zucht. 'Als die kar nou maar wat eerder was gekomen. Als ze nou maar weg hadden kunnen komen...'

'Dan zouden ze getrouwd zijn en zou ik er niet zijn geweest,' zei ik. 'En zou ik nu niet hier bij je zitten.'

'Dus is er toch nog iets goeds van gekomen,' zei hij.

# 40

# Hugo

*Begin 1945*

Hugo deed zijn ogen open vanwege een zachte aanraking op zijn wang. Een jonge vrouw met donker haar en een lief gezicht boog zich over hem heen.

'Sofia?' fluisterde hij.

'Ik ben Anna,' zei ze in het Engels. 'Eindelijk bent u wakker. Dat is goed nieuws.'

'Waar ben ik?' Hij keek naar het witte plafond en de witte gordijnen om zijn bed.

'U bent in een ziekenhuis vlak bij Rome.'

'Hoe ben ik hier terechtgekomen?'

'U heeft veel geluk gehad. U bent gevonden toen de Amerikanen naar Florence optrokken. God mag weten hoe lang u daar hebt gelegen. Ze hadden u bijna doodverklaard, maar toen voelden ze een hartslag en hebben ze u met spoed naar een veldhospitaal gebracht. Toen u na een paar dagen stabiel was, bent u hiernaartoe overgebracht. U heeft een paar weken in coma gelegen. Hoofdletsel, ingeklapte long en een been dat in puin lag. Ja, je kunt rustig zeggen dat u geluk heeft dat u nog leeft.'

Hij probeerde te bewegen, maar merkte dat dat niet ging. 'Er moet iemand komen die brieven voor me schrijft.'

Ze legde een hand op zijn schouder. 'Alles op zijn tijd.'

'Weet u ook of de geallieerden inmiddels het gebied ten noorden van Lucca hebben veroverd?'

'Ik weet echt niet hoever ze precies zijn gekomen. Het enige wat ik weet is dat ze gestaag optrekken en dat de Duitsers zich zo snel ze kunnen terugtrekken. Maar ik geloof niet dat ze al helemaal uit de bergen zijn verjaagd. Daar ligt nog veel sneeuw.'

'Ik moet weten hoe het met het dorp San Salvatore is,' zei hij. 'Ik moet weten of ze daar veilig zijn.'

'Ik zal het voor u navragen.' Ze glimlachte naar hem. 'Rust nou maar uit, dan vraag ik of u al wat mag drinken.'

'Whisky-soda,' zei hij.

Ze lachte. 'Dan boft u.'

Later kwam ze terug. 'Het dorp waar u naar vroeg bevindt zich in gebied waar nog wordt gevochten. Het ligt dicht bij de Duitse gevechtslinie.'

'Dus ik kan daar nog geen bericht naartoe sturen?'

'Ik ben bang van niet. Maar iedereen heeft goede hoop dat het einde nadert, in elk geval in Italië. En als u zo goed vooruit blijft gaan, kunt u met een beetje geluk naar huis. Wat dacht u daarvan?'

Hij deed zijn best om te glimlachen.

De volgende dag kwam een Amerikaanse legerchirurg bij hem kijken. 'Ik heb u zo goed mogelijk opgelapt,' zei hij, 'maar dat been van u is een akelige puinhoop. Ik neem aan dat het een oude wond is die slecht genezen is. Eigenlijk moeten ze de botsplinters verwijderen en het opnieuw zetten. Ik stel me zo voor dat ze dat in een Engels ziekenhuis willen doen, dat ze zich er hier niet aan willen wagen. Dus is het een kwestie van wachten tot er een schip beschikbaar is dat u kan meenemen.'

Elke dag voelde hij zich een beetje sterker. Hij mocht rechtop zitten, met krukken lopen. Hij schreef een brief aan zijn vader, vrouw en zoon. Elke dag vroeg hij naar nieuws over de gevechten aan het front en of het gebied ten noorden van Lucca nu in geallieerde handen was, maar hij kreeg nooit afdoende antwoord. Hij wilde Sofia zo graag schrijven, maar durfde het niet te riskeren. Als er nog Duitsers in haar streek waren, en ze ontving een brief van een Engelse piloot, dan kon dat een doodvonnis zijn.

En dus wachtte hij ongeduldig tot er iets zou gebeuren. Halverwege februari werd hij naar de haven van Civitavecchia gebracht en op een Engels schip naar Portsmouth gezet. Het was een lange en saaie reis, waarbij ze vijandelijke schepen moesten ontwijken en daarna geselende stormen in de Golf van Biskaje moesten trotseren. Hij werd regelrecht naar het ziekenhuis in Portsmouth vervoerd, waar zijn been werd geopereerd. Opnieuw schreef hij naar zijn vader en vrouw. En begin maart kreeg hij antwoord, maar niet van zijn familie.

*Beste meneer Hugo,*

*Ik neem de vrijheid om u te schrijven aangezien er op het moment geen familielid op Langley aanwezig is om uw brief te beantwoorden.*
*Om te beginnen wil ik zeggen dat ik dolblij en opgelucht ben dat u veilig in Engeland terug bent en niet in een of ander buitenlands ziekenhuis ligt. Ik wilde dat u sterker zou zijn en inmiddels aan de beterende hand was als ik u het nieuws vertelde. Uw vader is twee maanden geleden overleden. Het ging in rap tempo steeds slechter met zijn borst en tijdens de bittere kouperiode begin januari kreeg hij longontsteking. Ik denk dat de zorgen vanwege het feit dat u als vermist was opgegeven aan zijn dood hebben bijgedragen. Ik vind het zo erg dat hij tijdens zijn leven niet heeft mogen weten dat u veilig en wel zou thuiskomen. Dus*

*nu bent u officieel Sir Hugo Langley, hoewel ik vermoed dat dat geen troost voor u is.*
*Het gerucht gaat dat het legerregiment eindelijk Langley Hall gaat verlaten. Goddank, hoewel ik vrees dat ze er een ongelooflijke puinhoop van hebben gemaakt. Het ziet er nu echt naar uit dat de oorlog binnenkort voorbij is. Het lijkt bijna onmogelijk, hè, na zoveel jaren ontberingen en zorgen.*
*Ik zal navragen of u bezoek mag hebben, en als dat zo is, mag ik dan zo vrij zijn om u te bezoeken? Tegenwoordig zijn er niet veel reisbeperkingen meer. En ik kan lekker eten voor u meenemen. Ik neem aan dat u behoorlijk moet aansterken nadat u zich al die tijd zonder eten hebt moeten schuilhouden. Kok heeft wonderen verricht met onze beperkte rantsoenen plus met wat het landgoed opbrengt, hoewel ik blij ben als er een eind komt aan de konijnenpasteien.*
*Nou, ik zal u niet langer vermoeien, maar hoop u binnenkort te mogen bezoeken.*

*Hoogachtend,*
*Elsie Williams, huishoudster*

Hugo vouwde de brief op, zijn gedachten buitelden over elkaar heen. Hij glimlachte vertederd bij de herinneringen aan mevrouw Williams. Tijdens zijn jeugd was ze Elsie geweest, een nieuw dienstmeisje, een brutaal jong ding dat lief voor hem was toen zijn moeder doodging. Toen, jaren later, ging de oude huishoudster met pensioen en had Elsie haar plaats ingenomen. Altijd lief en opgewekt, zo herinnerde hij zich haar. Zo heel anders dan Soames, de butler, die stijf, rigide en humorloos was.

Toen dacht hij aan zijn vader en hij vroeg zich af of hij eigenlijk wel verdrietig was. Tenslotte was zijn dood niet onverwacht en zijn vader was altijd een afstandelijke man geweest, die elke vorm van genegenheid of nauwe banden schuwde. Plicht, eer, het juiste doen, dat waren zaken die er voor zijn vader toe deden. En nu was hij er niet meer. Hugo probeerde zich voor te stellen dat hij lord van de manor was. Sir Hugo Langley. Het leek uiterst onwaarschijnlijk. Wat zou Sofia erom lachen, dacht hij. Als nou maar…

Een paar dagen later kwam Elsie Williams bij hem op bezoek. Ze was nog altijd mollig en opgewekt, met een fris gezicht en jong ogend voor haar leeftijd, alsof de oorlog aan haar voorbij was gegaan. Ze had een mand vol lekkere dingen bij zich: kalfspootgelei, wildpastei, zelfgemaakte vlierbeswijn en een pot aardbeienjam van de oogst van vorige zomer. Ze lachte toen ze die kostbaarheden omhooghield. 'We zijn allemaal een maand op suikerrantsoen geweest om dat te maken,' zei ze. 'Goeie help, we hadden vorig jaar een recordoogst. Ik heb kok geholpen om al die aardbeien schoon te maken. Ik heb haar de laatste tijd veel geholpen, omdat we het zonder keukenmeid moeten doen. Ik heb me nooit gerealiseerd dat ik koken zo leuk vind.'

'Je bent geweldig, Elsie,' zei hij. 'Hoewel ik me moet verontschuldigen. Ik zou je mevrouw Williams moeten noemen.'

'Alleen als u wilt dat ik u Sir Hugo noem.' Toen betrok haar gezicht. 'Het spijt me dat ik de boodschapper was van het slechte nieuws over uw vader. In werkelijkheid ging het de laatste paar jaar al bergafwaarts met hem. En het feit dat zijn huis was bezet door een bende boerenpummels deed hem ook veel verdriet.'

'Een bende boerenpummels?'

'Dat legerregiment. U zou moeten zien hoe ze er hebben huisgehouden. Dat heeft het hart van uw vader bijna gebroken, denk ik. U weet hoe trots hij was op het huis en het omliggende land.'

Hugo besefte dat ze het over één onderwerp nog niet hadden gehad. 'En mijn vrouw en zoon? Over hen heb je nog niets gezegd.'

'Dat komt omdat ze al een poosje weg zijn,' zei ze.

'Weg? Waarheen dan?'

'Dat zou ik u niet kunnen zeggen, meneer. Ik weet dat ze een brief voor u heeft achtergelaten, maar ik vond het niet aan mij om die open te maken. Ze heeft tegen uw vader gezegd dat ze wegging, maar hij heeft me nooit verteld waarnaartoe. Misschien werd ze zenuwachtig, zo dicht bij de zuidkust, toen die vliegende bommen en V2's begonnen over te vliegen. Ze zag er nooit gelukkig uit en het was moeilijk om het haar naar de zin te maken.'

'En mijn zoon? Is hij naar kostschool?'

'Nee, meneer. Tot voor kort ging hij naar de dorpsschool. Uw vader vond dat maar niks. Hij wilde dat Teddy naar dezelfde school ging als waar u naartoe was gestuurd, maar mevrouw Langley wilde er niets van horen. Ze zei dat ze het al zonder echtgenoot moest doen, dus was ze niet van plan om het ook zonder haar zoon te moeten doen.'

'Daar zit wel wat in,' zei hij. 'O, nou ja, als ik uiteindelijk thuiskom zal alles wel op zijn pootjes terechtkomen. En als de oorlog voorbij is, kunnen we dan wel een school voor Teddy uitzoeken.'

'Denkt u echt dat het gauw voorbij zal zijn?'

'Ik weet het wel zeker,' zei hij. 'De Duitsers trekken zich uit heel Europa terug. We hebben ze ervan langs gegeven, Elsie. Het is slechts een kwestie van tijd.'

'Goddank,' zei ze, 'en de Heer zij geprezen dat Hij u weer veilig heeft thuisgebracht. Ik maakte me zoveel zorgen om u, meneer Hugo. Toen we het telegram kregen dat u vermist was, nou, toen vreesden we het ergste. En wat was het goed nieuws toen u ten slotte schreef dat u nog leefde.'

'Het had niks gescheeld,' zei hij. 'Ik heb extreem veel geluk gehad. Het feit dat de Amerikaanse troepen mijn lichaam tussen het Duitse konvooi vonden en, sterker nog, ontdekten dat ik nog leefde... nou, dat was niets minder dan een wonder.'

'U heeft vast een beschermengel gehad,' zei ze.

En Hugo's hand bewoog zich instinctief naar waar zijn borstzakje hoorde te zijn.

In april mocht hij naar huis. De oevers stonden vol sleutelbloemen. Er bloeiden narcissen en krokussen in de cottagetuinen en de fruitbomen waren een en al roze en witte bloesems. Toen de taxi naar Langley Hall toe reed, zag hij wat Elsie bedoelde toen ze zei dat de plek door boerenpummels was verwoest. Op het zuidelijke grasveld stonden overal legervoertuigen geparkeerd, hun banden trokken diepe voren in wat ooit een onberispelijk gazon was geweest. Het noordelijke grasveld was tot moestuin omgeploegd. Zo te zien kon het huis wel een lik verf gebruiken en sommige ramen waren met triplex dichtgetimmerd. Hij stapte uit de taxi en liep naar de trappen van de voordeur. Onmiddellijk stapte er een wachtpost naar voren om hem te onderscheppen.

'Hé, waar dacht jij naartoe te gaan?' vroeg hij op hoge toon.

'Waar ik naartoe ga?' Hugo keek hem vol afkeer aan. 'Ik ben Sir Hugo Langley en dit is mijn huis.'

'Dit deel ervan niet, maat,' zei de man. 'Op dit moment is het het bezit van Zijne Majesteits regering en het regiment van Oost-Sussex. Jouw gedeelte is in die vleugel daar.'

Hugo slikte zijn woede in. 'Ik dacht dat jullie weggingen.'

'Doen we ook. Ze zouden ons naar Frankrijk sturen, maar klaarblijkelijk hebben ze ons niet nodig. Kunnen het prima zonder ons af. Dus ik denk dat we binnenkort naar huis mogen.'

Toen Hugo wegliep, riep de man: 'En waar ben jij geweest? Lekker aan de Rivièra gelegen?'

'Met bommenwerpers rondgevlogen. In Malta, sinds 1941, daarna in Italië, toen drie maanden in het ziekenhuis om mijn been te repareren.'

De man ging in de houding staan en salueerde. 'Sorry, meneer. Ik zag het uniform niet. Ik had het niet in de gaten.'

Hugo liep naar de zijkant van het huis en ging naar binnen door wat ooit een dienstingang was geweest. Het voelde verkeerd om op deze manier zijn eigen huis binnen te sluipen. Hij dwaalde rond, herkende meubelstukken, maar het kwam hem allemaal onwerkelijk voor, niets stond op zijn plek en geen van de kamers kwam hem vertrouwd voor. Op de tafel in het vertrek dat nu als zitkamer fungeerde vond hij een aan hem gerichte brief.

*Lieve Hugo,*

*Terwijl ik dit schrijf, weet ik niet of je dood bent of nog leeft. Ze zeggen dat je vermist bent. Ik zal ervan uit moeten gaan dat je dood bent. Ik ben hier plichtsgetrouw gebleven, maar nu moet ik aan mijn eigen geluk denken en aan dat van onze zoon. Ik heb iemand ontmoet. Hij is een Amerikaanse majoor. Een geweldige man, hij houdt van plezier en dansen en geeft me het gevoel dat ik weer leef. Ik ga met hem naar Amerika zodra ze een plek op een schip voor me weten te vinden. Ik heb je advocaat opdracht gegeven om een echtscheidingsprocedure in gang te zetten. Ik zal met alle liefde de schuld op me nemen, zodat er geen smet op je voorname familie rust.*
*Het is nooit echt een succes geweest, hè? Ik zag de leuke, creatieve kant van je toen we allebei student waren in Florence, maar toen we in Engeland terug waren, probeerde je je vader te zijn – duf, saai en correct – en ik heb me op Langley Hall nooit thuis gevoeld. Niet het soort leven dat ik zou hebben gekozen. En de arme kleine Teddy, zo eenzaam en altijd geplaagd door de dorpsjongens. Ook voor hem wil ik een beter leven.*
*Vergeef me alsjeblieft. Ik wens je het allerbeste toe.*

*Brenda*

Hugo staarde een hele poos naar de brief. Eerst was hij verontwaardigd dat zijn vrouw er met een Amerikaan vandoor was gegaan. Maar toen was hij er opgetogen over. Als Sofia's echtgenoot niet terugkeerde was hij vrij om met haar te trouwen. Zodra de oorlog voorbij was en hij mocht reizen, zou hij teruggaan naar Italië en haar mee naar huis nemen. Hij ging onmiddellijk aan het bureau zitten om haar een brief te schrijven.

# 41

## Hugo

*Voorjaar 1945*

Weken gingen voorbij en er was nog altijd geen brief van Sofia. Hugo maakte zichzelf wijs dat de post in Italië gewoon nog niet goed functioneerde. Misschien was haar brief in de post kwijtgeraakt. Hij zou wachten tot de oorlog officieel ten einde was en haar dan opnieuw schrijven. Of beter nog, hij zou ernaartoe gaan en haar verrassen.

Maar toen kreeg hij bezoek van de juridisch adviseur van de familie, meneer Barton.

'Vervelend dat we elkaar in zulke verdrietige omstandigheden ontmoeten,' zei hij. 'Ik begrijp dat je geen bezwaar maakt tegen het echtscheidingsverzoek van je vrouw?'

'Nee,' zei Hugo.

'Dan kan die zaak eenvoudig worden afgehandeld. Maar de dood van je vader heeft een ernstig successierechtenprobleem gecreëerd. Ik ben bang dat die heel aanzienlijk zijn, gebaseerd op de omvang en waarde van het landgoed.'

'Wat bedoel je met "heel aanzienlijk"?' vroeg Hugo.

'Bijna een miljoen pond.'

'Een miljoen pond?' zei hij op hoge toon. 'Waar moet ik zoveel geld vandaan halen?'

'Als je het niet kunt ophoesten, vrees ik dat het verkocht moet worden.'

'Maar dat is monsterlijk,' snauwde hij. 'Oneerlijk.'

'Zo werkt de wet nou eenmaal, ben ik bang.'

'Kan ik niet wat van het land als bouwgrond verkopen?'

'Mogelijk. Hoewel ik betwijfel of dat genoeg opbrengt.'

'Ik moet het op de een of andere manier zien te bolwerken,' zei Hugo. 'Ik ga niet een huis verkopen dat bijna vierhonderd jaar in de familie is geweest. Ik zal zien of ik een lening kan krijgen om op het meest afgelegen terrein huizen te bouwen. Mensen hebben na de oorlog huizen nodig.'

Maar gaandeweg moest hij de werkelijkheid onder ogen zien. Geen enkele bank was bereid om hem geld te lenen om huizen te bouwen, en niemand wilde een stuk land kopen dat zo ver van een treinstation af lag. Het regiment vertrok van Langley Hall, het huis en het landgoed beschadigd achterlatend. Hugo liep met Elsie Williams door de zojuist verlaten kamers. Overal om hem heen was verval en vernieling. Mannen hadden lukraak op beelden geschoten en het behang losgetrokken. Er waren kleedkamers die ze zelfs als urinoir hadden gebruikt, de vloeren zaten vol vlekken en waren aan het rotten. Het dak had gelekt waardoor de plafonds boven vochtig waren. De hoofdboiler functioneerde niet meer. Goed meubilair was willekeurig in kleine slaapkamers gepropt en slachtoffer geworden van houtworm.

'Het is hopeloos, hè?' vroeg hij aan Elsie.

Deze keer kon ze niet opgewekt reageren. Zo te zien vocht ze zelf tegen de tranen. Instinctief legde hij een hand op haar schouder. Ze keek glimlachend naar hem op.

Later was de brief aan Sofia ongeopend teruggekomen: ONBEKEND

OP DIT ADRES. RETOUR AFZENDER was er op de envelop gestempeld. Hij maakte zichzelf wijs dat ze waarschijnlijk nieuws had gekregen dat haar man nog leefde en dat ze bij hem was gebleven. Voor haar een happy end. Hij probeerde het te geloven. Hij wilde naar San Salvatore teruggaan om er zelf achter te komen. Het duurde niet lang voor hij ontdekte dat dat onmogelijk was. In Europa was de oorlog officieel afgelopen toen de Duitsers zich op 7 mei overgaven, maar het was chaos in Europa en het was burgers verboden te reizen. Hugo was als invalide uit het leger afgezwaaid en was nu dus een burger. Hij had een beroep gedaan op zijn oude RAF-vrienden om te kijken of zij meer te weten konden komen, maar geen van hen was ook maar in de buurt van San Salvatore gestationeerd. Ten slotte schreef hij naar de burgemeester en deze keer ontving hij een kort antwoord:

*Signora Bartoli woont niet meer in dit dorp. Ze is met een Duitse officier vertrokken en sindsdien is er niets meer van haar vernomen.*

Het was de laatste druppel. Hij ging terug naar zijn juridisch adviseur.

'Goed dan,' zei hij. 'Zet het huis maar te koop.'

Later die zomer stond Hugo voor Langley Hall omhoog te kijken terwijl de laatste meubels naar buiten werden gedragen. De bedienden waren al vertrokken. Hij voelde zich afschuwelijk alleen, bijna alsof hij was overleden. In werkelijkheid wenste hij dat hij dat voorjaar was doodgegaan. Waarom was hij tussen de Duitse doden ontdekt als hij al deze ellende moest doormaken? Het sloeg nergens op.

Elsie Williams kwam met een koffer door de dienstingang naar buiten. Hij zag dat ze naar hem toe liep, haar gezicht nu niet vrolijk, maar gelaten en resoluut, de kin in de lucht. Hij bedacht hoe verdrietig het was dat ze ergens anders moest gaan werken en dat hij haar niet meer zou zien. Tijdens de zomer was hij gaan vertrouwen op haar oordeel als verstandige plattelandsvrouw, haar zonnige karakter.

'Ik vind het zo erg dat dit moest gebeuren, Sir Hugo,' zei ze toen ze bij hem was. 'Het is gewoon niet eerlijk na alles wat u heeft doorgemaakt.'

'Je hebt gelijk, Elsie,' antwoordde hij. 'Het is niet eerlijk. Maar al heel lange tijd is er niets eerlijk geweest, vind je ook niet? Al die jongens met wie ik heb gevlogen zijn in vlammen opgegaan. Al die arme drommels die in hun huis aan de eettafel zaten en door vliegende bommen aan stukken zijn gereten. En die arme verdoemde sodemieters in de concentratiekampen. Geen van hen verdiende het om te sterven.'

Ze knikte. 'U heeft gelijk.' Er viel een lange stilte en toen zei ze: 'Ik heb gehoord dat u hier blijft.'

Hij zuchtte. 'De school heeft me de portierswoning aangeboden als ik hier tekenleraar word. Aangezien ik momenteel geen andere opties heb, leek het me wel zo eenvoudig. In elk geval tot ik mijn draai weer heb gevonden.' Hij keek naar de armzalige kleine koffer die ze droeg. 'En jij, Elsie? Waar ga jij naartoe? Meneer Williams bestaat niet echt, hè?'

Ze lachte. 'O nee, meneer. Het is de gewoonte, hè? Dat weet u wel. Huishoudsters en kokkinnen worden altijd respectvol "mevrouw" genoemd. En over waar ik naartoe ga: dat weet ik niet. Ik veronderstel dat ik wel ergens anders aan de slag kan, hoewel ik heb gehoord dat veel van de grote huizen worden opgedoekt of gesloopt. Maar ik vind vast wel iets.'

'Je hebt geen familie, hè? Ik meen me te herinneren dat je als wees bij ons bent gekomen.'

'Dat klopt, meneer. Ik heb geen familie. Ik weet niet eens wie mijn familie was.'

Hugo keek haar aan en voelde een immens medelijden. Daar stond ze dan, verstoten uit de wereld, zonder een plek waar ze naartoe kon, en ze klaagde niet, zag het simpelweg stoïcijns onder ogen. Hij opende zijn mond en was verbaasd toen hij zichzelf hoorde zeggen: 'Weet je, Elsie, je kunt natuurlijk ook hier blijven.'

Ze keek verbaasd, en schudde toen haar hoofd. 'Hier blijven? O nee, meneer. Ze hebben heel duidelijk gezegd dat ze voor de school hun eigen personeel aannemen.'

'Ik bedoel bij mij,' zei hij.

'Bij u? In de portierswoning?' Ze lachte nerveus. 'Om te beginnen denk ik niet dat er genoeg ruimte is, en u heeft geen bediende nodig.'

Hij voelde dat hij bloosde. 'Ik zeg het ongelukkig. Ik bedoelde te zeggen dat jij en ik het altijd goed met elkaar hebben kunnen vinden. Je bent een lieve en fatsoenlijke vrouw. En in de afgelopen tijd ben ik erg gesteld geraakt op je gezelschap. Je bent een grote troost voor me geweest. Bovendien kun jij nergens heen en ik heb niemand. Door te trouwen lossen we de zaken voor ons beiden op.'

'Trouwen, meneer?' Verbijsterd zette ze grote ogen op en schudde toen haar hoofd. 'Dat kan toch niet? Ik ben een stuk ouder dan u. U kunt niet ouder zijn dan, wat, vierendertig?'

'Vijfendertig,' zei hij.

'En ik ben al tweeënveertig, meneer.'

'Geen onoverkomelijk verschil.'

'Ik vind niet dat u in zo'n belangrijke kwestie overhaast moet beslissen, niet na wat u allemaal is overkomen en alle emoties na het vertrek van mevrouw Langley. En ik wil ook niet dat u uzelf opoffert uit medelijden met mij.'

'Ik heb geen medelijden met je, Elsie,' zei hij. 'Eigenlijk benijd ik je. Blijkbaar ben je in staat om zelfs van de ellendigste situaties nog het beste te maken. Ik denk dat jij precies bent wat ik nu nodig heb. Het kan natuurlijk zijn dat jij mij geen beste partij vindt...'

Toen bloosde ze. 'Ik heb u altijd heel knap gevonden, meneer

Hugo. Sterker nog, in mijn jongere jaren had ik altijd een foto van u in mijn kamer.' Ze zweeg even, wipte schutterig van de ene op de andere voet. 'Maar dan is er nog de klassenkwestie. U bent een baronet, een aristocraat. Ik ben een bediende. Denk eens aan de roddels.'

Hugo legde een hand op haar schouder. 'Ik heb zo'n gevoel dat er door de oorlog dingen zijn veranderd. Geen klassenverschillen meer. En hoe dan ook, wie kan het wat schelen als er gepraat wordt? Ik denk dat we toch wel gelukkig kunnen zijn, wat jij?'

'Ik ben altijd erg dol op u geweest, meneer Hugo,' zei ze. 'En ik moet zeggen dat ik het een aantrekkelijk vooruitzicht vind om de scepter te zwaaien over mijn eigen huis en niet langer in andermans huis te hoeven wonen. Maar ik wil niet dat u iets doet waar u later spijt van krijgt.'

Toen glimlachte hij naar haar en legde zijn vinger onder haar kin. 'Geen spijt, Elsie, dat beloof ik je. En zet in hemelsnaam die verdomde koffer neer zodat ik je een zoen kan geven.'

# 42

# Joanna

*Juni 1973*

Een week later – ik was schoorvoetend voorbereidingen aan het treffen om naar huis te gaan om bij de veiling van mijn schilderij aanwezig te zijn – kwam de man van het postkantoor naar Renzo en mij toe. 'Het tehuis waar vader Filippo woont heeft gebeld,' zei hij. 'Het ziet ernaar uit dat het snel bergafwaarts gaat met hem en hij wil nog graag signor Bartoli en de jongedame uit Engeland spreken.'

Verbaasd reden we met Renzo's Alfa Romeo naar een stadje in de buurt. Het tehuis was gehuisvest in een aangenaam modern gebouw niet ver van het centrum. We werden door een jonge, fris ogende non naar vader Filippo's kamer gebracht. 'Hij is heel zwak,' zei ze, 'en in de war. Zijn geest dwaalt misschien af, maar ik hoop dat u hem voor hij gaat gerust kunt stellen.'

En inderdaad, zoals de man onder de witte lakens lag, leek hij bijna doorzichtig. Hij had zijn ogen dicht. Renzo zei zachtjes: 'Vader, ik ben het, Renzo Bartoli. Ik ben hier nu, zoals u wilde, en heb de jonge vrouw uit Engeland meegenomen.'

De ogen van de priester fladderden open. 'Fijn,' zei hij. 'Voor ik sterf wil ik dat jullie mijn biecht aanhoren, jij en de jongedame, want het gaat haar aan. Ik ben verantwoordelijk voor de dood van je moeder en de Engelsman. Ik heb ze verraden, en dat heeft al die jaren op mijn geweten gedrukt.'

'Hoe heeft u dat dan kunnen doen, vader?' vroeg Renzo vriendelijk.

'Ik moest kiezen tussen twee kwaden,' zei hij, schor ademend. 'De Duitse commandant kwam naar me toe. Hij zei dat hij vermoedde dat iemand uit het dorp een Engelse piloot verborg. Hij zou ons allemaal executeren, iedere man, vrouw en ieder kind, tenzij iemand bekende. Sofia had me tijdens de biecht over de Engelsman verteld. Ik weet dat het biechtgeheim heilig is, maar het ging hier om vele levens, vele onschuldige levens tegenover haar leven. Ik heb hem verteld wat ik wist, maar hem gesmeekt om Sofia te sparen en in plaats daarvan mij te nemen. Daar ging hij niet mee akkoord. Dus met een heel zwaar gemoed heb ik je moeder aan hem uitgeleverd, Renzo, zodat anderen konden blijven leven. Ik heb nooit geweten of ik er goed aan heb gedaan.'

'U heeft gedaan waarvan u dacht dat het het beste was, vader,' zei Renzo. 'Er was geen goed antwoord.'

'Dat is waar. Maar toch... Die lieve jonge vrouw. Wat heb ik al die jaren om haar gehuild, en gebeden dat ze nu een engel in de hemel mag zijn.'

'Ik weet zeker dat dat zo is,' zei Renzo met schorre stem.

'En de Engelse jonge vrouw. De Duitsers hebben haar vader ook meegenomen. Ik vind het zo erg.'

'Maar hij is ontsnapt, vader,' zei ik. 'Hij is thuisgekomen en hertrouwd, en ik ben zijn dochter.'

'Dat is fijn.' Hij schonk hun een vaag glimlachje. 'Dan is er toch iets goeds gebeurd.' Zijn ogen vielen knipperend dicht.

Renzo boog zich voorover en kuste hem op het voorhoofd. 'Ga in vrede, vader. Er valt niets te vergeven.'

Er verscheen een serene glimlach op het gezicht van de priester. Het duurde even voor we beseften dat hij niet meer ademde.

Die avond zaten Renzo en ik op het terras. Deze keer dronken we een glas limoncello nadat hij zelf voor me had gekookt: mosselen en venusschelpen in roomsaus, Florentijnse biefstuk en een vorstelijke amandelcake met ijs toe. Ik voelde me voldaan, meer dan ik me in jaren had gevoeld.

De heuvels in de verte baadden in de roze schemering. Ergens ver weg beierde een klok. Verder was het stil.

'Dus dit is nu allemaal van jou,' zei ik en ik gebaarde naar de wijn- en olijfgaarden. 'Je bent een rijk man.'

Hij keek om zich heen. 'Ja, dat klopt. Maar nu ik de waarheid ken, denk ik dat ik het land dat mijn vader zich na de oorlog heeft toegeeigend – land van die dappere mannen die bij de slachting zijn omgekomen – moet teruggeven. Dat is alleen maar goed, denk je niet?'

'Ja,' stemde ik in. 'Daar ben ik het helemaal mee eens.'

'Ik houd de wijngaarden en de olijvenpers,' zei hij. 'Ik zal niet bepaald arm zijn.' Hij keek me recht aan. 'En jij schijnbaar ook niet.'

'Nee, je hebt gelijk. Dat is nog steeds niet tot me doorgedrongen.'

'Je kunt je familiehuis terugkopen. Je zou meesteres van Langley Hall kunnen worden.'

Even schoot er een beeld door mijn hoofd. Ik zag mezelf tegen juffrouw Honeywell zeggen: 'Het spijt me zo, maar aan het eind van dit semester moet u weg zijn. Ik ga hier weer wonen.' Toen lachte ik. 'Het is grappig, maar mijn hele leven heb ik daarvan gedroomd. Ik was erop gebrand om succesvol te worden, zodat ik mijn vaders huis voor hem kon terugkopen. En nu is hij dood en zie ik mezelf niet als lady van de manor. Ik weet eigenlijk nog niet wat ik wil doen.'

'Joanna,' zei hij langzaam. 'Je had hier helemaal niet hoeven blijven. Je had met de Engelse jurist naar huis kunnen gaan. Maar je hebt hem weggestuurd, zei dat je hier moest zijn voor het onderzoek. Ik vroeg me af of dat een teken is dat je niet weg wilde.'

'Klopt,' zei ik. 'Ik wil ook niet weg. Ik vind het hier fijn. Ik ben graag bij Paola, wil graag leren koken en vind het heerlijk dat ik het gevoel heb dat er iemand om me geeft.'

'En ik?' vroeg hij. 'Blijf je voor een deel ook omdat je mij niet in de steek wilt laten?'

'Ja,' zei ik omzichtig. 'Ik denk het wel.'

Hij boog zich naar me toe, legde een hand onder mijn kin en trok mijn gezicht naar zich toe. En hij kuste me hartstochtelijk en verlangend. Toen we elkaar loslieten, lachte hij ongemakkelijk. 'Gelukkig zitten we op een terras waar iedereen ons kan zien, anders weet ik niet wat ervan gekomen was.'

'Ik ben een respectabele Engelse jongedame,' antwoordde ik. 'Ik verwacht dat je me eerst fatsoenlijk het hof maakt.'

'Uiteraard, milady.' Hij lachte en keek me verleidelijk aan.

Ik keek hem aan en opeens schoot me iets te binnen. 'Je zou naar Londen kunnen teruggaan om je studie af te maken en je restaurant te openen.'

'We zouden jouw Langley Hall in een hotel en restaurant kunnen omtoveren,' zei hij.

'Wij?'

'Ga ik te snel? Oké, misschien alleen als zakenpartners.'

'Waarom Engeland? Daar regent het te veel. Je kunt je restaurant hier beginnen, waar je ooit van droomde. Je zou van dit huis je droomrestaurant kunnen maken. Stel je voor dat de gasten hier op je terras zitten, met hun ogen het uitzicht verslinden voordat ze de door jou klaargemaakte maaltijd verslinden.'

'Daarvoor moet ik eerst naar Engeland terug om mijn studie af te maken,' zei hij. 'En jij moet je examen halen. En daarna, wie weet?'

Hij pakte mijn hand. En zo zaten we zonder nog iets te zeggen naast elkaar op het terras, terwijl de zon achter de westelijke heuvels zakte, en één voor één de lichtjes begonnen te fonkelen boven de wereld die aan onze voeten lag.

# Opmerking van de auteur

Het dorp San Salvatore is op geen enkele kaart te vinden. Het bestaat alleen in mijn verbeelding, hoewel het geïnspireerd is op de Toscaanse bergdorpen die ik heb bezocht. De Duitse Gotenstellung, ten noorden van Lucca, heeft wel echt bestaan.

# Dankwoord

Pier-Raimondo en Cajsa Baldini waren in Toscane ongelooflijk gastvrij voor me en waren zo vriendelijk om mijn manuscript te lezen en me suggesties aan de hand te doen. In Lincolnshire ondervond ik bij Penny en Roger Fountain dezelfde gastvrijheid, en zij vonden museums over de Tweede Wereldoorlog waar ik de bijzonderheden van een Blenheim-bommenwerper kon controleren, en in contact kwam met deskundigen die mijn vragen over de Blenheim konden beantwoorden. Ze hebben zelfs een luchtshow bezocht om foto's van een Blenheim te maken die daadwerkelijk voor me heeft gevlogen.